Lembrança Íntima

As Crônicas dos Krinars: Volume 3

Anna Zaires

♠ Mozaika Publications ♠

Publicado pela Mozaika Publications, impressão da Mozaika LLC.
www.mozaikallc.com

Tradução de Christiane Jost, revisão de Karine Lima e Ayrton Jost.

Capa de Najla Qamber Designs
najlaqamberdesigns.com

e-ISBN: 978-1-63142-220-1
ISBN: 978-1-63142-219-5

PARTE I

PRÓLOGO

O krinar desceu a rua em Moscou, observando silenciosamente as massas de humanos à sua volta. Ao passar, ele percebeu o medo e a curiosidade no rosto deles, sentiu o ódio emanando por alguns dos transeuntes.

A Rússia era um dos países que mais resistira e onde o preço do Grande Pânico fora maior. Com um governo altamente corrupto e uma população que não confiava em autoridade, muitos russos tinham considerado a invasão dos krinars como uma desculpa para saquear à vontade e acumular os suprimentos que pudessem. Mesmo agora, mais de cinco anos depois, algumas das vitrines em Moscou ainda estavam vazias, com as grades fechadas sendo um testemunho dos meses tumultuados que se seguiram à chegada deles.

O ar da cidade agora estava melhor, menos poluído do que o krinar se lembrava ser alguns anos antes. Na época, uma fumaça pesada cobria a cidade, irritando-o imensamente. Não que ela pudesse feri-lo de alguma forma, mas, mesmo assim, o K preferia muito mais respirar um ar que não contivesse tantas partículas de hidrocarboneto.

Aproximando-se do Kremlin, o K puxou o capuz do casaco sobre a cabeça e tentou parecer o mais humano possível, prestando muita atenção aos movimentos para que fossem mais lentos e menos graciosos. Ele não se iludiu, pois sabia que os satélites dos Ks estavam observando-o naquele momento, mas ninguém nos Centros tinha motivo para suspeitar dele. Nos anos recentes, fizera questão de viajar o máximo possível, frequentemente aparecendo em grandes cidades dos humanos por um motivo ou outro. Assim, se alguém se preocupasse em fazer um perfil de seu comportamento, as expedições mais recentes não causariam qualquer alarme.

Não que alguém se daria ao trabalho de criar seu perfil. Até onde todos sabiam, os krinars que ajudaram a Resistência — os Kapas, como foram chamados — estavam seguramente sob custódia e o pobre Saur levara a culpa por ter apagado a memória deles. Não teria funcionado melhor se o K tivesse planejado tudo aquilo pessoalmente.

Não, ele não precisava esconder sua identidade dos olhos dos krinars no céu. O objetivo era se esquivar das câmeras dos humanos instaladas nas paredes do Kremlin, apenas como garantia, caso os líderes russos ficassem alarmados antes que ele tivesse a oportunidade de visitar as outras cidades principais.

Sorrindo, o K fingiu não ser nada além de mais um turista humano ao dar uma volta lenta na Praça Vermelha, com as solas dos sapatos batendo no pavimento e liberando minúsculas cápsulas que continham as sementes de uma nova era na história humana.

Ao terminar, ele voltou para a nave que deixara em um dos becos ali perto.

No dia seguinte, ele veria Mia novamente.

Saret mal podia esperar.

CAPÍTULO 1

— Ah, meu Deus, Korum, quando você conseguiu fazer isso?

Mia observava os arredores em choque. Todos os móveis familiares tinham desaparecido e a casa de Korum em Lenkarda — o lugar sobre o qual ela começara a pensar como lar — se parecia agora muito com uma residência krinar, completa com tábuas flutuantes e espaços livres. As únicas coisas que permaneciam de antes eram as paredes e o teto transparentes, uma característica dos krinars que Korum permitira desde o início.

O amante dela sorriu, mostrando a covinha familiar na bochecha esquerda. — Talvez eu tenha fugido por mais ou menos uma hora enquanto você estava dormindo.

— Você veio da Flórida até aqui só para mudar a mobília?

Ele riu, balançando a cabeça. — Não, minha querida, nem mesmo eu sou tão dedicado. Tive que cuidar de alguns assuntos de negócio e decidi fazer uma surpresa para você.

— E conseguiu — disse Mia, girando o corpo lentamente e estudando a estranha visão que a recebera ao voltarem para Lenkarda.

Em vez do sofá cor de marfim, havia agora uma longa placa branca flutuando a menos de um metro do chão. Pelo que Korum lhe explicara uma vez, os krinars faziam com que a mobília flutuasse usando uma derivação da mesma tecnologia de campo de força que protegia suas colônias. Mia sabia que, se sentasse na placa, ela imediatamente se adaptaria a seu corpo, tornando-se o mais confortável possível. Algumas outras placas flutuantes estavam visíveis perto das paredes, com algumas delas ocupadas por plantas com flores cor-de-rosa.

O piso também era diferente de tudo o que Mia vira nas casas dos outros krinars. Ela tentou se lembrar de como eram aqueles pisos, mas só conseguia recordar que eram duros e pálidos, como algum tipo de pedra. Ela não prestara muita atenção na época porque os materiais de piso dos krinars não pareciam tão diferentes do que se via em uma casa de humanos. No entanto, o que havia sob os pés dela naquele momento tinha uma textura muito incomum e uma consistência quase esponjosa. Fazia com que Mia se sentisse parada no ar.

— O que é isso? — perguntou ela a Korum, apontando para a substância estranha.

— Tire os sapatos e sinta — sugeriu ele, tirando os próprios sapatos. — É algo novo que um dos meus funcionários inventou recentemente. Uma variação da tecnologia de cama inteligente.

Curiosa, Mia seguiu o exemplo dele, deixando que os pés descalços afundassem no piso acolchoado. O material pareceu fluir em volta dos pés, envolvendo-os. Em seguida, a sensação foi de milhares de minúsculos dedos que gentilmente massageavam os dedos, os calcanhares e a sola dos pés, liberando toda a tensão. Uma massagem para os pés... mas mil vezes melhor. — Ah, uau — suspirou Mia com um sorriso enorme no rosto. — Korum, isto é demais!

— Ahã. — Ele andou pelo aposento, parecendo desfrutar da sensação. — Achei que você gostaria disto.

Com os pés no paraíso, Mia assistiu enquanto ele fazia um lento círculo pela sala, com o corpo alto e musculoso movendo-se com a graça felina comum à espécie. Algumas vezes, Mia conseguia acreditar que aquele homem lindo e complicado era seu, que ele a amava tanto quanto ela o amava.

A felicidade que sentia era quase assustadora.

— Quer ver o resto da casa? — Ele parou ao lado dela e deu-lhe um sorriso caloroso.

— Sim, por favor! — Mia sorriu, ansiosa como uma criança em uma loja de doces.

Três dias antes, durante uma das caminhadas noturnas na Flórida, ela mencionara a Korum que seria interessante ver a casa dele como fora antes de ser "humanizada" por causa dela. Apesar de o gesto ter sido atencioso na época,

Mia agora estava acostumada com o estilo de vida dos krinars e não precisava mais do conforto de arredores familiares. Em vez disso, queria ver como o amante alienígena vivera antes de se conhecerem. Ele sorrira e prometera mudar a casa prontamente e, obviamente, levara a promessa a sério.

— Está bem — disse ele, encarando-a com uma expressão ligeiramente maliciosa no rosto bonito. — Há um aposento que você ainda não conheceu e estou morrendo de vontade de mostrá-lo...

— Ah, é? — Mia ergueu as sobrancelhas, sentindo o coração bater mais depressa e as entranhas se contorcerem de ansiedade. Os olhos dele agora tinham um tom dourado e ela imaginou que o que Korum queria lhe mostrar logo a faria gritar em êxtase em seus braços. Se havia uma coisa com a qual sempre podia contar era o desejo insaciável que ele sentia. Não importava a frequência com que faziam sexo, ele sempre parecia querer mais... e ela também.

— Venha — disse ele, pegando-lhe a mão e levando-a em direção à parede à esquerda.

Ao se aproximarem, a parede não se dissolveu, como normalmente acontecia. Em vez disso, Mia sentiu o corpo mergulhando cada vez mais no material esponjoso sob os pés, que foram absorvidos primeiro, seguidos dos tornozelos e dos joelhos. Era como areia movediça, exceto que acontecia dentro da casa. Lançando um olhar assustado a Korum, ela pegou a mão dele. — O quê...?

— Está tudo bem. — Ele apertou a mão dela para reconfortá-la. — Não se preocupe. — A mesma coisa acontecia com ele. Mia viu o chão praticamente sugá-lo para dentro.

— Ahm, Korum, não sei se isso... — Mia agora estava enterrada até a altura da cintura e havia uma sensação certamente estranha na parte inferior do corpo... quase como se não tivesse peso algum.

— Só mais alguns segundos — prometeu ele, dando-lhe um sorriso.

— Mais alguns segundos? — Mia agora estava até o peito dentro do material estranho. — Antes que aconteça o quê?

— Antes que isto aconteça — respondeu ele quando a descida dos dois subitamente acelerou e eles atravessaram o chão completamente.

Mia soltou um grito, apertando ainda mais a mão de Korum. No início, havia apenas a escuridão e a sensação assustadora de não existir nada sob os pés. Subitamente, eles estavam flutuando em uma sala circular suavemente iluminada e com as paredes e o teto sólidos cor de pêssego.

Estavam literalmente flutuando no ar.

Soltando uma exclamação, Mia olhou para o amante, incapaz de acreditar no que estava acontecendo. — Korum, isto é...?

— Uma câmara de gravidade zero? — Ele sorria como um garotinho prestes a exibir um brinquedo novo. — Sim, é.

— Você tem uma câmara de gravidade zero na sua casa?

— Sim, tenho — admitiu ele, obviamente feliz com a

reação dela. Soltando a mão de Mia, ele deu uma cambalhota lenta no ar. — Como pode ver, é muito divertida.

Mia riu incrédula e tentou seguir o exemplo dele, mas não havia como controlar os movimentos. Ela não tinha ideia de como Korum conseguira dar uma cambalhota com tanta facilidade. Ela movia os braços e as pernas, mas aquilo não parecia ajudar muito. Era como se estivesse flutuando na água, mas sem qualquer sensação de estar molhada.

Ela não sabia dizer qual era o lado para cima e qual era para baixo. A câmara não tinha janelas e não havia nenhuma distinção clara entre as paredes, o teto e o chão. Era como se estivessem dentro de uma bolha gigante, o que provavelmente não estava muito longe da verdade. Mia não era especialista no assunto, mas imaginava que não era fácil criar um ambiente sem gravidade na Terra. Devia haver muitas tecnologias complexas em volta deles que eliminavam a atração gravitacional do planeta.

— Uau — disse ela baixinho, flutuando no ar. — Korum, isto é demais... Os outros krinars também têm algo assim?

Ele conseguira chegar até uma das paredes e usou-a para empurrar o corpo, tomando impulso na direção dela.

— Não — ele estendeu a mão para pegar o braço dela ao passar flutuando —, não é algo que muitos de nós têm.

Mia sorriu quando ele a puxou em sua direção. — Ah, é? Só você?

— Talvez — murmurou ele, passando o braço em volta da cintura de Mia e segurando-a firmemente contra o corpo. Os olhos dele ficavam cada vez mais dourados e a rigidez pressionada contra o abdômen dela não deixava dúvidas sobre suas intenções.

Mia arregalou os olhos. — Aqui? — perguntou ela, com o coração batendo mais depressa por causa da excitação.

— Hmm... — Ele já a puxava para cima (ou fora para baixo?) para beijar a área sensível atrás da orelha.

Como sempre, o toque dele fez com que o corpo inteiro de Mia vibrasse de ansiedade. Arqueando a cabeça para trás, ela gemeu suavemente, com um calor percorrendo-lhe as veias.

— Eu amo você — sussurrou ele em seu ouvido, com as mãos largas acariciando-lhe o corpo e puxando o vestido para baixo. A roupa flutuou para longe, mas Mia mal notou, pois tinha os olhos grudados no homem que amava mais do que à própria vida.

Ela nunca se cansaria de ouvir aquelas palavras vindas dele, pensou Mia ao observá-lo se afastar por um segundo para tirar as próprias roupas. Primeiro, ele tirou a camisa, depois a bermuda, até ficar totalmente nu, revelando um corpo que representava a perfeição masculina. O fato de estarem flutuando no ar acrescentava um elemento de surrealismo à cena, fazendo com que Mia se sentisse em um sonho erótico incomum.

Estendendo os braços, ela correu as mãos pelo peito dele, maravilhada com a textura macia da pele e a solidez dos músculos abaixo dela. — Eu também amo você — murmurou ela, vendo os olhos deles brilharem de desejo.

Puxando-a contra si, ele a virou para que o corpo dela estivesse flutuando perpendicular ao seu e a parte inferior dele ao nível dos olhos. Antes que ela pudesse dizer alguma coisa, ele abriu-lhe as pernas, expondo as dobras delicadas ao olhar faminto. — Tão linda — sussurrou ele —, tão quente e molhada... Mal posso esperar para sentir seu gosto... — ele a lambeu lentamente na área mais privada —, para fazer você gozar...

Gemendo, Mia fechou os olhos, com a tensão familiar começando a se acumular nas profundezas do ventre. Flutuar no ar parecia aguçar todos os sentidos. Sem uma superfície onde deitar nem nada mais tocando-lhe o corpo, só o que conseguia sentir, só no que conseguia se concentrar era o prazer incrível da boca de Korum lambendo e beijando o clitóris e as mãos fortes acariciando-lhe as coxas.

Sem qualquer aviso, um orgasmo intenso invadiu-lhe o corpo, originando-se no centro e espalhando-se por todas as células. Mia gritou, encolhendo os dedos do pé com a intensidade do clímax. Em seguida, ele a virou para que o encarasse. Antes mesmo que o coração voltasse ao normal, o pênis enorme a penetrou em uma investida suave.

Arquejando, Mia abriu os olhos e agarrou os ombros de Korum, com o choque de ser possuída reverberando pelo corpo inteiro. Ele parou por um segundo e começou a se mover lentamente, dando a ela tempo para se ajustar. Com cada investida cuidadosa, a ponta do pênis pressionava o ponto mais sensível em seu interior, fazendo-a gemer com a sensação.

Aquelas investidas gentis pareceram durar para sempre, cada uma dela deixando-a cada vez mais perto do clímax, mas sem levá-la a ele. Gemendo em frustração, Mia enterrou as unhas nos ombros dele, precisando que se movesse mais depressa. — Por favor, Korum... — sussurrou ela, pois sabia que ele queria aquilo às vezes, que gostava que ela implorasse para lhe dar prazer.

— Ah, eu vou — murmurou ele com os olhos quase inteiramente dourados. — Certamente vou dar prazer a você, minha querida. — Segurando-a firmemente com um braço, ele estendeu a outra mão e esfregou a área em que estavam reunidos, molhando o dedo. Para surpresa de Mia, o dedo úmido se aventurou mais para cima, entre os globos macios das nádegas, e pressionou gentilmente a pequena abertura.

Mia prendeu a respiração e olhou para ele com uma mistura de medo e excitação.

— Shhh, relaxe... — disse ele baixinho com a voz aveludada. E, antes que ela pudesse dizer alguma coisa, ele inclinou a cabeça, capturando-lhe a boca em um beijo profundo e sedutor, enquanto empurrava devagar o dedo.

No início, pareceu queimar e doer, com a intrusão estranha fazendo-a se contorcer contra ele em um esforço fútil de reduzir o desconforto. Com o pênis totalmente dentro de si, a invasão adicional do corpo era demais, provocando sensações estranhas e enervantes. Mas, quando ele parou, com o dedo apenas parcialmente em seu interior, a queimação começou a diminuir, deixando uma sensação incomum de preenchimento.

Erguendo a cabeça, Korum olhou para ela com uma expressão ardente. — Tudo bem? — perguntou ele em tom suave. Mia assentiu incerta, sem conseguir decidir se gostava ou não daquela sensação peculiar.

— Ótimo — sussurrou ele, começando novamente a mover os quadris enquanto mantinha o dedo parado. — Só relaxe... isso, assim mesmo...

Fechando os olhos, Mia se concentrou em não ficar tensa, apesar de ficar cada vez mais difícil. O desconforto de alguma forma aumentou a pressão que crescia dentro dela, com cada investida fazendo com que o dedo de Korum se movesse ligeiramente e provocasse todos seus sentidos. O ritmo dele gradualmente aumentou e os quadris se moveram cada vez mais depressa até que, subitamente, ela se sentiu alçando voo, com o corpo inteiro latejando com um orgasmo tão intenso que ficou fraca e ofegante.

Korum gemeu, pressionando o corpo contra o dela enquanto os músculos internos de Mia se contraíram em volta dele, provocando o clímax nele. Ela sentiu os jatos da semente de Korum dentro do ventre, ouviu a respiração pesada enquanto ele apertava sua cintura com mais força, segurando-a firmemente no lugar.

Quando terminou, ele lentamente retirou o dedo e beijou-a, pousando os lábios macios sobre os dela.

Eles flutuaram juntos por mais alguns minutos, com os corpos escorregadios de suor e intimamente enroscados um no outro.

* * *

Na manhã seguinte, Mia acordou e espreguiçou-se, com um sorriso largo no rosto ao se lembrar do que acontecera no dia anterior. Parecia que Korum tinha apenas começado a apresentá-la aos vários prazeres eróticos que conhecia... e ela mal podia esperar para experimentar tudo. Certo ou errado, ela agora estava completamente viciada nele, no prazer que sentia em seus braços, e não conseguia se imaginar estando com outra pessoa, especialmente não com um humano comum.

Era engraçado, ela sempre ouvira dizer que os relacionamentos tendiam a perder a intensidade inicial no decorrer do tempo, mas parecia que a paixão deles ficava mais forte a cada dia. Parcialmente, era devido ao fato de Korum ser um amante fenomenal. Durante os dois mil anos de vida, ele tivera tempo mais do que suficiente para descobrir todas as zonas erógenas no corpo de uma mulher. Mas era algo mais, algo indefinível, aquela química única entre eles que fora óbvia desde o início.

Algumas vezes, o quanto ela precisava dele a assustava. A necessidade ia além do físico, apesar de ela não conseguir imaginar passar um dia sequer sem o prazer inacreditável que sentia nos braços dele. Era como se estivessem conectados no nível celular, duas metades de algo completo.

Ainda sorrindo, Mia rolou para fora da cama. Pegando o computador de pulso, ela olhou para ele para ver a hora. Para sua surpresa, já eram oito horas da manhã, o que significava que tinha apenas uma hora para tomar o café da manhã e chegar ao laboratório. Apesar de ser sábado, era dia de trabalho em Lenkarda, pois os krinars não seguiam o calendário dos humanos em relação a dias úteis e fins de semana. A semana deles tinha duração de apenas quatro dias, em vez de sete, dos quais três eram dias úteis e um de descanso. Mas Mia ainda pensava sobre o tempo em termos do calendário humano, pois fora isso com que se acostumara.

Korum já saíra e Mia pediu à casa que preparasse uma vitamina enquanto tomava um banho rápido. Até mesmo isso estava diferente agora, depois que Korum remodelara a casa. Em vez da combinação de chuveiro e jacuzzi com que se acostumara, o banheiro agora tinha um compartimento circular enorme com a mesma tecnologia inteligente do restante da casa. A água saía de todas as partes, mas de parte alguma, lavando e massageando todos os pontos do corpo, com a pressão e a temperatura da água ajustando-se automaticamente às necessidades dela. Mia também não precisava fazer nada para se lavar. Em vez disso, sabonetes, xampus e alguns óleos incomuns com perfumes suaves eram aplicados aos cabelos e à pele enquanto ela simplesmente ficava parada, deixando que a tecnologia dos krinars fizesse todo o trabalho.

Depois de terminar o banho, Mia saiu do compartimento e jatos mornos de ar a secaram. Os cabelos também foram secados automaticamente, resultando em cachos macios e sedosos que poderiam ser o resultado de uma sessão em um salão de beleza caro. Ao mesmo tempo, ela sentiu o gosto de algo refrescante na boca, como se tivesse acabado de escovar os dentes.

Quando terminou de se vestir, uma vitamina de morangos com amêndoas já estava sobre a mesa da cozinha. Pegando-a no caminho, Mia saiu da casa e foi em direção ao trabalho.

Apesar de ter ficado afastada apenas uma semana, Mia percebeu que sentira falta do ambiente do laboratório. Ela adorava aprender e o desafio de dominar um assunto difícil nunca a deixara com medo. Parte da relutância inicial em se envolver com Korum fora devido ao medo de se perder, de se tornar nada mais do que uma escrava do prazer. Em vez disso, parecera ter descoberto uma forma de se tornar uma parte útil da sociedade dos krinars, de contribuir de uma forma pequena. Ao conseguir o estágio para ela, Korum fizera mais do que simplesmente entregar seu currículo. Ele também demonstrara que a considerava como uma pessoa inteligente e capaz, alguém que não só desejava, mas respeitava.

Chegando ao laboratório, Mia passou a maior parte do dia atualizando-se com o que perdera durante a semana na Flórida. Apesar das conversar quase diárias com Adam, seu parceiro no projeto, ela ainda se sentia atrasada em relação aos desenvolvimentos mais recentes. Mas ela também não tinha muito tempo para se atualizar, pois Adam pretendia visitar a própria família de humanos naquela tarde.

— Como Saret deixou você fazer isso? — brincou Mia. — Ficar longe uma semana inteira? Korum praticamente teve que brigar com ele para me deixar sair por esse tempo e você é muito mais útil...

Adam deu de ombros. — Ele não teve muita opção. Eu disse a ele que iria e fim de conversa.

Mia sorriu para ele, novamente impressionada pelo jovem krinar. Apesar de ter sido criado por humanos, ou talvez por causa disso, ele estava à altura dos melhores krinars.

Finalmente, por volta de quatro horas da tarde, Adam entregou a ela vários documentos e saiu para iniciar as férias breves, deixando-a sozinha no laboratório. Os outros estagiários trabalhavam em um projeto conjunto com o laboratório da mente da Tailândia e tinham ido para lá por alguns dias para concluir um experimento.

Mia passou as duas horas seguintes lendo. Em seguida, foi verificar os dados que eram gerados pela simulação virtual do cérebro de um jovem krinar. Parecia que o método que ela e Adam tinham desenvolvido era realmente um passo na direção certa. A transferência de conhecimento acontecia em um ritmo mais rápido e com menos efeitos colaterais desagradáveis. Com sorte, conseguiriam melhorá-lo ainda mais até o final do trimestre...

— Como foram suas férias na Flórida? — perguntou uma voz familiar atrás dela e Mia saltou assustada.

Virando-se, ela respirou fundo, tentando acalmar o coração que disparara. — Você me assustou — disse ela a Saret, sorrindo. — Eu não sabia que havia mais alguém aqui no laboratório.

O chefe dela passou os dedos pelos cabelos escuros. — Estou só terminando algumas coisas. — Ele parecia incomumente tenso e Mia achou que estava cansado, algo raro em um krinar.

— Está tudo bem? — perguntou ela hesitante, sem querer ultrapassar algum limite. Apesar de estar trabalhando para Saret havia algumas semanas, ainda sentia que não o conhecia de verdade. Ele não passava muito tempo no laboratório, pois o projeto em que trabalhava o levava para o mundo inteiro. Quando estava no laboratório, normalmente ele ficava no escritório, apesar de ela tê-lo pego observando-a algumas vezes. Parecia que estava de olho na única humana que jamais deixara entrar em seu laboratório.

— É claro — respondeu Saret, com as feições relaxando em um sorriso. — Por que não estaria? Uma de minhas assistentes favoritas está de volta.

Sentindo-se ligeiramente desconfortável, Mia sorriu de volta. — Obrigada — disse ela. — É bom estar de volta. Eu estava dando uma olhada nos dados e há certamente algum progresso...

— Isso é ótimo — interrompeu Saret. — Estou ansioso para ver seu relatório em breve.

— É claro. Eu o prepararei hoje à noite...

— Não, não é preciso. Pode ir para casa cedo hoje. É o seu primeiro dia de volta e sei que seu *cheren* ficará chateado se eu a mantiver aqui até tarde.

Surpresa, Mia assentiu. — Está bem, se você tem certeza... — Normalmente, Saret não gostava quando os estagiários não trabalhavam o dia inteiro. Ele até mesmo tivera uma discussão sobre o assunto com Korum no dia em que Mia começara o estágio. E agora ele parecia querer que ela fosse embora... Ainda assim, ela não pretendia recusar. Planejara ir para casa assim que possível.

— Tenho certeza. — Saret sorriu para ela. Havia alguma coisa naquele sorriso que a deixou desconfortável, mas Mia não sabia o que era.

— Está bem, obrigada. Vejo você amanhã — disse Mia, passando por ele. E, ao fazer isso, podia jurar que ele se aproximara e respirara mais fundo, quase como se estivesse inalando seu perfume.

Dizendo a si mesma que tinha uma imaginação muito fértil, Mia saiu do laboratório e entrou em uma pequena nave estacionada ao lado do prédio. Korum a criara para ela com a finalidade expressa de se locomover por Lenkarda. Como o relógio de pulso que ele lhe dera, estava programada para responder aos comandos verbais de Mia. Sentindo-se cansada depois de um dia inteiro de trabalho, Mia se sentou em um dos bancos inteligentes e comandou à nave que a levasse para casa.

* * *

Saret observou Mia ir embora com as mãos trêmulas pela vontade de estendê-las para tocar nela.

Tê-la tão perto depois da longa ausência de Mia fora uma tortura. A doçura leve do perfume dela enchia o laboratório e ele não conseguira se impedir de chegar mais perto, de senti-lo. Se ela não tivesse ido embora, ele provavelmente teria feito algo idiota, como puxá-la para perto para sentir seu gosto. E não teria se contentado apenas com isso.

Quando tentava analisar a própria mente, como todo especialista em mentes deveria fazer, conseguia encontrar uma dúzia de motivos pelos quais ficara tão obcecado por ela. Em primeiro lugar, ela pertencia a Korum. Mesmo quando eram crianças, Saret sempre quisera os brinquedos de Korum. Seu inimigo fora criativo mesmo naquela época, alterando os projetos de jogos populares e criando algo que era melhor do que o que todos os outros tinham. Saret odiara Korum na época por causa disso e odiava-o agora. Claro, nunca demonstrara isso. Os inimigos de Korum nunca se davam bem. Era muito melhor ser amigo dele ou, pelo menos, agir assim.

E Mia era o melhor brinquedo de todos. Tão pequena, tão delicada, tão perfeitamente humana. Pela primeira vez, Saret entendeu por que a espécie dela mantinha animais de estimação. Ter uma criatura bonita para chamar de sua, acariciar e tocar à vontade... havia algo incrivelmente atraente nisso. Especialmente quando aquela criatura amava o dono, dependia dele. Ela seria um animal de estimação muito bom, pensou Saret, com aqueles cabelos que pareciam tão macios.

Ele estava surpreso por Korum deixá-la passar tanto tempo longe dele. Saret o testara no início, insistindo para que Mia trabalhasse o dia inteiro, apenas para ver se aquilo convenceria Korum do ridículo de ter um humano em um ambiente de trabalho dos krinars. O nêmesis era a última pessoa que ele esperaria que tratasse uma garota humana como igual. Claro, ela era inteligente — pelo menos, para uma humana —, mas também era jovem e maleável. Não seria preciso muito para moldá-la no que queria que ela fosse. Não importava o que ela achava que queria no momento. Se ela fosse *caerle* dele, conseguiria convencê-la facilmente a ser feliz com a função em sua vida, em sua cama. Havia tantas coisas divertidas que uma garota humana poderia fazer: todos os tipos de tratamentos em spas virtuais e reais, roupas bonitas, gravações interessantes, livros divertidos. E, em vez disso, Korum fazia com que ela trabalhasse sem parar. Não era surpresa que ela ainda objetasse a ser uma caerle. O *cheren* dela simplesmente não sabia como tratá-la da forma certa.

Suspirando, Saret voltou para o escritório. Toda a análise mental do mundo não mudaria o fato de que ele a queria. E logo poderia tê-la. Só precisava ser paciente por um pouco mais de tempo.

Voltando a atenção para a tarefa à mão, Saret abriu um mapa tridimensional de Shanghai.

A China era a próxima em sua lista.

CAPÍTULO 2

— Não há nada com que se preocupar — disse Korum em tom suave, colocando um ponto branco na têmpora de Mia. — Eles adorarão você, como eu a adoro.

Mia torceu nervosamente um cacho dos cabelos entre os dedos antes de colocá-lo atrás da orelha. — Eles não vão se importar por eu ser humana?

— Não vão — assegurou ele. — Já sabem de tudo sobre você e estão muito felizes por eu ter encontrado alguém de quem gosto tanto.

Depois que chegara em casa do trabalho, Korum a surpreendera com a notícia de que queria que ela também conhecesse a família dele. E, agora, estava prestes a levá-la a uma instalação de realidade virtual onde conheceria os pais dele. Supostamente, o ambiente era muito real e ela poderia interagir com os pais dele como se estivessem encontrando-se pessoalmente.

E era em Krina.

— Tem certeza de que não preciso mudar de roupa? — Mia sabia que estava protelando, mas sentia-se ridiculamente ansiosa. — E a sua mãe não se importará de eu estar usando o colar de sua família?

— Você está linda e o colar está perfeito — disse ele em tom firme. — Minha mãe ficará feliz em vê-lo em volta do seu pescoço. Ela me deu o colar explicitamente para essa finalidade: dá-lo à mulher pela qual eu me apaixonasse.

Mia respirou fundo, tentando controlar o coração que batia desenfreado. — Está bem, então estou pronta. — Pelo menos, o máximo que poderia estar pronta para conhecer os pais do amante extraterrestre que moravam a milhares de anos-luz de distância.

Korum sorriu e o mundo à volta de Mia ficou ligeiramente borrado.

Sentindo-se tonta, Mia fechou os olhos. Quando os abriu novamente, estava parada dentro de um prédio grande e arejado que se parecia vagamente com a casa de Korum em Lenkarda. Do lado de dentro, era totalmente transparente e ela viu plantas incomuns no exterior. A maior parte da flora tinha um tom familiar de verde, mas havia também uma proliferação de tons de vermelho, laranja e amarelo. Era incrivelmente belo. O interior do prédio tinha a mesma sensação zen que a casa de Arman. Tudo era em um belo tom de branco e a luz do sol que atravessava o teto transparente se refletia em um arranjo de flores bem no meio do aposento, o único toque de cor que havia. As flores pareciam crescer em uma abertura no chão. Ao longo das paredes, havia algumas tábuas flutuantes familiares que serviam como mobília para várias finalidades.

— É adorável — sussurrou Mia, olhando em volta do aposento. — É a casa dos seus pais?

Korum assentiu, sorrindo. Ele parecia contente. — É o lar da minha infância — explicou ele, estendendo a mão para pegar a dela e apertando-a de leve.

Como sempre, o toque dele a aqueceu por dentro. Ela ficou maravilhada ao ver como aquela realidade virtual parecia autêntica. De alguma forma, era ainda mais convincente do que o clube a que ele a levara uma vez para satisfazer uma de suas fantasias. Todos os sentidos estavam aguçados, como se ela estivesse lá fisicamente, em um planeta diferente em uma galáxia longínqua.

Respirando fundo, Mia percebeu que o ar era um pouco menos denso do que aquele ao qual estava acostumada, como se estivessem em uma grande altitude. Ela sentiu a mente um pouco leve e torceu para se ajustar em breve. A temperatura era agradavelmente quente e parecia haver uma brisa leve soprando de algum lugar, apesar de estarem dentro do prédio. Havia também um perfume exótico e atraente no ar. Provavelmente das flores, decidiu Mia. O aroma era quase como o de frutas e era diferente de tudo o que já sentira.

Enquanto Mia estudava os arredores, uma das paredes se dissolveu e uma mulher krinar entrou. Ela era alta e magra, com um corpo de supermodelo, e cabelos pretos brilhantes. Os olhos tinham a mesma cor âmbar que os de

Korum. Só podia ser a mãe dele, pois a semelhança era inconfundível.

Ao vê-los parados lá, um sorriso largo iluminou o rosto dela. — Meu filho — disse ela em tom suave, com os olhos brilhando de amor ao olhar para o filho. — Estou tão feliz em ver você. — Como todos os Ks, era impossível determinar a idade dela. Parecia ter no máximo vinte e cinco anos.

Soltando a mão de Mia, Korum atravessou a sala e envolveu a mãe em um abraço gentil. — Eu também, Riani, eu também...

Mia observou os dois, sentindo-se uma intrusa em um momento familiar particular. Ela não conseguia imaginar como os pais dele se sentiam com o filho morando tão longe. Sim, podiam se encontrar daquela forma virtual, mas provavelmente ainda sentiam falta de vê-lo pessoalmente.

Virando-se para Mia, Korum sorriu e disse: — Venha cá, querida. Deixe-me apresentá-la à minha mãe.

Curvando os lábios em um sorriso, Mia se aproximou deles, notando a forma como os olhos da K a examinaram de cima abaixo e sentindo a palma das mãos suando. O que aquela mulher linda estava pensando? Estava imaginando como o filho acabara com uma humana?

Parando a dois passos de distância, Mia abriu um sorriso maior. — Olá — disse ela, sem saber se deveria estender o braço e encostar as costas dos dedos no rosto dela. Mia aprendera nas semanas anteriores que aquele era o cumprimento normal entre as mulheres krinars.

A mãe de Korum não teve tal reserva. Erguendo a mão, ela tocou de leve no rosto de Mia e sorriu de volta.

— Olá, minha querida. Estou tão feliz por finalmente conhecer você.

— Riani, esta é Mia, minha *caerle* — disse Korum. — Mia, esta é Riani, minha mãe.

— É um prazer conhecer você, Riani. — Mia começou a se sentir mais à vontade. Apesar da beleza luminosa e da aparência jovem da mulher, havia algo nela que era muito reconfortante. Quase maternal, pensou Mia com um sorriso interno.

— Onde está Chiaren? — perguntou Korum, falando com a mãe.

— Ah, ele estará aqui em breve — disse ela, acenando com a mão. — Ele se atrasou no trabalho. Não se preocupe, ele sabe que vocês estão aqui.

Mia imaginou que Chiaren era o pai de Korum. Era interessante ele chamar os pais pelo nome, apesar de isso fazer sentido. Como os Ks viviam muito tempo, as linhas entre gerações provavelmente eram muito menos definidas do que entre os humanos. Apesar de Korum ter mencionado uma vez que os pais eram muito mais velhos que ele, Mia imaginou que a diferença entre dois mil anos e alguns milhares de anos não era tão drástica.

Um barulho baixo interrompeu os pensamentos de Mia. Virando a cabeça para o lado, ela viu a parede se abrir novamente. Um krinar bonito, vestindo roupas típicas dos Ks, entrou na sala. Cruzando o aposento rapidamente, ele ergueu a mão e tocou no ombro de Korum, cumprimentando o filho.

Korum devolveu o gesto, mas pareceu muito mais reservado do que fora com a mãe. — Chiaren — disse ele baixinho —, fico feliz por ter vindo.

Alguma coisa no tom da voz dele deixou Mia intrigada. Havia alguma tensão entre pai e filho?

O pai dele inclinou a cabeça. — É claro, eu não perderia a sua visita. — Em seguida, voltando a atenção para Mia, ele inclinou a cabeça para o outro lado e estudou-a com uma expressão inescrutável.

Mia engoliu em seco, sentindo subitamente a necessidade de umedecer a garganta. A postura de Chiaren e a curva ligeiramente zombeteira dos lábios dele eram muito familiares. Korum podia ser muito parecido com a mãe, mas certamente herdara alguns traços da personalidade do pai. Ela achou o K intimidador, com o olhar escuro frio e a falta de emoção visível. Ele lhe relembrou Korum quando os dois se conheceram.

— Chiaren, esta é Mia — disse Korum, chegando mais perto dela e colocando um braço possessivo à sua volta. — Ela é minha caerle. Mia, este é o meu pai, Chiaren.

O K sorriu, parecendo subitamente muito mais agradável. — Que adorável — disse ele em tom gentil. — Que bela garota humana você tem. Quantos anos você tem, Mia? Parece mais jovem do que imaginei.

— Vinte e um — respondeu Mia, ciente de que provavelmente parecia estar no final da adolescência. Era um problema comum para alguém com compleição pequena como a dela... um problema do qual nunca mais se livraria.

O sorriso de Chiaren aumentou. — Vinte e um...

Mia corou, percebendo que ele a achava pouco mais do que uma criança. E, em comparação a ele, era mesmo. Ainda assim, teria preferido que ele não demonstrasse se divertir tanto com a idade dela.

— Mia, querida, fale um pouco sobre você — disse Riani, sorrindo com um encorajamento acolhedor. — Korum mencionou que você estuda a mente. É isso mesmo?

Mia assentiu, voltando a atenção para a mãe de Korum. Ainda não tinha certeza de como se sentia em relação ao pai dele, mas certamente gostava de Riani. — Sim, é verdade — confirmou ela. — Comecei a trabalhar com Saret neste verão. Antes disso, eu me formei em psicologia em uma de nossas universidades.

— E o que está achando até agora? Do estágio? — perguntou Chiaren. — Imagino que deva ser muito diferente do que já fez antes. — Ele pareceu genuinamente curioso.

— Sim, é — respondeu Mia. — Estou aprendendo muito. — Sentindo-se muito mais em seu elemento, ela contou a eles sobre o trabalho no laboratório, com os olhos brilhando ao explicar sobre o projeto da gravação.

Depois, Riani perguntou sobre a família dela, parecendo particularmente interessada no fato de que Mia tinha uma irmã. A gravidez de Marisa pareceu fasciná-la e ela ouviu atentamente enquanto Mia detalhava as dificuldades pelas quais a irmã passara antes da chegada de Ellet. Em seguida, Chiaren quis saber sobre os pais de Mia e qual era a ocupação deles, além de como as contribuições humanas à sociedade eram normalmente medidas. Mia falou um pouco sobre o papel dos professores no sistema educacional norte-americano.

Não demorou muito para que ela estivesse envolvida em uma conversa animada com os pais de Korum. Ela descobriu que eles estavam juntos havia quase três milênios e que Riani tinha quase quinhentos anos a mais que o companheiro. Diferentemente de Korum, que descobrira a paixão por projetos tecnológicos desde cedo, Riani e Chiaren não eram especializados, como a maioria dos krinars, na verdade. Em vez de escolherem um assunto específico, eles frequentemente mudavam de carreira e de área de foco, sem nunca atingir o nível de especialização em uma área em particular. Como resultado, apesar de terem uma posição bastante respeitável na sociedade, nenhum dos pais de Korum chegara nem perto de se envolver com o Conselho.

— Não sei como conseguimos ter um filho tão inteligente e ambicioso — confessou Riani, sorrindo. — Certamente não foi intencional.

Vendo o olhar confuso no rosto de Mia, Chiaren explicou: — Quando um casal decide ter um filho, geralmente isso acontece sob condições muito controladas. Eles escolhem a combinação ideal de traços físicos e possíveis habilidades intelectuais, consultando os melhores especialistas...

— A maioria dos krinars são filhos projetados? — Mia arregalou os olhos ao entender. Isso explicava por que todos os krinars que conhecera eram tão bonitos. Eles tinham o controle da própria evolução praticando uma forma de seleção genética para os filhos. Fazia muito sentido. Qualquer cultura avançada o suficiente para manipular o próprio código genético, como os krinars fizeram para se livrar da necessidade de sangue, poderia facilmente especificar que genes queria nas crianças. Mia ficou surpresa por não ter pensado nisso antes.

Chiaren hesitou. — Não estou familiarizado com esse termo...

— Sim, exatamente — disse Korum, sorrindo para Mia. — Poucos pais estão dispostos a apostar na roleta genética, não quando há uma forma melhor.

— Mas fizemos isso — disse Riani, parecendo um pouco envergonhada. — Fiquei grávida por acidente, um dos poucos acidentes desse tipo que ocorreram nos últimos dez mil anos. Conversamos sobre ter um filho e paramos de fazer controle da natalidade, com planos de ir a um laboratório, como todos os casais que conhecíamos. Estatisticamente, a chance de engravidar naturalmente no primeiro ano fértil é de cerca de uma em um milhão. É claro, isso foi durante meu período de mestrado em música. Fiquei muito envolvida na expressão vocal, a ponto de adiarmos a visita ao laboratório por alguns meses. E, quando o médico me examinou, eu já estava no terceiro mês da gravidez de Korum.

— Sou um acidente, viu? — disse Korum, rindo. — Eles não tiveram controle nenhum sobre de que ancestral herdei meus traços genéticos.

Mia sorriu para ele. — Bem, acho que é bem óbvio de quem você herdou a cor. — Ele poderia ser o irmão gêmeo de Riani, em vez de filho.

— É a ambição que nos deixa confusos — disse Chiaren, lançando um olhar indecifrável ao filho. — Não fazemos ideia de onde ela vem...

Korum estreitou os olhos um pouco e Mia percebeu que aquele era provavelmente o ponto de disputa entre pai e filho. Ela decidiu perguntar a Korum mais tarde. Naquele momento, estava curiosa sobre aquela nova informação que descobrira sobre o amante. — Então, você não foi um bebê projetado, hein? — brincou ela, sorrindo para ele.

— Não — respondeu ele, sorrindo de volta. — Sou um filho totalmente natural.

— Bem, de qualquer forma, você saiu perfeito — disse Mia, estudando as belas feições masculinas. Não conseguia imaginar como ele poderia ser mais bonito.

Para surpresa dela, Korum balançou a cabeça negativamente. — Na verdade, não. Tenho uma pequena deformidade.

— Qual? — Mia olhou para ele chocada. Aquele homem maravilhoso tinha uma deformidade? Onde ele a escondera aquele tempo todo?

Ele sorriu e apontou para a covinha na bochecha esquerda. — Sim, bem aqui. Vê?

Mia olhou para ele descrente. — Sua covinha? É mesmo?

Ele assentiu com os olhos brilhando divertidos. — É considerada uma deformidade na minha raça. Mas aprendi a conviver com ela. Pelo jeito, algumas mulheres até gostam dela.

Gostar? Mia adorava aquela covinha e disse isso a ele, provocando risadas em todos.

— Acho melhor irmos embora — disse Korum depois de algum tempo. — Está na hora do jantar e Mia precisa dormir, pois tem que acordar cedo para trabalhar amanhã.

— É claro. — Riani lançou um olhar gentil de compreensão a Mia. — Sei que os humanos ficam cansados com mais facilidade...

Mia abriu a boca para protestar, mas mudou de ideia. Era verdade, mesmo que não estivesse particularmente cansada naquele momento. Em vez disso, falou: — Foi um grande prazer conhecer vocês, Riani e Chiaren. Adorei conversar com vocês.

— Nós também, querida. — Riani tocou de leve na bochecha de Mia novamente. — Esperamos vê-la em breve.

Mia sorriu e assentiu. — Claro, vou adorar.

— Foi um prazer conhecer você, Mia — disse o pai de Korum, sorrindo para ela. Em seguida, virando-se para Korum, acrescentou: — E foi bom ver você, meu filho.

Korum inclinou a cabeça. — Até a próxima vez.

O mundo ficou novamente borrado em volta deles, fazendo com que Mia fechasse os olhos. Quando ela os abriu novamente, estavam de volta na casa de Korum em Lenkarda.

* * *

— Gostei dos seus pais — disse Mia a Korum durante o

jantar. — Eles parecem simpáticos.

— Ah, eles são — disse Korum, mordendo um pedaço de jicama com sabor de romã. — Riani é ótima. Chiaren também, apesar de não concordarmos em certas coisas.

— Por que não?

Ele deu de ombros. — Não sei com certeza. Sempre foi assim. Em alguns aspectos, somos muito parecidos, mas, em outros, completamente diferentes. Ele nunca entendeu por que passei todo o meu tempo construindo a empresa, em vez de apenas aproveitar a vida e encontrar uma companheira, como fez. E ele não me perdoou por deixar Krina e privar Riani do único filho, apesar de eu visitá-los com frequência no mundo virtual.

Mia sorriu, vendo traços da própria família naquela dinâmica. Fora muito difícil para os pais quando ela fora para a universidade em Nova Iorque. Não conseguia imaginar como teria sido se ela tivesse desaparecido em outra galáxia. Não podia culpar o pai de Korum por ficar chateado, particularmente se não entendia ou não apreciava a ambição do filho.

Ainda pensando sobre a família de Korum, Mia lentamente comeu o ensopado, desfrutando da combinação satisfatória de raízes e legumes de sabor rico provenientes de Krina. Subitamente, um pensamento perturbador surgiu-lhe na mente, fazendo com que parasse de comer e olhasse para Korum.

— Você gostaria de voltar para Krina? — perguntou ela, franzindo um pouco a testa. — Você deve sentir saudades de seus pais e parece um lugar tão legal...

Ele hesitou por alguns segundos. — Talvez um dia — respondeu Korum finalmente, observando-a com um olhar dourado indecifrável. — Mas provavelmente não por muito tempo.

Mia sentiu um aperto no peito. — E eu?

— Você irá comigo, é claro — disse ele em tom casual, tomando um gole de água. — O que mais faria?

Ela respirou fundo, tentando permanecer calma. — Para outro planeta? Deixar tudo e todos para trás?

Ele estreitou os olhos ligeiramente. — Eu não disse que iríamos em breve, Mia. Talvez nem mesmo enquanto a sua família esteja viva. Mas algum dia, sim, posso precisar visitar Krina e quero que vá comigo.

Mia piscou algumas vezes e desviou o olhar, sentindo o coração apertado ao se lembrar da disparidade que existia agora entre ela mesma e o restante da humanidade. Graças ao nanócitos que circulavam em seu corpo, ela nunca ficaria velha, mas viveria muito mais tempo do que os entes queridos. O fato de os krinars terem os meios para estender indefinidamente a expectativa de vida dos humanos, mas terem optado por não fazer isso, a incomodava muito, fazendo-a se sentir culpada sempre que pensava no assunto.

— Mia... — Korum estendeu o braço e pegou a mão dela. — Escute. Eu disse a você que iria pedir aos Anciãos para sua família e já comecei o processo. Mas não posso prometer nada. Eu nunca ouvi de uma exceção sendo feita para qualquer pessoa que não fosse considerada uma *caerle.*

— Mas por quê? — perguntou Mia frustrada. — Por que não dividir o seu conhecimento e a sua tecnologia conosco? Por que os Anciãos se importam tanto com esse assunto?

Korum suspirou, acariciando a palma da mão dela com o polegar. — Nenhum de nós sabe exatamente, mas tem algo a ver com o fato de que vocês ainda são muito imperfeitos como espécie e os Anciãos querem que tenham mais tempo para evoluir...

— Somos imperfeitos? — Mia o encarou incrédula. — O que quer dizer com isso? Está dizendo que somos defeituosos? Como uma peça em um carro que não funciona direito?

— Não, não como uma peça em um carro — explicou ele pacientemente, apertando os dedos quando ela tentou retirar a mão. — A sua espécie é muito jovem, só isso. A sua sociedade e a sua cultura estão evoluindo em ritmo rápido e provavelmente a taxa de natalidade e a expectativa de vida curta têm algo a ver com isso. Se fôssemos dar nossa tecnologia a vocês agora, se cada humano pudesse viver milhares de anos, o planeta teria uma superpopulação muito rapidamente... a não ser que fizéssemos algo também a respeito da taxa de natalidade. Veja, Mia, é tudo ou nada. Ou controlamos tudo, ou deixamos que fiquem como estão. Não há um meio termo, minha querida.

Mia cerrou os dentes. — Então, por que não dão essa opção às pessoas? — perguntou ela, furiosa com a história toda. — Por que não deixar que escolham entre viver por um longo tempo ou ter filhos? Tenho certeza de que muitas escolheriam a primeira opção em vez de enfrentar a morte e as doenças...

— Não é tão simples assim, Mia — disse Korum, encarando-a firmemente. — Veja bem, a superpopulação não é a única preocupação dos Anciãos. Cada geração traz algo novo à sua sociedade, mudando-a para melhor. Faz menos de duzentos anos que os humanos em seu país não achavam nada demais manter escravos. E agora essa ideia é abominável para eles, pois se passaram gerações e os valores mudaram. Você acha que teriam erradicado a escravidão se as mesmas pessoas que eram donas de escravos ainda estivessem vivas? O progresso da sua sociedade seria incrivelmente lento se estendêssemos uniformemente a expectativa de vida. E isso não é algo que os Anciãos queiram neste ponto.

— Então somos apenas um experimento — retrucou Mia, incapaz de manter o desgosto fora da voz. — Vocês só querem ver o que acontece conosco, sem se importar com quantos humanos sofrerão no processo...

— Os humanos nem estariam aqui para sofrer se não fosse pelos krinars, querida — interrompeu ele, parecendo ligeiramente divertido pela explosão dela. — De forma muito conveniente, você se esquece desse fato.

— Certo, vocês nos fizeram e agora podem brincar de Deus. — Ela sentiu o velho ressentimento surgir, fazendo com que quisesse evidenciar toda a injustiça daquilo. Apesar de amar muito Korum, algumas vezes a arrogância dele lhe dava vontade de gritar.

Ele sorriu, nem um pouco afetado pela raiva dela. Os dedos dele relaxaram sobre a palma da mão de Mia e o toque ficou novamente suave e acariciante. — Posso pensar em outras coisas com as quais brincar — murmurou ele, com os olhos começando a mostrar o calor dourado.

E, enquanto Mia observava incrédula, ele afastou a mesa flutuante, removendo a barreira que havia entre os dois. Ainda segurando a mão dela, ele a puxou até que ela não tivesse opção além de se sentar em seu colo.

— Você acha que sexo fará com que as coisas pareçam melhores? — perguntou ela, irritada com a resposta inevitável do próprio corpo à proximidade com ele. Não importava o quanto estivesse furiosa, bastava ele olhá-la de uma certa forma para que se perdesse completamente, transformando-se em uma poça de desejo.

— Ahã... — Ele já estava inclinado para beijar seu pescoço, com a boca quente e úmida sobre a pele nua. — O sexo sempre deixa as coisas melhores — sussurrou ele, mordendo a junção sensível entre o pescoço e o ombro de Mia.

E, pelas várias horas seguintes, Mia não encontrou motivo para discordar daquilo.

* * *

Depois do barulho e das multidões em Xangai, a paisagem nua da tundra siberiana era quase reconfortante. Se não fosse pelo frio, Saret provavelmente teria gostado de visitar aquela região remota da Rússia.

Mas estava frio. A temperatura ali, logo acima do círculo Ártico, nunca era alta o suficiente para um krinar, nem mesmo nos dias mais quentes do verão. Mas, naquele dia, estava abaixo de zero e Saret fez questão de cobrir cada centímetro do corpo com roupas térmicas antes de sair da nave.

O prédio cinzento grande à frente dele era um dos exemplos mais feios da arquitetura da era soviética. Arame farpado e torres de guarda em todos os cantos o marcavam exatamente como era, uma prisão de segurança máxima para os criminosos mais violentos de toda a Rússia. Poucas pessoas sabiam que aquele lugar existia e fora por isso que Saret o escolhera para seu experimento.

Ele se aproximou abertamente do portão, sem se preocupar em ser visto por câmeras nem satélites. Para aquele local, ele usava um disfarce que desenvolvera no decorrer dos anos. O disfarce alterava não só a aparência, como a camada externa do DNA, tornando quase impossível descobrir sua verdadeira identidade. Os humanos sabiam que ele era um krinar, claro, mas não sabiam mais nada a seu respeito.

Quando ele se aproximou, o portão se abriu, deixando que entrasse. Saret andou rapidamente até o prédio, onde foi recebido pelo encarregado, um humano de meia idade, barrigudo, fedendo a álcool e cigarro.

Sem dizer uma palavra, o encarregado o levou até o escritório e fechou a porta.

— E então? — perguntou Saret em russo assim que chegaram na privacidade do escritório. — Tem os dados que pedi?

— Sim — respondeu o encarregado devagar. — Os resultados são bastante... incomuns.

— Como assim, incomuns?

— Sua última visita foi há seis semanas — disse o humano, com as mãos brincando nervosamente com uma caneta. — No mês passado, não tivemos nenhum homicídio. Nas últimas três semanas, não houve nenhuma briga. Cuido desse lugar há vinte anos e nunca vi nada como isso.

Saret sorriu. — Não, aposto que não. Qual era a taxa de homicídios antes?

O homem abriu uma pasta e tirou uma folha de papel, entregando-a a Saret. — Dê uma olhada. Normalmente, há dois ou três assassinatos por mês e cerca de uma briga por dia. Não conseguimos entender. É como se todos eles tivessem feito um transplante de personalidade.

O sorriso de Saret aumentou. Se pelo menos o humano soubesse a verdade. Satisfeito, ele dobrou a folha e colocou-a no bolso da calça. — Você pode esperar o pagamento final amanhã — disse ele ao encarregado. Em seguida, saiu do escritório.

Ele mal podia esperar para voltar à nave e sair do frio.

CAPÍTULO 3

Os dois dias seguintes se passaram sem que nada significativo acontecesse. Mia passou o tempo trabalhando no laboratório e aproveitando a companhia de Korum à noite, sentindo-se muito feliz apesar das discussões ocasionais. Ela não tinha dúvidas de que ele a amava e isso fazia toda a diferença. Um dia, ela esperava convencê-lo a vê-la sob uma luz diferente, a apreciar o fato de que os humanos eram mais do que apenas um experimento dos Anciãos dos krinars. Mas, por enquanto, ela precisava se contentar com a possibilidade de talvez ser feita uma exceção para sua família, algo que sabia que Korum estava tentando muito obter.

No laboratório, os outros estagiários ainda não tinham voltado e Mia se viu frequentemente trabalhando sozinha, rodeada apenas por equipamentos. Saret ia e voltava e, de vez em quando, ela o via observando-a com uma expressão enigmática no rosto. Considerando aquilo como uma desconfiança estranha da estagiária humana, ela terminou o relatório e enviou-o a Saret, esperando receber logo um retorno. Enquanto esperava, ela continuou a fazer a simulação, tentando diversas variações no processo e registrando cuidadosamente os resultados.

Terça-feira era um dia de folga em Lenkarda e era o aniversário de Maria. A garota animada lhe enviara uma mensagem holográfica durante o fim de semana, convidando-a formalmente para a festa na praia às duas horas da tarde. Mia aceitara com prazer.

— Então eu não posso ir? — Korum estava deitado na cama e observando-a se preparar para a festa. Os olhos dourados brilharam divertidos e ela sabia que estava só provocando-a.

— Lamento, querido — disse ela em tom zombeteiro, girando o corpo em frente ao espelho. — Nenhum cheren permitido. Somente caerles.

Ele sorriu. — Mas que discriminação.

Ela estava usando o colar que ele lhe dera e um vestido leve com biquíni por baixo, caso a festa envolvesse nadar no oceano.

— Sim, você sabe como é — disse ela, sorrindo de volta. — Somos bacanas demais para vocês, Ks.

Ela adorava como podia implicar com ele agora. De alguma forma quase imperceptível, o relacionamento deles assumira uma posição mais equilibrada. Ele ainda gostava de estar no controle e conseguia ser incrivelmente dominador de vez em quando, mas ela começava a achar que podia enfrentá-lo. O conhecimento de que ele a amava, de que as opiniões e as ideias dela importavam, era muito libertador.

— Muito bem — disse ela, inclinando-se para beijá-lo de leve no rosto —, preciso correr.

Mas, antes que Mia conseguisse se afastar, ele passou o braço em volta de sua cintura e ela se viu deitada de costas sobre a cama, presa pelo corpo musculoso.

— Korum! — Ela se contorceu, tentando sair. — Vou me atrasar! Você mesmo disse que é um insulto chegar tarde...

— Um beijo — disse ele, segurando-a sem o menor esforço. Mia viu os sinais familiares de excitação no rosto dele e sentiu o pênis rígido contra a perna. O corpo dela reagiu de forma previsível, com as entranhas contorcendo-se em ansiedade e a respiração ficando acelerada.

Ela balançou a cabeça negativamente. — Não, não podemos...

— Só um beijo — prometeu ele, abaixando a cabeça. A boca de Korum estava quente e a língua acariciou a parte de dentro dos lábios de Mia. Ela se sentiu derretendo por dentro e uma neblina de prazer a envolveu. Mas, antes que ela se perdesse, ele parou, erguendo a cabeça e saindo de cima dela.

— Vá — disse ele com um sorriso malicioso no rosto. — Não quero que chegue atrasada.

Frustrada, Mia se levantou e jogou um travesseiro nele. — Você é mau — disse ela. Agora, Mia estava extremamente excitada e não teria a oportunidade de encontrá-lo nas horas seguintes. A única coisa que a fez se sentir melhor foi o fato de que ele sofreria do mesmo jeito.

— Só queria que você se apressasse para voltar, mais nada — disse ele, sorrindo. Ela jogou outro travesseiro nele, pegou o presente de Maria e saiu pela porta.

Mia conseguiu não se atrasar, mas as outras doze caerles já estavam lá quando chegou. O convite de Maria dissera que haveria treze garotas no total, incluindo a própria Mia.

Uma seleção musical incomum tocava em algum lugar no fundo. Os sons eram lindos e Mia reconheceu a melodia que Korum algumas vezes tocava em casa. No entanto, junto com a música popular dos krinars, ela ouviu tons mais familiares de flauta e violino.

As garotas estavam sentadas em cadeiras flutuantes dispostas em um círculo em volta de uma tábua suspensa que parecia servir como mesa de piquenique. Havia diversos tipos de frutas com aparência deliciosa e pratos exóticos sobre ela.

Vendo Mia, Maria acenou de forma entusiástica. — Ei, venha se juntar a nós!

Mia se aproximou, sorrindo para ela. — Feliz aniversário! — disse ela, entregando a Maria uma pequena caixa embrulhada em papel enfeitado.

— Um presente! Ora, querida, não precisava! — Mas o rosto de Maria brilhou animado e Mia sabia que fizera a coisa certa ao pedir que Korum a ajudasse a encontrar um presente.

Ansiosa como uma criança, Maria rasgou o embrulho e abriu a caixa, tirando um pequeno objeto oval. — Ai, meu Deus, isto é o que eu acho que é?

— Korum fez — explicou Mia, sentindo-se feliz com a reação dela. Maria obviamente conhecia o suficiente sobre a tecnologia dos krinars para entender que acabara de ganhar um fabricador, um dispositivo que possibilitaria que ela usasse nanomáquinas para criar todo tipo de objetos usando átomos individuais. Claro, o computador que Korum tinha implantado na palma da mão permitia que ele fizesse a mesma coisa sem qualquer outro dispositivo e em uma escala muito maior e mais complexa. No entanto, ele era um dos poucos que conseguia criar uma nave inteira do nada. A fabricação rápida era uma tecnologia relativamente nova e ainda um tanto cara e nem todos podiam comprar um fabricador até mesmo básico, como o que ele produzira para Maria. Era um objeto muito desejado, explicara Korum.

— Ai, meu Deus, um fabricador! Muito obrigada! — Maria estava quase fora de si de tão empolgada. — Isso é tão incrível! Agora posso criar as roupas que eu quiser.

— E outras coisas também — disse Mia, sorrindo. O pequeno fabricador não era avançado o suficiente para criar tecnologias complexas, mas conseguia criar todo tipo de objetos mais simples.

— Roupas — disse Maria em tom firme. — O que eu mais quero são roupas.

Todas em volta da mesa riram da expressão determinada no rosto dela e uma garota de cabelos ruivos gritou: — E sapatos para mim!

— Ai, onde estou com a cabeça! — exclamou Maria em meio às risadas. — Ainda não apresentei você a todo mundo. Pessoal, essa é Mia, que chegou mais recentemente. Como podem ver, ela é inacreditavelmente demais. Mia, você já conhece Delia. A garota adorável à direita dela é Sandra, depois Jenny, Jeannette, Rosa, Yun, Lisa, Danielle, Ana, Moira e Cat.

— Olá — disse Mia, sorrindo e acenando para as garotas. Os vários nomes ditos em sequência foram um pouco demais, ela não conseguiria se lembrar de todos imediatamente. Normalmente, ela era tímida em situações sociais em que não conhecia a maioria das pessoas, mas naquele dia, por algum motivo, sentiu-se confortável. Talvez fosse porque já tinha tanto em comum com elas. Poucas pessoas fora daquele grupo conseguiriam entender o que era ter um relacionamento com alguém literalmente de outro mundo.

Sentando-se na cadeira flutuante vazia, Mia olhou em volta da mesa com curiosidade aberta. Como ela, todas aquelas garotas eram imortais. Isso significava que algumas eram mais velhas do que pareciam? Na maioria, pareciam jovens e lindas, de várias raças e nacionalidades. No entanto, algumas delas eram apenas bonitas e Mia se perguntou novamente por que os krinars, com aquela beleza divina, sentiam-se atraídos pelos humanos. Era pela capacidade de beber o sangue deles? Se beber o sangue era tão agradável quanto dá-lo, ela conseguia entender o apelo.

Voltando a atenção para Delia, Mia agradeceu por avisá-la sobre a festa.

— É claro — disse Delia. — Fico feliz por você ter vindo. Ouvimos dizer que você não estava em Lenkarda na semana passada. Caso contrário, Maria teria lhe enviado o convite formal mais cedo.

— Sim, eu estava na Flórida, visitando minha família — explicou Mia, vendo Delia erguer as sobrancelhas interrogativamente.

— Korum deixou você ir até lá? — perguntou ela, com uma nota de descrença na voz.

— Nós fomos juntos — respondeu Mia, colocando um morango na boca. A fruta estava doce e suculenta. Os krinars certamente sabiam como cultivar as melhores frutas.

— Ah — disse Delia. — Entendo... — Ela pareceu um pouco confusa com aquilo.

— Você nunca vai visitar sua família? — perguntou Mia sem pensar. — Eles ainda estão na Grécia?

Delia sorriu, parecendo se divertir. — Não, eles não estão mais aqui.

— Ah... eu sinto muito. — Mia se sentiu horrível. Não fazia ideia de que aquela garota era órfã.

— Está tudo bem — disse Delia calmamente. — Eles faleceram há muito tempo. Agora, só tenho algumas lembranças deles. Não tínhamos fotografias naquela época.

Mia começou a entender a situação. — Quanto tempo é muito tempo? — perguntou ela, incapaz de conter a curiosidade. Não havia fotografias? Que idade teria a caerle de Arus?

— Ah, você não conhece a história de Delia? — perguntou uma caerle de cabelos castanhos sentada à direita de Delia. — Delia, você deveria contar a Mia...

— Não tive a oportunidade, Sandra — respondeu Delia, falando com a garota. — Só encontrei Mia uma vez antes.

— Nossa amiga Delia é um pouco mais velha do que parece — disse Sandra com um sorriso no rosto. — Adoro a reação das novatas quando ficam sabendo qual é a verdadeira idade dela...

Intrigada, Mia olhou para a garota grega. — Qual é a sua verdadeira idade, Delia?

— Até onde sei, farei dois mil, trezentos e doze este ano.

Mia engasgou com um pedaço do morango que estava comendo. Tossindo, ela conseguiu limpar a garganta o suficiente para perguntar: — O quê?

— Sim, você ouviu certo — disse Sandra, rindo. — Delia é só um pouco mais nova do que algumas das pirâmides...

E mais velha que Korum. — Você foi caerle esse tempo todo? — perguntou Mia incrédula.

— Desde que eu tinha dezenove anos — disse Delia, encarando-a com os olhos castanhos grandes. — Conheci Arus em uma praia no Mediterrâneo, perto da minha vila. Ele era muito mais jovem na época, perto de duzentos anos. Mas, para mim, era a epítome da sabedoria e do conhecimento. Achei que ele era um deus, especialmente quando me mostrou uma tecnologia milagrosa. No dia em que ele me levou à nave, fiquei convencida de que tinha ido ao Monte Olimpo...

— Onde você morou esse tempo todo? Em Krina? — Mia estava totalmente fascinada. Por algum motivo, achou que os relacionamentos entre krinars e humanos fosse uma coisa relativamente nova. Mas agora, ao pensar no assunto, a existência da terminologia caerle e cheren na linguagem dos krinars implicava que aquele tipo de relacionamento devia existir havia algum tempo.

— Sim — respondeu Delia. — Arus me levou para Krina quando saiu da Terra. Vivemos lá até que os krinars viessem para cá há alguns anos.

Mia a encarou, imaginando como deveria ter sido chocante para alguém da Grécia antiga ir para outro planeta. Mesmo para Mia, que sabia que os krinars não eram sobrenaturais de forma alguma, muito do que faziam podia parecer mágica. Como teria sido para alguém que nunca usara um celular ou uma televisão, que não tinha ideia do que era um computador ou um avião?

— Como você lidou com isso? — perguntou Mia. — Não consigo nem imaginar como deve ter sido para você.

Delia deu de ombros de forma graciosa. — Não sei direito, para ser sincera. Mal consigo me lembrar daqueles dias do começo. Tudo é um grande borrão de imagens e impressões na minha cabeça. Eu não lidei muito bem com a viagem até Krina, disso consigo me lembrar. Seu cheren, que nem era nascido na época, fez muito para tornar a viagem intergaláctica mais segura e confortável. Mas, naquela época, era muito mais difícil. Eu me senti muito mal durante a viagem inteira, pois a nave não era otimizada para humanos. E levei alguns dias para me recuperar quando cheguei a Krina, mesmo com os remédios deles.

— Você quis ir? — Mia não conseguia deixar de lado a pena intensa que sentia por uma garota de dezenove anos que fora levada para longe de tudo o que conhecia, para um lugar estranho e nada familiar.

Delia deu de ombros novamente. — Eu queria ficar com Arus, mas não acho que percebi totalmente o que isso envolvia. Obviamente, não me arrependo de nada agora.

— Há alguma caerle mais velha que você?

— Sim — respondeu Delia. — Há duas. Um é caerle da especialista em biologia que desenvolveu o processo para estender a expectativa de vida dos humanos. Ele tem quase cinco mil anos. E a outra tem apenas quinhentos anos a mais que eu. Ela é da África.

— Espere um pouco. Você disse ele? — Era a primeira vez que Mia ouvia falar de um caerle homem.

— Sim — disse Sandra, juntando-se à conversa. — Também fiquei surpresa. Mas algumas mulheres krinars, e homens também, têm caerles humanos homens. É muito mais raro, mas acontece. Sumuel, o caerle original, como é conhecido, fica com um casal.

Mia piscou algumas vezes. — Como um triângulo amoroso?

— Mais ou menos isso — respondeu Sandra com um sorriso malicioso no rosto. — É um arranjo um tanto incomum, mas dá certo para eles. A filha do casal pensa em Sumuel como um terceiro pai.

— A filha do casal de krinars?

— Sim, é claro — respondeu Delia. — Não podemos ter filhos com os krinars. Não somos suficientemente compatíveis em termos de genética.

Apesar de Mia saber disso, ouvir Delia dizer aquilo fez com que sentisse um pequeno aperto no peito. Nos dias anteriores, Mia estivera tão feliz que não tivera a oportunidade de pensar nos aspectos negativos de estar sempre com uma pessoa que não era da mesma espécie. Korum lhe dissera no início que não poderia engravidá-la e Mia não tivera motivo para questionar aquilo. Além do mais, tivera outras coisas com que se preocupar. No entanto, agora que Mia tinha certeza de um futuro com Korum, percebia o que aquele futuro não tinha: um filho.

Mia não sentia uma necessidade grande de ser mãe, pelo menos, não por enquanto. Ter um filho sempre fora algo que vislumbrara como parte de um futuro agradável e nebuloso. Sempre imaginara que primeiro terminaria a faculdade, faria um mestrado e conheceria um homem bacana. Eles namorariam por alguns anos, ficariam noivos, teriam uma cerimônia de casamento íntima e começariam a pensar em filhos depois de estarem casados por algum tempo. Em vez disso, ela se tornara a caerle de um extraterrestre uma semana depois de conhecê-lo, ficara imortal e perdera qualquer chance de ter uma vida humana normal.

Não que ela se importasse, obviamente. Estar com Korum, amá-lo, era muito mais do que jamáis esperara. E se, em algum lugar lá no fundo, uma pequena parte dela sentia a perda do filho que não existia... bem, poderia conviver com isso. Talvez, algum dia, conseguisse convencer Korum a adotar uma criança.

Assim, Mia colocou um sorriso no rosto e voltou a atenção para Delia, perguntando sobre suas experiências em Krina e como era viver por tanto tempo.

Durante a hora seguinte, Mia conheceu Delia e Sandra um pouco mais, ouviu a história delas e sobre como era realmente a vida de uma caerle. Diferentemente de Delia, Sandra estava em Lenkarda havia apenas três anos. Originalmente da Itália, ela conhecera o cheren por acidente na costa de Amalfi. Em grande parte, Delia e Sandra pareciam felizes com a vida que tinham, apesar de Mia ter a sensação de que Arus tratava Delia como uma verdadeira parceira, enquanto que o cheren de Sandra a mimava muito, mas não a levava muito a sério.

Depois que a maior parte das comidas sobre a mesa desaparecera, Maria desafiou as garotas para um jogo de bebida que parecia similar a "verdade ou consequência". Para a parte "consequência", elas precisavam beber uma dose de tequila.

— Não se preocupe — sussurrou Sandra para Mia —, você não terá a oportunidade de ficar bêbada demais, nem mesmo se beber cinco doses por hora. Nosso corpo agora metaboliza o álcool muito depressa.

Mia sorriu, lembrando-se da última vez em que ficara bêbada. Teria sido útil ter todos aqueles nanócitos quando fora ao clube. Ela teria sido poupada de muitos constrangimentos.

Elas jogaram por uma hora e Mia bebeu pelo menos seis doses, optando pela opção "consequência" em vez de responder a algumas questões muito íntimas sobre sua vida sexual. Mas as outras garotas não tiveram tal reserva e Mia descobriu tudo sobre a preferência de Moira por calças pretas de couro, a paixão de Jenny por massagens nos pés e o fato de que Sandra fizera uma vez sexo em um bote salva-vidas.

Finalmente, a festa terminou. Sentindo-se ligeiramente tonta, Mia foi para casa, ansiosa por encontrar Korum e terminar o que tinham começado mais cedo.

* * *

Saret andou pelas favelas da Cidade do México, observando sem paixão os dejetos da humanidade à sua volta. Ele já plantara os dispositivos no centro da cidade, portanto, aquela excursão não tinha finalidade particular, exceto satisfazer a curiosidade e reforçar na mente como o que fazia era correto.

Na esquina, dois brutamontes ameaçavam uma prostituta com uma faca. Relutantemente, ela tirou dinheiro do sutiã e xingou-os em espanhol. Saret andou na direção deles, fazendo ruído propositadamente, e os brutamontes foram embora com sua aproximação, deixando a prostituta em paz. Ela olhou rapidamente para Saret e correu, parecendo perceber o que ele era.

Saret sorriu para si mesmo. *Covardes idiotas.*

Já passava da meia-noite e a área estava repleta de todo tipo de vagabundos. A violência relacionada a drogas no México não melhorara nos anos recentes e o governo do país chegara ao ponto de pedir ajuda aos krinars com o problema. Depois de algumas discussões, o Conselho decidira recusar, sem querer se envolver em problemas humanos. Privadamente, Saret discordara daquela decisão, mas votou da mesma forma que Korum: contra o envolvimento. Nunca era uma boa ideia se opor abertamente aos supostos amigos. Além do mais, não fazia sentido ajudar os humanos em uma escala tão limitada. O que Saret fazia seria muito mais efetivo.

Ele estava voltando para onde deixara a cápsula de transporte quando uma dezena de membros de uma gangue cometeram o erro fatal de cruzar seu caminho. Armados com metralhadoras e alterados por causa da cocaína, eles pareceram se achar invencíveis o suficiente para atacar um K. Um erro pelo qual pagaram imediatamente.

As primeiras balas atingiram Saret, mas as outras não. Consumido pela raiva, ele mal percebeu as próprias ações, agindo inteiramente por instinto, que era de destruir qualquer coisa que o ameaçasse. Quando Saret retomou o controle, havia pedaços de corpos por todo o beco e a rua inteira fedia a sangue e morte.

Desgostoso consigo mesmo e com os idiotas que o provocaram, Saret voltou para a nave.

Ele estava mais convencido que nunca de que seu caminho era justo.

CAPÍTULO 4

No dia seguinte, Mia terminou de executar a simulação pela terceira vez e enviou os resultados digitais para Saret, torcendo para que ele tivesse uma oportunidade de revisá-los em breve. Sem os comentários dele e a ajuda de Adam, não havia nada mais que pudesse fazer para avançar com o projeto no momento.

Era apenas onze horas da manhã de quarta-feira e ela já fizera o que tinha separado para fazer no laboratório o dia inteiro. Claro, poderia ler alguma coisa sobre a mente ou assistir a algumas gravações, mas aquelas eram coisas que costumava fazer no tempo livre fora do laboratório. As horas que passava lá eram para trabalhar e Mia queria encontrar algo com que se ocupar até receber os comentários necessários sobre o projeto atual.

Como sempre, Saret fora para algum outro lugar e os outros estagiários estavam novamente na Tailândia. Eles a deixaram sozinha no laboratório, o que Mia achou que provavelmente era um sinal de confiança. Ela duvidava que Saret deixasse qualquer pessoa perto de todos os equipamentos complexos do laboratório.

Levantando-se, ela caminhou até a instalação de armazenamento de dados comum, um dispositivo krinar que estava anos-luz à frente de qualquer computador humano. Mia estava apenas começando a aprender todas as suas capacidades. Assim, decidiu usar o tempo livre para explorá-lo um pouco e conferir alguns dos projetos dos outros estagiários. A unidade de dados respondia a comandos de voz, o que fazia com que fosse fácil operá-la.

As seis horas seguintes pareceram voar. Absorta no que fazia, Mia mal sentiu a passagem do tempo enquanto lia sobre as propriedades regenerativas do tecido cerebral dos krinars e a complexidade do desenvolvimento da mente infantil. Ela fez um breve intervalo para almoçar, pediu um sanduíche do prédio inteligente do laboratório e continuou, fascinada pelo que aprendia. Parecia que o projeto que afastara os outros estagiários do laboratório era ainda mais interessante que aquele em que Mia e Adam trabalhavam. Sentindo um pouco de inveja, Mia decidiu perguntar a Saret se havia como se envolver nele.

Finalmente, chegou o horário do fim do expediente. Apesar de Mia normalmente ficar até mais tarde no laboratório, decidiu fazer uma exceção naquele dia, pois não havia nada a fazer. Saindo do laboratório, ela foi embora.

Chegando em casa, não ficou surpresa ao descobrir que Korum ainda não estava lá. O horário dele era muito mais intenso que o dela, apesar de ajudar o fato de ele não precisar dormir mais do que duas ou três horas por noite. Na verdade, ele fazia uma grande parte do trabalho à noite ou cedo pela manhã enquanto Mia estava dormindo.

Sentando-se confortavelmente na longa tábua flutuante na sala de estar, Mia decidiu telefonar para Jessie. Elas não conversavam desde antes da viagem de Mia para a Flórida. Ela sentia muita falta de ouvir a voz animada da amiga.

— Telefonar para Jessie — disse Mia ao dispositivo do pulso, ouvindo os tons familiares de discagem.

— Mia? — A voz de Jessie soou cautelosa.

— Sim, sou eu — respondeu Mia, sorrindo. Ela sabia que a chamada apareceria no telefone de Jessie como proveniente de um número desconhecido. — Como você está? Não falo com você há mais de uma semana!

— Ah, eu estou bem — disse Jessie, soando um pouco distraída. — Como está a sua família? Eles já conheceram Korum?

— Sim, conheceram — disse Mia. — Acredite ou não, eles o adoraram. Mas escute, você está ocupada agora? Posso telefonar outra hora...

— O quê? Ah, não, espere um pouco, deixe-me ir para o quarto... — Depois de um silêncio breve, ela continuou: — Ok, está tudo bem agora. Desculpe. Eu estava com Edgar e Peter. Você se lembra de Peter?

— É claro — respondeu Mia. Peter fora o rapaz que ela conhecera no clube, que Korum quase matara por ter dançado com ela. Mia ainda estremecia ao se lembrar daquela noite horrível, quando achara que Korum descobrira sobre sua traição e pretendia matá-la. Em retrospecto, ela fora uma idiota. Deveria saber, mesmo então, que ele nunca a machucaria. Mas, naquela época, Korum ainda era um estranho, um membro da raça misteriosa e perigosa que invadira a Terra cinco anos antes.

— Ele ainda pergunta sobre você — disse Jessie. — Edgar me disse que ele está realmente preocupado...

— É muito simpático da parte dele, mas não há motivo algum para se preocupar — interrompeu Mia, sentindo-se desconfortável com o rumo que a conversa tomava. — De verdade, nunca estive tão feliz na minha vida...

Jessie ficou em silêncio por um segundo e Mia ouviu quando ela suspirou. — Então é isso, hein? — disse ela em tom suave. — Você está apaixonada pelo K.

— Sim, estou — disse Mia, abrindo um sorriso largo. — E ele me ama também. Ai, Jessie, você não faz ideia de como ele me faz feliz. Eu nunca teria imaginado que seria assim. É como um sonho que virou realidade...

— Mia... — Ela ouviu Jessie suspirar novamente. — Fico feliz por você, de verdade... Mas, diga-me, você acha que voltará para Nova Iorque?

Mia hesitou por um momento. — Eu acho que sim... — Ela tinha muito menos certeza do que antes. A cada dia que passava, a faculdade e tudo o que ela implicava pareciam menos importantes. De que adiantava um diploma de uma universidade dos humanos se ela pretendia continuar a viver e trabalhar em Lenkarda? Ela aprendia mais em um dia no laboratório do que conseguiria aprender em um mês na universidade. Fazia realmente sentido passar mais nove meses escrevendo artigos e fazendo provas só para dizer que conseguira o diploma? E, mais importante, Saret deixaria que ela voltasse para o laboratório depois de uma ausência tão longa? Considerando o ritmo rápido das pesquisas ali, voltar depois de nove meses seria quase como começar do zero.

— Você não parece ter muita certeza — disse Jessie com uma nota triste na voz.

— É, acho que não tenho certeza — admitiu Mia. — Korum não se importa, mas eu não sei como conseguiria voltar para o estágio se ficasse longe por tanto tempo...

— Então você gosta daí? No Centro dos Ks, quero dizer.

— Gosto — respondeu Mia. — Jessie, é tão legal aqui... nem sei por onde começar a contar sobre algumas das invenções incríveis deles. Korum tem uma câmara de gravidade zero na casa dele. Consegue imaginar isso? E o chão massageia os pés quando você caminha sobre ele. — Sem falar no fato de que Mia agora era praticamente imortal, mas aquilo era algo sobre o qual não tinha permissão para falar fora de Lenkarda.

— Sério? Um chão que massageia os pés? — Jessie parecia estar com inveja agora.

— Sim. E uma cama que faz a mesma coisa com o corpo inteiro. Toda a tecnologia deles é incrível, Jessie. Acredite quando digo que não é nem um pouco difícil ficar aqui.

— É, parece que não — disse Jessie e Mia percebeu a resignação na voz dela. — Acho que sinto saudades de você, só isso.

— Também sinto saudades de você — respondeu Mia. — Talvez eu vá visitá-la daqui a algumas semanas. Deixe-me falar com Korum sobre isso e daremos um jeito.

— Ah, seria tão legal! — Jessie soou muito mais animada.

— Vamos dar um jeito — prometeu Mia, sorrindo. — Avisarei a você quando formos. Mas, chega desse assunto... Conte-me sobre você e Edgar. Como estão as coisas?

E, pelos dez minutos seguintes, Mia ficou sabendo de tudo sobre o novo namorado de Jessie, a última atuação dele e o panda de pelúcia que ele ganhara para ela em um parque de diversões. Parecia que os dois estavam ficando cada vez mais próximos e Mia ficou feliz por ele deixar Jessie tão feliz. Se alguém merecia um rapaz bonito e carinhoso, era a amiga de Mia.

Finalmente, Jessie disse que precisava jantar. Mia se despediu e foi trocar de roupa antes que Korum chegasse em casa. Ele dissera algo sobre dar um passeio na praia depois do jantar e Mia queria estar pronta para isso.

* * *

— Quando você acha que o Conselho finalmente decidirá sobre os Kapas? — perguntou Mia, mordendo um pedaço de pimentão recheado de arroz com cogumelos. — Eles ainda estão fazendo a investigação?

Korum assentiu, pegando um pedaço de cogumelo com o utensílio longo que os krinars usavam no lugar de garfos. — Loris está sendo difícil, como era de se esperar. Ele tem alguns conselheiros do seu lado e alega que de forma alguma Saur teria conseguido apagar a memória dos Kapas. Supostamente, alguém do laboratório de Fiji disse a ele que estagiários não têm acesso àquele tipo de equipamento.

— É mesmo? Então, ele ainda está dizendo que você e Saret são responsáveis por isso?

— Acho que ele desistiu da ideia de incriminar Saret — respondeu Korum com um sorriso zombeteiro nos lábios. — Ele agora busca provas contra mim.

Mia o encarou, preocupada com aquela evolução no caso. O krinar que ela vira no julgamento não parecia ser alguém com quem se deveria mexer e ele realmente odiava Korum. — Você acha que há alguma chance de ele lhe causar problemas?

— Não, não se preocupe, minha querida — disse Korum em tom confortante, apesar de os olhos dele brilharem com algo que parecia ansiedade. — Ele só está tentando retardar o inevitável. Falhou como Protetor e sabe disso. Quando o filho dele e o restante dos traidores forem sentenciados, ele perderá toda a posição e o cargo no Conselho.

— E você não se importa nem um pouco com isso, não é? — perguntou Mia, abrindo um sorriso amarelo. Fosse bom ou não, o amante tendia a ser implacável com os adversários, um traço da personalidade dele que a fazia se sentir feliz por estar agora em suas boas graças.

Korum deu de ombros. — Foi opção de Loris arriscar tudo pelo filho. Agora, ele pagará o preço. E, se eu tiver menos pessoas no meu caminho como resultado, melhor ainda.

Mia assentiu e concentrou-se em terminar de comer o restante do pimentão recheado. Apesar de tudo, ela não podia evitar sentir um pouco de pena do Protetor. Afinal de contas, o K só estava defendendo o filho. Ela imaginava que faria o mesmo por um filho, não que precisasse mais se preocupar com isso. Afastando o pensamento desagradável, Mia olhou para Korum, estudando-o disfarçadamente enquanto ele terminava de comer.

Algumas vezes, ainda era difícil acreditar que eram tão felizes juntos. Pelas leis dos krinars, ela pertencia a Korum, um fato que ainda a deixava muito desconfortável. Como caerle, a posição legal dela na sociedade dos Ks era incerta, para dizer o mínimo. Se ela não o amasse tanto, e se ele não a tratasse tão bem, a vida dela poderia facilmente ser um inferno.

Mas ela o amava. E ele também a amava, com toda a intensidade da natureza dele. Como resultado, ele parecia tentar suprimir a arrogância inata, sabendo que era importante para ela ser tratada como igual. Ainda havia um longo caminho a percorrer, claro, pois a diferença de idade e de experiência era muito grande para ser eliminada com facilidade, mas ele certamente estava fazendo um esforço naquela direção.

Quando os dois terminaram de comer, Korum se levantou e estendeu a mão. — Quer dar um passeio, querida? — perguntou ele, abrindo um sorriso acolhedor.

Mia sorriu. — Claro. — Ela adorava os passeios na praia após o jantar. Quando estavam na Flórida, faziam aquilo quase todas as noites e ela aprendera muito sobre Korum durante aqueles momentos quietos.

Dando a mão para ela, ela o deixou levá-la para fora.

Eles caminharam por alguns minutos em silêncio, desfrutando da brisa noturna suave. O sol estava pondo-se atrás das árvores e uma luz laranja enchia o céu, refletindo-se na água à distância.

— Sabe de uma coisa? — perguntou ela, pensando no primeiro encontro deles em Nova Iorque. — Eu ainda não sei o seu nome completo. Você disse que eu não conseguiria pronunciá-lo se me falasse, mas nunca ouvi ninguém chamá-lo de outra coisa que não apenas Korum.

Ele sorriu. — Nossos nomes completos são geralmente usados apenas no nascimento e na morte. Ainda quer ouvi-lo?

— É claro. — Ela imaginou algo totalmente impronunciável. — Qual é?

— Nathrandokorum.

— Ah, soa muito bonito — disse Mia surpresa. — Por que você não o usa mais?

Ele deu de ombros. — Não sei. É assim entre nós há muito tempo. Nomes completos se tornaram apenas uma formalidade. Duvido que alguém além dos meus pais saiba que eu me chamo Nathrandokorum.

Mia sorriu, balançando a cabeça. Algumas partes da cultura dos krinars eram realmente estranhas.

Eles andaram mais um pouco e Mia subitamente se lembrou da conversa recente com a ex-colega de quarto. — Acha que talvez possamos visitar Nova Iorque em breve? — perguntou ela. — Eu estava conversando com Jessie e seria muito legal vê-la...

Korum sorriu, olhando para ela. — É claro. Se quiser, poderemos ir no seu próximo dia de folga. A não ser que queira ficar mais tempo lá.

— Não, um dia seria perfeito. Acho que às vezes eu ainda me esqueço que podemos ir muito depressa sempre que quisermos.

O sorriso dele aumentou. — Sim, podemos, especialmente agora que a maioria da Resistência foi capturada.

— Onde está Leslie? — perguntou Mia, lembrando-se da garota que a atacara na Flórida. — Ela está aqui, em Lenkarda?

Korum balançou a cabeça negativamente. — Não, ela está em nosso Centro no Arizona.

— Ela está... bem? — Mia estava quase com medo de ouvir a resposta. A combatente da Resistência se juntara com Saur, o ex-estagiário do laboratório de Saret, para tentar matar Korum na Flórida. Agora ela estava sob custódia dos Ks, prestes a ser reabilitada. Pelo que Mia entendera do processo, o objetivo final era mudar aquela parte da personalidade de Leslie que a transformava em um perigo para a sociedade ou para os krinars, dependendo da questão. A reabilitação, ou adulteração da mente, era a ramificação mais avançada da neurociência dos krinars e Mia estava apenas começando a aprender sobre ela no laboratório.

— Suponho que sim — respondeu Korum com uma expressão fria. Ele obviamente não se esquecera do fato de que a garota apontara uma arma para Mia e quase fizera com que Saur a matasse.

— Pode descobrir para mim, por favor? — Por algum motivo, Mia se sentia responsável pelo que acontecera com Leslie, apesar de a garota tê-la atacado. Ainda assim, não conseguiria deixar de se lembrar do terror no rosto de Leslie ao ser levada pelos guardiães dos Ks. Apesar de as intenções da combatente serem errôneas, ela não merecia ser tratada mal. Mia esperava sinceramente que a garota não se ferisse durante a reabilitação.

Korum hesitou e, em seguida, assentiu de leve. — Está bem, farei isso. — Mas o maxilar dele enrijeceu e Mia percebeu que ele estava pensando novamente no incidente na praia.

Para distraí-lo, ela apertou a mão dele e abriu um sorriso largo. — Obrigada — disse ela. — Agradeço muito.

— É claro, minha querida — disse ele, com a expressão suavizando-se visivelmente. — Faço qualquer coisa para deixá-la feliz, você sabe disso. — Abaixando-se, ele lhe deu um beijo leve nos lábios.

— E o que são os guardiães, afinal de contas? — perguntou Mia quando começaram a caminhar novamente. — Eles são como a polícia de vocês?

— Algo assim — respondeu Korum. — Eles são uma mistura de soldados, polícia e uma de suas agências de inteligência. Eles executam nossas leis, capturam criminosos e lidam com qualquer tipo de ameaça proveniente dos humanos. Nossa sociedade é tão homogeneizada que não temos mais guerras em Krina, da forma como vocês têm aqui na Terra. Ainda há algumas rivalidades regionais, é claro, e sempre há alguns loucos que discordam da forma como as coisas são feitas pelo governo, mas não temos o tipo de conflito que exige um exército de prontidão.

— Então, vocês invadiram nosso planeta sem um exército?

Korum riu. — Se quer pensar dessa forma. A maioria dos homens krinars que vieram para a Terra recebeu treinamento em estilo militar porque esperávamos alguma resistência. Mas, não, não precisamos de um exército grande para controlar a Terra. A única coisa de que precisamos foi nossa tecnologia.

— É claro. — Mia tentou deixar a amargura fora da voz. Amar Korum da forma como o amava fazia com que fosse fácil esquecer que ela fazia o equivalente a dormir com o inimigo, mesmo que o inimigo não tivesse qualquer intenção de prejudicar o planeta. Era somente durante aquelas conversas que Mia relembrava desagradavelmente do fato de que os krinars tomaram o planeta à força... e que o homem que a amava não necessariamente colocava os interesses da humanidade em primeiro lugar.

— Acredite em mim, Mia, foi melhor assim — disse Korum, como se tivesse lido a mente dela. — O seu governo não tinha opção além de aceitar o inevitável e isso ajudou a minimizar o banho de sangue. Teria sido muito pior se tivesse acontecido uma guerra entre o seu povo e o meu.

Mia apertou os lábios, mas assentiu, sabendo que ele tinha razão. Não fazia sentido se ressentir da superioridade tecnológica dos krinars. De certa forma, aquilo tornou a invasão o menos indolor possível. O fato de terem invadido, em primeiro lugar, era uma questão diferente, claro, mas Mia não tinha a energia nem a inclinação para entrar naquela batalha em particular. Trabalhar com a Resistência uma vez fora o suficiente.

— Posso perguntar uma coisa? — disse Mia, lembrando-se daqueles dias malucos em que espionava Korum. — Não entendo uma coisa sobre os planos dos Kapas. Mesmo se tivessem conseguido fazer com que todos os krinars saíssem da terra, o seu povo não teria voltado com reforços? Eu sei que você disse que iam matá-lo, mas e os outros? Você é o único que tem os meios para ir e voltar entre a Terra e Krina?

Korum olhou para ela divertido. — Não, claro que não. Minha empresa tem os projetos de naves mais avançados, mas os krinars viajam de e para a Terra desde muito antes de eu nascer. Acho que os Kapas estavam querendo o controle do campo de proteção.

— Do campo de proteção?

Ele assentiu. — Até uns dez anos atrás, a viagem espacial era em grande parte não regulada. Qualquer um podia ir a qualquer lugar, desde que tivesse uma nave. Agora, no entanto, temos um escudo para proteger a Terra contra viagens não autorizadas, o mesmo tipo de escudo que colocamos recentemente em volta de Krina.

— Há um escudo em volta da Terra? — Mia olhou para ele surpresa.

— Na verdade, é um escudo em volta do sistema solar — explicou Korum. — Não é como uma barreira, é mais um campo de interrupção. Quando ativado, ele interfere com as capacidades de velocidades acima da luz de nossas naves.

— Por que vocês querem algo que possa interferir com suas naves?

— Por questões de segurança, queremos garantir que o Conselho seja informado sobre quaisquer viagens entre a Terra e Krina e autorize-as. Além disso, se houver outras formas de vida inteligentes lá fora e usarem tecnologia comparável à nossa, os escudos nos darão alguma proteção contra elas.

Mia lhe lançou um olhar irônico. — Para que não possam fazer com vocês o que fizeram conosco?

— Exatamente. — Ele sorriu para ela, parecendo não se arrepender de nada. Mia não conseguiu conter uma risada.

— Está bem — disse ela, voltando à pergunta original —, então, o que os Kapas fariam? Usariam o escudo de proteção para manter o restante dos krinars fora?

— Provavelmente — disse Korum, ainda sorrindo. — É o que eu faria se estivesse no lugar deles.

Eles caminharam por mais alguns minutos até chegar ao oceano. Como sempre, aquela seção da praia estava completamente deserta. Com apenas cinco mil Ks no assentamento de Costa Rica, havia bastante espaço para todos e a maioria dos krinars se mantinha fora do território uns dos outros, apesar de ser algo informal em tempos modernos. Como Korum gostava dos passeios noturnos naquela parte particular da praia, os outros Ks, em respeito, ficavam longe dela.

— Quer nadar? — perguntou Mia, soltando a mão dele e tirando os sapatos para testar a temperatura da água com os dedos do pé. Estava perfeita, fria o suficiente para ser refrescante.

Em vez de responder, Korum tirou a camiseta, revelando o peito musculoso. — É claro — disse ele, com os olhos ficando mais dourados a cada segundo.

Sorrindo, Mia recuou alguns passos e lentamente tirou o vestido, adorando a forma como ele não tirava os olhos dela a cada movimento. Ela viu a ereção crescendo dentro da bermuda dele e sentiu os mamilos ficarem rígidos em resposta ao impacto do desejo de Korum no próprio corpo. O fato de conseguir causar aquilo nele simplesmente tirando o vestido e ficando de biquíni era algo incrivelmente excitante.

— Está me provocando? — perguntou ele com a voz baixa e perigosamente suave.

Com o coração batendo forte, Mia assentiu, observando os olhos dele se estreitarem com a resposta.

— Estou vendo — disse ele pensativo. E, antes que conseguisse piscar, ele estava sobre ela, pegando-a nos braços para carregá-la até a água.

Sentindo-se segura nos braços dele, Mia riu, desfrutando do frescor da água ao irem cada vez mais para o fundo. — Esta é a minha punição? — brincou ela quando ele parou, esperando que uma onda grande passasse antes de continuar avançando.

— Ah, você quer ser punida? — murmurou ele, olhando para ela com um brilho quente nos olhos.

Sorrindo, Mia sacudiu a cabeça. — Não...

— Eu acho que quer... — disse ele baixinho, mudando a posição dela nos braços para que a segurasse com apenas uma mão. Antes que Mia conseguisse dizer alguma coisa, ele colocou a outra mão dentro do biquíni e pressionou-a contra seu sexo, encontrando o clitóris e apertando-o entre os dedos.

Ela se encolheu contra ele, sobressaltada pela sensação forte, e Korum repetiu o gesto, observando-lhe o rosto de perto. — Isso dói? — perguntou ele com voz aveludada. — Ou é gostoso?

Mia arquejou quando os dedos aumentaram a pressão. — Não sei...

— Ah, eu acho que sabe — sussurrou ele. — Acho que sabe muito bem... — Os dedos dele deslizaram para dentro de Mia.

— Korum, por favor... — Ela sentiu ele curvar um dos dedos, esfregando-o em seu ponto mais sensível.

— Você está molhada — murmurou ele. — Tão escorregadia que consigo sentir mesmo com a água do mar. Estou com vontade de foder você aqui e agora.

— Então faça isso — retrucou Mia, encarando-o. — Trepe comigo. — Ela já estava prestes a gozar, só precisava de um pequeno empurrão para chegar ao orgasmo.

Os olhos dele brilharam mais intensamente. — Ah, vou sim... — Em questão de segundos, ela estava totalmente nua com os restos rasgados do biquíni flutuando em volta deles. A bermuda de Korum teve o mesmo destino. Em seguida, ele a abaixou, deslizando-a pelo próprio corpo. Passando os braços em volta do pescoço dele, ela pressionou o corpo contra o dele. Os seios eram macios, os mamilos estavam sensíveis e ela os esfregou contra o peito de Korum para aliviar a dor que sentia por dentro. Ela sentiu o pênis ereto e quente contra o abdômen e suas entranhas se contraíram com a necessidade de tê-lo dentro de si.

Inclinando-se para a frente, ela beijou-o nos lábios, sentindo o gosto salgado do oceano e a essência deliciosa que era Korum. Ele gemeu, aprofundando o beijo, e Mia acariciou-lhe a língua com a sua. Ao mesmo tempo, colocou a mão sob a água, envolvendo o pênis rígido com os dedos, que saltou ao sentir o toque dela. Korum inspirou bruscamente, erguendo-a e abrindo-lhe as pernas. Uma onda os atingiu, os respingos cobriram o rosto de Mia e ela fechou os olhos, agarrando-se nos ombros de Korum com as duas mãos. Por um breve momento, a ponta do pênis encostou na entrada da vagina e, com uma investida forte, ele a penetrou.

Mia arquejou com a invasão, contraindo-se ao senti-lo tão fundo dentro de si. Envolvendo-lhe a cintura com as pernas, ela o segurou lá, desfrutando da sensação incrível.

— Puta que pariu — rosnou ele. — Você... é... tão... gostosa... — Ele pontuou cada palavra com uma investida breve, esfregando a pélvis contra o clitóris, e Mia gritou quando o orgasmo súbito a invadiu, fazendo-a contrair-se em volta dele. Ele gemeu novamente e continuou a investir, erguendo-a e abaixando-a sobre o pênis em um ritmo incansável que a fez gozar novamente alguns minutos depois. Desta vez, ele se juntou a ela e Mia sentiu o calor da ejaculação dentro do ventre.

Eles ficaram simplesmente boiando, deixando que as ondas os balançassem de lá para cá.

CAPÍTULO 5

Na manhã seguinte, Mia se viu novamente sozinha no laboratório. Saret ainda estava viajando e não lhe enviara os comentários sobre o relatório. Portanto, ela continuou lendo sobre os outros projetos até sentir o estômago roncar, relembrando-a de que estava na hora de comer.

Levantando-se, ela se espreguiçou e pediu um cozido popular dos krinars para o almoço. O prédio inteligente o entregou cinco minutos depois e Mia se sentou para comer em uma das tábuas flutuantes que fazia as vezes de mesa.

Por algum motivo, o pensamento dela continuava voltando para a conversa que tivera com Korum no dia anterior e sobre a combatente da Resistência que ela ajudara a capturar. Leslie passava por manipulação da mente e Mia se perguntou quanto a garota mudaria no processo. Ela não conseguia imaginar alguém adulterando seus pensamentos, sentimentos e lembranças e sentia-se mal por alguém ser sujeito a algo tão invasivo. Claro que deveria haver uma forma melhor de dissuadir Leslie da luta inútil contra os krinars. Talvez alguém pudesse conversar com ela, explicar que os krinars não tinham nenhuma intenção sinistra em relação à Terra... Obviamente era possível que o ódio da garota pelos invasores fosse profundo demais para permitir qualquer pensamento racional.

Suspirando, Mia terminou de comer e voltou à unidade de armazenamento de dados. Quando estava prestes a abrir o projeto de desenvolvimento da mente infantil, ela fez uma pausa, lembrando-se de algo que Adam mencionara em certo momento. Saur, o K que tentara matar Korum, fora um estagiário naquele mesmo laboratório e, supostamente, era bom em manipulação da mente. Se alguns dos projetos antigos dele ainda estivessem armazenados ali, poderiam ajudá-la a entender melhor o que seria feito com Leslie.

Subitamente empolgada, Mia ordenou à unidade que localizasse todos os dados que Saur tinha adicionado. Havia muitos deles, mas ela tinha bastante tempo livre.

Sentando-se confortavelmente, Mia mergulhou nos meandros da mente adulterada.

Cinco horas depois, ela se levantou muito confusa. Apenas arranhara a superfície de tudo em que Saur tinha trabalhado, mas nada era diretamente relacionado a apagar a memória. Havia muitas anotações e registros de condicionamento comportamental e implantação de lembranças, mas apenas menções breves de remoção intencional da memória.

Se Mia entendera corretamente, Saur nunca fizera nem mesmo simulações de apagamento da memória, muito menos praticara com seres vivos.

Franzindo a testa, Mia olhou para a unidade de dados, estranhamente perturbada pelo que acabara de descobrir. Alguma coisa não fazia muito sentido. Se Saur não sabia como apagar lembranças, Saret não deveria ter dito alguma coisa para o Conselho? O chefe dela sempre sabia quem estava trabalhando em que projeto. Era ele quem distribuía as tarefas.

Talvez ela estivesse errada. Talvez houvesse algum outro local de armazenamento de dados que desconhecia, onde outros projetos eram mantidos. Era possível. Mia ainda era nova e estava aprendendo.

Também era possível que Saur simplesmente não se preocupara em colocar alguns dos seus projetos no banco de dados comum. Adam mencionara uma vez que o estagiário morto era um pouco estranho, um solitário que não se dava bem com ninguém. Não era difícil que talvez ele tivesse problemas em seguir o protocolo do laboratório.

Ainda assim, Mia não conseguiu se livrar de uma sensação estranha, de que alguma coisa não estava certa naquela história. Precisava conversar com Korum logo.

Fazendo uma pausa para enviar a Korum uma breve mensagem holográfica dizendo que chegaria em casa em alguns minutos, Mia andou na direção de uma das paredes de saída.

E, quando estava prestes a sair, a parede à sua frente se dissolveu e o chefe entrou no laboratório.

— Ora, ora, olá — disse Saret, olhando para ela com um sorriso. — Você ainda não foi para casa? Achei que você conseguiria trabalhar um pouco menos, com todos nós praticamente fora o tempo inteiro nos últimos dias.

Mia sorriu de volta, tentando esconder o nervosismo. — Não, eu estava estudando alguns dos outros projetos — respondeu ela, mantendo-se o mais perto possível da verdade. — O de Aners é realmente interessante. Sabe? Aquele sobre o desenvolvimento da mente infantil.

— Claro. — O sorriso de Saret mudou, tornando-se quase indulgente, pensou Mia. — É um excelente projeto para você se envolver. Podemos conversar sobre ele mais adiante, depois que você e Adam terminarem a tarefa atual.

— Ótimo! — Mia injetou a quantidade adequada de entusiasmo na voz e tentou ignorar o suor que surgiu na palma das mãos. — Estou realmente ansiosa. Obrigada novamente por me dar esta oportunidade.

— Claro. — Os olhos castanhos de Saret brilharam quando ele avançou alguns passos na direção dela. Parando a menos de um metro de distância, ele disse: — Fico feliz por estar gostando do trabalho.

Mia assentiu, ainda mantendo um sorriso largo no rosto. Talvez estivesse sendo idiota, mas a sensação que teve do chefe a deixara desconfortável. Ela só queria ir para casa e conversar com Korum sobre o que descobrira.

Provavelmente, havia uma boa explicação para tudo, mas, caso houvesse uma chance pequena de não ter, não queria ficar no laboratório mais do que o necessário. E era a segunda vez que Saret tinha agido de forma quase... estranha.

— Ótimo, então — disse ela animada, olhando para o rosto bronzeado dele. — Dê uma olhada no relatório quando tiver a oportunidade. Vou para casa agora, a não ser que precise de mim.

Saret sorriu novamente. — Eu sempre preciso de você — disse ele e havia um tom suave incomum na voz dele. — Mas você precisa descansar, eu entendo... — O coração de Mia deu um salto quando ele se aproximou ainda mais, com os olhos parecendo grudados no ombro exposto dela.

— Está bem... — ela recuou um passo — ... vejo você amanhã. — E, virando-se, ela deu um passo na direção da parede que dava passagem ao exterior.

— Há alguma coisa errada, Mia? — Subitamente, Saret estava na frente dela, bloqueando o caminho. — Você parece preocupada.

Todos os pelos no corpo de Mia se arrepiaram. — Desculpe — disse ela, mentindo e forçando uma risada rápida. Até mesmo para os próprios ouvidos, a mentira parecia evidente. — Só estou pensando na viagem para Nova Iorque para ver minha amiga. Mais nada.

— Ah, é mesmo? — Saret inclinou a cabeça para o lado. — E quando planeja ir?

— Ah, não será uma viagem demorada. — Mia xingou a si mesma por falar aquilo e prolongar a conversa. — Vamos em um dos meus dias de folga...

— Então, por que está tão ansiosa? — perguntou Saret com uma expressão estranha nos olhos. — É porque descobriu alguma coisa que não deveria?

Mia engoliu em seco, sentindo um arrepio gelado descer a espinha. — Não sei do que está falando...

Saret sorriu, o mesmo sorriso amigável que fizera com que Mia gostasse dele antes. Agora, achava que era assustador. — O que a levou a olhar os arquivos de Saur hoje? — perguntou ele casualmente. — Não sabe que é contra o protocolo do laboratório acessar os projetos de outros estagiários?

Mia balançou a cabeça negativamente. Na verdade, não sabia disso. Olhando para Saret, ela sentiu como se o estivesse vendo pela primeira vez. Ele era amigo de Korum. Por que estava fazendo aquilo? Por que enganara a todos sobre as habilidades de Saur? E, mais importante, o que pretendia fazer para impedir que Mia contasse a verdade?

Pensando rapidamente, ela percebeu que seria inútil negar naquele ponto. De alguma forma, Saret sabia sobre a descoberta de Mia. — Por quê? — perguntou ela, mantendo a voz uniforme apesar de as mãos estarem começando a tremer. — Por que você não contou ao Conselho que Saur não poderia ter feito aquilo?

O sorriso de Saret aumentou. — Porque era conveniente que pensassem que ele fez — explicou ele.

Havia algo triunfante no olhar dele. — Não era o que eu tencionava originalmente, mas deu certo mesmo assim.

Com o medo crescendo a cada segundo, Mia recuou um passo. O instinto lhe dizia para sair de lá imediatamente. Talvez ainda houvesse uma boa explicação para as ações de Saret, mas ela não podia arriscar. Deixando de lado toda a polidez, Mia ergueu a pulseira até o rosto e disse: — Telefonar para Kor...

Mas não conseguiu completar o pedido. A mão dele subitamente envolveu-lhe o pulso, segurando-o com um aperto de aço. Dedos fortes arrancaram o dispositivo, esmagando-o no processo.

— Ah, não — disse Saret em tom suave, puxando-a em sua direção até que seu corpo estivesse encostado no corpo musculoso dele. — Você não vai mais telefonar para ele, entendeu?

Atordoada e aterrorizada, Mia olhou para o K que fora seu chefe e mentor durante o mês anterior. A mão dele estava em volta de seu pulso, torcendo-o de tal forma que ela não conseguia se mover. Horrorizada, Mia percebeu que a ereção dele pressionava sua barriga de forma ameaçadora.

— O que está fazendo? — sussurrou ela, sentindo a bile subindo pela garganta. — Korum matará você por isso, sabe disso...

Os olhos de Saret brilharam. — Ah, vai mesmo? Ele pode muito bem vir aqui procurar você. O laboratório está pronto para a chegada dele.

— Como assim? — Claro que ele não queria dizer...

— Quero dizer que, quando o seu cheren chegar, terei uma pequena surpresa para ele — respondeu Saret com um sorriso gentil. — Veja bem, Mia querida, está na hora de você saber a verdade sobre o seu amante. Venha, vamos para o meu escritório e conversaremos.

Sem dar a ela opção alguma, ele a puxou até o fundo da sala, com os dedos firmemente em volta de seu pulso. Ao se aproximarem, uma das paredes se dissolveu, criando uma entrada para o espaço que Saret usava para projetos particulares.

Com os joelhos fracos por causa do medo, Mia tropeçou quando ele a empurrou pela abertura e a parede se fechou atrás dela. Antes que caísse, no entanto, Saret a segurou, erguendo-a nos braços.

— Pronto — disse ele em tom reconfortante, sentando-se em uma das tábuas flutuantes ainda segurando-a com firmeza no colo. — Segurei você... Não precisa se preocupar, você ficará bem — acrescentou, parecendo sentir os tremores que a sacudiam.

— Solte-me — sussurrou ela, empurrando o peito dele com toda a força. Ela sentiu um volume rígido pressionando-lhe as coxas e sentiu as entranhas se revirarem de nojo. A voz dela ficou histérica. — Solte-me, agora!

Ele não respondeu e seus olhos escureceram ao olhar para ela. A expressão no rosto dele era quase... enlevada, percebeu Mia com horror. Por algum motivo, ele a queria e não havia nada que ela pudesse fazer para detê-lo se decidisse fazer algo a respeito.

— Você disse que ia me contar uma coisa sobre Korum — disse ela desesperada com a voz aguda de pânico. — O que eu não sei sobre ele?

Saret piscou algumas vezes e seu olhar clareou um pouco. — Ah, sim — disse ele, com um sorriso zombeteiro nos lábios. — Íamos conversar, não é mesmo? Venha, é melhor você se sentar... — E, tirando-a do colo, ele a colocou ao seu lado, mantendo uma mão firmemente em seu braço.

Mia imediatamente tentou recuar ainda mais, mas ele a segurou com mais força, impedindo-a de sair do lugar.

— Escute, Mia — disse Saret, franzindo ligeiramente a testa. — Eu sei que, agora, você não entende por que estou fazendo isso e que tudo parece uma loucura. Mas, acredite, é para o seu próprio bem, para o bem de toda a humanidade. O que o seu cheren pretende para o seu povo não é bonito e ele precisa ser detido. Você sabe com o que ele está tentando fazer que os Anciãos concordem?

Mia sacudiu a cabeça negativamente, sentindo o estômago queimando quando ele afrouxou a mão, massageando-lhe a pele de leve com o polegar.

— Ele quer tirar o planeta de vocês. Ele lhe disse isso?

— Não — Mia conseguiu dizer, com o coração batendo com tanta força que mal podia pensar. Saret estava mentindo para ela, claro. Tinha que estar.

— Meu suposto amigo é um monstro sedento de poder — disse Saret, endurecendo o olhar. — Não foi suficiente para ele atingir a posição mais alta em Krina. Ah, não, Mia querida, ele precisava estender seu reino para outro planeta, para o seu planeta. Se não fosse por ele, nunca teríamos vindo para a Terra. Foi ele quem convenceu os Anciãos que era necessário controlar o seu planeta, protegê-lo para as gerações futuras dos krinars. E agora ele planeja tirá-lo de vocês completamente. Está entendendo o que estou dizendo?

Mia assentiu, querendo que ele continuasse a falar. Ela ouviria as mentiras dele enquanto fosse necessário se conseguisse ganhar tempo com isso. Em mais alguns minutos, Korum perceberia que ela não chegara em casa como prometido. Será que a procuraria? Entraria na armadilha que Saret parecia ter preparado? *Não deixe que nada aconteça com ele. Não deixe que nada aconteça com ele.*

— Veja bem, Mia — continuou Saret —, só quero o que é bom para o seu povo, o que é bom para o maior número de seres inteligentes. Quero libertar a Terra, quero que ela fique livre da tirania de Korum e do Conselho. Quero que vocês tenham o seu planeta de volta.

— Por quê? Por que isso importa para você? — Saret era um dos Kapas? E, se fosse, como conseguira fugir da detecção por tanto tempo?

— Por quê? Porque eu sempre quis fazer alguma coisa grande. — A voz de Saret estava repleta de empolgação mal contida. — Todas as nossas contribuições para a sociedade, tudo isto... — ele acenou em direção ao laboratório — não é nada em comparação a libertar bilhões de seres inteligentes, a dar a eles uma vida melhor... uma vida pacífica, livre do terror. Eu não quero ser lembrado por descobrir mais uma forma de melhorar a memória, Mia. Quero ser aquele que trouxe paz à Terra.

— Paz à Terra? — Aquilo soava loucura para ela. — Mas não estamos em guerra com os krinars...

— Ah, não. Livrar-se dos krinars é só o começo. — Saret riu. — Veja, Mia, também posso dar ao seu povo uma vida melhor. Posso fazer com que não precisem passar as poucas décadas que têm de vida temendo guerras, balas perdidas, ataques terroristas... Posso dar aquilo com que os humanos sonham desde o início dos tempos: uma vida sem medo e sem violência. Não gostaria disso, Mia? Não gostaria disso para o seu povo?

— Do que você está falando? — Havia algo parecido com doenças mentais nos Ks? Ela estava lá presa com um louco?

— Eu sei que você não entende agora, mas entenderá, prometo. — O rosto de Saret quase brilhava com fervor. — Quando as suas taxas de assassinato caírem para zero e as guerras forem coisa do passado, o seu mundo saberá que uma nova era da história da raça humana chegou. E agradecerão a mim por isso.

Mia o encarou, incapaz de compreender o que ele dizia por um minuto. Em seguida, uma ideia aterrorizante e implausível lhe ocorreu. — Saret — disse ela lentamente, olhando para o K que era conhecido como um dos maiores especialistas em mente —, você está falando sobre algum tipo de manipulação da mente para humanos? — *Por favor, faça com que ele ria de mim e diga que não é verdade. Por favor, não deixe que seja verdade.*

Saret abriu um sorriso animado. A mão dele acariciou-lhe o braço, fazendo com que ela se arrepiasse. — Sim, Mia querida, é exatamente disso que estou falando. Eu sempre soube que você era brilhante demais para sua espécie. Veja bem, nos últimos anos, desenvolvi e aperfeiçoei uma nova técnica, uma forma de monitorar certos impulsos neurológicos, estimulando, ao mesmo tempo, os centros de dor e prazer do cérebro...

Mia respirou fundo. — Você está dizendo... — A voz faltou por um segundo e ela teve que começar de novo. — Você está dizendo que desenvolveu algum tipo de controle da mente?

Desta vez, Saret riu, com os olhos castanhos brilhando divertidos. — Não, claro que não. Espero que tenha aprendido o suficiente até agora para saber que o verdadeiro controle da mente é impossível. Não, minha técnica me permite direcionar certos comportamentos, condicionar o cérebro, se preferir. Sempre que alguém tem um pensamento violento, por exemplo, posso fazer com que sinta dor. Sempre que me obedecem, prazer. Imagine só, um planeta inteiro cheio de humanos pacíficos... Não gostaria disso, Mia?

O que Mia gostaria era de vomitar. — Mas como? Como pode fazer algo assim em grande escala?

Saret sorriu, obviamente apreciando a reação dela. — Bom — disse ele —, é aí onde entram Rafor e o restante dos Kapas. Como você provavelmente sabe, Rafor não chega nem perto de seu cheren em se tratando de projetos tecnológicos, mas foi decente o suficiente para ocupar uma posição alta na empresa do pai dele. Depois que

Korum os tirou do mercado, o pobre Rafor ficou a ver navios. Desde que ele perdeu a posição, ninguém mais quis contratá-lo como projetista e ele foi forçado a aprender uma variedade de assuntos que não o interessavam tanto quanto a área que escolhera originalmente. Ele até mesmo me procurou há alguns anos, perguntando se poderia fazer um estágio no laboratório.

— Eu recusei, claro. Ele não era nem um pouco qualificado para estar aqui. Você também não, sendo humana e tal, mas, pelo menos, tinha paixão pelo assunto. Ele nem isso tinha. — Saret soltou uma risada. — Mas, de qualquer forma, ofereci a ele uma chance de me ajudar em projeto particular, de projetar os nanócitos de que eu precisava para implementar o plano. Ele entendeu imediatamente o que eu estava tentando fazer, pois isso se alinhava com as visões empáticas que tinha em relação aos humanos. E ele fez um excelente trabalho criando o projeto dos nanócitos e o mecanismo de dispersão.

Mia escutou atentamente, mal ousando respirar. O que ele estava dizendo era tão inacreditável e aterrorizante que ela mal conseguia processar o que ouvia.

— É claro, Rafor falhou completamente na primeira parte do plano — continuou Saret. — Ele deveria se livrar de Korum e do restante com a ajuda da Resistência. Mas, em vez disso, foi pego.

Mia engoliu em seco. — Então, você apagou a memória deles — supôs ela. Saret assentiu, sorrindo.

— Sim, apaguei. Não tinha outra opção. Era a única forma de proteger a mim mesmo e ao restante do plano. Além disso, deu uma chance aos Kapas no julgamento.

— Então, o Protetor tinha razão. Era você o tempo todo...

— Ele estava parcialmente certo. — O sorriso de Saret era alegre. — Ele achou que eu tinha apagado a memória deles para ajudar Korum, mas isso não podia estar mais longe da verdade. Isso prejudicou bastante os planos de seu cheren, um efeito colateral muito bom, mesmo não sendo inteiramente intencional, da história toda.

— Por que você o odeia tanto? Ele considera você um amigo...

O K riu, jogando a cabeça para trás. — É claro que sim, garanti que isso acontecesse. Somente um idiota gostaria de ter Korum como inimigo. Eu o vi destruir aqueles que ficaram no caminho dele e nunca cometeria esse erro.

— Você está cometendo esse erro agora — comentou Mia com cuidado, olhando para onde os dedos dele ainda estavam em volta de seu braço. Se Korum estivesse lá, Saret já estaria morto. Se havia uma coisa que ela aprendera nas semanas anteriores era como os machos krinars eram territoriais.

— Ah, porque estou encostando na caerle preciosa dele? — perguntou Saret, com os olhos brilhando com uma mistura de excitação e outra emoção não identificável. — Não se preocupe, Mia querida, você não será dele por muito tempo. Estará livre dele em breve. Assim que ele chegar aqui...

Mia sentiu o sangue gelar. — Você está... — Ela teve que parar por um segundo porque não conseguiu se forçar a continuar, pois a garganta estava apertada. — Você está planejando matá-lo? — conseguiu dizer finalmente.

— Provavelmente sim. — Saret sorriu novamente, aquele mesmo sorriso amigável que fazia com que Mia tivesse vontade de gritar. — Provavelmente seria o mais fácil. É claro, eu poderia tentar capturá-lo e fazer com que passasse pelo mesmo processo que Saur. Seria o prêmio máximo, ter Korum sob meu controle...

— Saur? Você controlou a mente de Saur? — Mia o encarou com horror incrédulo. Saret fizera com que o ex-estagiário os atacasse em Ormond Beach?

— Não. — Saret pareceu desapontado por ela não ter entendido. — Não é controle da mente, já lhe disse isso. Condicionamento da mente. Minha técnica funciona de forma muito sutil. Ela não transforma as pessoas em zumbis sem mente ou seja lá o que for que esteja imaginando...

— Mas você condicionou a mente de Saur para que quisesse matar Korum?

— Sim — admitiu Saret com uma expressão de orgulho no rosto. — Não foi fácil, acredite. Todos os krinars têm escudos no sistema imunológico que repelem os nanócitos. É algo que foi desenvolvido há milhares de anos, depois que alguém tentou usar a nanotecnologia médica em uma guerra. Eu só consegui penetrar as defesas de Saur depois de dezenas de injeções físicas. E, mesmo assim, o condicionamento da mente só funcionou porque Saur era mais fraco do que a maioria. É por isso que eu queria que os krinars saíssem da Terra, porque não consigo controlá-los efetivamente. Com os humanos, é muito mais fácil. Vocês são completamente desprotegidos. Só preciso liberar os nanócitos no ar nas áreas mais populosas e eles encontrarão os alvos.

A mente de Mia estava girando. — Então, deixe-me ver se entendi direito... Você está tentando se livrar de sua própria espécie para que possa controlar a mente... quer dizer, condicionar a mente de todos os humanos na Terra?

— Quando você coloca as coisas desta forma, parece loucura, não é? — Saret abriu um sorriso amarelo. — Mas, sim, é isso mesmo que estou tentando fazer. Quero trazer paz para o seu povo, Mia. É algo tão ruim assim? Pense no assunto por um minuto. Você não gostaria de viver em um mundo em que pode caminhar pela rua à noite sem se preocupar em ser morta ou estuprada? Em que os assassinos em série são coisas dos filmes de terror, em vez de existirem na vida real? Em que não existam massacres nas escolas, terrorismo nem guerras... Não parece algo que você gostaria de ver?

Mia o encarou. Por um momento, o cenário que ele descrevera parecera estranhamente atraente. — É claro — respondeu ela. — Mas você está falando de uma invasão na nossa mente. Quer tirar nosso livre arbítrio...

— Livre arbítrio? — Saret ergueu a sobrancelha. — Como você define livre arbítrio? O seu povo será livre para viver como quiser, estar com quem quiser, fazer o que quiser... Só não conseguirá matar nem ferir outros quando a vontade bater.

— E eles adorarão você, certo? — perguntou Mia, estreitando os olhos. — É isso que você realmente quer, não é? Um planeta inteiro cheio de marionetes que obedecerão a todos os seus comandos?

Saret riu, balançando a cabeça. — Colocando as coisas assim, parece horrível, não é? Mas não, Mia querida, não é assim que eu vejo. O seu povo me adorará, é verdade, mas porque eu serei o salvador deles. Serei aquele que acabará com o sofrimento, que libertará o planeta e trará a paz.

— E o que planeja fazer com o restante dos krinars que estão aqui? — perguntou Mia quando a ideia lhe ocorreu. — Korum acabou com o seu plano com a Resistência e todo o seu povo ainda está aqui. Não acha que eles notarão se todos os humanos subitamente se tornarem pacíficos? Se as taxas de assassinato caírem a zero da noite para o dia?

— Não aconteceria da noite para o dia — disse Saret. — O condicionamento completo da mente leva muitos dias ou até semanas. Mas, sim, em algum momento, eles notariam, claro. É por isso que preciso me livrar de todos nos centros e garantir que o escudo de proteção impeça que alguém venha para cá em um futuro próximo.

Mia respirou fundo, lutando contra a vontade de vomitar. É claro que ele não queria dizer... — Livrar-se de todo mundo como?

Ele suspirou. — Matando todo mundo, é claro.

A cor fugiu do rosto de Mia. — Matar todos os cinquenta mil krinars? — sussurrou ela, incapaz de compreender o mal que era necessário para matar pessoas naquela escala.

Saret deu de ombros. — A maioria deles, sim. Alguns talvez sobrevivam, claro, mas a maioria perecerá.

— Perecerá como? — Mia percebeu o tom histérico na própria voz. — Como você conseguiria matar tantas pessoas?

— Usando a mesma arma de nanotecnologia que Rafor e a Resistência planejavam usar como ameaça — explicou Saret, olhando para ela calmamente. — O projeto que Korum nos deu por você tinha problemas, é claro, mas continha o suficiente dos elementos certos. Só precisei contratar alguém para aperfeiçoá-lo. Está quase pronto, meu projetista está dando os retoques finais.

— Então, deixe-me ver se entendi — disse Mia, encarando o psicopata sentado ao seu lado. — Você quer matar cinquenta mil pessoas do seu povo na missão para trazer paz à Terra? E não vê nada de errado com isso?

— É claro que vejo. — Saret franziu a testa. — Você acha que eu gosto dessa parte do plano? Eu os mandaria de volta a Krina de bom grado ou tentaria controlá-los, se fosse possível. Mas não é. A única coisa que está ao meu alcance é tentar fazer com que desapareçam da forma menos indolor possível. Sei que isso não é muito consistente com os meus planos pacifistas. Mas, veja, Mia, o bem de muitos supera de longe as necessidades de poucos. Nunca deveríamos ter vindo ao seu planeta. Foi a ambição sem fim de seu cheren que nos trouxe aqui, para começo de conversa. Agora, precisamos pagar pelo que fizemos. Precisamos pagar pelos pecados que cometemos contra o seu povo...

— Você vai me matar também? — Mia sentiu o medo desaparecendo à medida que um estranho amortecimento a envolvia. O que ele pretendia era tão horrível que ela simplesmente não conseguia processar completamente. — Ou planeja me transformar em uma marionete? É por isso que está me contando tudo isso, não é? Porque não está preocupado que eu vá contar a alguém.

Saret sorriu, soltando-lhe o braço e cobrindo a mão dela com a sua. O toque dele queimou a pele de Mia, fazendo-a perceber como as próprias mãos estavam geladas. — A ideia de você como uma marionete é bastante atraente, devo dizer — comentou ele, com os olhos escurecendo novamente. — E talvez eu faça isso em algum momento... Mas prefiro não mexer demais com a sua mente no começo. Gosto de você como é agora.

— Então, o que você vai fazer comigo? — O tom de Mia era quase desinteressado. — Se é que não vai me matar...

— Não vou matar você — assegurou Saret. — Simplesmente pretendo garantir que você não se lembre desta conversa ou de qualquer coisa que aconteceu nos últimos meses. Será melhor assim, você verá... Sei que você é muito ligada àquele monstro e provavelmente sentiria saudades dele se ele sumisse. Mas, dessa forma, você ficará livre da influência dele para sempre. Será como se ele nunca tivesse aparecido em sua vida.

Mia o encarou, sentindo uma fúria ácida queimando no estômago. — Você vai matar Korum e apagar a minha memória para que eu o esqueça?

— Não, Mia querida — disse Saret, sorrindo. — Eu não seria tão cruel com você. Vou primeiro apagar a sua memória. Assim, você não sentirá nada quando ele morrer. Veja bem, não quero que passe por esse tipo de trauma. Lembranças dolorosas como essa são as mais difíceis de se livrar e a última coisa que eu quero é que tenha pesadelos que fiquem em seu subconsciente...

— Você é louco — disse Mia, sentindo a fúria crescer a cada segundo. Ela acolheu o sentimento porque isso a ajudou a limpar a neblina de terror da mente. — Você realmente acha que é um ato de misericórdia, invadir meu cérebro dessa forma? E por que se importa comigo, afinal de contas? Está prestes a assassinar cinquenta mil krinars sem pestanejar e sou só a caerle de Korum...

— Sabe de uma coisa? Eu me fiz esta mesma pergunta. — Saret franziu a testa ao pensar em retrospectiva. — Você é só uma garota humana. Bonita, é claro, mas nada de especial, para ser sincero. Eu não entendi no início por que Korum estava tão obcecado por você, Mas, então, aconteceu uma coisa engraçada, Mia. — Ele se inclinou para a frente, com os olhos brilhando. — Comecei a querer você para mim.

Ele parou por um segundo e continuou, ignorando o olhar de desgosto horrorizado no rosto dela. — Acredite, foi um inferno ver você o tempo todo e saber que não tenho o direito de tocá-la. De saber que é ele que leva você para a cama todas as noites. Mas, agora, as coisas serão diferentes. Quando você acordar, será como se ele nunca tivesse existido. E você será minha, como deveria ter acontecido desde o início.

Sentindo-se mal, Mia tentou puxar a mão. Uma onda de bile quente subiu-lhe pela garganta. Ele a segurou por um instante e soltou-a, observando-a com um sorriso quando ela saltou para trás como uma gata assustada.

— Nunca — sibilou ela, recuando em direção à parede. — Você me ouviu? Não sei o que está imaginando, mas eu nunca ficaria com você por vontade própria. Talvez você consiga me forçar, mas isso é tudo que acontecerá entre nós, tendo eu alguma lembrança ou não...

— Por quê? — perguntou Saret, ainda sorrindo. — Porque acha que está apaixonada por ele? O que uma garota de vinte anos sabe sobre o amor? Ele seduziu você, Mia, só isso. Quando ele desaparecer da sua vida, farei o mesmo. E você me amará tanto quanto acha que o ama.

Mia riu, com o desespero deixando-a destemida. A ideia de esquecer Korum e ser forçada a dividir a cama com um assassino em massa era tão repugnante que achou que preferiria morrer. Talvez conseguisse convencê-lo a matá-la. — Ah, é mesmo? — disse ela em tom desafiador. — Não sinto a menor atração por você, Saret. Você é como ração de cachorro para mim. Eu quis Korum desde o início, desde o primeiro momento em que o vi. Nunca você. Entendeu?

Enquanto falava, Mia viu o sorriso desaparecer do rosto de Saret, sendo substituído por uma expressão dura. — Veremos — disse ele, levantando-se e aproximando-se dela. — Quando suas lembranças sumirem, você terá um discurso diferente, acredite.

— Não! — gritou Mia quando ele estendeu as mãos para segurá-la. As unhas se transformaram em garras, arranhando os braços dele. — Afaste-se de mim, seu louco maldito! Não!

Ignorando os gritos e a luta dela, Saret a ergueu e carregou-a para fora do escritório. Os braços dele pareciam tiras de aço em volta de seu corpo. Andando até o lado oposto do laboratório, ele a colocou sobre uma das tábuas flutuantes perto da parede. A superfície inteligente imediatamente se enrolou nos braços e nas pernas de Mia, mantendo-a completamente imóvel. Saret colocou a mão dentro da parede e pegou um pequeno dispositivo branco.

— Não! — Mia tentou virar a cabeça quando ele se aproximou novamente. — Não! Não faça isso!

Saret parou por um segundo, olhando para ela. — Lamento muito, Mia — disse ele em tom suave. — Eu queria muito que isto não fosse necessário. Pena que eu não a conheci primeiro... Mas não doerá nada, prometo... — E, pressionando o dispositivo na testa dela, ele sorriu de leve.

Aquele sorriso foi a última coisa que Mia viu antes de mergulhar na escuridão.

PARTE II

CAPÍTULO 6

Korum olhou a hora novamente.

Mia já deveria estar em casa. A mensagem dela chegara vinte minutos antes e ele imediatamente interrompera uma sessão de teste com os projetistas, incapaz de resistir à tentação de vê-la o mais depressa possível.

Enquanto a esperava, ele rapidamente preparou o jantar, fazendo a salada de *shari* favorita dela e um prato de cogumelos com batata de uma receita que a mãe de Mia lhe dera. Ele pedira a receita a Ella Stalis antes de partirem da Flórida, querendo fazer uma surpresa para Mia um dia. Korum adorava ver o rosto pequeno dela se iluminar de prazer e animação quando ele fazia coisas assim. A alegria dela significava tudo para ele.

Onde ela está?

Ligeiramente irritado, Korum comandou o computador que determinasse a localização dela. O dispositivo complexo embutido na palma da mão era completamente sincronizado com os caminhos neurológicos dele, tanto que usá-lo era, de certa forma, o equivalente a pensar. Nem todos os krinars gostavam da ideia de estarem tão integrados com a tecnologia e muitos optavam por usar os dispositivos antiquados autônomos com comandos de voz. Korum achava meio idiota ser tão desconfiado. Por outro lado, ele mesmo projetara o computador e entendia seus limites e capacidades. Muitos krinars não tinham ideia como os equipamentos eletrônicos mais simples dos humanos funcionavam nem tinham o desejo de aprender, algo que ele nunca conseguiria entender.

Assim que ele enviou a consulta mental, a localização de Mia chegou clara como cristal: o laboratório. Ela ainda estava no laboratório. Os dispositivos de rastreamento que ele embutira nas mãos dela no passado se mostravam muito úteis, mesmo agora que ela não estava mais envolvida com a Resistência.

Abrindo um sorriso, Korum lembrou da reação dela sempre que o assunto de a ter brilhado surgia. Ela se transformava em uma gata raivosa, estendendo as garras. Aquilo fazia com que ele tivesse vontade de abraçá-la e trepar com ela ao mesmo tempo, uma mistura confusa de desejos que Mia sempre causava nele.

Ele deveria se sentir mal por ter brilhado Mia. E, algumas vezes, quase, quase se sentia assim. Ela se ressentia do fato de que, agora, ele sempre sabia onde estava, sem entender que aquilo lhe dava uma enorme paz de espírito. Ela era tão frágil, tão humana... Se dependesse dele, ela nunca sairia de seu lado. Ele sempre a manteria por perto, onde pudesse protegê-la.

Mas ele sabia que ela não gostaria disso. Era importante para Mia ter a própria independência, de se especializar na área que escolhera e contribuir para sociedade. Ele entendia e respeitava aquilo, mas isso não tornava as coisas mais fáceis. Quando estavam em Nova Iorque, antes de ele lhe dar os nanócitos que a deixavam menos vulnerável, fora tudo que pudera fazer para que conseguisse deixá-la se aventurar por conta própria, especialmente em uma cidade humana em que algo tão idiota quanto um acidente de carro poderia facilmente matá-la. Fora por isso que sempre mantivera um guardião seguindo-a, nunca a mais de cem metros de distância dela. Ela nunca suspeitara disso, obviamente, nem Korum planejava lhe contar. Mas fora para a proteção dela. Mesmo então, ele não conseguira aguentar a ideia de que alguma coisa acontecesse a ela.

Verificando a hora novamente, Korum viu que já se tinham passado vinte e cinco minutos. Por que ela ainda estava no laboratório? Acontecera alguma coisa para que ela se atrasasse? Se Saret a obrigara a trabalhar até mais tarde novamente, Korum teria uma conversa séria com ele. Mia já provara que era bastante útil e Korum tinha certeza de que o amigo não terminaria seu estágio mesmo se ela trabalhasse menos horas.

Enviando outra consulta mental, Korum estendeu a mão para pegar o dispositivo de comunicação que fizera para ela e que Mia chamava de pulseira. Para sua surpresa e crescente inquietação, ele não conseguiu se conectar. Era como se houvesse apenas um vazio onde deveriam existir sinais digitais.

Alguma coisa está errada.

Korum soube com uma certeza súbita. Erguendo a mão, ele olhou para a palma, com os olhos seguindo os minúsculos pulsos de luz sob a pele. Era uma forma que ele tinha de se concentrar, a de usar caminhos mentais específicos que eram mais complexos do que aqueles necessários para as tarefas diárias básicas.

Aquele caminho em particular não era algo que ele usara nas semanas recentes, não desde que a Resistência fora derrotada. Mia não sabia sobre aquilo e Korum não pretendia lhe contar. Não havia necessidade. Ele parara de usar o dispositivo para monitorar as atividades dela. O único motivo pelo qual ainda estava nela era porque o processo de remoção era relativamente complicado. E porque ele gostava da ideia de tê-lo lá para emergências.

Mantendo os olhos presos à palma da mão, Korum enviou uma sonda profunda, ativando o minúsculo dispositivo de gravação escondido sob o lóbulo da orelha esquerda de Mia. Aquilo possibilitaria que ele escutasse tudo à volta dela e, mais importante, verificasse seus sinais vitais.

Assim que o dispositivo foi ativado, parte da tensão o abandonou. Ela estava bem, o coração batia normalmente e a respiração estava estável.

Mesmo assim... Korum franziu a testa, ouvindo cuidadosamente. Tudo estava quieto. Quieto demais. Se ela ainda estivesse trabalhando, deveria estar em movimento, conversando com quem a atrasara. Em vez disso, era como se ela estivesse dormindo.

Dormindo... ou inconsciente.

Assim que pensou na segunda possibilidade, ele percebeu que estava no caminho certo. Mas por que ela estaria inconsciente? Aquilo não fazia sentido. E aquilo era...? Ele escutou novamente. O que ouvia era os movimentos de outra pessoa em volta dela?

A inquietação mudou para uma preocupação profunda.

Levantando-se, Korum andou rapidamente até a parede e saiu da casa. Parando por alguns segundos, ele enviou um comando mental para que uma cápsula de transporte fosse criada o mais depressa possível. Enquanto as nanomáquinas faziam seu trabalho, ele acessou os arquivos do dispositivo de gravação. Todos os dispositivos que ele projetara funcionavam daquela forma. Mesmo quando não estavam ativados para transmitir em tempo real, continuavam coletando dados e armazenando-os internamente.

Levou um segundo para que ele acessasse as lembranças do gravador e percorresse-as para encontrar o ponto certo. Ele começou no momento exato em que Mia lhe enviara a mensagem. Em vez de ouvir à gravação em velocidade normal, ele comandou o computador que criasse uma transcrição instantânea, que leu em poucos segundos.

E, à medida que Korum entendeu o que lia, cada célula de seu corpo se encheu de uma fúria vulcânica.

Ele nem conseguiu começar a processar a magnitude da traição nem o puro mal que estava prestes a ser liberado por um homem que ele considerara como amigo pelos duzentos anos anteriores. E Mia... Não, não podia pensar nisso. Pelo menos, não por enquanto. Se fosse para garantir a sobrevivência de todos, ele precisava se concentrar, controlar a fúria e a dor.

Usando toda a força de vontade que tinha, Korum apelou para o lado racional e frio e começou a analisar a melhor forma de lidar com a situação.

* * *

Saret observou impaciente quando Korum finalmente saiu da casa e criou a cápsula de transporte. Agora, seu nêmesis iria procurar Mia. Com sorte, sem suspeita alguma.

Obviamente, era melhor não subestimá-lo. O idiota sempre tinha algumas surpresas nada agradáveis para quem o subestimava. Ainda assim, Korum não tinha motivo para pensar que alguma coisa sinistra estivesse acontecendo. E certamente nunca suspeitaria de que Saret tentaria matá-lo.

Era uma pena que Mia tivesse encontrado aqueles arquivos naquele dia. Saret sempre soubera que alguém poderia bisbilhotar e descobrir que Saur não sabia tanto assim sobre apagamento da memória como dissera. Saret deveria ter movido os arquivos, mas todos no laboratório sabiam que não podiam acessar o trabalho de outras pessoas sem a permissão explícita de Saret.

Mas, como ficara demonstrado, todos, exceto uma garota humana.

Por outro lado, talvez em certo nível, Saret quisera que ela descobrisse. Ele gostara de explicar seu plano a ela e observar as emoções no rosto expressivo de Mia. Ela não entendera completamente, claro, ainda presa demais à teia de Korum para pensar claramente.

Saret ficara furioso com o que ela dissera sobre não sentir atração por ele. Obviamente, ela mentira, tentando incitá-lo a fazer algo idiota. Ele era um macho krinar na essência, sabia muito bem que as mulheres humanas o desejavam. E ela também o desejaria, ele fizera questão de garantir isso.

Seria gentil com ela no começo, não como Korum fora quando eles se conheceram. Saret vira algumas das gravações do início do relacionamento deles no julgamento e aquilo o deixara furioso, a forma como seu nêmesis a tratara. Saret seria um cheren melhor, tinha certeza disso.

E onde estava Korum?

Franzindo a testa, Saret olhou novamente para a imagem. Parecia que o inimigo não estava com muita pressa. Em vez de voar para o laboratório, Korum estava parado ao lado da nave, conversando com uma mulher krinar que Saret nunca vira antes. Ele estava quase... flertando com ela? *Imbecil, já está traindo Mia.*

Não importava, Korum logo chegaria lá. E, quando isso acontecesse, teria uma pequena surpresa.

Sem o conhecimento de ninguém, Saret passara vários anos construindo uma fortaleza de alta tecnologia dentro do laboratório. Todos os prédios dos krinars eram duráveis, construídos para suportar qualquer coisa, de um ataque nuclear a uma erupção vulcânica. O laboratório, no entanto, fora um passo além: as paredes tinham armas, projetadas para matar qualquer pessoa que tentasse entrar depois que Saret ativasse o modo de proteção. Elas também eram impenetráveis por qualquer forma de nanotecnologia, pois Saret instalara os mesmos escudos que serviam como defesa dos Centros.

Não fora fácil fazer aquilo. A população geral não tinha acesso fácil a armas, especialmente nanoarmas especializadas como aquelas embutidas nas paredes. Saret fora obrigado a cobrar vários favores e gastar uma parte considerável de sua fortuna pessoal para instalar tudo exatamente como queria. Custara ainda mais para manter tudo em segredo.

Agora, no entanto, aquilo seria compensado. Em poucos dias, a nanoarma que planejava usar nos Centros estaria pronta. Os dispositivos de dispersão com os nanócitos já tinham sido plantados em todas as cidades principais dos humanos.

A única coisa de que precisava agora era paciência.

Depois de dez minutos, Saret estava prestes a perder o que sobrara daquela paciência. Por que diabos Korum estava demorando tanto? Saret subestimara a ligação do inimigo com a garota? Parecia que o idiota ainda estava flertando com aquela mulher. Ele estava lá agora, rindo e tocando no braço dela. *Mas que diabos?* O que acontecera com a obsessão dele por Mia? Ela fora apenas um brinquedo para ele aquele tempo todo?

Assim que a ideia lhe ocorreu, ele a descartou. Não, havia alguma coisa errada. Subitamente, ele teve certeza disso.

O inimigo achava que ele era um tolo? O que via era uma imagem falsa? Não havia como saber. As pessoas que Saret via pareciam completamente reais. Mas, como ele sabia muito bem, as aparências podiam enganar.

Ele tinha que encarar a possibilidade de que Korum tinha descoberto que alguma coisa estava acontecendo.

Movendo-se rapidamente, Saret se armou e colocou um escudo protetor que envolveu o corpo inteiro. As paredes do laboratório ainda eram a melhor defesa e ele tinha toda a intenção de confrontar seu nêmesis ali, onde Saret tinha a vantagem. Ele não sentiu medo, apesar de o coração bater mais forte com ansiedade pela luta que aconteceria.

Olhando para Mia, Saret teve certeza de que ela ainda estava inconsciente, deitada e presa na tábua. Talvez acordasse em breve e ele esperava que toda a parte desagradável tivesse terminado antes que isso acontecesse.

Ignorando a adrenalina que corria pelas veias, Saret se sentou ao lado dela e acariciou-lhe o braço, desfrutando da maciez da pele pálida. Ela era tão bonita, com os cílios escuros contrastando com o rosto e aquela boca macia ligeiramente aberta. Como era aquela história infantil dos humanos? A Bela Adormecida? Na verdade, Saret decidiu que ela era mais parecida com a Branca de Neve, com a pele clara e os cabelos escuros.

Inclinando o corpo, ele beijou os lábios dela, passando a língua de leve sobre eles. Como suspeitara, ela era deliciosa. Sentir o gosto dela brevemente foi o suficiente para que tivesse uma ereção. Se houvesse mais tempo, ele a teria possuído ali mesmo, inconsciente ou não.

Mas ele não tinha mais tempo. Precisava se manter concentrado. De uma forma ou de outra, Korum chegaria em breve.

Levantando-se, Saret andou até a imagem novamente. Ele já tinha quase certeza de que era falsa.

Onde estava Korum?

Saret começou a andar de um lado a outro, agitado demais para se sentar novamente.

Quando tudo começou dois minutos depois, ele nem mesmo percebeu no início.

Um zumbido baixo foi o primeiro aviso de que alguma coisa estava errada. O barulho pareceu encher o ar, gradualmente aumentando de volume até que era quase um rugido para a audição sensível dele.

Em seguida, as paredes começaram a derreter. Saret nunca vira nada como aquilo. O material projetado para aguentar um ataque nuclear parecia se liquefazer de cima para baixo, como se o prédio fosse feito de cera.

Saret sentiu o gosto do medo, um gosto ácido que se acumulou no estômago. Aquilo não deveria ter acontecido. Ele deveria estar seguro ali, na fortaleza que construíra com tanto cuidado... mas não estava. Saret não sabia de nenhuma arma que conseguisse fazer aquilo, que conseguisse penetrar os mesmos escudos que protegiam as colônias, mas seus olhos não mentiam. As paredes estavam literalmente derretendo à sua volta.

Havia apenas uma coisa a fazer: recuar e viver para lutar outro dia. Por um segundo, Saret considerou levar Mia consigo, mas ela o retardaria e ele não podia correr aquele risco. Teria que voltar para buscá-la.

Lançando um último olhar à garota inconsciente, Saret ativou o túnel de fuga de emergência e desapareceu no chão do prédio.

CAPÍTULO 7

— Quero que ele seja encontrado. Usando todos os meios possíveis. Você me entendeu? — Korum tinha ciência de que a voz soara ríspida, mas não conseguiu mais conter a fúria gelada que corria por suas veias.

Alir, o líder dos guardiães, assentiu. — Nós o traremos até você — prometeu ele com os olhos pretos frios e sem expressão.

— Ótimo — disse Korum.

Virando-se, ele andou até o fundo da sala, onde Ellet estava sentada ao lado de Mia realizando testes de diagnóstico.

Quando ele se aproximou, a krinar olhou para cima, com sinais evidentes de estresse no belo rosto. — Ela deverá recuperar a consciência em breve — disse ela em tom suave. — Mas, Korum, receio que ela tenha sofrido danos.

— O que você está dizendo? — Ele não queria acreditar, não podia aceitar aquela possibilidade.

— Receio que a varredura mostre sinais de trauma consistentes com perda de memória. Eu lamento muito...

— Não, você deve estar errada. — Ele cerrou as mãos com tanta força que as unhas se enterraram na pele, arrancando sangue. — Deve haver alguma coisa que possamos fazer...

— Vou pesquisar — disse Ellet, levantando-se. — Mas esse tipo de apagamento costuma ser irreversível. Sinto muito.

Korum deu um passo à frente. — Não quero que você pesquise, Ellet — disse ele em tom direto. — Quero que largue tudo o que está fazendo e traga a memória dela de volta.

Ellet franziu a testa. — Você sabe que farei o possível...

— Faça mais do que isso. — Korum sabia que não estava sendo racional, mas não se importou. Nunca se sentira assim, com uma vontade assassina tão selvagem. Ele queria destruir Saret, rasgá-lo em pedaços e ouvi-lo gritar em agonia. Queria eviscerar o homem que antes considerara como amigo e banhar-se no sangue dele, como os antigos faziam com os inimigos.

Sob a fúria incandescente e a amargura devido à traição, uma culpa pesada e terrível pairava sobre os ombros de Korum. Mia fora ferida, fora ferida por causa dele. Porque ele não conseguira protegê-la do monstro que convivia com eles. Porque ele confiara demais. Se não fosse por ele, ela nunca teria conseguido aquele estágio, nunca teria ficado exposta às vontades doentias de Saret.

Se ele não a tivesse levado para Lenkarda, ela nunca teria cruzado o caminho do perigo.

Como Korum não vira aquilo antes? Como não sentira aquele tipo de ódio? Seu maior inimigo acabara sendo um de seus amigos mais próximos. E ele não percebera até que fosse tarde demais.

E agora ele via a pena nos olhos de Ellet. Ela sabia como ele se sentia em relação a Mia e provavelmente conseguia imaginar o estado mental dele naquele momento. — Vou fazer isso, Korum — respondeu ela em tom reconfortante. — Prometo a você que farei qualquer coisa possível para ajudar.

Korum respirou fundo para se acalmar. Não era culpa de Ellet se o amigo dele acabara sendo o pior psicopata na história moderna dos krinars. — Obrigado — disse ele baixinho.

Ellet sorriu, parecendo aliviada. — Você pode levá-la para casa agora, se quiser. Ela acordará naturalmente em algumas horas, coisa que pode muito bem acontecer em sua casa. Quanto menos de nós houver quando ela acordar, melhor.

Korum assentiu. — É claro. — Inclinando-se sobre o local onde Mia estava deitada, ele a pegou com cuidado, encostando-a gentilmente contra o peito. Ela parecia muito leve, muito frágil nos braços dele. A percepção de que ela poderia ter morrido naquele dia foi como veneno em suas veias, queimando-o por dentro.

Saret pagaria pelo que fizera com ela, pelo que planejara fazer com todos eles. Korum faria questão de garantir que isso acontecesse.

* * *

Mia soltou um som baixinho e franziu o nariz, levantando a mão pequena para tirar um cacho de cabelos pretos do rosto. Os olhos ainda estavam fechados, mas era óbvio que começava a recuperar a consciência.

Sentado na beirada da cama, Korum observou enquanto ela lentamente despertava, incapaz de afastar os olhos. Logicamente, ele sabia que ela não era a mulher mais bonita que já vira, mas não importava. Para ele, Mia era perfeita. Ele amava tudo nela, cada pedaço do corpo delicado o deixava excitado. Mesmo agora, enquanto ela estava deitada usando o vestido cor-de-rosa claro, ele teve que lutar contra a vontade de tocar nela, de puxá-la para mais perto e de enterrar-se nela.

A mistura inquietante de paixão e doçura que ela provocava nele era diferente de tudo o que já sentira. Como muitos krinars, Korum sempre considerara o sexo como uma atividade recreativa divertida. A maioria dos relacionamentos anteriores que tivera foram encontros casuais, semelhante ao que tivera com Ellet alguns anos antes. Ele gostava das mulheres e da companhia delas também fora do quarto, mas nunca quisera ficar com uma delas de forma permanente. Nunca sentira a necessidade de ter uma que fosse sua.

Até Mia.

Por algum motivo, aquela garota humana provocava seus instintos mais primitivos. O que sentia por ela ia além do desejo sexual, além da vontade de tocar na carne macia. O que ele realmente queria era possuí-la completamente, que ela fosse dele de todas as formas possíveis.

Aquilo não era um fenômeno desconhecido entre os krinars. Nos tempos antigos, os machos krinars precisavam caçar e proteger o território, sendo muito mais provável que fizessem um trabalho efetivo se fossem muito apegados às companheiras. Fora uma adaptação evolucionária simples na época, a fixação obsessiva de um macho a uma fêmea específica. Mais profunda que lascívia, mais forte que o amor, era uma combinação poderosa dos dois que garantia que um homem daria a vida para proteger a mulher e os filhos.

No decorrer dos anos, à medida que a sociedade dos krinars ficou mais civilizada, aquele tipo de apego se tornou menos importante do que a sobrevivência da espécie e a tendência genética a isso enfraqueceu. Ainda acontecia, claro, mas era uma ocorrência relativamente rara nos tempos modernos. E fora por isso que Korum não percebera o que estava acontecendo quando conheceu Mia.

Ele não entendera no começo por que se sentia daquela forma. Só soubera que a queria e que precisava tê-la. Mesmo a relutância inicial dela não fora suficiente para detê-lo. No mínimo, a desconfiança dela o intrigara, provocando os instintos predatórios que ele normalmente conseguia suprimir.

Ele nunca perseguira ninguém daquela forma, sempre tivera consideração pelos desejos das mulheres. Mas, com Mia, fora implacável. Ele a perseguira com toda a intensidade de sua natureza, deixando de lado todas as noções de certo e errado. Em menos de uma semana, conseguira o que quisera: Mia em sua cama, em seu apartamento, sua para quando quisesse.

Levara muito mais tempo para conseguir o amor dela.

Até aquele dia, ele não conseguia evitar a raiva que sentia quando pensava no envolvimento dela com a Resistência. Racionalmente, ele sabia que não podia culpá-la por lutar de volta, por não confiar nele no começo. Era uma mera criança em comparação a ele. Korum deveria ter sido mais compreensivo sobre os medos dela, deveria tê-la seduzido pacientemente em vez de forçá-la a um relacionamento. Talvez assim ela não tivesse acreditado nas mentiras dos combatentes, não o teria traído como fez.

Mas ele não fora paciente. A força das emoções o pegou desprevenido, deixando-o cego a tudo exceto à necessidade de tê-la. O que começara como uma obsessão sexual rapidamente se transformara em algo mais profundo e Korum não soubera como lidar com aquilo. Ele agira movido pela dor e pela raiva, usando-a contra a Resistência como punição por espioná-lo, quando deveria simplesmente ter explicado tudo a ela para que entendesse suas intenções.

O fato de ela amá-lo agora era um milagre, algo pelo qual ele agradecia todos os dias. E, se ela não se lembrasse dele quando acordasse, ele usaria aquilo como oportunidade para um novo começo, como uma forma de corrigir o que acontecera antes.

De uma forma ou de outra, Mia o amaria novamente.

A alternativa era impensável.

Finalmente, ela abriu os olhos, piscou várias vezes, parecendo confusa, e finalmente o encarou com a boca aberta em choque.

Acariciando gentilmente o braço dela, Korum sorriu.

— Olá, querida — disse ele, propositadamente injetando um tom reconfortante na voz. O que ele realmente queria era abraçá-la, mas aquilo a assustaria, caso ela realmente tivesse perdido a memória e Korum fosse agora um estranho.

Korum sentiu o coração dela bater mais forte, a súbita tensão em seus músculos quando ela percebeu o que ele era. Ela passou a língua pelo lábio inferior em um gesto provocante inconsciente que sempre o deixava maluco. Ele viu o medo nos olhos dela... e foi como ter uma faca enterrada no coração, causando uma dor profunda e aguda.

Puxando o braço, ela recuou em direção ao outro lado da cama. — O que estou fazendo aqui? Quem é você?

Korum ouviu o pânico na voz dela e forçou-se a ficar imóvel, sem fazer movimento nenhum em sua direção.

— Eu sou Korum — disse ele, procurando algum sinal de reconhecimento no rosto de Mia. Mas não havia nenhum. Afastando o desapontamento, ele perguntou: — Qual é a última coisa de que se lembra, querida?

Ela engoliu em seco, afastando-se ainda mais. — Eu estava na aula — sussurrou ela —, fazendo uma prova...

— Que prova, querida? Em que aula? — *Quanto da memória dela Saret apagou?*

— Minha... minha aula de psicologia infantil — respondeu ela com a voz ligeiramente trêmula.

Korum suspirou aliviado. — Então foi no semestre da primavera. — Ela perdera apenas cerca de dois meses, não anos, como ele receara inicialmente.

Ela assentiu, ainda parecendo aterrorizada. — O que quer de mim? Por que me trouxe aqui? — Ele ouviu a histeria crescendo na voz dela.

Korum suspirou. Aquilo seria difícil. — É complicado, Mia — disse ele baixinho. — Quer que eu explique tudo?

Ela assentiu novamente com os olhos azuis arregalados e cheios de medo.

— Então venha cá e conversaremos — disse ele, vendo-a ficar ainda mais tensa. — Eu prometo a você, não vou feri-la de forma alguma... Só sente aqui, ao meu lado. — Ele bateu de leve na cama, sentindo a necessidade de tê-la mais perto.

Ela hesitou e ele viu as emoções cruzando o rosto de feições finas. Korum percebeu o momento exato em que ela decidiu que não tinha nada a perder aceitando o pedido dele. Afinal de contas, ele era um krinar e igualmente perigoso perto ou não.

Com o corpo trêmulo, ela se moveu na direção dele, encarando-o desconfiada. Quando chegou perto o suficiente, Korum pegou a mão dela, aquecendo a pele gelada entre as próprias mãos.

Inicialmente, ela se encolheu, mas depois ficou quieta, sem afastar os olhos dele.

Korum sorriu, sentindo a tensão diminuir um pouco porque ela permitira que a tocasse. — Somos amantes, Mia — disse ele gentilmente, observando a reação dela. — Você não se lembra de mim porque perdeu uma parte da memória. Estamos em junho, em Lenkarda, nosso centro da Costa Rica.

CAPÍTULO 8

Mia encarou o belo krinar que acariciava gentilmente sua mão. O que ele acabara de lhe dizer era pura loucura. Eles eram amantes? Ela perdera a memória? De todos os cenários malucos que passavam pela cabeça de Mia, aquele nem estivera na lista de possibilidades.

Ele estava brincando com ela? E, se estava, qual era o motivo e qual era a história real? Mia tentou controlar o pânico por tempo suficiente para pensar, mas era como se uma parte do cérebro estivesse coberta por uma neblina. Mesmo eventos recentes, as férias de verão, as provas, pareciam borrados em sua mente, como se tivessem acontecido muito tempo antes, não poucas semanas antes.

— Você não acredita em mim, não é? — perguntou o K. Os olhos cor de âmbar dele a observavam com um calor inquietante.

— Não, é claro que não. — A voz dela estava surpreendentemente calma. Considerando tudo, Mia sentia que estava lidando razoavelmente bem com a situação. Não estava chorando nem gritando e levava uma conversa com um alienígena que provavelmente a sequestrara. Um alienígena que podia ou não beber sangue humano e que agora acariciava-lhe o pulso de uma forma que a fazia sentir uma estranha excitação.

Por que ela não estava com mais medo dele? Tudo o que sabia sobre a raça dele sugeria que deveria estar aterrorizada.

Mas não estava.

Estava em pânico porque não sabia onde estava nem como chegara lá — nem porque estava com um K que dizia ser seu amante — mas não estava realmente com medo. No mínimo, achava a presença dele estranhamente reconfortante, o toque dele, eletrizante. Ele fizera alguma coisa com ela para que reagisse assim?

— É claro que não — repetiu ele, abrindo um sorriso compreensivo. — Como você acreditaria em algo tão maluco sem provas, certo?

Mia assentiu, incapaz de afastar os olhos daquele sorriso. A covinha na bochecha esquerda dele a fascinou. Era muito infantil, totalmente destoante do restante da aparência dele.

— Está bem, querida. — A voz dele era desconcertantemente suave. — Deixe-me provar para você. — E, ainda segurando a mão dela, ele acenou com a mão. Subitamente, uma imagem holográfica tridimensional apareceu flutuando no ar.

Mia soltou uma exclamação assustada e, em seguida, viu a imagem de si mesma e do K ao seu lado. Eles pareciam estar andando na praia, conversando e rindo. O K se abaixou e pegou a garota na imagem, erguendo-a sem esforço, como se ela fosse feita de ar. A garota riu novamente e passou os braços em volta do pescoço dele, beijando-o com tanta paixão que Mia sentiu o rosto ficar quente.

— O que é isso? De onde você conseguiu esse vídeo? — Mia se sentiu corando intensamente quando o K beijou a garota de volta, segurando-a com um braço e colocando a outra mão sob o vestido dela.

— É só uma gravação de um de nossos satélites — explicou o K chamado Korum, observando-a com um brilho dourado incomum nos olhos. Por algum motivo, Mia se sentiu excitada com aquele olhar, o coração bateu mais depressa e os mamilos enrijeceram sob o tecido fino do vestido. Ela torceu desesperadamente para que o K não notasse. Seria constrangedor, e possivelmente perigoso, se ele soubesse o quanto a afetava.

Logo depois, ela percebeu o que ele acabara de dizer. — Espere um pouco, os seus satélites estavam nos espionando?

— Nossos satélites estão sempre gravando tudo — explicou ele, curvando os lábios sensuais em um sorriso. — Mas não se preocupe, querida, somente nossos computadores assistem. A não ser que alguém faça uma solicitação específica, como eu fiz.

O coração de Mia bateu mais depressa, desta vez com ansiedade. — Está dizendo que nunca temos privacidade, vocês estão sempre nos observando?

— É claro que não — respondeu o K. — O governo de vocês também não lhes dá privacidade alguma. Sabe disso, não?

Mia piscou algumas vezes. Ela sabia daquilo. O GPS e os celulares fizeram com que fosse praticamente impossível uma pessoa se esconder e ela sabia que várias agências governamentais usavam todos os meios disponíveis para rastrear terroristas e outros criminosos. Como cidadã que obedecia às leis, ela nunca pensara muito sobre o fato de que todas as suas atividades, de navegar na internet a dar um telefonema, poderiam ser monitoradas, se necessário. Apenas aceitara aquilo como parte da vida no século vinte e um. Mas, por algum motivo, a ideia de satélites dos krinars observando cada movimento era mais do que perturbadora.

Franzindo a testa, Mia percebeu que estava agindo como se a imagem que ele lhe mostrara fosse real. Não havia absolutamente garantia nenhuma daquilo. Como os krinars eram tão avançados, certamente seria como uma brincadeira de criança criar o vídeo que quisessem, tridimensional ou não.

— Como sei que não criou isto? — perguntou ela, acenando na direção da imagem. O casal agora estava envolvido em uma sessão completa de sexo explícito. Corando ainda mais, Mia afastou o olhar.

— Não sabe, é claro — respondeu o krinar. — Eu poderia ter criado, se quisesse. Tenho centenas de outras gravações que poderia mostrar a você. E seria inteligente de sua parte não acreditar em nenhuma delas.

Mia riu nervosamente, surpresa pela franqueza dele. — Ok, então, como você pode provar alguma coisa? — Ela não podia acreditar que estava considerando a ideia de que aquilo pudesse ser real. Como uma pessoa racional poderia acreditar naquilo? Claro que ela se lembraria se tivesse feito sexo com um alienígena maravilhoso... ou, na verdade, se tivesse feito sexo de forma geral.

O K sorriu novamente. — Há várias formas — disse ele. — Deixe-me começar com o fato de que você me entende agora, apesar de eu estar falando em krinar.

Mia o encarou em choque. Ela certamente entendera o que ele dissera, apesar de a última frase ter sido dita em uma linguagem que tinha certeza de que nunca ouvira. — Espere, o quê? — As palavras dela saíram naquela mesma linguagem. — Você está falando comigo em krinar?

— Sim, e você também está respondendo em krinar — disse ele, alargando o sorriso. — E agora estou falando com você em italiano. E você ainda me entende, certo?

Mia assentiu, com a mente girando por causa da impossibilidade daquilo.

— É porque você tem um implante minúsculo que age como tradutor — explicou o K, desta vez em inglês. — Eu lhe dei o implante assim que chegamos a Lenkarda. Ele permite que você fale e entenda qualquer linguagem conhecida, dos humanos e dos krinars.

— Mas... — Mia nem sabia por onde começar. — Como posso ter certeza de que você não o colocou agora? E espere, ouvi você dizer antes que estamos em junho? A última coisa de que me lembro é em março. Como perdi um pedaço da minha memória? Isto não faz sentido...

O K suspirou e ergueu a mão, prendendo gentilmente um cacho de cabelos atrás da orelha dela. — Eu sei, Mia —disse ele em tom suave. — Eu sei que isso será difícil de aceitar. Deixe-me contar uma história e depois mostrarei a você que não estou mentindo. Ok?

— Ok — concordou Mia, hipnotizada pelo olhar ardente no rosto bonito. Como alguém tão maravilhoso podia ser amante dela? Talvez aquilo fosse apenas um sonho incomumente realista. Talvez ela estivesse dormindo profundamente e seu inconsciente criara aquela criatura estonteante. E, se ele era mesmo seu amante, ela certamente era a garota mais sortuda do mundo, apesar de ainda não entender como aquilo era possível.

— Ótimo — disse ele com os olhos dourados brilhando. — Então, deixe-me contar a você sobre nós, desde o início...

E, pelos vinte minutos seguintes, Mia ouviu em choque quando ele contou sobre o encontro inicial deles em abril e detalhou o caso tumultuado que se seguiu. Quando começou a explicar sobre o envolvimento dela com a Resistência, Mia ficou de boca aberta.

— Eu estava espionando você? — Como diabos ela conseguira coragem para fazer aquilo? Apesar de ele estar sendo gentil com ela naquele momento, Mia tinha a sensação de que aquele K em particular poderia ser muito perigoso se fosse provocado. Em geral, a espécie dele não era conhecida por ter uma natureza misericordiosa. A veia violenta fora amplamente demonstrada durante as lutas do Grande Pânico.

— Estava — confirmou o K, cerrando o maxilar de leve. — Mas foi culpa minha também, pois eu sabia do que estava fazendo e dei a você informações falsas.

Mia o encarou incrédula. — E está dizendo que somos amantes? Depois disso tudo?

— Somos mais do que amantes, Mia. Você é minha caerle.

— Caerle?

Ele assentiu. — É a palavra que usamos para o que você é para mim. A melhor aproximação seria algo como companheira humana.

— Como uma esposa? — Mia ouviu o tom de descrença na própria voz.

Ele sorriu. — Não exatamente, mas você pode encarar dessa forma, sim.

Mia o encarou. — Mas você disse que eu o conheci em abril e estamos apenas em junho. Quando tivemos a oportunidade de nos casar?

Ele hesitou por um segundo. — Não funciona assim, querida. Não há uma cerimônia formal em um relacionamento de cheren e caerle.

— Então como funciona? Qual é a diferença entre sermos simplesmente namorados? — Não que ela conseguisse sequer imaginar aquela criatura maravilhosa como seu namorado. Mas marido? Ela ficou atordoada com a ideia.

— É diferente, Mia, porque eu não poderia dar a uma simples namorada o que dei a você — disse ele baixinho.

— Porque, ao tomá-la como caerle, eu a trouxe inteiramente para nosso mundo, com tudo o que isso envolve.

O coração de Mia começou a bater mais depressa novamente. — E o que isso envolve?

— Uma expectativa de vida muito mais longa — respondeu ele. — Você não envelhecerá nem ficará doente. Imortalidade, como vocês chamam.

* * *

Korum viu os olhos dela se arregalarem e o ceticismo lutar com a empolgação em seu rosto. O cacho que ele acabara de prender atrás da orelha dela se soltou novamente, recusando-se a ficar preso. Ele adorava aquele cacho rebelde, que sempre atraía seus dedos para os cabelos dela, fazendo com que quisesse tocá-lo.

Em geral, ele estava surpreso e contente com a reação dela até o momento. Mia estava naturalmente cautelosa, pois era de se esperar que ficasse desconfiada, mas estava muito menos assustada do que ele imaginara que ficaria. Ela não se afastara do toque dele nem parecera objetar à sua proximidade. De alguma forma, apesar da falta de lembranças conscientes, ainda devia reconhecê-lo em algum nível, ainda devia confiar que ele não a machucaria.

— Vocês têm a capacidade de deixar os humanos imortais? — perguntou ela, franzindo ligeiramente a testa.

Korum suspirou, sem querer discutir aquele assunto novamente. — Sim, temos — respondeu ele pacientemente. — Mas não todos os humanos, somente aqueles que se tornam parte da nossa sociedade. No momento, estou tentando conseguir que abram uma exceção para os seus pais e a sua irmã, mas...

— Você os conhece? — interrompeu ela. — Você conheceu a minha família?

— Sim, eu os conheci — confirmou Korum, feliz por isso ter acontecido. Teria sido muito pior se ela tivesse perdido a memória antes da viagem para a Flórida. — E é por isso que você saberá que estou falando a verdade, querida. Você falará com Marisa e com seus pais.

Mia pareceu sobressaltada com a ideia, mas seu rosto se iluminou logo em seguida. Korum já a conhecia o suficiente para entender que acabara de dissipar qualquer receio que ela tivesse de ter sido separada dos entes queridos.

O apego que ela tinha à família era uma das principais vulnerabilidades de Mia e Korum não hesitara em explorar isso no passado, para deixá-la ainda mais próxima dele. Fora surpreendentemente fácil conquistar os pais e a irmã dela. Ele pesquisara cuidadosamente tudo sobre eles antes de conhecê-los, que reagiram exatamente da forma como esperara. A desconfiança inicial desaparecera quando viram que Mia era feliz e amada.

E aquilo deixara Mia ainda mais feliz e apegada a ele.

Certo ou não, Korum sabia que faria qualquer coisa para mantê-la assim. Mia podia não se lembrar disso agora, mas ela o amara no passado... e amaria novamente.

Mas, por enquanto, ele precisava provar que não estava louco nem tentando enganá-la.

— Pegue, use isto — disse ele, entregando-lhe um novo computador de pulso que criara algumas horas antes. Desta vez, ele acrescentara capacidades visuais ao computador para que ela tivesse ainda mais facilidade de manter contato com a família. Ele levou um minuto para mostrar a Mia como operar o dispositivo. Em seguida, ela conectou no Skype e fez uma chamada para os pais. A voz e a imagem da mãe dela surgiram no aposento.

Sorrindo, Korum atravessou a sala e sentou-se no canto, dando às duas mulheres um pouco de privacidade. Mas ainda conseguia escutar tudo o que diziam e ouviu com bastante curiosidade.

Como sempre, a caerle dele pareceu muito cuidadosa para não causar qualquer preocupação nos pais. Em vez de contar que perdera a memória, Mia manteve a conversa leve e genérica, perguntando sobre a saúde dos pais e como estava Marisa. Sorrindo, Korum ouviu Ella Stalis falar sobre as últimas notícias da gravidez de Marisa, que engordara quase dois quilos, e como tinham gostado da visita de Mia e Korum.

Apesar de a gravidez da irmã ter sido um choque para Mia, ela emitiu as exclamações certas nos momentos certos, agindo como se tudo estivesse normal. Ela até mesmo conseguiu rir e prometeu visitá-los novamente em breve, como se ainda se lembrasse perfeitamente da última viagem. Korum a admirou por aquilo. Sabia como ela deveria estar se sentindo perdida e ansiosa e ficou muito impressionado com a compostura dela.

Finalmente, Mia terminou a conversa e olhou para ele. — Quer isto de volta? — perguntou ela incerta, indicando o dispositivo de pulso que ele lhe dera.

— Não, é seu. — Korum se levantou e andou na direção dela. — Isso ajudou? Acredita em mim agora?

— Eu não sei — sussurrou ela. Korum viu a dor e a confusão em seu rosto. — Se isso tudo é verdade, então o que aconteceu? Como consegui perder uma parte tão importante da minha vida? Bati a cabeça ou algo assim?

— Algo assim. — Korum tentou afastar os pensamentos de ódio sobre a traição de Saret. A última coisa que queria agora era assustá-la. Erguendo a mão, ele cedeu à tentação de acariciar seu rosto, desfrutando da sensação familiar da pele macia sob os dedos.

Ela olhou para ele e pestanejou, com os cílios parecendo pequenos leques pretos. Para sua imensa satisfação, ela não se afastou do toque dele. No mínimo, pareceu se aproximar ligeiramente, como se também estivesse ansiosa pela proximidade física.

Incapaz de resistir por mais tempo, Korum abaixou a cabeça e beijou-a, segurando-lhe o rosto gentilmente entre as mãos. Só um beijo, prometeu ele a si mesmo, só um beijinho...

No começo, ela ficou rígida, com a boca fechada contra a intrusão da língua dele. Korum sentiu o coração dela batendo desenfreado no peito, o pânico momentâneo. Em seguida, os lábios dela se suavizaram e abriram-se ligeiramente. Ela ergueu as mãos, pressionando-as de leve contra o peito dele, como se não tivesse certeza se deveria empurrá-lo para longe ou puxá-lo mais para perto.

A resposta dela, quando chegou, foi muito mais reprimida do que o normal, mas foi o suficiente para deixá-lo louco. O gosto, o cheiro dela eram intoxicantes, como uma droga que correu por suas veias. Ele aprofundou o beijo sem perceber, colocando a mão nas costas dela para puxá-la para mais perto. O pênis estava tão rígido que parecia prestes a explodir.

Foi o gemido baixinho dela que o levou de volta à realidade. Erguendo a cabeça, Korum olhou para Mia, com a respiração pesada e irregular.

Ela estava com as bochechas vermelhas e os lábios inchados. Korum sentiu o cheiro do desejo de Mia, o calor que subia de sua pele e soube que, se colocasse a mão entre as pernas dela naquele momento, ela estaria molhada e pronta para ele. Mas a mente dela era uma questão inteiramente diferente, percebeu ele, e a expressão em seus olhos era de medo e confusão.

Com o próprio corpo ardendo pela necessidade não satisfeita, Korum lutou para se controlar, sabendo que aquilo era necessário naquele momento, mais do que nunca. — Lamento — disse ele, forçando-se a largá-la. — Eu não ia fazer isso tão cedo...

Ela recuou alguns passos e encarou-o, com o peito subindo e descendo rapidamente. Aquilo atraiu a atenção dele para os mamilos rígidos sob o vestido. Korum engoliu em seco, lembrando-se do tom rosado pálido deles, do gosto que tinham, da sensação de passar a língua sobre eles.

Não, pare com isso, seu idiota. Olhando novamente para o rosto dela, Korum disse: — Eu sei que ainda não está pronta para isso, querida. Não vou machucar você, prometo... — E ele estava falando sério. Preferia perder um braço a fazer alguma coisa que a traumatizasse enquanto ela estava tão vulnerável.

Ela mordeu o lábio e assentiu, cruzando os braços sobre o peito em um gesto defensivo que fez com que Korum se arrependesse. Às vezes, ele odiava aquele desejo que o consumia sempre que estava perto dela. Mia era tão pequena, tão delicada, e seu corpo não era adequado para as exigências que ele frequentemente fazia. Não importava o quanto tentasse ser cuidadoso, sabia que nem sempre era um amante gentil. A necessidade imensa que sentia dela constantemente testava seu autocontrole.

— Então, o que aconteceu? — perguntou ela novamente, ainda observando-o desconfiada. — Por que eu não lembro de você, de minha irmã estar grávida nem nada disso? Como eu perdi dois meses da minha vida?

Korum respirou fundo, tentando controlar a raiva que ainda fervia em suas veias ao pensar em Saret. — Alguém que eu conhecia e em quem confiava, um homem que fingiu ser meu amigo por muito tempo, fez isso — respondeu ele. — Essa pessoa apagou uma parte da sua memória como forma de me atingir... e porque ele também queria você.

— É mesmo? — Ela arregalou os olhos. — Outro K?

— Sim, outro krinar — confirmou Korum. Em seguida, ele explicou toda a história, começando com o estágio de Mia e terminando com a traição de Saret. Sem querer preocupá-la demais, ele suavizou a parte sobre as intenções de Saret para o povo dela, bem como algumas das complexidades da política do Conselho. Ela não precisava saber de tudo de uma vez só. Ele já notara que o que contara fora quase demais. Korum queria passar os braços em volta dela e segurá-la, reduzir seu sofrimento, mas sabia que ela não aceitaria isso agora, não depois da forma como quase a atacara mais cedo.

Ele decidiu que a melhor coisa a fazer agora era lhe dar algum tempo e espaço para pensar em tudo o que lhe contara.

— Preciso ir agora — disse Korum, sentindo o coração apertado ao notar o olhar de alívio no rosto dela. — Preciso cuidar de algumas coisas. Por que não relaxa por enquanto? Voltarei daqui a umas duas horas para almoçar. Se ficar com fome nesse meio tempo, basta dizer em voz alta o que quer e a casa preparará tudo. A não ser que esteja com fome agora.

Ela balançou a cabeça negativamente, fazendo com que os cachos escuros se movessem sobre os ombros. — Não, estou bem, obrigada.

— Está bem. Pode explorar a casa, se quiser. Sei que tudo parecerá estranho agora, mas é muito intuitivo e você não terá muitos problemas. — Ele sorriu, lembrando-se de como Mia gostava daquele aspecto da vida em Lenkarda. — Todos os móveis são inteligentes, portanto, não se assuste se eles se ajustarem ao seu corpo. A casa também é inteligente e basta pedir comida ou qualquer coisa de que precisar.

— Está bem — disse ela, sorrindo de leve em resposta.
— Obrigada.

Fazendo uma pausa um pouco mais longa, Korum se inebriou com aquele sorriso. Em seguida, saiu, deixando-a sozinha para processar tudo o que ouvira.

CAPÍTULO 9

Saindo da casa, Korum rapidamente criou uma cápsula de transporte e encaminhou-se para um pequeno prédio redondo no coração do Centro, o local de encontro para as reuniões de rotina do Conselho.

Ao entrar, ele cumprimentou os outros Conselheiros, acenando friamente na direção de Loris e alguns outros adversários. Apesar de todos poderem participar virtualmente da reunião, todos que viviam na Terra tinham optado por participar presencialmente naquele dia, dado o tópico importante a ser discutido.

Sentando-se em uma das tábuas flutuantes, Korum observou cuidadosamente o rosto dos Conselheiros, tentando avaliar o humor coletivo. O que ele fizera com o prédio do laboratório de Saret provavelmente os assustara, abalando a crença na impenetrabilidade das defesas dos Centros. Alguns dos membros do Conselho não conseguiam compreender a necessidade do progresso tecnológico, agarrando-se ao que era conhecido e familiar, em vez de avançar.

— Bem-vindo, Korum — disse Arus, virando-se para ele. — Fico feliz por ter se juntado a nós hoje. A sua Mia está bem?

— Está, obrigado — respondeu Korum, apreciando a preocupação. Se havia alguém que entendia seus sentimentos por Mia, provavelmente era Arus, cuja devoção pela própria caerle era muito conhecida. Apesar de nem sempre concordarem em todas as questões, Korum respeitava o embaixador e, até certo ponto, gostava dele.

Arus inclinou a cabeça em resposta. — Ótimo. Fico feliz em saber. Delia ficou preocupada quando soube do que aconteceu.

— Diga a Delia que ela será muito bem-vinda se quiser aparecer lá — disse Korum baixinho, ciente de que o Conselho inteiro prestava atenção na conversa. — Mia está precisando de uma amiga agora.

Com o canto do olho, Korum viu um sorriso no rosto de Loris. O inimigo de muito tempo estava claramente gostando da situação, tanto pelo fato de Korum ter se apaixonado por uma garota humana quanto do conflito com Saret. Uma fúria ardente percorreu as veias de Korum novamente, mas ele não deixou que isso transparecesse no rosto, mantendo a expressão ligeiramente divertida. Loris podia gostar do desconforto dele por enquanto. O chamado Protetor não ficaria no

Conselho por muito mais tempo, considerando a culpa quase provada do filho.

— Então, muito bem. Temos muito a discutir hoje — disse Voret, um dos membros mais antigos do Conselho. — Os guardiães nos informaram que todos os dispositivos de dispersão de Saret foram localizados e neutralizados, graças a Korum ter nos avisado sobre eles a tempo. Parece que estavam programados para serem ativados simultaneamente em cerca de trinta e duas horas a contar de agora. Também encontramos o projetista que tinha a nanoarma. Ele estava na Tailândia e foi preso. A arma já estava totalmente funcional e Alir acha que Saret pretendia usá-la logo depois que conseguisse liberar os dispositivos de controle da mente na população dos humanos. Arus, você falou com as Nações Unidas?

— Sim. Dourei a pílula quando expliquei a situação a eles — respondeu o embaixador. — Eles já estão muito ocupados lidando com os líderes militares que ajudaram a Resistência e não há necessidade de assustá-los a essa altura. Só precisam estar cientes de que Saret está solto para que as agências de inteligência fiquem de olho. Não entrei em detalhes além de informar que ele é um indivíduo perigoso que precisa ser detido imediatamente.

— Ótimo — disse Voret. — Você fez a coisa certa. Eles já não confiam em nós e, se soubessem sobre os dispositivos de controle da mente, provavelmente entrariam em pânico novamente.

— E com um bom motivo desta vez — disse Korum, pensando no plano insano de Saret. — Se ele conseguiu fazer com que Saur me atacasse, imagine o que teria conseguido fazer com a mente dos humanos.

— É verdade — respondeu Voret. Korum percebeu que ele se preparava para abordar o tópico que provavelmente era o de maior interesse para o Conselho naquele dia. — Agora, em relação aos outros eventos que aconteceram ontem...

— Sim? — perguntou Korum quando o outro Conselheiro parou de falar. Ele sabia exatamente onde Voret queria chegar, mas queria ouvir o que o krinar tinha a dizer.

Voret o encarou com uma expressão desconfortável. — Agora, Korum, todos nós assistimos às gravações dos eventos e algumas das coisas que vimos foram... perturbadoras, para dizer o mínimo.

Korum sorriu nem um pouco surpreso. — Que parte o incomodou mais, Voret? — perguntou ele. — Foi o fato de Saret ter planejado aniquilar todos nós na missão de foder com a mente dos humanos? Ou de nenhum de nós ter a menor ideia do que ele estava fazendo?

Voret fez uma careta. — Você sabe que estou falando da forma como você conseguiu destruir os escudos do laboratório. Cuidaremos da situação de Saret em mais detalhes quando tivermos mais informações dos guardiães. Mas, primeiro, precisamos saber se estamos seguros aqui, dentro dos Centros. Você desenvolveu uma arma que consegue penetrar os escudos de força?

— Sim, desenvolvi — respondeu Korum, desfrutando da expressão de choque e medo no rosto de alguns dos Conselheiros. — Mas não se preocupe. Desenvolvi também escudos melhores. Os dois ainda estão em modo experimental e foi por isso que ninguém ouviu falar deles antes disso.

— E você usou essa arma ontem? — perguntou Arus, erguendo as sobrancelhas.

— Sim. Eu não tive opção depois que descobri como Saret preparara o laboratório.

— Como descobriu isso? — perguntou Voret.

— Fazendo uma varredura no prédio do laboratório. Depois que descobri o que Saret pretendia, não foi difícil saber que ele teria algumas defesas fortes em vigor. E tinha. Eu o distraí enviando uma imagem minha de três anos antes e usei o tempo para criar a arma com base nos projetos experimentais.

Voret franziu a testa ainda mais. — E quando você pretendia nos contar sobre esses novos projetos?

— Quando eles estivessem prontos para serem usados — respondeu Korum. Voret e os outros esqueciam às vezes que Korum não tinha obrigação alguma de dividir nada com o Conselho. Ele fazia isso pelo bem de todos os krinars, mas não tinha intenção de buscar a permissão e a aprovação do Conselho para cada projeto.

— Alguém mais poderia ter acesso a essa arma? — perguntou Arus, concentrando-se na parte mais importante do problema. — Korum, você tem certeza de que ninguém mais tem esses projetos?

— Eu sou o único — respondeu Korum, entendendo a preocupação do embaixador. — Nenhum dos meus projetistas foi envolvido ainda nesse projeto e ninguém tem acesso aos arquivos.

— Nem mesmo sua caerle? — Foi a vez de Loris se manifestar, com a voz praticamente pingando sarcasmo. — Tem certeza de que ela não consegue roubar os dados e correr para os amigos dela na Resistência?

Korum lhe lançou um olhar sardônico. — Não, Loris. Ela não consegue. Além do mais, o que a Resistência faria com essas informações sem o seu filho? Todos sabemos agora como ele foi útil para eles... e para Saret.

Loris se levantou lentamente com o rosto sombrio. — Eram mentiras! Ninguém teria acreditado nelas por um minuto...

— É mesmo? — perguntou Korum em tom frio, encarando o krinar de cabelos pretos com raiva. — Todos vimos a gravação e ouvimos Saret explicar a função de Rafor nos planos dele. O seu filho é tão culpado quanto o próprio Saret e será punido de acordo.

As mãos de Loris se fecharam e as juntas ficaram brancas. — Saret era seu amigo — sibilou ele, parecendo não conseguir mais se conter. — Até onde sabemos, era você que estava por trás de tudo e agora só está esperando o momento certo para usar sua nova arma em nós...

— Loris, chega! — A voz de Arus soou no ar como um chicote. No silêncio resultante, o embaixador continuou em tom mais calmo: — Entendemos a sua necessidade de proteger seu filho, mas, infelizmente, as provas contra ele continuam a se acumular. Com essas novas informações, teremos que fazer outra sessão de julgamento amanhã. Talvez seja a sessão final...

O corpo inteiro de Loris tremia de raiva. — Foda-se você, Arus. E fodam-se todos vocês. Rafor não é um traidor. Aquele... — ele apontou na direção de Korum — é o único traidor aqui e vocês todos são cegos demais para ver isso!

— A única pessoa cega aqui é você, Loris — disse Korum calmamente, observando o inimigo desmoronar bem em frente aos olhos. — E amanhã, quando o Conselho julgar os Kapas culpados, o mundo inteiro saberá sobre o seu fracasso.

Aquilo pareceu ser a última gota. Com um rugido enfurecido, Loris se lançou sobre Korum, saltando pela sala com toda a velocidade de um krinar.

Agindo por instinto, Korum virou o corpo, protegendo por reflexo a cabeça e o pescoço. Quando Loris o atingiu, ele recebeu o ataque com o ombro, batendo com o cotovelo no lado do corpo de Loris. Os dois caíram no chão e rolaram para o meio da câmara.

Com o chão duro arranhando a pele, Korum sentiu a fúria aumentar, com cada célula do corpo sedenta de sangue. Os dedos se transformaram em garras e atingiram o braço de Loris, arrancando um pedaço de músculo. Ao mesmo tempo, o braço envolveu o pescoço de Loris em um dos movimentos de *defrebs* mais complexo, deixando a garganta exposta aos dentes de Korum...

— Chega! Já chega! — Mãos fortes os separaram, arrastando-os para lados opostos da câmara. Ainda racional o suficiente para entender o que estava acontecendo, Korum não lutou quando Arus e outro krinar seguraram seus braços, impedindo-o de continuar a briga. Loris, no entanto, estava totalmente fora de controle, contorcendo-se e gritando enquanto dois outros

Conselheiros o seguravam contra a parede. Finalmente, ele pareceu perder as forças, ofegando e encarando Korum com ódio. O braço dele tinha uma ferida grande que acabara de começar a se fechar.

— Podem me soltar agora — disse Korum, acalmando a respiração ao olhar para os dois homens que ainda o seguravam com força.

— Lamento, Korum — disse Arus, abrindo um sorriso leve ao soltar o braço de Korum e dar um passo para trás. — Não podíamos deixar que o matasse aqui.

Voret seguiu o exemplo de Arus, soltando o outro braço de Korum.

— Está tudo bem — disse Korum, limpando o sangue da mão na camisa. — Continuaremos isto na Arena. É isso mesmo, não é, Loris? Isso foi um desafio?

O Protetor o encarou, com o peito ofegante devido à fúria. — Sim — resmungou ele por entre os dentes. — Pode considerar isso como um desafio.

— Ótimo — disse Korum, abrindo um sorriso predatório largo. — Então é um desafio. — Fazia algum tempo que não tinha uma boa luta na Arena e sentiu o sangue esquentar em ansiedade.

— Loris, essa não é uma boa ideia — disse Arus, dando alguns passos na direção do krinar. Korum não ficou surpreso com a preocupação dele. Loris e o embaixador normalmente estavam em bons termos, frequentemente juntando-se contra Korum e Saret. Korum imaginou que aquela situação fosse difícil para Arus, ter que ficar do lado do antigo adversário contra um homem que considerava como aliado.

Loris deu uma risada amarga. — É mesmo, Arus? Não é uma boa ideia?

Arus o encarou friamente. — Ele é mestre em *defrebs*. Quando foi a última vez em que você lutou?

Os lábios de Loris se curvaram em escárnio. — Foda-se você também, Arus. Acha que fiquei mole? Tenho uma quantidade maior de mortes na Arena do que esse idiota tem de lutas.

— Então o desafio foi lançado. — Voret deu um passo à frente e a voz assumiu um tom formal. — Como o julgamento é amanhã, a luta na Arena acontecerá no dia seguinte, ao meio-dia.

Depois disso, a reunião do Conselho foi encerrada.

* * *

Mia estava sentada na cama, olhando fixamente para a floresta verde do lado de fora da parede transparente. Ela era imortal e tinha um amante K, que era algo como um marido, mas não exatamente.

Era algo tão incrível que ela mal conseguia imaginar. A mente girou em um milhão de direções.

Depois que o K partira, ela telefonara para Marisa e Jessie, precisando de confirmação adicional para as alegações impossíveis que ele fizera. A irmã e a amiga ficaram felizes em falar com ela e as duas mencionaram Korum durante a conversa. Marisa falara sem parar sobre a gravidez e como estava sentindo-se muito melhor graças ao envolvimento de alguém chamada Ellet que Korum convocara. Jessie perguntou se Mia já tinha decidido quando ela e Korum apareceriam para uma visita.

Ainda em estado de choque, Mia conseguira dar uma resposta vaga a Jessie, dizendo que ainda precisava conversar com Korum, e ouviu polidamente enquanto a irmã contava sobre os resultados do ultrassom mais recente. Para seu alívio, nenhuma das duas pareceu suspeitar de que havia alguma coisa errada, de que a Mia com quem conversaram naquele dia estava muito longe do normal.

Ela não sabia por que estava tão hesitante em revelar a verdade sobre sua condição, mas estava. Não queria preocupar a família e os amigos, sim, mas estava quase... constrangida.

Como aquilo podia ter acontecido com ela? Como a família inteira sabia sobre seu amante alienígena que parecia ser um estranho para ela? Como ela podia ter esquecido como era fazer amor com alguém tão extraordinário? Quando ele a beijara, seu corpo respondera de uma forma que Mia nunca tinha sentido antes ou, pelo menos, que não se lembrava de ter sentido. Fora quase assustador o grau em que perdera o controle nos braços dele. Se ele tivesse continuado a beijá-la, em vez de parar, ela facilmente teria ido para a cama com ele. Ela, que não se lembrava de ter ido além de alguns beijos com garotos antes.

A estranheza da reação a tudo a deixava fora de centro. Ele era um extraterrestre, alguém de uma espécie diferente, e Mia nem ficara muito espantada quando soubera que era amante dele. Ela até mesmo acreditava nele agora, depois de apenas algumas conversas com a família e com Jessie. Teoricamente, ele ainda podia estar mentindo. A família poderia ter sido ameaçada ou sofrido uma lavagem cerebral para dizer o que disseram. Ora, ele podia até mesmo tê-los substituído por algum tipo de robô que se parecesse e soasse como eles. Mia sabia muito bem do que os Ks eram capazes.

Ainda assim... ela acreditava nele. Alguma coisa dentro de si parecia reconhecê-lo em algum nível, mesmo que não conseguisse se lembrar dele conscientemente. Ela ficara feliz quando ele a deixara sozinha, dando-lhe tempo para digerir tudo. Mas, agora, estava sentindo falta dele, queria o conforto de sua presença. Não fazia sentido nenhum, mas era verdade: um estranho era mais necessário para ela do que as pessoas que conhecera a vida inteira.

Tudo o que ele lhe dissera era uma grande confusão em sua cabeça. A Resistência, simpatizantes humanos entre os Ks, ela espionando-o... tudo parecia mais um filme do que algo que realmente tivesse acontecido. Por que ela teria feito algo tão maluco? Como pudera querer algo que não fosse ficar com aquele homem maravilhoso, alienígena ou não?

Soltando um suspiro frustrado, Mia olhou para as mãos, tentando entender aquela situação maluca. Por que ela teria ajudado a Resistência? Ela nunca achara que adiantaria lutar contra os Ks, não depois que assumiram o controle do planeta e basicamente deixaram os humanos em paz.

Ainda assim, ela supostamente lutara contra os Ks ou, pelo menos, tentara ajudar aqueles que lutavam. De acordo com Korum, não fora um esforço muito bem-sucedido.

Por outro lado, talvez estivesse errada em confiar nele agora. Claro, ele fora gentil com ela até o momento e sua família parecia gostar dele, mas Mia não fazia ideia de como ele era. E se estivesse confiando em alguém que não deveria? Mia não sabia o que os Ks realmente queriam dos humanos. Havia rumores sobre beberem sangue. Até onde sabia, Korum podia ter apagado a memória dela, fazendo com que esquecesse de algo terrível sobre ele mesmo.

Ela começou a sentir a cabeça doer por causa de toda a especulação. Mia se levantou e começou a andar de um lado para o outro no aposento. Os arredores eram estranhos, mas ela não se sentia desconfortável. Já explorara o restante da casa, maravilhada com os objetos flutuantes inteligentes que serviam como mesas, cadeiras e sofás. Eram certamente uma grande melhoria em relação às mobílias dos humanos. Ela também gostava da estética geral da casa, com as paredes e o teto transparentes e uma aparência limpa e serena.

Como um vilão maligno podia morar em um lugar tão belo e pacífico?

Assim que pensou nisso, Mia riu alto, incapaz de se conter. Ela estava sendo ridícula e sabia disso. Não havia motivo algum para criar alguma conspiração maluca na mente. Até o momento, Korum não fora nada além de gentil com ela.

Na verdade, ela estava muito ansiosa para passar mais tempo com ele e reaprender tudo que esquecera.

Finalmente, depois do que pareceu uma eternidade, Mia ouviu algo na sala de estar. Saindo do quarto, ela viu que o K — ou Korum, como pensava nele agora — acabara de entrar pelo que parecia ser uma abertura em uma das paredes. Enquanto Mia observava, a abertura diminuiu e solidificou-se, deixando uma parede transparente no lugar.

Ao vê-la, o rosto dele se iluminou com o que parecia ser prazer genuíno. — Olá, minha querida. — Ele abriu um sorriso largo que expôs a covinha na bochecha esquerda. Mia sentiu vontade de beijar a covinha. De forma geral, queria beijá-lo e lambê-lo inteiro, só para ver se a pele dourada macia era tão deliciosa quanto parecia.

Uau, estou enlouquecendo. Sacudindo a cabeça mentalmente por causa da estranheza da situação, ela abriu um sorriso. — Olá.

— Desculpe por ter demorado tanto — disse ele, atravessando a sala em direção à cozinha. — A reunião do Conselho foi mais movimentada do que eu esperava. Você deve estar faminta...

— Estou bem. — Mia o seguiu até a cozinha. — Mas não me importaria em comer alguma coisa. Você vai pedir comida? — Ela estava muito curiosa para ver como os krinars se alimentavam. Também era encorajador o fato de ele estar planejando almoçar, em vez de fazer algo assustador, como beber sangue humano. Ela teria que perguntar a ele sobre esse assunto em algum momento e esperava que tudo não passasse de um rumor.

— Eu ia cozinhar alguma coisa — respondeu ele —, mas pedir comida provavelmente será mais rápido. Sente-se enquanto a casa prepara a refeição.

Mia se sentou em uma das tábuas flutuantes. — Você cozinha? — perguntou ela, estudando-o fascinada quando ele se sentou à sua frente.

Ele sorriu. — Cozinho. É um dos meus *hobbies*.

Ela sorriu de volta, sentindo-se intrigada e aliviada. As suspeitas que tivera mais cedo pareciam ainda mais bobas. Até o momento, seu amante K era o mais próximo possível de um homem dos sonhos e ela mal podia esperar para saber mais sobre ele. Havia tantas perguntas em sua mente que não sabia nem por onde começar.

— Conseguiu falar com o restante da sua família? — perguntou ele, observando-a com um sorriso leve.

— Falei com Marisa e com Jessie — admitiu ela.

— E? Acredita em mim agora?

Ela deu de ombros. — Imagino que você poderia ter forjado aquelas interações de alguma forma, mas não sei por que se daria a esse trabalho. A conclusão mais lógica é de que você está realmente dizendo a verdade, apesar de ainda parecer muita loucura.

Ele sorriu. — Eu sei, minha querida. Acredite, eu entendo.

— Então, o que faremos agora? — perguntou ela, sem conseguir afastar os olhos daquele sorriso estonteante. — Como prosseguiremos?

— Vamos nos conhecer novamente — disse ele, com a expressão tornando-se mais séria. — E, enquanto isso, continuarei procurando uma forma de reverter a perda de memória.

O coração de Mia pulou animado. — Há uma forma?

— Não que eu conheça — admitiu ele. — Mas isso não significa que ela não exista nem que não possamos encontrá-la com o tempo.

— Ah, entendi. — Mia lutou contra o desapontamento. — Nesse caso, pode me falar um pouco sobre você? Eu realmente gostaria de saber mais...

— É claro, querida, eu adoraria — respondeu ele em tom suave.

E, durante a refeição deliciosa, Mia descobriu tudo sobre a função do amante no Conselho dos krinars, a paixão que tinha por projetos tecnológicos e o fato de que era muito mais velho do que ela poderia imaginar. Enquanto conversavam, Mia se sentiu cada vez mais enfeitiçada, querendo ceder à tentação do sorriso, do toque, do calor no olhar dele. Ele era um homem belo e fascinante e ela não conseguiu deixar de sentir inveja da garota que fora, daquela que o conhecera desde o início, daquela que Korum parecia amar.

Com ou sem memória, ela entendeu por que se apaixonara por ele. E conseguia imaginar com facilidade aquela história repetindo-se.

CAPÍTULO 10

Korum observou o rosto animado de Mia durante o almoço, adorando os olhares tímidos e admiradores que ela lhe lançou durante a conversa. A atração entre eles era tão forte quanto sempre fora e ele não tinha dúvidas de que conseguiria seduzi-la novamente. Talvez até mesmo naquela noite, apesar de não saber se ela estaria pronta para isso.

De forma incomum, Korum estava determinado a não pressionar Mia para que dormisse com ele. Quando se conheceram, a força do desejo que sentira o pegara desprevenido, fazendo com que agisse de algumas formas que normalmente teria condenado. Ele não queria cometer os mesmos erros, não importava o quanto o pênis insistisse que ela lhe pertencia e que tinha o direito de possuí-la, de lhe dar prazer sempre que quisesse. Imagens sexuais dançaram em sua cabeça enquanto ele a observava comendo, imaginando aquela boca macia em sua carne, em vez de no pedaço de fruta que ela consumia.

Não ajudava o fato de ele ainda estar tomado pela adrenalina depois do ataque de Loris. Lutar frequentemente aumentava a libido dele, que já era forte. A agressão se convertera em um instinto primitivo de trepar. Era sempre assim com os krinars e, até onde ele sabia, com os humanos também. A violência e o sexo estavam entrelaçados desde o início dos tempos, apelando para a mesma motivação masculina de dominar e conquistar.

Mas, não importava o quanto o corpo exigisse, Korum não queria pressioná-la. Ela parecia estar respondendo muito bem à situação, olhando para ele com curiosidade e desejo, em vez de medo. Se ele conseguisse ser paciente, ela o procuraria, atraída pela mesma necessidade que o invadia constantemente.

Assim, durante o almoço, Korum manteve um controle rígido sobre si mesmo, sem nem mesmo tocar em Mia para que não jogasse as boas intenções pela janela. Ele contou mais sobre os nanócitos no corpo dela e mostrou algumas das capacidades da tecnologia dos krinars, criando uma xícara de prata usando os nanócitos e dissolvendo-a da mesma forma. Ele também explicou sobre o estágio dela e como Mia já começara a contribuir para a sociedade dos krinars. Korum ficou feliz ao ver como os olhos dela brilharam empolgados com isso.

Mais perto do fim, quando estavam terminando a sobremesa, que consistia em manga fresca com molho de pistache, Korum notou que Mia parecia um pouco nervosa, como se algo não lhe saísse da cabeça. Incapaz de resistir por mais tempo, ele estendeu o braço sobre a mesa e pegou a mão dela, massageando-lhe a palma de leve com o polegar.

— Há alguma coisa que gostaria de perguntar? — disse ele, sorrindo e observando-a quando seu rosto ficou vermelho.

— Ahm, talvez... — O vermelho ficou ainda mais intenso. — Está bem, você provavelmente rirá de mim, mas preciso saber... — Ela engoliu em seco. — Há alguma verdade nos rumores de que vocês bebem sangue?

Ao ouvir a pergunta inocentemente provocante, Korum quase gemeu, sentindo a ereção instantaneamente chegar ao ponto de provocar dor. Ela não sabia, claro, que o sangue humano e o prazer sexual eram inseparáveis na mente de um krinar moderno e que levantar um tópico como aquele era o equivalente a convidar um krinar para uma trepada. Até mesmo o ato sexual mais incrível não era nada em comparação ao êxtase da combinação com beber sangue.

— Há uma certa verdade neles — respondeu Korum cuidadosamente, contente por ela não conseguir ver o pênis inchado. — Era necessário para nossa sobrevivência no passado, mas não é mais. — Tentando reprimir a necessidade urgente que tinha de possuí-la, ele contou a história complicada da evolução dos krinars e da criação da raça humana.

— Então, agora, vocês bebem sangue por prazer? — perguntou Mia, encarando-o com uma expressão chocada e intrigada no rosto.

— Sim. — Korum torceu para que ela mudasse de assunto antes que perdesse o controle.

Mas ela não mudou. Em vez disso, olhou para ele, com o rosto corado e os olhos brilhando com curiosidade e algo mais. — Você... — ela parou para umedecer os lábios. — Você alguma vez bebeu o meu sangue?

Korum se sentiu prestes a explodir. Algo do que sentia provavelmente transpareceu em seu rosto, pois ela engoliu em seco nervosamente e puxou a mão que ele segurava. *Garota esperta.*

Houve um momento constrangedor e ela perguntou hesitante: — Por que seus olhos fazem isso? Ficam mais dourados... É uma coisa dos krinars?

Korum respirou fundo para se acalmar. Quando estava razoavelmente seguro de que não saltaria sobre ela, respondeu: — Não, é só uma coisa genética. É mais comum entre as pessoas da minha região em Krina. Minha mãe tem isso. Meu avô também tinha.

— Seu avô?

Korum assentiu. — Ele foi morto em uma luta quando minha mãe tinha a minha idade.

— E o que aconteceu com sua avó? E seus outros avós?

— Minha avó, pelo lado da minha mãe, morreu em um acidente quando estava explorando um dos asteroides em um sistema solar vizinho. Alguns até acham que foi suicídio, pois meu avô morrera apenas alguns anos antes. Os pais do meu pai dissolveram a união deles logo depois que ele nasceu, um dos poucos casais que fizeram isso depois de ter filhos. Pelo jeito, minha avó queria acabar com o relacionamento, mas meu avô não. E ele acabou em um desafio na Arena com o homem que ela tomou como amante. Meu avô não sobreviveu e ela tirou a própria vida logo depois, acho que por se sentir culpada demais para continuar vivendo. Não foi uma história feliz.

Os olhos dela se encheram de pena. — Ah, eu lamento muito...

— Está tudo bem, querida. Aconteceu antes de eu nascer. É uma pena, mas a morte é uma tragédia que acontece com todos em algum momento. Os humanos talvez nos vejam como imortais porque não envelhecemos, mas ainda somos seres vivos e ainda podemos ser mortos, não importa o quanto nossa tecnologia seja avançada nem a rapidez com que saramos. É por isso que os Anciãos são tão reverenciados em nossa sociedade, porque é quase impossível viver tanto tempo sem que aconteça um acidente fatal.

— Você falou desses Anciãos antes. — Mia estava claramente fascinada. — Quem são eles? Eles governam Krina?

— Não. — Korum balançou a cabeça negativamente. — Eles não governam no sentido de estarem envolvidos em política ou coisa parecida. É para isso que serve o Conselho, para lidar com as questões do dia a dia. Os Anciãos fornecem orientação e definem o direcionamento de nossa espécie como um todo.

— Ah, entendi. — Ela ficou pensativa por um segundo. — E que idade eles têm?

— Acredito que o mais jovem deles tenha pouco mais de um milhão de anos da Terra — respondeu Korum, sorrindo ao ver o olhar maravilhado no rosto dela. — E o mais velho tem algo em torno de dez milhões de anos.

Ela o encarou. — Uau...

— Uau mesmo — concordou Korum, contente com a reação dela.

Quando finalmente terminaram de almoçar, os dois deram um longo passeio pela praia e conversaram mais um pouco. Korum segurou a mão dela enquanto andavam devagar pela areia, adorando sentir os pequenos dedos apertando sua mão de forma tão confiante.

Inicialmente, ele ficara preocupado que a perda de memória dela recuasse o relacionamento deles em meses, que ela teria medo dele novamente. Em vez disso, parecia que uma parte dela ainda o conhecia, talvez até mesmo ainda o amasse. A calma dela em aceitar a situação foi surpreendente e encorajadora, particularmente porque não havia garantia alguma de que conseguiriam reverter o dano que Saret causara.

Depois da reunião do Conselho, Korum visitara Ellet, torcendo para que a especialista em biologia humana tivesse feito algum progresso sobre uma solução. Apesar de o cérebro humano não ser sua especialidade, Korum esperara que ela pudesse descobrir alguma pesquisa sendo feita naquele sentido. Para seu enorme desapontamento, Ellet não descobrira nada, apesar de ter entrado em contato com dezenas de cientistas krinars nos dois planetas. Ela também conversara com todos os especialistas em mente nos outros Centros. Até onde sabia, não havia como desfazer um apagamento da memória do tipo que Saret usara.

— O que fez você decidir vir para a Terra? — perguntou Mia quando pararam para se sentar em duas pedras grandes. Em frente a eles, um pequeno estuário fluía para o oceano, servindo como obstáculo para a passagem, mas criando uma vista muito bonita. — Eu sei que me contou como vocês plantaram a vida aqui e basicamente criaram os humanos. Mas por que vir para cá e viver ao nosso lado? Pelo que me disse, Krina parece um lugar muito bom para viver. Por que quis deixar seu planeta?

— Nosso sol é uma estrela mais antiga — explicou Korum, repetindo o que já lhe dissera antes. — Ele morrerá em cerca de cem milhões de anos. Naquele ponto, precisaremos de outro lugar para viver e a Terra nos atrai, por motivos óbvios.

Ela franziu a testa de uma forma que ele achou muito encantadora. — Mas está tão longe... Por que vieram agora? Por que não esperaram mais noventa milhões de anos ou algo assim?

Korum suspirou, lembrando da última discussão que tiveram sobre o assunto. — Porque a sua espécie estava tornando-se muito destrutiva para o meio ambiente, querida. Queríamos garantir que teríamos um planeta habitável quando necessário. — Pelo menos, aquela era a história oficial. A explicação completa era muito mais complicada e não era algo que estivesse pronto a contar a Mia ainda.

Ela franziu a testa um pouco mais. Obviamente, não gostara de ouvir aquilo, mas a caerle tinha a tendência a ficar na defensiva quando ele criticava sua espécie. Não podia culpá-la por isso. Ela era leal ao povo dela como ele era fiel ao seu.

— Então, quando a sua estrela começar a morrer, todos os krinars virão para a Terra? — perguntou ela, estreitando os olhos ligeiramente.

— Provavelmente sim — respondeu Korum. Na realidade, ele esperava que isso não acontecesse, mas não podia dizer isso a ela ainda.

— E o que aconteceria conosco? Quero dizer, com os humanos. Vocês realmente pretendem viver conosco, lado a lado? O planeta não ficaria cheio demais?

Korum hesitou por um momento. Ela estava fazendo todas as perguntas certas e ele não queria mentir, mas ainda não podia contar a verdade. A última coisa de que precisavam era que rumores se espalhassem e fizessem com que os humanos entrassem em pânico novamente.

— Não necessariamente — desconversou ele. — Além do mais, não precisaremos nos preocupar com isso por um tempo muito longo.

Ela o encarou, obviamente tentando decidir o quanto poderia confiar nele. Korum quase conseguia ver as engrenagens girando em sua cabeça. Ele adorava aquilo nela, aquela curiosidade aberta sobre tudo, a forma lógica como sua mente processava as informações. Ela eram jovem e ingênua, mas também muito inteligente. Ele não tinha dúvidas de que, um dia, deixaria a própria marca na sociedade.

Mas, por enquanto, Korum precisava distraí-la daquela linha particular de perguntas. Sorrindo, ele estendeu a mão e afastou um cacho de cabelos de seu rosto. — E o que está achando de Lenkarda até agora? Está começando a se sentir mais confortável ou ainda é tudo muito estranho para você?

Ela sorriu de leve. — Não sei, sinceramente. Não é tão estranho quanto deveria. Não lembro de nada aqui, mas é como se eu conhecesse o lugar de alguma forma. E é a mesma coisa com você...

— Sou tão familiar para você como os móveis? — brincou Korum, observando o sorriso dela se transformar em uma risada.

— Você é... — Ela riu de novo. — Não entendo como isso tudo funciona, mas você não é tão assustador como deveria. Nada disso é, por algum motivo.

Korum sentiu o peito inchar com algo muito parecido com felicidade. — Isso é ótimo, querida — disse ele, acariciando-lhe a pele macia do rosto. — Você não deve ter medo de mim. Eu nunca a machucaria. Você é tudo para mim. Você é o meu mundo. Prefiro morrer a machucar você. Acredite em mim, não há motivo algum para ter medo...

Enquanto falava, ele percebeu o sorriso dela sumir e uma expressão estranhamente vulnerável o substituir. — Você... — Ela engoliu em seco. — Você me ama?

— Amo — respondeu Korum sem hesitação. — Amo mais do que qualquer pessoa que já conheci.

— Mas por quê? — Ela parecia genuinamente confusa. — Sou só uma humana comum e você é... — Ela parou, ficando com o rosto corado novamente.

— Sou o quê? — perguntou Korum, querendo ver o rosto dela mais corado. Ele não sabia por que achava aquilo tão atraente, mas nunca deixava de ficar excitado. Por outro lado, ela o deixava excitado simplesmente ao respirar, portanto, não era surpresa que achasse aquelas bochechas rosadas tão irresistíveis.

O rosto dela ficou ainda mais vermelho. — Você é um K maravilhoso que está aqui desde o início dos tempos — disse ela baixinho. — O que você vê em mim?

Korum sorriu, balançando a cabeça. Aquela garota nunca entendera o apelo que tinha, nunca percebera como era tentadora para os machos das duas espécies. Tudo nela, dos cachos macios à cremosidade da pele, pareciam ser feitos para o toque de um homem. Ela podia não ser uma beleza clássica, mas, da própria forma delicada, era muito bonita com os olhos azuis grandes e os cabelos escuros.

Em retrospectiva, ele devia ter sabido que não poderia deixá-la trabalhar tão perto de outro macho livre. Korum não podia culpar Saret por querê-la, por desejar algo com que ele mesmo estava tão obcecado. Ele queria destruir o ex-amigo pelo que fizera, mas entendia, pelo menos parcialmente, os motivos de Saret. Se os papéis tivessem sido invertidos e Mia fosse a caerle de outro homem, Korum não sabia até onde teria ido para tê-la, quantos tabus teria quebrado na missão de possuí-la.

Obviamente, o apelo físico dela agora era apenas uma parte disso. Estendendo o braço, Korum pegou a mão dela novamente. — Vejo em você a mulher que eu amo — disse ele, sem nem tentar esconder a profundidade das emoções. — Vejo uma garota bela e inteligente, que é doce e brava, e tem a coragem de suas convicções. Vejo alguém que faria qualquer coisa pelas pessoas que ama, que iria até o fim do mundo para proteger quem lhe é caro. Vejo uma pessoa sem a qual não consigo viver, alguém que ilumina cada momento da minha existência e que me faz mais feliz do que jamais fui.

Mia respirou fundo com os olhos cheios de lágrimas. — Ai, Korum... — Os dedos finos estremeceram na mão dele. — Korum, nem sei o que dizer...

— Você não precisa dizer nada — interrompeu ele, ignorando a dor da rejeição inadvertida dela. — Eu sei que ainda sou um estranho para você. Não espero que sinta por mim a mesma coisa que antes. Pelo menos, ainda não...

Ela assentiu e uma lágrima solitária correu pelo seu rosto. — Odeio isto — confessou ela, perdendo a voz por um segundo. — Odeio que uma parte tão grande da minha vida tenha desaparecido, que perdi tudo o que nos trouxe até este ponto. Preciso de você, mas não o conheço e isto está me deixando louca. Eu também amava você, não é? Mesmo com tudo o que aconteceu entre nós, ainda estávamos apaixonados, certo?

— Sim — disse Korum, apertando a mão dela de leve. — Sim, estávamos muito apaixonados, minha querida. — E, incapaz de resistir por mais tempo, ele passou gentilmente o braço em volta dela e puxou-a para perto. Ela enterrou o rosto no ombro dele e Korum sentiu as lágrimas dela na pele nua. O doce aroma dos cabelos de Mia provocaram suas narinas e a proximidade fez com que ele tivesse outra ereção.

Não seja tão animal, ela precisa de conforto agora, disse Korum a si mesmo. E, ignorando o desejo que percorria seu corpo, ele deixou que Mia chorasse, sabendo que ela precisava daquela liberação emocional.

Depois de um minuto, ela se afastou, encarando-o por entre os cílios molhados. — Eu sinto muito — sussurrou ela —, não queria chorar desse jeito e molhar você...

Korum sorriu, limpando as lágrimas do rosto dela com a mão. — Você pode me molhar com lágrimas sempre que quiser. — As lágrimas de Mia eram tão preciosas para ele quanto seus sorrisos. Ele detestava vê-la triste, mas gostava de ter o corpo esguio nos braços, gostava de ser aquele que a confortava, que fazia com que sua dor desaparecesse.

Mesmo que, com frequência, ele mesmo fosse a causa da dor.

* * *

Eles passaram o restante do dia juntos na praia. Korum explicou pacientemente tudo que Mia soubera antes e esquecera sobre os krinar. Contou a ela sobre o vício de sangue e os xenos, a Celebração dos Quarenta e Sete e a importância da posição de uma pessoa na sociedade dos krinars. Ela ouviu com atenção, fazendo perguntas às quais Korum respondeu com prazer, sabendo como Mia precisava reaprender tudo.

— Então, vocês têm o conceito de dinheiro? Como a sua economia funciona? — Os olhos dela brilhavam curiosos enquanto continuavam a conversa durante o jantar.

— Sim, certamente temos o conceito de dinheiro. — Korum fez uma pausa para comer um pouco do macarrão com molho de amendoim. — Trabalhamos e somos pagos pelas contribuições que fazemos à sociedade. Quanto maior a contribuição, maior o pagamento, independentemente da área. No entanto, a riqueza não é tão importante para nós como é para os humanos. Nossa economia não é puramente capitalista nem administrada pelo governo, é uma mistura das duas coisas. Na maior parte, todos têm as necessidades básicas atendidas. Não existem pessoas sem teto nem fome em Krina. Até mesmo o krinar mais preguiçoso vive muito bem pelos padrões humanos. Mas, para ter qualquer coisa além de comida, abrigo e necessidades diárias, é preciso fazer algo produtivo na vida. É preciso contribuir para a sociedade de alguma forma.

Ela pareceu muito interessada e Korum continuou a explicação. — Mas recompensas financeiras são apenas uma parte do motivo pelo qual as pessoas trabalham. A principal motivação é a necessidade de ser respeitado, de ser reconhecido pelas conquistas. Poucos krinars preferem passar a vida sendo menosprezados. Veja bem, para nós, ter uma posição baixa é quase como ser um pária. Alguém que nunca fez nada de útil na vida será, no fim das contas, tratado com desprezo pelos outros. Ter uma posição alta é muito mais importante do que ser rico, apesar de as duas coisas geralmente andarem lado a lado.

— Então, krinars ricos têm uma posição alta e vice-versa?

— Não necessariamente. Uma pessoa pode ser rica por causa de uma herança ou da família, mas isso não significa que ela terá uma alta posição. Rafor, o filho de Loris, é um exemplo disso. O pai dele lhe deu toda a riqueza de que poderia precisar, mas não podia lhe dar uma boa posição. Isso só pode ser conseguido, ou perdido, pelos esforços da própria pessoa.

Mia pareceu confusa. — Espere um pouco. Como alguém perde a posição com os próprios esforços?

— Há várias formas — respondeu Korum. — Cometer um crime é uma forma óbvia. Fazer algo desonrado também, como trair o parceiro. Também é possível perder a posição se não conseguir fazer algo importante. Por exemplo, Loris correu esse risco ao assumir a função de Protetor para o filho e os Kapas. Quando forem julgados culpados, a posição dele será muito mais baixa e ele não participará mais do Conselho. Foi por isso que ele me desafiou para a Arena hoje, pois tem muito pouco a perder a essas alturas.

Ela arregalou os olhos com surpresa. — O que quer dizer com ele desafiou você?

Korum hesitou. Talvez não devesse ter mencionado aquilo para Mia ainda, mas era tarde demais. — Lembra-se de que falei sobre a Arena mais cedo? — perguntou ele.

— Você disse que era uma forma de resolver diferenças irreconciliáveis... — Ela franziu a testa de leve.

— Sim — confirmou Korum. — Isso mesmo. E é isso que eu e Loris temos, uma diferença de opinião irreconciliável. Acho que o filho dele é um idiota traidor e ele discorda.

— Então, ele desafiou você para uma luta? Mas achei que você tinha dito que as lutas são perigosas...

— E são. — Korum sorriu com a empolgação familiar que percorreu-lhe as veias. Ele precisava disso algumas vezes, do perigo, da adrenalina, do desafio físico de subjugar um adversário. Apesar de gostar de lutar em partidas de defrebs, estava sempre ciente de que era apenas um jogo e que todos iriam embora com nada além de alguns arranhões. Não havia tal garantia na Arena, o que fazia com que fosse tão empolgante.

— E você pode morrer nessa luta? — Os olhos de Mia começaram a se encher de lágrimas e Korum percebeu que ela achava a ideia um tanto perturbadora. Ele não deveria ter levantado o assunto ainda.

— Há uma pequena chance disso — respondeu ele com cuidado, sem querer deixá-la ainda mais chateada. — Apesar de matar ser tecnicamente ilegal, é normalmente perdoado se acontece no calor de uma batalha na Arena. Mas você não precisa se preocupar, querida. Posso cuidar de mim mesmo.

Ela não pareceu convencida. — Você disse que ele o odeia. — A voz dela estava um pouco trêmula. — Ele não tentará matar você?

— Ele pode tentar, é claro — respondeu Korum. — Mas não vou deixar que faça isso. Você não tem nada com o que se preocupar...

— Ele não é um bom lutador?

— Ele é — admitiu Korum. — Pelo menos, era. Não sei qual é o nível de habilidade que ele tem hoje em dia.

— Não vá — disse ela, estendendo a mão para pegar a dele. — Por favor, Korum, não vá para essa luta...

— Mia... — Ele suspirou, cobrindo a mão dela com a sua. — Escute, querida, depois que um desafio é lançado, não há como voltar atrás. Não posso desistir da luta, nem Loris. Estamos comprometidos, você entende?

— Não — disse ela em tom teimoso. — Não entendo. Não quero que arrisque a sua vida dessa forma...

— Não é um risco tão grande quanto você pensa — retrucou ele. — Quando ele me atacou hoje, precisei de dez segundos para chegar à garganta dele. Se tivesse sido uma luta na Arena, ele teria sido declarado perdedor naquele momento. — Era igualmente provável que Loris tivesse morrido, mas Korum não quis dizer aquilo a Mia. Humanas e violência não eram uma combinação muito boa, especialmente quando a mulher em questão era uma jovem na situação dela.

— Quando essa luta acontecerá? — Ela ainda parecia chateada.

Korum suspirou. Ele estava realmente arrependido de ter tocado no assunto. — Depois de amanhã — respondeu ele. — Ao meio-dia.

CAPÍTULO 11

Mia estava no aposento circular que funcionava como chuveiro, deixando que os jatos de água massageassem cada centímetro do corpo. Sob circunstâncias normais, ela teria adorado tomar banho em uma casa alienígena. Como tudo o mais na casa, o chuveiro era inteligente, ajustando-se automaticamente às necessidades dela. Só o que Mia precisava fazer era ficar parada e deixar que a tecnologia incrível lavasse, esfregasse e massageasse seu corpo. Era algo incrivelmente relaxante. Ou teria sido se ela conseguisse desligar o cérebro e não pensar no que Korum lhe contara durante o jantar.

Ele parecia não dar importância ao perigo que correria na luta, mas Mia não conseguia fazer o mesmo. Quando ele mencionara o desafio de Loris, ela sentira o sangue gelar, com imagens de corpos desmembrados passando pela mente. E se alguma coisa acontecesse a Korum? Ele não era realmente imortal e poderia ser morto, como acontecera com o avô.

A ideia de Korum morto era insuportável, inimaginável. Não importava que Mia só o conhecesse, ou que se lembrasse de conhecê-lo, havia apenas um dia.

Aquele dia fora o melhor de sua vida consciente.

Passar algum tempo com Korum fora algo incrível. Ela nunca tivera aquele tipo de conexão com ninguém, nunca se sentira tão magicamente viva na presença de outro homem. Fora algo muito além do desejo sexual, da simples necessidade física. Era como se cada parte dela quisesse estar com ele, mergulhar em sua essência. Ela o queria com um desespero que não fazia sentido, com uma paixão que tinha uma intensidade quase assustadora.

Em algum lugar da mente, Mia sabia que estava agindo de forma irracional, completamente fora de si. Uma pessoa normal naquele tipo de situação pediria a Korum que a levasse para casa, de volta a Nova Iorque ou à Flórida, onde poderia se acostumar com a perda de memória e gradualmente voltar à vida que tinha. Ela não deveria se prender a um extraterrestre, não deveria se sentir tão calma sobre morar na casa dele, separada de tudo e de todos de quem se lembrava.

Ainda assim, ela não queria pedir isso a ele, não queria pensar em deixá-lo nem por um momento. Mia não tinha dúvidas de que os colegas do curso de psicologia achariam o máximo analisar suas estranhas reações, da facilidade com que aceitara o impossível para justificar a dependência nada saudável de um homem que conhecia havia muito pouco tempo. Mas ela não se importava. Só o que sabia era que precisava de Korum e que ele parecia precisar dela também.

O ex-chefe dela, Saret, soubera que seria assim? Percebera que apagar uma parte da memória dela não destruiria o que a ligava a Korum? De alguma forma, Mia duvidava disso. Se o que Korum lhe contara sobre as intenções de Saret fosse verdade, o especialista em mente ficaria desagradavelmente surpreso com a ligação continuada entre eles e com a falta de interesse dela por ele.

Quando terminou o banho, Mia saiu do cubículo circular, deixando que a água escorresse sobre a estranha substância parecida com uma esponja no chão, que continuava a massagear-lhe os pés. Korum explicara que ela só precisava ficar parada lá e deixar que a tecnologia cuidasse de toda a rotina do banho e Mia seguiu suas orientações.

Como ele dissera, jatos quentes de ar rapidamente a secaram, enquanto um pequeno tornado pareceu envolver a área em volta de sua cabeça, secando cada cacho de cabelos e enchendo-lhe a boca com o gosto de algo limpo e refrescante. Quando o processo terminou, Mia estava completamente seca, com os cachos definidos de forma perfeita, como se tivesse acabado de sair de um salão de beleza.

Que legal.

A única coisa que ela precisou fazer foi vestir um roupão felpudo que Korum lhe dera mais cedo. Mia se olhou no espelho que cobria uma das paredes, notando o brilho nos olhos e o rosto corado. Seu coração bateu mais depressa e ela sentiu um frio no estômago.

Se havia até mesmo uma pequena chance de perder Korum em dois dias, cada momento que passassem juntos até lá seria precioso. E, apesar de a ideia a deixar extremamente nervosa, Mia queria conhecer o amante totalmente, viver com ele novamente tudo o que esquecera.

Queria que Korum a levasse para a cama.

* * *

Korum estava sentado na beirada da cama, esperando que Mia terminasse o banho. Ele já tomara banho, usando a mão para se livrar do desejo que mantivera a ereção presente o dia inteiro.

Passar tanto tempo com ela, tocá-la e sentir seu cheiro quase o deixaram maluco. Sob circunstâncias normais, eles teriam feito sexo algumas vezes na praia ou depois de voltarem para casa. Em vez disso, ele precisara se contentar com alguns toques e carícias leves que só aumentaram seu desejo, fazendo com que a pele ardesse e o pênis enrijecesse. Se ele não tivesse se masturbado no banho, ela correria um sério risco de ser atacada naquela noite. Korum ainda se sentia inquieto e pretendia liberar um pouco da energia excessiva em uma sessão de defrebs cedo na manhã seguinte que, na verdade, era noite para os humanos, entre três e quatro horas da manhã.

Já passava de onze horas da noite, que era o horário normal em que Mia dormia. Korum não estava nem um pouco cansado, mas queria colocá-la na cama e abraçá-la até que dormisse, mesmo que isso o torturasse ainda mais. Era importante que ela começasse a se acostumar com ele, que se sentisse confortável com seu toque... porque Korum não sabia quanto tempo mais sobreviveria sem possuí-la.

Para se distrair, ele olhou para a palma da mão, enviando uma consulta mental para verificar o progresso da busca por Saret. Os guardiães tinham encontrado rastros da presença dele na Alemanha, mas o perderam. No entanto, ele estava em movimento fora das vistas dos satélites dos krinars e outros dispositivos de espionagem, algo que Korum relutantemente admirou, apesar de ficar enfurecido ao pensar em Saret à solta.

— O que você está fazendo? — A pergunta suave de Mia tirou a concentração dele na busca.

Olhando para cima, Korum sorriu ao vê-la parada lá, com os pés pequenos descalços e o roupão em volta do corpo esguio. As mãos dela estavam entrelaçadas em um gesto que denunciava seu nervosismo. — Só estou conferindo algumas coisas — respondeu ele. — Como foi o banho? Gostou?

Ela umedeceu os lábios, atraindo a atenção dele para sua boca. — Foi incrível — disse ela. — Como tudo o mais aqui.

— Ótimo — disse Korum, observando-a atentamente. Ela estava com medo de estar com ele perto de uma cama? Em tom mais gentil, ele continuou: — Vamos dormir, querida. Você teve um longo dia e deve estar muito cansada.

Ela assentiu indecisa e aproximou-se dele. Seus movimentos tinham uma sensualidade inconsciente que era tão parte dela quanto os belos cachos. Korum mudou de posição e ergueu o joelho um pouco, tentando esconder a ereção que a calça mostrava.

Quando chegou a menos de um metro dele, ela parou. Korum ouviu o coração dela batendo rapidamente. Um aroma quente e feminino atingiu suas narinas, deixando sua virilha ainda mais ardente.

Ela não estava com medo, percebeu Korum. Estava excitada.

Mal ousando respirar, ele pegou a mão dela, puxando-a para mais perto até que estivesse sentada a seu lado na cama. Quando fez isso, ele ouviu o coração dela dar um salto e viu uma mistura de apreensão e excitação em seu rosto.

— Mia — perguntou ele baixinho —, tem certeza?

Ela assentiu com a boca trêmula. — Sim — sussurrou ela. — Tenho certeza...

O corpo dele reagiu às palavras dela com uma intensidade dolorosa. O pênis enrijeceu mais ainda e os testículos se contraíram. Mas, quando ele se inclinou para beijá-la, manteve os lábios gentis, como deveria ser na primeira vez dela.

Ela também o procurara na outra primeira vez, mas fizera aquilo como um desafio, como uma forma de afirmar sua independência e provocá-lo de uma forma pequena. Ele não se importara com isso, sentindo-se feliz simplesmente por tê-la lá, em seu apartamento, em sua cama. E, na pressa em possuí-la, ele a desvirginara com todo o cuidado de um animal em disparada.

Aquela era sua chance de compensar aquilo. Ela era virgem novamente, se não em corpo, pelo menos na mente. E Korum estava determinado a garantir que não haveria dor alguma naquela noite, apenas prazer.

Ele a beijou de forma suave, usando apenas os lábios no início, acariciando-lhe os cabelos e as costas com movimentos leves. O gosto dela era doce e fresco, o perfume familiar e provocante. Ela ergueu as mãos pequenas e colocou-as na nuca de Korum, enterrando os dedos em seus cabelos e lançando arrepios de prazer por sua espinha. Sem querer aprofundar o beijo, Korum moveu os lábios para a bochecha dela e para a parte debaixo do maxilar, tocando na pele sensível.

Ela gemeu, afastando a cabeça para trás e expondo a garganta pálida para a boca de Korum. Ele beijou seu pescoço, lutando contra a tentação de beber o sangue de Mia. Ele faria isso, mas não naquele dia, não naquela primeira vez.

Com cuidado para não assustá-la, ele puxou o roupão, abrindo-o enquanto continuava a beijá-la, com a boca descendo devagar.

O corpo dela era lindo, esguio e com as curvas nos lugares certos. A pele era macia e convidativa. Korum correu a mão lentamente pelos seios e o abdômen de Mia, maravilhado com a delicadeza de seu corpo. A palma da mão dele quase cobria seu peito inteiro e a pele escura contrastava com a perfeição pálida dela.

Ele viu uma veia pulsando rapidamente no lado do pescoço dela, ouviu a respiração pesada e soube que Mia estava ansiosa e excitada. Erguendo o rosto, Korum viu que ela o encarava com o rosto vermelho e os lábios ligeiramente abertos.

— Eu amo você, Mia — murmurou ele, erguendo a mão para afastar um cacho de cabelos do rosto dela. — Você sabe disso, não é?

Ela assentiu de forma tímida, ainda observando-o com os olhos azuis imensos. Aqueles olhos faziam com que ele tivesse vontade de matar dragões para agradá-la e destruir qualquer um que ousava feri-la.

— Não tenha medo, minha querida — disse ele, passando um braço sob os joelhos dela e o outro por suas costas. Erguendo-a, ele a colocou cuidadosamente no meio da cama. — Farei com que seja bom para você, prometo... — Recuando por um segundo, Korum tirou a camiseta e a bermuda, deixando o pênis livre.

Antes que ela tivesse a oportunidade de fazer mais do que lhe lançar um olhar apreensivo, Korum se deitou por cima dela, beijando-lhe o pescoço e o ombro novamente até que Mia soltasse um gemido baixinho. Em seguida, ele começou lentamente a descer pelo corpo dela, ignorando o latejar insistente do pênis. Havia alguns momentos em que ele a possuiria de forma dura e rápida, mas aquele não seria um deles. Aquela noite era dela.

Segurando o globo redondo do seio de Mia, ele ficou maravilhado pela sua firmeza e como o mamilo ficou rígido contra a palma de sua mão. Os seios dela não eram grandes, mas eram perfeitos, do tamanho certo para o corpo pequeno. Abaixando a cabeça, ele passou a língua sobre o mamilo e envolveu-o com a boca.

Ela gemeu novamente, arqueando o corpo na direção dele. Korum repetiu o gesto no outro seio, adorando a forma como os mamilos estavam rosados e brilhantes.

Em seguida, ele beijou a pele macia do abdômen de Mia, lambendo o umbigo e sentindo os músculos dela ficarem tensos enquanto a boca continuava a descer. Ela tinha as pernas fechadas e Korum empurrou-lhe as coxas para os lados, ignorando a respiração abrupta dela enquanto admirava as dobras úmidas e o triângulo escuro de pelos logo acima. Como o restante de Mia, a boceta era pequena e delicada, além de ter o gosto mais doce que ele já sentira.

Abaixando a cabeça, Korum inspirou o aroma inebriante dela e gentilmente lambeu a área em volta do clitóris, provocando-a e fazendo com que a excitação lentamente se acumulasse. Enquanto continuava, ele a ouviu arquejar cada vez que a língua se aproximava do ponto sensível, sentindo como ela erguia os quadris para chegar mais perto de sua boca. Ele sabia que ela estava muito perto de gozar, mas ainda não estava pronto para que a deixasse fazer isso. Ainda não.

Movendo a mão, ele usou o dedo indicador para penetrá-la lentamente, deslizando-o para dentro do canal escorregadio, preparando-a cuidadosamente. Ela era tão apertada, até mesmo para o dedo dele, e Korum reprimiu um gemido torturado quando o pênis se contraiu dolorosamente contra o lençol.

Ela gritou quando o dedo dele foi mais fundo, encostando no ponto sensível que sempre a deixava louca, e Korum a sentiu pulsar quando gozou.

Incapaz de esperar mais tempo, ele ergueu o corpo para ficar sobre ela, mantendo-lhe as coxas abertas com o joelho. Apoiando-se no cotovelo, ele usou a outra mão para se direcionar até a pequena abertura, deixando que a cabeça do pênis deslizasse par dentro dela e fazendo uma pausa para que ela se ajustasse a seu tamanho.

Com a penetração, ela respirou fundo e agarrou os ombros dele, olhando em seus olhos. Com o corpo inteiro tenso pelo controle rígido que exercia sobre si mesmo, Korum começou a penetrá-la mais fundo, de forma gradual e lenta para não machucá-la. O suor brotou em todo seu corpo e a respiração dele ficou mais irregular e pesada. Ela era quente, molhada e apertada, fazendo com que Korum se sentisse prestes a explodir.

Usando toda a força de vontade, ele parou de se mexer ao penetrá-la completamente, deixando que ela se acostumasse com a sensação. — Você está bem? — perguntou ele em um sussurro rouco, olhando para Mia.

Ela passou a língua pelos lábios. — Sim.

— Ótimo — respondeu ele. Korum não sabia se teria conseguido parar mesmo que ela dissesse que não. Estava a segundos do orgasmo, sentindo arrepios pela espinha com a tensão familiar antes de gozar.

Mas ele ainda não queria gozar, não até que tivesse a oportunidade de lhe dar prazer mais uma vez. Korum colocou a mão direita entre os dois corpos, encontrando o lugar onde estavam reunidos, e estimulou de leve o clitóris com os dedos. Ao mesmo tempo, começou a se mover dentro dela.

Ela gemeu novamente, apertando os dedos nos ombros dele e enterrando as unhas afiadas em sua pele. Korum sentiu o calor que subia do corpo dela, ouviu sua respiração mudar e soube que ela estava prestes a gozar. Finalmente deixando de se conter, ele começou a investir cada vez mais depressa, com cada músculo no corpo estremecendo com a intensidade das sensações. Subitamente, ela gritou e seus músculos internos se contraíram em volta dele. Korum explodiu com um grito, lançando sua semente em jatos no ventre de Mia.

Quando terminou, Korum saiu de cima de Mia e deitou-se de costas, puxando-a para cima de seu peito. Os dois respiravam pesadamente, com o corpo exausto e coberto de suor.

Korum sabia que deveria dizer alguma coisa, mas não parecia conseguir organizar os pensamentos. Havia sexo e havia o que ele tinha com Mia. Ele nunca imaginara que poderia querer tanto uma mulher, que conseguiria ter tanto prazer com o ato simples de trepar.

Ele não era um homem inexperiente, longe disso. Nos séculos de existência, ele participara de atos sexuais de todo tipo. Não havia estigmas associados com comportamento promíscuo na sociedade dos krinars e indivíduos sem parceiros eram encorajados a experimentar o que tivessem vontade.

Ainda assim, Korum não se lembrava de ter sentido o tipo de satisfação profunda que tinha com Mia. Ele sempre se perguntara como indivíduos que tinham uma parceira ou uma caerle permaneciam fiéis durante a vida toda. A ideia de não ter variedade era algo que parecia estranho e nada natural para ele. Desde que conhecera Mia, no entanto, não conseguia imaginar estar com outra mulher. Ela era tudo o que ele queria, todas as vezes, o tempo todo.

Finalmente a respiração dele ficou mais calma e Korum olhou para a cabeça deitada em seu peito. Sentindo-se feliz, ele acariciou os cabelos dela, sorrindo ao ouvir um bocejo baixinho.

— Quer tomar um banho rápido antes de dormir? — murmurou ele, ainda sorrindo quando ela virou a cabeça para encará-lo.

Mia lhe lançou um olhar deliciosamente sonolento e bocejou novamente. — Claro, seria ótimo...

Rindo baixinho, Korum passou os braços em volta dela e levantou-se, levando-a até o chuveiro. Ainda segurando-a, ele entrou e enviou um comando mental rápido para os controles da água. Dois minutos depois, eles estavam limpos e secos. Korum a carregou de volta para a cama, gostando da forma cheia de confiança com que ela se segurou nele o tempo inteiro.

Colocando-a na cama, ele se deitou ao lado dela e puxou-a para seus braços, encostando-se nela. Extremamente relaxado, ele fechou os olhos e pegou no sono, embalado pelo som da respiração regular dela.

CAPÍTULO 12

Acordando lentamente na manhã seguinte, Mia se espreguiçou e sorriu, lembrando-se da noite anterior. A experiência fora inacreditável, como algo que só poderia ser um sonho. O sexo era sempre assim? Ou apenas sexo com Korum?

Depois daquela primeira vez, ele a possuíra em algum momento durante a noite, acordando-a ao penetrá-la. Por algum motivo, ela já estava molhada e chegara ao orgasmo em questão de minutos, algo que imaginara que seria difícil, considerando como estava satisfeita depois do ato sexual mais cedo.

Mas, pelo jeito, ela era tão insaciável quanto o amante alienígena.

Sorrindo como o gato de Alice no País das Maravilhas, Mia se levantou, colocou um vestido cor de pêssego e fez a rotina matinal no banheiro. Korum já saíra e ela pediu à casa que preparasse o café da manhã. Em seguida, deitou-se em uma das tábuas flutuantes que funcionava como sofá. — Alguma coisa para ler, por favor — pediu ela, rindo quando um dispositivo, parecido com um *tablet*, saiu da parede e flutuou em sua direção.

No dia anterior, quando Korum lhe contara sobre sua função no laboratório da mente, ele mencionara que ela costumava manter documentos e gravações relacionados ao trabalho naquele *tablet*. Mia estava muito curiosa, tentando imaginar como se saíra em um ambiente de trabalho dos krinars, considerando a falta de familiaridade com a tecnologia e a ciência deles. Pelo que Korum explicara, muito do conhecimento fora transferido a ela com o mesmo processo que era usado para ensinar às crianças krinars e, secretamente, Mia torcia para que tivesse retido parte dele, apesar do apagamento da memória. Ela certamente se sentia mais confortável em Lenkarda do que esperaria e tinha certeza de que sabia de coisas sobre o cérebro que estavam muito além do que aprendera na faculdade.

Usando um comando verbal para abrir um dos arquivos, Mia se ajeitou e começou o processo de reaprender tudo o que esquecera parcial ou totalmente.

* * *

— O Conselho chegou a uma decisão.

As palavras de Arus se espalharam pelo aposento, grande como uma arena, onde a parte pública do julgamento acontecia. Quase todos os krinars na Terra e

175

muitos residentes de Krina estavam lá, virtual ou pessoalmente.

Korum se inclinou para a frente, esperando para ouvir as palavras que selariam o destino dos traidores. À sua frente, ele viu Loris parado de pé, vestido todo de preto. Os punhos do Protetor estavam firmemente fechados, com as juntas quase brancas, enquanto ele se preparava para ouvir a sentença do filho.

— Rafor, Kian, Leris, Poren, Saod, Kula e Reana — disse Arus em tom claro —, o Conselho os considera culpados de conspirar com o movimento da Resistência dos humanos para atacar os Centros e colocar em perigo a vida de cinquenta mil cidadãos. Vocês também são culpados de quebrar o mandado de não interferência ao dividir tecnologia dos krinars com esse movimento da Resistência. Além disso, Rafor, o Conselho o considera culpado de auxiliar e encorajar o indivíduo perigoso conhecido como Saret em seu plano de cometer assassinato em massa e manipular ilegalmente mentes humanas.

O Protetor ficou visivelmente pálido e os Kapas pareciam ter levado um soco na barriga. Um murmúrio percorreu a multidão, desaparecendo à medida que os espectadores ficavam em silêncio para ouvir o restante.

— A sentença para os crimes mencionados é a reabilitação completa.

Korum se recostou, ouvindo os gritos do público. Naquele momento, ele sentiu uma pena incomum por Loris, que acabara de perder o único filho. Independentemente das diferenças que tiveram no passado, não era culpa de Loris que Rafor tivesse se transformado em um fracasso e um criminoso. Korum não podia culpar Loris por querer defender o filho, apesar de Rafor não merecer.

No entanto, Korum não se arrependia do papel que tivera na condenação deles. Rafor e os amigos receberam exatamente o que mereciam: o apagamento quase completo de sua personalidade. Eles eram perigosos demais para passarem por reabilitação parcial, as ações hediondas demais para serem perdoadas. Se havia uma coisa que Korum desprezava era alguém que tentasse ferir o próprio povo por ganância e poder da forma como aqueles traidores tinham feito.

O breve sentimento de pena que tivera por Loris morreu quando o Protetor se virou e lançou um olhar de ódio a Korum. O rosto de Loris não tinha cor alguma sob o tom bronzeado da pele e os olhos brilhavam com algo que parecia loucura. Era o olhar de alguém que não tinha mais nada a perder e Korum reconheceu que o adversário faria qualquer coisa que estivesse ao alcance para deixá-lo em pedaços no dia seguinte. Claro, Korum não tinha a menor intenção de deixar que aquilo acontecesse. Ele não queria matar Loris, mas faria o que fosse necessário para se defender.

Depois que os gritos da multidão pararam, os Kapas foram levados embora e Korum se levantou, encaminhando-se para a saída. O que ele queria agora era Mia, mas ainda não poderia ir para casa.

Ele precisava falar novamente com os Anciãos para avançar o projeto e verificar a situação de sua petição sobre os pais de Mia.

* * *

— Você tem uma visita, Mia.

Assustada pela voz feminina desconhecida, Mia ergueu os olhos do *tablet*. Pela parede transparente, ela viu uma jovem humana parada do lado de fora. Soltando um suspiro aliviado, Mia percebeu que a voz que acabara de ouvir devia ser da casa inteligente de Korum que a avisara sobre a visita.

— É claro — disse Mia, como se conversasse com a tecnologia alienígena o tempo todo. — Pode deixá-la entrar?

— Sim, Mia. — A parede em frente à visita se dissolveu, criando uma entrada.

Levantando-se da tábua flutuante, Mia sorriu para a garota de cabelos escuros que entrou graciosamente.

— Olá — disse Mia, sabendo que provavelmente estava cumprimentando alguém que já conhecera antes.

— Olá, Mia — disse a garota com um sorriso gentil. — Eu sei que não se lembra de mim, mas sou Delia. Nós nos encontramos algumas vezes antes. Também sou uma caerle aqui em Lenkarda.

— É um prazer encontrá-la novamente, Delia. — Mia ficou contente porque a garota parecia saber sobre sua condição. — Peço desculpas antecipadamente por não reconhecê-la...

— Não é culpa sua — interrompeu Delia com os olhos castanhos cheios de preocupação. — Não deve pedir desculpas por uma coisa dessas. Vim para ver se você estava bem depois do que aconteceu. Deve ser tão terrível, acordar sem saber quem é nem como chegou aqui...

Mia estudou a garota, notando a beleza luminosa e discreta dela e a maturidade que cobria a juventude aparente. — Obrigada, Delia — respondeu ela. — Estou surpreendentemente bem. Não sei por quê, mas pareço estar lidando muito bem com tudo.

— E Korum?

Mia lhe lançou um olhar interrogativo. — O que tem Korum?

— Ele... — Delia hesitou um pouco. — Ele está sendo gentil com você?

— É claro. — Mia franziu a testa. — Por que não seria? Ele é meu... cheren, certo?

Delia abriu um sorriso radiante. — É claro. Eu estava indo para as cachoeiras, onde nós nos conhecemos. Quer vir comigo? É um lugar muito bonito. Não sei se Korum já o mostrou a você...

— Não mostrou — admitiu Mia. — E eu adoraria ir com você. — Ela estava curiosa sobre aquela garota, aquela outra caerle, e esperava descobrir mais sobre Lenkarda e sua vida anterior lá.

— Ótimo — disse Delia, ainda sorrindo. — Então vamos.

A caminhada até as cachoeiras levou pouco mais de vinte minutos. Enquanto andavam pela floresta, Mia perguntou a Delia sobre a história dela, querendo descobrir como ela se tornara uma caerle. Ela ouviu, chocada e fascinada, enquanto a garota grega lhe contava como conhecera Arus em uma praia do Mediterrâneo quase vinte e três séculos antes e como sua vida transcorrera desde então.

— Quando cheguei em Krina pela primeira vez, os humanos eram tratados de uma forma muito diferente da de hoje — explicou Delia. — Há dois mil anos, muitos krinars achavam que éramos pouco mais que primatas, com nossa falta de tecnologia e hábitos sociais primitivos. Uns poucos, como Arus, reconheceram que não éramos tão diferente deles, mas a maioria se recusava a pensar em nós como uma espécie igualmente inteligente. Essa atitude ainda persiste hoje até certo ponto, apesar de o ritmo rápido do progresso aqui nos últimos dois séculos ter impressionado muitos em Krina.

— Eles achavam que éramos como macacos? — Mia franziu a testa, sem gostar de ouvir aquilo.

Delia assentiu. — Algo assim. Não posso culpá-los, na verdade. Afinal de contas, foram eles que nos criaram e transformaram no que somos hoje.

— Como eles fizeram isso? — perguntou Mia, pois havia algum tempo que se perguntava aquilo. — Quero dizer, um krinar quase consegue se passar por um humano e vice-versa. Em termos de aparência, é como se fossem uma raça humana diferente, não uma espécie separada. Eu sei que eles orientaram nossa evolução, mas ainda é meio louco...

— Na verdade, não é tão louco assim — respondeu Delia. — Eles mexeram em nossos genes por milhões de anos, suprimindo o que faria com que tivéssemos uma aparência diferente da deles. Permitiram algumas variações sutis, como a cor dos olhos, da pele e dos cabelos. Mas garantiram que, nos demais aspectos, fôssemos muito similares a eles. Acredito que era algo que os Anciãos queriam.

Mia afastou o olhar, ponderando sobre aquilo enquanto continuavam a andar pela floresta. — E o que acha que eles querem conosco agora? — perguntou ela ao chegarem ao destino.

— Os krinars? — Delia se sentou em uma parte gramada perto da água e virou-se para Mia.

— Os Anciãos — esclareceu Mia, sentando-se ao lado dela.

— Quem sabe? — Delia deu de ombros. — Nem mesmo o Conselho conhece totalmente as motivações dos Anciãos. São uma espécie de deuses para eles, apesar de os krinars não terem religião no sentido tradicional.

— Entendo. — Mia considerou tudo o que aprendera até o momento. — E o que os krinars pensam de nós agora? Korum disse que eu trabalhei em um dos laboratórios deles. É claro que não teriam permitido isso se achassem que eu era apenas uma macaca incomumente inteligente. Sem falar que eles se casam conosco...

— Casam conosco? — Delia pareceu surpresa. — O que quer dizer?

— Não é isso que significa ser uma caerle? Como estar casada com um deles, mas sem a cerimônia oficial? —

Fora aquela a impressão que Mia tivera da conversa com Korum no dia anterior.

Delia a observou com um olhar pensativo. — Acho que você pode encarar dessa forma — respondeu ela lentamente. — Particularmente se aplicar a definição de casamento como costumava ser no passado.

— No passado?

— Sim — disse Delia. — Antes da sua época. Quando uma esposa pertencia legalmente ao marido.

— Como assim, pertencia?

— Pelas leis dos krinars, uma caerle pertence ao seu cheren, Mia. Não temos nenhum direito aqui. Korum não lhe disse isso?

Mia balançou a cabeça negativamente, sentindo um aperto desagradável no peito. — Está dizendo que somos... escravas deles?

Delia sorriu. — Não. Os krinars não acreditam em escravidão, especialmente não como ela era praticada durante a minha época. A maioria das caerles é muito bem tratada e amada pelos seus cherens. Eles realmente as consideram como parceiras humanas. Mas não é exatamente o tipo de relacionamento igual ao que uma garota moderna como você estaria acostumada.

Mia a encarou. — Como assim?

— Bem, por exemplo, um krinar não precisa da sua permissão para tomá-la como caerle. Arus me perguntou, mas muitos cherens não fazem isso.

— Korum me perguntou? — Mia esperou a resposta com a respiração presa.

— Eu não sei — respondeu Delia. — Nunca fiquei sabendo dos detalhes do relacionamento de vocês. No entanto, pelo que conheço de Korum, e pelo fato de você ter ajudado a Resistência no passado, eu diria que ele não levou seus sentimentos em consideração tanto quanto deveria.

Mia franziu a testa. — O que quer dizer? O que você conhece de Korum?

Delia olhou para ela, como se estivesse pesando como continuar. — Seu cheren é um homem muito poderoso e ambicioso — disse ela finalmente. — Muitos no Conselho acham que ele tem a atenção dos Anciãos. Também é conhecido por ser bastante autocrático e implacável com os adversários. Foi por isso que, inicialmente, fiquei preocupada com você, pois não achei que Korum seria um cheren particularmente atencioso. Mas acho que eu estava errada. Pelo que vi, você parecia feliz com ele antes. Na última vez em que nos encontramos, no aniversário de Maria, você estava praticamente brilhando. E, mesmo agora, quando a maioria das mulheres se sentiria perdida e intimidade, parece que você está indo muito bem. E certamente Korum é o responsável por isso.

Mia estudou a outra garota, imaginando se havia mais alguma coisa que Delia não lhe dissera. — Você não gosta do meu cheren, não é?

— Eu não o conheço pessoalmente — respondeu Delia com cautela. — Só sei que Arus e ele tiveram conflitos no passado sobre várias questões. Mas fico feliz por ele ser bom para você. Quando eu a conheci, você parecia tão jovem e vulnerável... e não pude evitar de me preocupar. Agora, vejo que é mais forte do que eu achava originalmente. Talvez seja até mesmo uma boa influência para Korum. Arus acha que seu cheren realmente a ama, o que é algo que nunca teríamos esperado dele.

— Entendo. — Mia respirou fundo e afastou o olhar, tentando processar o que acabara de ouvir. Talvez a ideia boba de ver Korum como um vilão não fosse tão absurda como parecia. Como acontecera várias vezes antes, ela desejou conseguir se lembrar dos dois meses anteriores para que conseguisse entender melhor aquele relacionamento complexo em que estava. O que exatamente Korum era para ela? O que significava ser caerle dele? E qual era o verdadeiro Korum? O amante gentil da noite anterior ou o Conselheiro implacável que Delia descrevera?

Talvez ele fosse as duas coisas. Mia considerou aquilo por um minuto. Sim, certamente conseguia entender como aquilo podia ser verdade. Afinal de contas, o próprio Korum lhe contara como a usara no passado para destruir a Resistência. Ainda assim, parecia amá-la de verdade agora. E Mia não conseguiu evitar a sensação quente que a invadiu ao pensar nisso.

Virando-se novamente para a garota grega, Mia a encarou. — Delia — disse ela baixinho, levantando um assunto que a preocupava desde o dia anterior —, você sabe o que acontece em uma luta na Arena?

— Sim. — Delia a olhou com empatia. — Você sabe sobre o desafio de Loris?

— Korum me contou sobre isso ontem — disse Mia. — Você já viu uma dessas lutas? Elas são comuns?

— Elas não são mais tão comuns como eram há muito

tempo, mas ainda acontecem com certa regularidade. Normalmente, há duas ou três lutas por ano, algumas vezes mais.

— E o quanto elas são perigosas?

Delia hesitou por um segundo. — As lutas na Arena são a causa número um de mortes para os krinars — respondeu ela finalmente. — Seguidas de diversos tipos de acidentes.

Mia se sentiu como se tivesse levado um soco. — Alguém sempre morre durante uma luta?

— Não, nem sempre. Algumas vezes, o vencedor consegue se controlar o suficiente para parar a tempo. Mas, geralmente, os homens krinars não têm muito controle sobre os instintos no calor da batalha. — A caerle grega não pareceu particularmente incomodada com aquilo.

Mia engoliu em seco. — Entendo.

— Mas, para responder à sua pergunta anterior, acho que as atitudes dos krinars em relação aos humanos estão mudando — disse Delia, voltando à discussão anterior. — Há dois mil anos, a ideia de um humano trabalhando em um laboratório dos krinars teria sido impensável. Eles mudaram muito desde então e vejo as coisas melhorando a cada dia. O fato de estarem vivendo aqui na Terra, entre nós, fez uma grande diferença de várias formas. Agora veem que somos realmente uma espécie irmã, que temos o potencial de conquistar o mesmo que eles.

— Eles não acham mais que somos apenas macacos espertos? — disse Mia em tom de brincadeira.

Delia sorriu. — Alguns ainda acham, tenho certeza. Mas não é mais a visão de consenso. E quanto mais relacionamentos como seu e o meu existirem, mais aceitos os humanos se tornarão na sociedade dos krinar. — Ela pausou por um segundo. — Portanto, Mia, veja bem, você não precisa lutar contra os krinars para ajudar o seu povo. Só precisa fazer com que um deles se apaixone por você.

* * *

A oito mil quilômetros de distância, Saret se levantou e sorriu para a garota humana deitada com o corpo enrolado em sua cama. Ela era pequena, com cerca de um metro e meio de altura, e os cabelos castanhos caíam em ondas suaves em volta do rosto estreito. Exceto pelos olhos castanhos, ela era muito parecida com Mia. Ele a encontrara em Paris no dia anterior.

Ela o encarou e ele percebeu o medo e o ódio no rosto pequeno. Era uma pena que ela estivera noiva quando ele a encontrara, com o casamento planejado para o mês seguinte. De forma compreensível, ela fora resistente à atenção dele, que não tivera tempo para seduzi-la de forma adequada.

Fora errado levá-la, claro. Saret sabia disso. Mas, àquela altura, isso não importava. Todos já achavam que ele era um monstro e roubar uma humana era algo inofensivo no panorama maior. Ele a mordera durante o sexo e sabia que ela também sentira prazer. A garota não era Mia, mas ele ainda gostara de trepar com ela, fingindo que o corpo esguio em seus braços era aquele que realmente queria.

Saret sabia que não havia esperança de fugir dos guardiães por muito mais tempo. Era só uma questão de tempo até que fosse capturado. Agora que tivera a oportunidade de pensar, ele percebia como Korum soubera o que esperar. Era muito simples, na verdade. O inimigo devia estar monitorando a caerle com mais cuidado do que admitira a Saret. Em retrospectiva, Saret deveria ter esperado algo assim. A culpa era dele mesmo por ter subestimado a obsessão de Korum sobre Mia.

Não, Saret sabia que não conseguiria se esconder por muito mais tempo. Ele estivera usando vários disfarces, mas conseguia sentir os guardiães chegando mais perto. No dia anterior, ele correra o risco e conectara-se à rede dos krinars. Tentara esconder sua identidade, mas tinha certeza de que Korum encontraria seu rastro no espaço cibernético. Ainda assim, Saret precisara saber o que estava acontecendo em Lenkarda e se o Conselho descobrira sobre seu plano.

O que encontrara o deixara furioso e excitado ao mesmo tempo. Furioso porque os nanodispositivos de dispersão que plantara com tanto cuidado já tinham sido descobertos e neutralizados. E excitado porque finalmente sabia como se livrar de Korum para sempre.

A luta da qual o inimigo participaria seria a última.

Saret cuidaria disso.

CAPÍTULO 13

A primeira coisa que Korum viu ao entrar na casa foi Mia deitada sobre a tábua flutuante e concentrada no que estava lendo no *tablet*.

Quando entrou, ela olhou para cima e sorriu, com o rosto brilhando empolgado. — Olá — disse ela. — Como foi o seu dia?

Korum sentiu uma onda de ternura, mesmo enquanto o corpo reagia de forma previsível à proximidade dela. — Olá, minha querida — disse ele, aproximando-se e abaixando-se para beijá-la de leve. Ele pensara nela o dia inteiro, revivendo cada momento da noite anterior. Ele mal podia esperar para reintroduzi-la aos prazeres de fazer amor e sentir o corpo delicioso dela repetidamente.

Korum queria ir devagar novamente, mas, no segundo em que seus lábios tocaram nos dela e os braços finos se ergueram, passando em volta do pescoço dele, todas suas boas intenções se evaporaram. Ele aprofundou o beijo na boca mais macia e doce de Mia, sentindo seu perfume quente e feminino. Ele ouviu a respiração dela se acelerar, sentiu o cheiro de seu desejo, seu corpo arqueando-se na sua direção... e o sangue quase ferveu em suas veias.

Sem um pensamento consciente, as mãos dele encontraram o vestido de Mia. O tecido frágil se rasgou sob seus dedos, expondo a carne delicada. Ela gemeu e ele sentiu as unhas dela enterrando-se em sua nuca ao beijar o ponto macio perto de seu ombro. O coração dela bateu mais depressa e Mia gemeu quando ele abaixou a mão para suas coxas, abrindo-as para chegar à abertura estreita.

Ela estava quente e escorregadia e Korum usou os últimos rastros de autocontrole para levá-la ao orgasmo, pressionando repetidamente o polegar no clitóris. Assim que ela se contraiu com um gritinho, ele percebeu que não aguentaria por mais tempo. Tirando as próprias roupas, ele segurou as pernas de Mia e puxou-a em sua direção até que apenas a parte de cima do corpo dela estivesse sobre o sofá. Em seguida, ele a penetrou com uma investida forte.

Ela gritou e seu corpo ficou tenso. Korum gemeu quando os músculos internos de Mia o apertaram, impedindo-o que fosse mais fundo. Ela abriu os olhos, concentrando-se nele, e Korum manteve seu olhar, sabendo que ela conseguia ver o desejo escrito em seu rosto. O pênis latejou dentro dela, mas isso não foi suficiente. O animal que tinha dentro de si precisava possuí-la em um nível que ia além do sexual. Precisava marcar a mente dela, além do corpo.

— Você é toda minha — sussurrou ele, mal percebendo o que estava dizendo. — Está entendendo?

Ela só o encarou, com o rosto corado e os lábios ligeiramente abertos, e Korum sentiu a temperatura subir. Uma onda de pura possessividade o invadiu. As nádegas dele se contraíram quando ele a penetrou mais fundo, segurando-lhe as coxas bem abertas para ajudar. Ela arquejou e seu rosto se contorceu em uma mistura de dor e prazer. Korum ouviu quando ela prendeu a respiração.

Inclinando-se para a frente, ele soltou as pernas de Mia e passou um braço sob suas costas, puxando-a para mais perto. A outra mão enterrou-se nos cabelos dela, segurando-lhe a cabeça parcialmente para trás, expondo o pescoço macio. — Diga, Mia — comandou ele, motivado por uma necessidade primitiva de tomá-la. — Diga que é minha.

— Eu sou... — Ela parecia ter dificuldade em dizer as palavras. Os olhos azuis estavam enevoados com uma emoção desconhecida e a necessidade de dominá-la ficou mais forte. Abaixando a cabeça, ele tomou-lhe a boca em um beijo selvagem. A mão de Korum desceu e o polegar pressionou o clitóris com força. Ela gemeu e contraiu-se em volta do pênis.

— Você é minha — repetiu ele, recuando por um segundo. Ela assentiu, encarando-o com os lábios inchados.

— Diga.

— Eu sou sua. — Ele mal ouviu o sussurro dela, mas sua vontade foi satisfeita por enquanto.

Abaixando-se, ele a beijou novamente, de forma mais gentil dessa vez. Ao mesmo tempo, começou a penetrá-la em um ritmo suave e regular. Os testículos se contraíram contra o corpo dele quando puro prazer percorreu-lhe as veias, uma cortesia da garota pequena em seus braços. Fechando os olhos, Korum deixou que as sensações o invadissem, desfrutando da pele macia sob seus dedos e da firmeza do corpo dela em volta do pênis.

E, quando o prazer ficou intenso demais, ele a sentiu se contrair com um gritinho, fazendo com que gozasse.

* * *

Algumas horas depois, Korum acordou, com a sensação familiar de Mia deitada ao seu lado. A respiração dela era baixinha e regular e ele percebeu que ela estava profundamente adormecida, exausta pelas exigências sexuais dele. Ele conseguira se abster de beber o sangue dela dessa vez, pois fizera isso recentemente, mas não conseguira se conter, possuindo-a mais algumas vezes durante a noite.

Algumas vezes, ele se perguntava se isso era normal, a forma como precisava dela o tempo inteiro. Ele sempre tivera uma vontade sexual forte, mas nunca sentira a necessidade de ter uma mulher repetidamente. Com Mia, ele nunca tinha o suficiente e não sabia ao certo se gostava de ser tão dependente de uma humana.

Em geral, a obsessão que tinha por ela o incomodava de várias formas. Apesar de ela o fazer feliz, a profundidade do que sentia era inquietante. Se ele a perdesse... Korum não aguentava nem mesmo pensar naquela possibilidade e seu peito se apertou em agonia.

Soltando-se lentamente dela, Korum se levantou, tentando fazer o mínimo possível de barulho para não acordá-la. Ela precisava dormir muito mais do que um krinar e ele sempre deixava que descansasse bastante. Mesmo com os nanócitos em seu corpo, ela ainda era frágil e vulnerável demais para que ele tivesse paz. Se dependesse dele, ela nunca iria a lugar algum sozinha e sempre permaneceria segura a seu lado.

Mas Korum sabia que ela odiaria se ele restringisse demais sua independência. Ela já se ressentia das poucas medidas de segurança que ele implementara. Via os dispositivos de rastreamento como uma forma de controlá-la, como invasão de sua privacidade, sem entender como sua segurança e seu bem-estar eram importantes para ele.

Já eram cinco horas da manhã, o que, para Korum, era começar tarde o dia. Normalmente, ele já estaria trabalhando àquela hora, mas só conseguira dormir três horas antes, pois ficara acordado até tarde para satisfazer o desejo que sentia por Mia. Ele precisara dela ainda mais do que o normal, sentindo-se inquieto e ansioso por causa da luta que aconteceria.

Ele não estava com medo. Na verdade, a possibilidade do perigo o deixava excitado. Sempre fora assim. Na juventude, ele até mesmo provocara algumas lutas só para sentir aquela onda de adrenalina. Mas, à medida que ficara mais velho, aprendera a suprimir aquela parte de sua natureza e usar os esportes como forma de gastar a energia em excesso. Como resultado, não participara de uma luta de verdade, com a exceção do ataque de Saur na Flórida, nos oito anos anteriores.

Mas ele se preocupava com a presença de Mia na Arena. O lugar estaria repleto e praticamente todos os krinars na Terra assistiriam ao evento em pessoa. Os que estavam em Krina assistiriam virtualmente. A ideia de tê-la em público depois de tudo o que acontecera o deixava inquieto, apesar de saber que havia pouco perigo real. A luta seria em Lenkarda, enquanto que Saret estava em algum outro lugar do mundo dos humanos.

Ainda assim, Korum a teria mantido afastada se não fosse pelo fato de que isso seria o equivalente a insultá-la em público. As lutas na Arena eram consideradas uma das partes mais importantes e interessantes da vida dos krinars e esperava-se que todos, incluindo as caerles, estivessem lá. Excluir Mia deliberadamente faria parecer com que Korum a estava punindo por algo, o que não podia estar mais longe da verdade.

Pensando um pouco mais no assunto, Korum decidiu colocar dois guardiães para que vigiassem Mia o tempo inteiro. Ele também faria com que ela fosse colocada perto de Delia, caso a caerle precisasse da segurança de uma amiga mais velha e mais experiente. Assim, ele não teria que se preocupar com ela durante a luta e poderia se concentrar totalmente no adversário. Qualquer momento de falta de atenção na Arena poderia ser fatal.

Enquanto isso, ele ainda tinha algumas horas antes do evento principal. A melhor coisa a fazer era conversar com seus projetistas e garantir que estivessem trabalhando no protótipo da tecnologia de escudo que ele desenvolvera recentemente. Voret e o restante do Conselho agora estariam, com razão, preocupados com o uso dos escudos antigos. Portanto, aquele projeto tinha prioridade.

Lançando um último olhar para a caerle adormecida, Korum saiu da casa.

CAPÍTULO 14

Mia esperou que Delia a buscasse, batendo o pé nervosamente no chão. Ela estava quase passando mal de tanta ansiedade por causa da luta e estava feliz porque a outra caerle estaria a seu lado durante o evento.

Para se distrair, Mia respirou fundo e olhou para o material brilhante do vestido branco. Korum deixara a roupa para ela naquela manhã e Mia imaginou que deveria vesti-la para o evento. Diferentemente das roupas leves normais dos krinars, aquela era feita de um tecido rígido, relativamente grosso, e cobria-lhe o corpo de forma justa. Havia um brilho sutil no vestido e nas sandálias. Korum também lhe dera um belo colar para que usasse com a roupa. Se Mia não soubesse, imaginaria que estava vestindo-se para o próprio casamento.

Ela não vira Korum naquela manhã, mas ele telefonara e prometera encontrá-la na Arena antes que a luta começasse oficialmente. Quando conversaram, ela percebeu um tom de excitação mal suprimida na voz dele, notando que ele estava ansioso por aquele ritual bárbaro.

Ela achava estranho o fato de se sentir tão próxima dele depois de apenas dois dias. Conseguia perceber o humor dele, discernir suas emoções. Conseguia até mesmo prever algumas de suas reações. Quando ele chegara em casa na noite anterior, ela soubera exatamente o que aconteceria ao passar os braços em volta do pescoço dele e transformara um beijo inocente em algo mais profundo. Apesar de ter gostado da primeira noite que passaram juntos, ficara óbvio que Korum se contivera, que tentara fazer concessões por causa da inexperiência dela. E, apesar de ter apreciado o que ele fizera, não fora suficiente. Na noite anterior, ela não quisera um ato doce e gentil. Quisera que ele estivesse selvagem e descontrolado, revelando completamente sua verdadeira natureza.

A possessividade dele a deixava assustada e excitada. Se não o quisesse tanto, teria sentido medo da paixão dele, da insistência para que se entregasse totalmente. Isso a fazia se perguntar o que aconteceria se um dia tentasse deixá-lo. Ele a deixaria ir ou a impediria de ir para casa? Ele poderia detê-la? Se Delia falara a verdade, os humanos tinham pouquíssimos direitos nas cidades dos krinars, uma ideia que incomodava Mia bastante.

Claro que nada daquilo importava agora, à luz da luta que estava para acontecer. Olhando impacientemente para o dispositivo que tinha no pulso, Mia viu que faltavam apenas vinte minutos para o meio-dia. *Onde está Delia?* A espera aumentava a ansiedade de Mia.

Dois minutos depois, ela finalmente viu uma pequena cápsula de transporte pousar do lado de fora, perto da casa. Delia saiu da nave e acenou para ela. Aliviada, Mia sorriu, feliz ao ver a outra garota. A caerle de Arus usava um vestido similar ao de Mia e estava linda, com os cabelos macios trançados com joias de aparência estranha.

Saindo rapidamente da casa, Mia se aproximou da garota grega. — Obrigada por me buscar — disse ela.

— Imagine — respondeu Delia. — Eu teria buscado você mesmo se Korum não tivesse me pedido. Você deve estar muito assustada.

— Estou muito mais do que assustada — admitiu Mia. — Sinto vontade de vomitar quando penso no assunto.

Delia sorriu. — Dá para perceber. Vamos, entre para irmos para lá.

— Arus já participou de uma luta dessas? — perguntou Mia, seguindo-a até a nave e sentando-se em uma das cadeiras flutuantes no interior.

— Algumas vezes — respondeu Delia, lançando-lhe um olhar reconfortante. — E, em todas as vezes, achei que eu teria um ataque do coração. Acredite, sei exatamente pelo que está passando.

— Provavelmente, foi pior para você — comentou Mia. — Eu, pelo menos, só conheço Korum há uns dois dias. — Mas poderia muito bem ter sido dois anos, considerando o medo quase paralisante que ela sentia ao pensar que poderia perdê-lo.

Respirando fundo, Mia tentou se acalmar observando os arredores. Afinal de contas, ela nunca estivera em uma nave alienígena — ou, pelo menos, não se lembrava da experiência. Para sua surpresa, ela viu que a parte de dentro da cápsula era parecida com o interior da casa de Korum, com cores claras, paredes transparentes e bancos flutuantes. Não havia tecnologia óbvia, como ela estava acostumada a ver no mundo dos humanos. Em vez disso, tudo parecia funcionar quase como se fosse por mágica.

Quando a nave decolou, Mia viu a floresta verde pelo chão transparente. À distância, as águas azuis do Oceano Pacífico brilhavam sob o sol. Era um belo dia e, sob qualquer outra circunstância, Mia teria adorado o passeio. Mas não conseguia parar de pensar no que estava prestes a acontecer.

Outra pergunta lhe ocorreu e ela olhou para cima, encontrando o olhar de Delia. — Quanto tempo essas lutas costumam durar? — perguntou Mia, com a imaginação criando um evento sangrento horroroso que duraria o dia inteiro.

— De poucos minutos a algumas horas — respondeu a garota grega. — Depende se os adversários são equilibrados. Há também uma pequena cerimônia antes e uma mais longa depois, durante a qual o vencedor celebra.

— Celebra como?

Delia sorriu e havia um brilho malicioso nos olhos castanhos. — Bem, um homem sem parceira frequentemente escolhe uma ou mais mulheres sem parceiros e eles copulam em uma *shatela*, uma estrutura parecida com uma tenda no meio da Arena. Homens com parceiras frequentemente fazem o mesmo com a parceira.

Sexo em público? Delia estava falando sério? Mia sentiu o rosto ficar vermelho. — E aqueles que têm uma caerle?

Delia riu. — Depende. Arus tem muita consideração por minhas sensibilidades como humana e normalmente só me beijava na Arena, esperando até chegarmos em casa para celebrar da forma adequada. Mas eu já soube de outros que trataram a caerle como uma mulher krinar nessa situação.

— Então, está me dizendo que, se Korum vencer, talvez ele queira fazer sexo na frente de todo mundo?

— Talvez — disse Delia, sorrindo. — Mas ninguém verá vocês, pois estarão dentro da shatela. Talvez apenas escutem.

— Ah, que ótimo. Isso torna as coisas muito melhores — resmungou Mia. Ela se lembrava do que Korum lhe dissera sobre a Celebração dos Quarenta e Sete e como se sentira feliz porque, como humana, não teria que participar do espetáculo exibicionista. Mas, agora, parecia que não haveria como escapar, a não ser que Korum respeitasse suas "sensibilidades como humana". Era apenas mais uma coisa com que se preocupar durante a luta.

Antes que tivesse a oportunidade de pensar mais um pouco no assunto, a cápsula de transporte pousou silenciosamente em uma área da floresta.

— Chegamos — disse Delia, levantando-se.

Mia também se levantou e seguiu-a para fora da nave. Parecia que estavam no meio da floresta. — Que lugar é este?

Delia se virou para ela e Mia ficou chocada ao ver um brilho empolgado nos olhos dela. — A Arena — respondeu ela, gesticulando na direção de uma colina coberta de árvores logo em frente.

Mia ergueu as sobrancelhas, mas não disse nada enquanto andavam em direção à elevação. Ela ouviu um rugido abafado à distância, como se fosse uma cachoeira imensa. A Arena ficava perto de um rio? Andando com cuidado, ela se concentrou em evitar insetos e o que mais estivesse rastejando pela selva da Costa Rica. As sandálias de sola fina não eram apropriadas para aquele solo e Mia torceu para que não fosse picada nem mordida antes de chegarem ao local da luta. Se ela se lembrava corretamente, as tarântulas eram um dos perigos daquela parte do mundo. Mas, supostamente, agora ela era imune a tais perigos, pois os nanócitos que circulavam em seu corpo rapidamente corrigiriam quaisquer danos nas células.

À medida que subiram a colina, Mia percebeu que o som que ouvia era dos gritos abafados de uma multidão. Em algum lugar ali perto, milhares de Ks estavam reunidos para assistir à luta. Parecendo ansiosa para se juntar a eles, Delia subiu correndo o restante da colina, movendo-se quase com a graça de um krinar. — Aqui está — disse ela, virando-se para Mia e apontando.

Com o coração batendo forte e a palma das mãos suando, Mia se apressou para alcançar a outra caerle. Quando chegou ao topo da colina, ela congelou.

O vale verde abaixo era um espetáculo como nunca tinha visto. Milhares — não, dezenas de milhares — de krinars estavam reunidos lá. Altos e de pele dourada, os alienígenas estavam vestidos com roupas brancas que brilhavam sob o sol. Enquanto a maioria estava sentada no chão, alguns ocupavam bancos flutuantes dispostos em círculos em volta de uma clareira grande. Era como um campo de futebol redondo, mas com os espectadores flutuando no ar, em vez de estarem sentados nas arquibancadas. Parecia uma versão de alta tecnologia de um anfiteatro da Roma antiga, o que era uma comparação melhor, pensou Mia, considerando o que estava prestes a acontecer.

— Mia! Aí está você!

Virando-se para a direita, Mia viu Korum aproximando-se. Diferentemente de todos os outros, ele vestia roupas normais, uma camiseta de cor clara e bermudas. Chegando perto, ele a abraçou rapidamente e beijou-lhe a testa. — Como você está, querida? — perguntou ele, olhando para ela com um sorriso alegre.

Mia sentiu o coração bater mais depressa com a proximidade dele. — Estou bem. Você está pronto para a luta?

— É claro. — Ele acariciou o rosto dela com os dedos e, em seguida, virou-se para Delia. — Obrigado por trazer Mia até aqui — disse ele, sorrindo para a outra garota. O braço esquerdo dele ainda estava em volta de Mia, segurando-a firmemente contra o corpo.

— Foi um prazer — respondeu Delia, acenando com a cabeça para Korum. — Vou deixar vocês dois sozinhos. Mia, quando terminar, venha se juntar a mim. Ficaremos sentadas lá. — Ela apontou para uma fileira de bancos flutuantes mais próxima da lareira.

— Eu a levarei até lá em um minuto — prometeu Korum, parecendo ligeiramente divertido com a atitude autoritária da outra garota.

Assim que Delia desapareceu na multidão, ele abaixou a cabeça e puxou Mia para lhe dar um beijo mais profundo, colocando uma das mãos em sua nuca e mantendo-lhe o corpo contra o seu com a outra. Ela sentiu a ereção dele contra o abdômen, a força dos braços à sua volta e o calor que invadiu seu corpo, culminando na área sensível entre as pernas. Os lábios e a língua de Korum acariciaram a boca de Mia, dando-lhe prazer e consumindo-a até que ela esqueceu a multidão em volta, presa a uma névoa sensual.

Quando Korum finalmente deixou que ela respirasse, Mia estava desesperadamente agarrada a ele, sem ligar para o fato de estarem em um local público.

— Puta merda — xingou ele em um sussurro rouco, erguendo a cabeça e olhando para ela com os olhos dourados brilhantes —, mal posso esperar para que essa luta termine. Algumas vezes, você me deixa louco, sabia disso?

Mia passou a língua pelos lábios, sentindo o gosto dele. Ela estava tão excitada que mal conseguia aguentar.

Os quadris se moveram involuntariamente, tentando se esfregar nele. Mas havia alguma coisa perturbando no fundo de sua mente, interrompendo a nuvem de desejo que cobria o cérebro.

Ela empurrou o peito dele, tentando abrir uma certa distância entre os dois para que conseguisse pensar. — Delia disse... — Mia hesitou, sem saber como se expressar. — Delia disse que o vencedor celebra... ahm...

— Trepando? — perguntou Korum com os olhos ainda cheios de um brilho dourado. — Foi isso que ela lhe disse?

Mia assentiu, sentindo o rosto quente.

Korum deu um passo para trás, mas ainda segurando-a. — É verdade — disse ele com a voz baixa e rouca. — Se eu vencer, o esperado é que celebre assim. Seria um problema?

Mia o encarou. — Você quer dizer... iria querer fazer isso em público?

— Não é exatamente em público, minha querida — respondeu ele, com o canto da boca erguendo-se ligeiramente. — Estaríamos em uma shatela, uma estrutura especificamente projetada para esse fim. Mas, sim, eu gostaria muito de trepar com você depois da luta. O seu corpo maravilhoso seria a minha recompensa.

* * *

Korum viu as pupilas dela dilatando-se, fazendo com que os olhos azuis ficassem mais escuros. A respiração dela estava irregular e as bochechas com um tom rosado. Ela estava excitada, quase tanto quanto ele naquele momento. Se a luta já tivesse terminado, ele tinha certeza de que ela não protestaria se a levasse até a shatela, tirasse aquele vestido apertado e colocasse o pênis entre suas coxas. Ele gostava da ideia de possuí-la na frente de todos, pois isso trazia à tona algo primitivo que tinha bem no fundo.

— Korum, eu...

— Shhh — disse ele, levando o dedo até os lábios dela em um gesto que vira os humanos usarem. — Não se preocupe com isso agora. Não vou forçá-la a fazer algo que não quer.

E Korum estava falando sério. Não pretendera provar nada quando a beijara, mas a reação de Mia claramente demonstrara a suscetibilidade que tinha a ele. Apesar da perda de memória, ela se sentia tão atraída por ele quanto antes, uma percepção que o encheu de uma satisfação muito masculina. Ele nunca a forçaria, mas provavelmente isso nunca seria necessário. Ele suspeitava que sua caerle era mais aventureira do que ela própria se considerava.

Ela ainda o observava desconfiada e ele abaixou a cabeça novamente, beijando-lhe a boca deliciosa. Dessa vez, foi apenas um beijo breve, mal encostando os lábios nos dela. O corpo dele ansiava por fazer mais, possuí-la ali mesmo, mas não havia tempo. Ele precisava se preparar para a luta.

Mas até mesmo um beijo breve foi o suficiente para distraí-la. Os olhos dela estavam novamente suaves, enevoados de desejo. Korum precisou se forçar a desviar o olhar para recuperar o controle.

— Venha — disse ele com voz rouca —, vou levá-la até o seu lugar. Preciso ir agora, mas quero ter certeza de que está com Delia antes que eu saia.

— É claro. — Ela parecia ansiosa novamente e parte da cor fugiu de seu rosto. — Começará ao meio-dia em ponto?

— Sim — respondeu Korum. Ele pegou a mão dela e começou a conduzi-la pela multidão. — Costumamos ser pontuais, portanto, temos exatamente dez minutos antes que a cerimônia comece.

Eles andaram na direção da primeira fileira, onde Delia e Arus já estavam sentados. Havia apenas uma tábua flutuante vazia ao lado de Delia e Korum levou Mia até lá. Ao se aproximarem, a multidão se abriu, deixando que passassem. Os conhecidos dele acenaram polidamente com a cabeça, enquanto outros encararam Korum e sua caerle com curiosidade aberta. Aquilo não preocupou Korum nem um pouco. Como membro do Conselho com uma certa reputação, ele estava acostumado com aquele tipo de atenção. Mia também era uma pessoa de interesse, considerando os rumores do envolvimento dela com a Resistência. Os krinars não achavam rude encarar, pelo contrário, era um sinal de respeito olhar diretamente para uma pessoa.

— Ah, ótimo — disse Delia ao chegarem ao assento dela. — Eu estava preocupada de que não chegaria antes do início da luta.

— Não precisa se preocupar, estamos aqui — disse Mia, corando ligeiramente. Korum reprimiu um sorriso, sabendo que ela estava constrangida com a sessão sensual pública. A garota ainda era muito inocente. Ele adorava a timidez dela quase tanto quanto gostava de vê-la desaparecer.

Arus olhou para Korum. — Cuidaremos bem de Mia, prometo. Você não precisa se preocupar com ela agora.

— Obrigado — disse Korum feliz porque o outro Conselheiro entendia sua preocupação não dita. Mesmo sabendo que era seguro, ele ainda se sentia desconfortável em deixar Mia sozinha em público. O que acontecera com Saret deixara uma impressão indelével em sua mente e ele sabia que precisaria trabalhar muito para superar o medo de perdê-la.

Em volta deles, outros krinars se sentaram, liberando os corredores e esvaziando o campo da Arena. Faltavam menos de cinco minutos para o início da cerimônia e Korum ainda precisava se preparar, mental e fisicamente, para o que estava por vir.

— Preciso ir — disse ele relutantemente, vendo os olhos de Mia se encherem de lágrimas.

— Tenha cuidado — sussurrou ela, olhando para ele. — Por favor, Korum, tenha cuidado. — E, passando os braços em volta da cintura dele, ela o abraçou com força, segurando-o por vários segundos.

Emocionado, Korum retribuiu o abraço. Em seguida, afastou-se dela gentilmente. — Eu amo você — disse ele, lançando-lhe um último sorriso.

— Eu amo você — sussurrou Mia quando ele começou a se afastar.

Korum parou imediatamente, mal ousando acreditar no que ouvira. Virando a cabeça, ele viu que os olhos dela brilhavam com lágrimas contidas. Ele queria segurá-la, perguntar se falara sério, mas não havia tempo. Em vez disso, ele abriu o maior sorriso que conseguiu e continuou a andar em direção a uma pequena estrutura no outro lado da Arena.

A cerimônia estava prestes a iniciar.

* * *

Mia estava sentada no banco flutuante, sentindo como se uma prensa estivesse espremendo seu coração. Apesar de todas as coisas que Korum dissera para acalmá-la, ela sabia que havia uma chance muito real de estar vendo-o pela última vez.

A ideia era tão agonizante que Mia não conseguiu respirar por alguns momentos.

— Mia? Ouça-me, Mia. Ele ficará bem, ok? — Era a voz de Delia, calma e reconfortante.

Mia piscou algumas vezes, focalizando a outra caerle com esforço. — Eu sei — disse ela com uma confiança que não sentia. — É claro, eu sei disso.

O krinar que estava com Delia também abriu um sorriso reconfortante. — Ela tem razão, Mia — disse ele com voz baixa e profunda. — Seu cheren é muito bom nisso. Nunca perdeu uma luta. Por falar nisso, sou Arus. Não nos conhecemos pessoalmente ainda.

— Ah, olá — disse Mia, automaticamente oferecendo a mão para que ele apertasse. — É um prazer conhecer você.

O sorriso de Arus ficou mais largo. — Receio que não sejam permitidos apertos de mão — disse ele gentilmente. — Eu não gostaria de acabar naquele campo para enfrentar Korum.

— Ah, certo. — Mia puxou a mão, sentindo-se um pouco constrangida. — Desculpe, eu esqueci. Korum me contou um pouco dos seus costumes ontem.

— Não precisa pedir desculpas — disse Delia. — Estou muito impressionada com a rapidez com que está reaprendendo tudo. Levei muito tempo para me sentir tão confortável como você parece estar neste momento.

— É, não sei por quê — admitiu Mia. — Talvez eu me lembre das coisas em um nível subconsciente.

— Você também já parece ter sentimentos fortes em relação a Korum — observou Arus, com os olhos escuros cheios de especulação ao olhar para Mia. — Mais do que se esperaria nessa situação. Fico imaginando o motivo. Não sou especialista em mente, mas isso parece relativamente incomum.

— É mesmo? — Mia franziu a testa confusa. — Achei que talvez um procedimento de apagamento da memória não apagasse totalmente todas as lembranças...

— Deveria — respondeu Arus. — Se foi um apagamento padrão da memória, você deveria estar como era há poucos meses, sem saber de nada sobre nosso mundo nem sobre Korum. O fato de estar se ajustando tão depressa é... interessante, para dizer o mínimo.

Mia olhou para ele, perguntando-se o que aquilo significava. Desde que acordara em Lenkarda, seus sentimentos e reações tinham sido estranhos. Era possível que Saret tivesse errado e não conseguira apagar todas as lembranças dela?

Um som alto assustou Mia, fazendo com que deixasse as especulações de lado.

A cerimônia anterior à luta estava começando.

Um krinar alto, vestido com uma roupa azul incomum, saiu de uma das pequenas estruturas nos cantos da Arena e andou em direção ao meio do campo.

— Aquele é Voret — sussurrou Delia, inclinando-se na direção de Mia por um segundo. — Ele é um dos membros mais velhos do Conselho.

Mia assentiu, com os olhos grudados no que acontecia lá embaixo.

— Residentes da Terra e aqueles que nos assistem de Krina neste momento — disse Voret. A voz profunda encheu todo o anfiteatro. — Bem-vindos ao antigo rito do Desafio da Arena. Como todos vocês sabem, a luta de hoje é entre dois de nossos estimados membros do Conselho, Loris e Korum. A causa deste Desafio, como todos os outros, é uma discordância que só pode ser resolvida com sangue.

Voret ergueu o braço e uma luz azul pareceu sair da ponta de seus dedos, tornando-se uma imagem tridimensional gigante que flutuou no ar. Ela mostrava uma floresta estranha, com plantas verdes, amarelas, vermelhas e alaranjadas. — Por gerações, nós nos reunimos na Arena para testemunhar a resolução de tais discordâncias. Tudo começou depois da Grande Guerra, quando quase acabamos uns com os outros depois do fim dos *lonars*, nossa fonte de sangue. A violência era um modo de vida na época e ainda seria assim hoje, se não fosse pelo Desafio da Arena.

A imagem flutuante começou a mudar, como se uma câmera aproximasse o *zoom* em uma parte específica da floresta alienígena. Mia olhou fascinada quando a imagem mostrou um krinar, vestindo farrapos de cor marrom, saltando pelas árvores com uma velocidade que teria deixado Tarzan com inveja. Abaixo dele, pequenas criaturas humanoides corriam pelo chão, com os corpos cobertos por pelos loiros e nada mais. Mia percebeu que deviam ser os lonars, vendo o olhar predador no rosto do krinar que os perseguia de cima. Ele não era tão bonito quanto os Ks modernos. Tinha as feições mais primitivas, menos simétricas, mas ainda tinha a cor típica dos Ks nos cabelos escuros e na pele dourada.

— Evoluímos como caçadores. Predadores. — A voz de Voret ecoou pela Arena. — Precisamos de violência. Ansiamos por ela. Para que uma sociedade pacífica funcione, precisamos de uma saída, uma forma de resolver desentendimentos que, de outra forma, resultariam em conflito e guerra. A Arena é essa saída.

O krinar da imagem saltou das árvores acima para o chão em frente aos lonars indefesos. Eles gritaram de medo, com gritos parecidos com os de macacos, viraram-se para fugir, mas era tarde demais. Um deles, uma fêmea, já estava presa no abraço de aço do K, que corria os dentes afiados pelo seu pescoço. O sangue vermelho correu pelo pescoço e pelo peito dela, com a cor destacada contra a pele clara da primata.

— A extinção dos lonars quase nos destruiu. O fato de termos sobrevivido é um testemunho dos esforços heroicos daqueles cientistas que descobriram um substituto para o sangue no meio da guerra e do caos.

A imagem mudou, deixando de mostrar a floresta e o krinar que se alimentava da fêmea indefesa. Três krinars machos, com feições fortes, surgiram. Os rostos duros eram mais parecidos com o do caçador antigo do que com os belos krinars que rodeavam Mia.

— Na Arena, honramos todos aqueles que vieram antes de nós e todos aqueles que virão depois. Com este rito de violência, honramos a paz e as leis que fizeram com que ela fosse possível.

A imagem flutuante agora mostrava a mesma floresta colorida que antes, mas, dessa vez, ela estava cheia das estruturas oblongas pálidas que serviam como residência moderna dos krinars. Um casal passeava pela floresta, dois Ks, vestindo as roupas de cor clara que Mia se acostumara a ver. Eles pareciam belos e felizes, andando juntos de mãos dadas. A imagem permaneceu por alguns segundos e desapareceu, deixando apenas Voret parado no meio da Arena.

Ele permaneceu em silêncio por um segundo. Logo depois, sua voz explodiu novamente. — Agora é hora de os lutadores se juntarem a mim. Loris e Korum, por favor, entrem na Arena.

Mia prendeu a respiração quando os dois Ks apareceram, Korum de uma estrutura à direita de Mia e

Loris de outra à esquerda. Em vez das roupas comuns dos krinars ou as roupas formais brancas dos espectadores, eles usavam calças até o meio da canela que tinham a cor do sangue fresco. Os pés e o peito estavam nus, exceto por fios de tinta vermelha como decoração.

Engolindo em seco, Mia olhou para o amante fascinada. Ele estava maravilhoso e parecia extremamente selvagem. Sentada na primeira fileira, ela viu o amarelo dourado dos olhos dele, contrastando com o tom bronzeado da pele. A seminudez só acentuava a força do corpo. Enquanto ele andava, os músculos se flexionavam e ondulavam em uma postura graciosa e ameaçadora.

O outro krinar era um pouco mais alto e maior. A expressão das feições parecidas com a de um falcão era sombria e cheia de ódio.

Os dois lutadores se aproximaram do homem vestido de azul no centro da Arena, parando respeitosamente a alguns passos dele. Voret se virou para Loris e disse a ele: — Loris, você decidiu desafiar Korum hoje. Isto é verdade?

— Sim — respondeu o krinar, com os olhos brilhando com a mesma ansiedade sombria que Mia via no rosto de Korum.

Voret assentiu, parecendo satisfeito. Virando-se para Korum, ele perguntou: — Você aceita o desafio de Loris?

— Aceito — respondeu Korum.

— Então, que comece a luta.

CAPÍTULO 15

Korum observou quando Voret ergueu os braços, um sinal para que começassem. Ao mesmo tempo, a tábua flutuante sob os pés de Voret foi ativada, erguendo o Conselheiro no ar acima da Arena. Era a única forma de o Mediador, o papel de Voret naquele dia, se manter seguro durante a luta.

Com os olhos grudados no adversário, Korum começou lentamente a circundar Loris, procurando a melhor oportunidade para atacar. Ele sentiu o coração bater mais forte, o sangue correr mais depressa pelas veias. A mente estava clara e nítida, concentrada inteiramente no inimigo. Era sempre assim para Korum na Arena, a adrenalina melhorava sua concentração e aprimorava seus reflexos. Em algum lugar no fundo da mente, ele tinha ciência de que Mia o observava naquele momento. Ele conseguia sentir o olhar dela na pele e isso lhe deixou mais empolgado do que a luta propriamente dita.

Loris respondeu movendo-se também em um círculo lento, com os olhos escuros queimando de ódio. Korum lhe lançou um sorriso provocador, querendo deixá-lo ainda mais enfurecido. Era um dos princípios mais básicos de defrebs: vencia o lutador que mantinha a cabeça fria. Quando Loris o atacara na câmara de reunião do Conselho, fora ridiculamente fácil para Korum subjugá-lo, parcialmente porque o Protetor estivera totalmente fora de controle.

Um sorriso, uma coisa tão simples, mas que funcionou. Loris cerrou o maxilar e o músculo perto da orelha se contraiu. E, quando ele atacou, estendendo o braço direito, os dedos se curvaram em uma arma letal.

Korum se desviou do ataque de Loris com facilidade, girando o corpo no último momento. Ao mesmo tempo, ele estendeu o pé, atingindo o joelho de Loris com tanta força que ouviu a articulação se partir.

Loris gritou de dor, cambaleando para trás, e Korum saltou sobre ele, usando a velocidade do salto para jogar o Protetor no chão. O combate corpo a corpo era perigoso, mas não tanto agora que o adversário estava parcialmente incapacitado, apesar de ser algo temporário. O punho dele atingiu o rosto de Loris repetidamente em movimentos extremamente rápidos. Ao mesmo tempo, o joelho de Korum bateu no lado do corpo de Loris, ferindo os órgãos internos dele.

Não seria uma luta longa.

Na verdade, subjugar o Protetor foi tão fácil que Korum provavelmente conseguiria evitar matá-lo.

* * *

A duas fileiras de distância de Mia, Saret esperou o momento perfeito para atacar, com toda a atenção concentrada nos combatentes. Era arriscado ficar tão perto do campo da Arena, mas isso maximizava as chances de sucesso, além de colocá-lo a uma distância muito pequena de Mia, caso a oportunidade surgisse.

Claro, quando ele escolhera aquele lugar, não sabia que a caerle de Korum estaria tão bem protegida. Não só estava sentada ao lado de Arus, como havia também pelo menos dois guardiães vigiando-a. Saret os vira mais cedo. Eles tentaram se misturar com a multidão, mas os olhares intensos traíram sua verdadeira finalidade, estavam lá para proteger Mia.

Saret se perguntou se Korum suspeitava de alguma coisa ou se só estava sendo paranoico com a segurança de sua caerle. De qualquer forma, parecia que Mia estava fora do alcance de Saret por enquanto, pelo menos, enquanto Korum estivesse vivo. Mas, quando o inimigo estivesse fora do caminho, seria totalmente diferente. A não ser que outro krinar influente tomasse Mia como caerle, ela seria levada para Krina, onde Saret poderia tomá-la sob a outra identidade que tinha.

O interesse de Saret em identidades diferentes iniciara havia vários séculos, muito antes de começar a desenvolver os planos para os humanos. Ele fora encarregado de reabilitar um criminoso que era mestre em disfarces, fingindo ser três pessoas ao mesmo tempo, completas com aparência física, documentos legais e vidas estabelecidas diversos. Saret ficara tão fascinado que passara horas incontáveis aprendendo tudo sobre o ofício do homem. O criminoso ficara mais do que feliz em contar a ele tudo o que sabia em troca de uma versão mais leve da reabilitação a que fora sentenciado.

A segunda identidade de Saret começara como uma brincadeira, como uma forma de ver se conseguiria ficar impune com algo assim na sociedade tecnologicamente avançada. E, para sua surpresa, descobrira que sim. Bastava ter as ferramentas certas, conhecimento dos vários bancos de dados do governo e alguns séculos para criar uma nova personalidade convincente.

Saret, o especialista em mente, agora era considerado um criminoso. Juron, no entanto, era um cidadão que respeitava as leis de Krina e que, no momento, estava em uma missão individual de exploração espacial no sistema solar dos krinars. Seria Juron que tomaria Mia como caerle.

Só que Saret precisava fazer era matar Korum naquele momento e pelo menos aquela parte do plano dele seria bem-sucedida. Depois, ele poderia novamente tentar levar a paz à Terra.

O disfarce que usava era outra identidade que ele começara a desenvolver na Terra. Não era tão perfeita quanto Juron, mas era boa o suficiente para que tivesse conseguido passar pela segurança e chegar a Lenkarda para assistir à luta. Ninguém suspeitava no momento que o homem sentado tão perto do campo da Arena era o krinar mais procurado do universo.

Saret olhou novamente para Mia e, em seguida, afastou o olhar. Não seria bom encará-la abertamente, apesar de muitos outros estarem fazendo a mesma coisa. Ela estava alheia a tudo, com toda a atenção focalizada na luta. Saret xingou baixinho. Parecia que seu pequeno experimento dera muito errado e ela estava novamente ligada àquele idiota.

Era mesmo uma pena. Agora, ela ficaria mais do que chateada quando ele morresse.

Erguendo a mão lentamente, Saret mirou no campo e esperou o momento perfeito. Quando Korum saltou sobre Loris, Saret soube que chegara a hora.

Respirando fundo, ele ativou a arma.

* * *

Korum ergueu o punho para dar outro soco e, naquele momento, seu braço congelou.

Uma onda de dor percorreu-lhe o corpo, começando na nuca. Os braços e as pernas ficaram incontrolavelmente pesados e os músculos estremeceram com o esforço de manter o corpo de pé.

Uma arma básica de dormência. Korum soube disso com uma certeza súbita. Os *scanners* dos guardiães eram projetados para captar qualquer coisa perigosa, mas aquele tipo de arma de dormência usava uma tecnologia antiga e mais simples, muito mais difícil de detectar à distância.

Segurando a nuca por reflexo, Korum sentiu o corpo deslizando para longe de Loris. Ele caiu de costas no chão e ficou deitado indefeso, incapaz de se mover por alguns segundos preciosos. Para os espectadores, pareceria que Loris o atingira com um golpe escondido. A possibilidade da arma de dormência não ocorreria a ninguém imediatamente.

Apesar do perigo — ou, talvez, por causa dele —, a mente de Korum operou com absoluta clareza, analisando a situação em um instante. Havia apenas uma pessoa com motivação suficiente para se arriscar a fazer algo assim.

Saret. Ele estava lá.

A arma atingira a nuca de Korum. Ele sabia qual era a sensação de uma arma de dormência básica, pois já fora atingido por ela antes. Como uma arma humana, era uma arma que precisava ser mirada de um local específico.

Um local que poderia ser triangulado.

Ignorando a dor e a fraqueza que lhe invadiram o corpo, Korum enviou uma consulta mental ao computador interno... e teve certeza.

O inimigo estava a poucos passos de Mia.

O medo, uma sensação aguda e desesperadora, correu pelas veias de Korum, seguido de uma fúria tão intensa que seu corpo inteiro estremeceu.

Ele não conseguiria salvar a si mesmo no momento, mas não fracassaria em proteger Mia novamente.

Fechando os olhos, Korum se concentrou na conexão com a rede de comunicação privada dos guardiães.

* * *

Mia reprimiu um grito ao ver Korum se contorcer convulsivamente e sair de cima de Loris. Até aquele momento, ele parecera invencível, totalmente em controle da situação. Ela até mesmo começara a relaxar, perdendo parte do medo ao testemunhar a exibição de habilidade do amante na Arena.

Até que, em um instante, tudo mudou.

O que aconteceu? Ela viu Korum colocar a mão na nuca, como se algo o tivesse atingido. Ele parecia desorientado, enfraquecido por alguma coisa.

O que diabos aconteceu?

Ela viu Loris se levantar. Ele já conseguia se mexer melhor, pois o corpo começara a se recuperar dos ferimentos que Korum lhe causara.

E Korum continuava deitado, como se não conseguisse se mover. Até mesmo os olhos dele estavam fechados, impedindo-o de ver o adversário.

— Não! — Mia ouviu o próprio grito ecoando pela Arena. Delia agarrou o braço dela, impedindo-a de saltar do banco quando Loris atacou o corpo imóvel de Korum.

Ela viu a empolgação no rosto do outro K quando ele atacou repetidamente, sentiu o odor metálico de sangue que deixou os dois corpos vermelhos.

Era o sangue de Korum.

— Não! — Outro grito de agonia saiu de sua garganta. Agora, havia um som doentio do punho batendo na carne, uma vez após a outra. — Não, pare! — Mia arrancou o braço da mão de Delia e levantou-se de um salto.

— Mia, não! Você não pode interferir... — A garota grega tentou segurá-la novamente, mas Mia a afastou, desesperada para chegar à arena.

Ela conseguiu dar dois passos, mas um braço forte passou em volta de sua cintura, pressionando-a contra um corpo masculino. Mia enterrou as unhas no braço que a aprisionava, sem se importar com nada além do massacre que acontecia diante de seus olhos. — Pare a luta! É uma armação! Não conseguem ver? Ele não consegue lutar! É uma armação! — O braço a apertou ainda mais. — Solte-me! Deixe-me ir!

Mia estava vagamente ciente de que gritava como uma louca, berrando qualquer coisa que lhe vinha à mente, mas não se importou. Arus a segurava e ela lutava furiosamente com ele, tentando se soltar. Era impossível vencer contra um krinar, mas isso não importava.

Mia tinha perdido todos os traços de racionalidade.

* * *

Korum sentiu os golpes do punho de Loris, com o corpo estremecendo de agonia enquanto os dedos afiados do Protetor arrancavam pedaços de carne.

Impulsionado pela aparente fraqueza de Korum, o inimigo o torturava antes de infligir o golpe letal. A dor era chocante, nauseante, mas Korum lutou contra a escuridão que ameaçava tomá-lo, sabendo que seria o fim. Ele estava vagamente ciente de que os rins e o baço estavam danificados, que as costelas estavam esmagadas e a clavícula esquerda quebrada, mas não se importou, pois sentiu que o efeito do disparo de dormência começava a desaparecer.

No fundo, ele ouvia Mia gritando e chorando. A dor na voz dela fez com que seu coração se partisse. A cada segundo que se passava, a fraqueza debilitante que o deixara tão indefeso se dissipava e o corpo começava a funcionar de forma quase normal.

Ele precisava sobreviver um pouco mais. Só um pouco mais e talvez tivesse uma chance, em vez de ficar deitado lá como um pedaço de carne.

Mas, por enquanto, ele ainda estava fraco demais. Lutar de volta naquele ponto seria mortal. Loris estava brincando com ele, fazendo um espetáculo, tentando recuperar sua posição com aquela exibição de maestria na luta. Mas, se percebesse qualquer sinal de resistência de Korum, saltaria em sua garganta.

Portanto, Korum deixou que ele o golpeasse, sem nem mesmo gemer enquanto Loris o chutava repetidamente. Ele ignorou a dor dos ossos quebrando-se e dos tendões sendo rompidos, concentrando-se apenas em permanecer consciente.

E, quando Loris finalmente atacou sua garganta, Korum reuniu todas as forças que o corpo danificado e rasgado ainda tinha... e deixou que a fúria explodisse.

O braço esquerdo, o único membro que permanecia semifuncional, enrolou-se em volta da garganta de Loris em um aperto mortal, puxando o Protetor para perto. E, antes que o adversário conseguisse reagir, os dentes de Korum se enterraram na carne dele, mordendo a espinha e rompendo a conexão com o cérebro.

Havia sangue por toda parte, nos olhos de Korum, em seus cabelos, em sua boca... Ele estava coberto de sangue e o cheiro e o gosto o consumiram, aumentando a fúria sombria que lhe percorria as veias. Ele não estava mais pensando racionalmente. Sentia uma sede de sangue intensa. Os dentes se enterraram novamente na garganta de Loris, rasgando-a, até que não havia mais nada.

CAPÍTULO 16

Saret assistiu em choque e descrença furiosa quando a cabeça arrancada de Loris rolou pelo campo. Os olhos escuros do Conselheiro estavam abertos e sem vida, a boca aberta e coberta de sangue.

Por toda volta, a multidão estava enlouquecida. As pessoas estavam sobre os bancos, nos corredores, gritando e batendo os pés. Elas gritavam o nome de Korum sem parar, fazendo com que Saret sentisse vontade de vomitar.

Ele precisava sair de lá. Imediatamente, antes que fosse tarde demais. Poderia analisar o fracasso mais tarde. A única coisa que importava no momento era fugir.

Levantando-se do banco, ele se juntou aos espectadores que gritavam no corredor. Pelo canto do olho, ele viu Mia lutando contra Arus, tentando chegar ao amante. Saret desejou desesperadamente que pudesse agarrá-la e levá-la consigo, mas ela estava protegida demais. Ele teria que voltar outra hora para buscá-la.

Abrindo caminho pela multidão, Saret lentamente se encaminhou para a saída, fazendo o possível para não atrair atenção para si mesmo. Ele estava quase lá quando subitamente sentiu uma sensação de choque pelo corpo inteiro.

Atordoado e indefeso, ele caiu no chão, mal percebendo os guardiães que o rodeavam.

* * *

Korum não sabia quanto tempo permanecera naquele estado de fúria irracional. Poderia ter sido minutos ou horas. Quando voltou a si, a cabeça de Loris estava caída a vários metros de distância, com os olhos vazios e o pescoço parecendo ter sido arrancado por um animal selvagem.

Morto. O adversário estava morto.

O próprio corpo de Korum estava em agonia e ele sentiu a escuridão tentando envolvê-lo novamente. Somente o conhecimento de que ainda havia algo que precisava fazer o impediu de ceder a ela.

O maior inimigo não era o que estava caído no campo, era o que se escondia entre os espectadores. E Mia ainda estava em perigo.

Gemendo de dor, Korum conseguiu se erguer sobre as mãos e os joelhos, com os músculos tremendos por causa do esforço. Ele estava vagamente ciente de que a multidão gritava seu nome, de que Voret o anunciava formalmente como vencedor.

Nada daquilo importava para ele agora. A única coisa que importava era Mia e chegar a ela antes de Saret. O corpo de Korum começava a se curar, mas não depressa o suficiente. Ele xingou baixinho quando o fêmur destroçado se recusou a sustentar seu peso e a perna desabou quando tentou se levantar.

— Nós o pegamos. Está tudo bem, ela está segura. — Subitamente, mãos fortes o seguraram, ajudando-o a se levantar. Era Alir, o líder dos guardiães.

A cabeça de Korum girou e o estômago queimou com a náusea quando o corpo danificado protestou contra a nova posição vertical. — Onde ele está? — disse ele com a voz rouca e irregular.

— Lá. — Alir apontou para perto da saída com a mão esquerda enquanto segurava Korum com a direita.

Korum olhou naquela direção, espremendo os olhos devido ao sol intenso. Quando a visão clareou, ele viu um krinar desconhecido sendo segurado por três guardiães. As feições do homem eram completamente diferentes das de Saret, com os olhos maiores e o queixo mais proeminente.

— Ele está com um disfarce muito bom — disse Alir, entendendo a pergunta que Korum não dissera em voz alta. — Mesmo a camada externa de DNA é diferente e foi por isso que não detectamos a presença dele mais cedo. Mas as coordenadas do atirador que você nos enviou correspondia perfeitamente à localização daquele homem e uma amostra do DNA interno mostrou que ele é realmente Saret.

Um alívio intenso se misturou a uma sensação amarga, deixando Korum em conflito sobre o desenrolar dos eventos. Ele queria ter pego Saret, puni-lo pelo que ele fizera a Mia. Mas, em vez disso, o ex-amigo agora estava nas mãos dos mantenedores das leis dos krinars. Não importava o quanto Korum queria matá-lo, Saret agora viveria para ser julgado.

— Korum! — A voz de Mia chegou aos seus ouvidos, interrompendo os pensamentos sombrios. Olhando para cima, ele viu a silhueta pequena correndo pelo campo, com os cabelos escuros esvoaçando. A alegria que o invadiu ao vê-la foi tão intensa que ele esqueceu Saret e a traição dele, concentrando-se apenas na garota que amava.

Um segundo depois, ela estava ao lado dele. Korum percebeu que ela estava pálida e trêmula e o vestido estava rasgado em um ponto. O rosto belo estava molhado de lágrimas. Um braço pálido se ergueu na direção dele, com a mão tremendo como se não tivesse certeza se poderia tocar nele. — Você está vivo — sussurrou ela, e Korum notou o tom de descrença em sua voz. — Ai, meu Deus, Korum, você está vivo...

Korum percebeu exatamente o que ela via. Ele estava coberto de sangue, seu e de Loris. Ele sentiu o gosto metálico na língua, o cheiro que o envolvia e notou que havia sangue em seus cabelos, no rosto e na boca.

Merda. Ele devia parecer com algo saído de um pesadelo, especialmente com as partes do corpo que se curavam rapidamente onde Loris arrancara pedaços de carne.

Lembrando-se da reação dela aos restos mortais de Saur na praia, Korum xingou a si mesmo por deixar que Mia o visse daquele jeito. Ele torcera para não precisar matar Loris parcialmente por aquele motivo, porque não queria que a humana ficasse traumatizada ao ver o amante matar alguém brutalmente. Aquela deveria ter sido uma luta fácil, durante a qual Korum teria se contido, evitado ceder aos instintos primitivos da espécie. Se não fosse pela interferência de Saret, Korum teria subjugado o adversário com facilidade, derrotando-o, mas deixando-o vivo. Em vez disso, fora um selvagem completo, como um animal encurralado.

As pernas já estavam melhores e Korum se afastou do apoio de Alir, estendendo o braço para Mia e puxando-a em sua direção. Ele sabia que havia uma chance de que ela sentisse repulsa naquele momento, mas precisava dela. Precisava sentir a maciez dela, inalar seu aroma doce.

Para sua surpresa, ela passou os braços à sua volta, abraçando-o com tanta força que ele sentiu dor nas costelas ainda não totalmente curadas. Ela tremeu no abraço dele.

— Está tudo bem, querida — murmurou ele. Parte da tensão desapareceu quando ele percebeu que ela não estava com medo de tocá-lo. — Vai ficar tudo bem...

— Eu achei... — Com o rosto enterrado em seu ombro, ele mal conseguiu ouvir a voz de Mia. As mãos dela estava geladas sobre sua nuca. — Eu achei que ele tinha matado você... Ai, meu Deus, Korum, eu achei que você estava morto...

— Não — respondeu ele em tom reconfortante, contente pela aparente preocupação que ela sentira. — Não, querida, ele não me matou. Acabou agora...

Ela soltou um soluço. — Ele machucou você. Eu o vi machucar você, sem parar. Korum, ele estava matando você...

— Está tudo bem, eu estou bem — sussurrou Korum, sentindo o coração apertado ao perceber o terror na voz dela. — Vai ficar tudo bem. Lamento por você ter que assistir àquilo. Não era para ser assim, acredite...

Ela respirou fundo, trêmula, e afastou-se para olhar para ele. Os olhos estavam vermelhos, os cílios escuros e molhados de lágrimas. — O que aconteceu? Vi você cair e pareceu que não conseguia lutar mais. Loris trapaceou? Ele fez alguma coisa com você?

— Não foi Loris — explicou Korum, tentando manter a fúria fora da voz. — Foi Saret. Ele estava no meio do público, a poucos metros de você. Ele atirou em mim com uma arma de dormência e não consegui me mexer por algum tempo.

Ela soltou uma exclamação. — Ele tentou matar você? Foi por causa dele a comoção que aconteceu lá atrás? Eu não estava prestando atenção...

— Sim — respondeu Korum. — Mandei os guardiães atrás dele assim que percebi o que estava acontecendo.

— Você mandou os guardiães? Como?

— Lembra que eu lhe disse que tenho um computador embutido? — perguntou Korum.

Mia assentiu, encarando-o. Ela ainda estava pálida,

mas os tremores que a sacudiam começavam a diminuir.

— Consegui usá-lo para falar com os guardiães.

Mia piscou algumas vezes e ele notou que ela não estava absorvendo o que ele dizia, pois a mente ainda estava consumida pelo que acabara de acontecer.

Alir parou na frente dele, fazendo com que Korum percebesse sua presença novamente. — A cerimônia de vitória está prestes a começar — disse o guardião baixinho. — Você conseguirá participar?

Korum considerou a pergunta por um momento, segurando Mia perto de si. Em seguida, acenou brevemente para Alir. — Estou bem. — Ele ainda sentia dor, mas era um tipo de dor curativa. O corpo se reparava por dentro e as células estavam regenerando-se. Em mais alguns minutos, ele estaria praticamente de volta ao normal.

Claro, considerando tudo o que acontecera, uma cerimônia normal com a reclamação pública da caerle estava fora de questão. Apesar de o corpo em recuperação começar a reagir à proximidade dela, Korum tinha total consciência de sua aparência. Estava sujo, suado e coberto de sangue e sabia que não estava muito atraente para uma garota humana. Ela também acabara de passar por um grande choque e a última coisa de que precisava era lidar com avanços sexuais indesejados de um homem que agora provavelmente via como um assassino selvagem.

Alir inclinou a cabeça em um gesto de respeito e saiu do campo, com o corpo alto e grande movendo-se com o ritmo de um guerreiro. Korum praticara defrebs com o homem várias vezes nos dois anos anteriores e perdera mais de uma vez. Os guardiães eram excelentes lutadores, pois a profissão exigia que estivessem sempre na melhor forma, e Korum estava feliz por nunca ter precisado enfrentar um deles na Arena.

— Só o que você precisa fazer é ficar comigo agora — disse Korum a Mia quando Alir se afastou. — Dadas as circunstâncias, a cerimônia será breve.

— Porque você está ferido? — perguntou ela. Korum notou a tensão na voz dela.

— Não, eu ficarei bem. Mas você não está pronta para qualquer coisa parecida com uma celebração da vitória no momento — respondeu Korum em tom suave. — Precisamos ir para casa.

* * *

Quando a cerimônia começou, Mia tentou se concentrar no evento, mas a mente continuava voltando para as imagens sangrentas da luta.

Flash. Korum deitado no chão, incapaz de se mover.

Flash. Sangue espalhado por toda parte. Aquela expressão terrível de satisfação no rosto de Loris.

Flash. Korum atacando de volta com a velocidade de uma serpente. O terror súbito no rosto do outro krinar.

Flash. Mais sangue.

Flash. A cabeça de Loris arrancada do corpo.

Não, pare com isso! Mia queria gritar, mas estavam em público e ela não podia fazer isso, não podia constranger Korum daquele jeito. Ele segurava a mão dela e estavam em uma tábua flutuante larga no centro da Arena. O mesmo krinar que conduzira o início da cerimônia falava novamente, dizendo mais algumas coisas sobre a história das lutas na Arena, mas Mia não ouvia suas palavras. Havia uma sensação irreal sobre o procedimento. Mia se sentia como se estivesse em um sonho... ou em um pesadelo.

Somente o toque de Korum era real. Ela queria se esconder no abraço dele e não sair de lá nunca mais. Quando ele a segurara mais cedo, ela sentira parte do terror desaparecendo, mas agora se sentia gelada novamente. Os dentes batiam, apesar do calor do sol brilhante da Costa Rica.

Ele estava vivo. Mia ainda não conseguia acreditar nisso. Devia ser um milagre. Como alguém conseguiria sobreviver àqueles ferimentos? Ela sabia que os krinars curavam rapidamente, mas Korum fora praticamente rasgado em pedaços. Houvera tanto sangue. *Ai, meu Deus, o sangue.*

Mia engoliu em seco, tentando conter o enjoo. Se dependesse dela, nunca mais queria ver a cor vermelha novamente. Não era de surpreender que os krinars preferissem cores claras no dia a dia, provavelmente precisavam do contraste depois do espetáculo violento da Arena.

Korum quase morrera naquele dia. O amante alienígena, tão forte, aparentemente tão invencível, quase fora aniquilado por uma traição. Por alguns momentos sombrios, Mia tivera certeza de que ele estava morto e teve vontade de morrer também. A sensação fora de que seu coração estava sendo arrancado, cada golpe no corpo de Korum esmagando algo no fundo de sua alma. Ela nunca sentira tal agonia antes e nunca mais queria senti-la.

Ela estava vagamente ciente de que Voret parara de falar, que se direcionara a Korum e perguntava sobre uma celebração. Ela viu Korum começar a balançar a cabeça negativamente e algo lhe ocorreu. Agindo por puro instinto, ela se aproximou de Korum e sussurrou na orelha dele: — Eu quero você. Por favor, Korum, eu quero você.

Ele virou a cabeça para olhar para ela com expressão incrédula. Mia apertou a mão dele, dizendo-lhe, sem abrir a boca, que estava tudo bem, que podia celebrar da forma como seu povo esperava.

Certo ou não, ela precisava dele naquele momento e não se importava com nada mais.

Mia viu as pupilas dele se expandirem e a íris assumir um tom dourado mais claro. Coberto de sangue e terra, ele parecia um selvagem, como um daqueles caçadores antigos que Voret mostrara no início da cerimônia. Ela o queria tanto que quase sentia dor. O corpo precisava reafirmar a vida da forma mais básica possível.

Ele hesitou por um segundo, encarando-a fixamente. Em seguida, ergueu a mão, colocando a palma grande sobre seu rosto. — Mia...

— Por favor, Korum. — Ela manteve o olhar dele, sabendo que Korum conseguia ver a sinceridade em seu rosto. Ela precisava sentir o toque dele na pele, precisava que ele a fizesse esquecer o horror que vivera na hora anterior.

Com os olhos brilhando, ele se inclinou para a frente e disse baixinho: — Você não sabe o que está me pedindo, querida. Não vou conseguir ser... gentil agora.

Mia engoliu em seco, sentindo os músculos internos contraindo-se com aquelas palavras. — Não quero que seja.

Ele a encarou por mais alguns segundos e Mia viu uma veia pulsando no lado do pescoço musculoso. Em seguida, como se não conseguisse se conter, ele inclinou a cabeça e beijou-a, passando os braços em volta dela e puxando-a para o colo.

No fundo, Mia ouviu o barulho da multidão, com os espectadores gritando e batendo os pés, mas aquilo não a incomodou. A única coisa em que conseguia se concentrar era o calor da boca de Korum consumindo a sua, a pressão da ereção dele contra as nádegas, a sensação das mãos fortes subindo e descendo por suas costas. Havia um leve gosto metálico que deveria tê-la repelido, mas, em vez disso, deixou-a ainda mais excitada. O homem que a beijava naquele momento era um predador, um assassino, e ela o queria exatamente como era.

Erguendo a cabeça, ele a encarou por um segundo, com a respiração pesada e a pele quente sob as manchas de sangue e sujeira. Por toda a volta, a multidão tinha enlouquecido, gritando o nome deles. Subitamente, Mia imaginou que aquela devia ser a sensação que os astros de rock tinham, rodeados pelos fãs aos gritos.

Como que em resposta àquilo, uma estanha música começou a tocar, com notas tão profundas que Mia conseguia sentir a vibração nos ossos. O ritmo era irregular, quase abrupto. Deveria ter soado como algo discordante, desagradável, mas aumentou o calor que pulsava entre suas pernas, fazendo com o coração batesse mais depressa.

Korum também reagia à música, com o pênis cada vez mais rígido contra a suavidade das nádegas de Mia. Ainda segurando-a, ele se levantou e começou a andar em direção a uma tenda no centro da Arena, carregando-a como um prêmio de guerra.

Mia se agarrou a ele, sentindo-se inebriada. Ela sentiu a cabeça girar e tudo pareceu surreal, como se estivesse acontecendo em um sonho. A aluna de psicologia dentro dela reconheceu que era a resposta do cérebro ao trauma, que não estava pensando claramente, mas ela não se importou. Estava morrendo de necessidade e Korum era a cura para o que a afligia.

Eles chegaram à tenda e ele a colocou no chão, mantendo-a pressionada contra o próprio corpo. Em vez entrarem, a tenta pareceu se mover e fluir em volta deles, cobrindo-os da visão da multidão. Mia estava vagamente ciente de como as paredes eram finas, do fato de que milhares de olhares curiosos dos krinars observavam a estrutura naquele momento, mas não conseguiu processar totalmente aquela informação. Eles tinham um pouco de privacidade e era suficiente para ela.

Assim que as paredes da tenda pararam de se mover, Korum recuou um passo, soltando-a de seu abraço. —

Tire o vestido. — A voz dele estava incomumente rouca e ela viu a tensão nos ombros fortes. Com os olhos amarelos brilhantes, ele parecia selvagem, mais animal do que homem. — Tire-o, Mia.

Ela obedeceu, tirando o vestido, com a excitação misturada com um leve toque de medo. Korum nem a tocara e Mia percebeu que ele já estava perto de perder o controle.

Antes mesmo que o vestido chegasse ao chão, ele já estava sobre ela, com uma das mãos entre suas coxas e a outra agarrando-lhe os cabelos. A boca de Korum desceu sobre a dela enquanto seu dedo a penetrava. Ele agia de forma rude, quase fanática, e Mia percebeu que não mentira antes ao dizer que não conseguiria ser gentil. Ela estava molhada, mas os músculos ainda ficaram involuntariamente tensos e o corpo resistiu à penetração agressiva.

Subitamente, ele tirou o dedo e usou a mão que segurava seus cabelos para empurrá-la para baixo até ficar de joelhos. A terra e pequenas pedras se enterraram na pele macia dos joelhos. — Chupe — disse ele com voz rouca, abrindo a parte da frente da calça. — Quero sua boca, agora.

O pênis ficou livre, batendo no rosto dela. Mia abriu a boca, colocando-o no interior, e Korum gemeu quando os lábios dela se fecharam sobre a cabeça do pênis. Ele era salgado e a ponta já estava úmida. Ela passou a língua em volta dele, imitando o que vira uma vez em um filme pornô. Ele emitiu um som que parecia um rosnado e as mãos seguraram-lhe os cabelos com mais força, mantendo sua cabeça no lugar quando começou a mexer os quadris.

Mia se concentrou em respirar rapidamente, tentando não engasgar enquanto ele empurrava o pênis em sua boca, pressionando-o contra a garganta. Ele investiu repetidamente e, logo depois, gozou com um gemido rouco, explodindo em jatos quentes e salgados. Quando terminou, ele lentamente retirou o pênis ainda um pouco rígido da boca de Mia.

Engolindo, Mia lambeu os lábios e olhou para ele, estranhamente excitada pelo que acabara de acontecer. Dar prazer a Korum daquela forma a deixou tão excitada como se ele também a tivesse tocado.

Ele sustentou o olhar dela, que viu que os olhos dele continuavam brilhantes, com um desejo tão forte como sempre. O pênis começou a enrijecer novamente em frente ao rosto dela. Um orgasmo apenas o deixara menos inquieto, percebeu ela quando ele a levantou.

Quando ele a tocou novamente, foi mais gentil, com o desejo mais controlado. As mãos e a boca de Korum percorreram-lhe o corpo, acariciando e adorando cada centímetro de sua pele. Mia fechou os olhos, soltando gemidos baixinhos quando a tensão do prazer começou a se acumular no ventre. Em seguida, ele se ajoelhou em frente a ela, com o rosto na altura de seus quadris e as mãos segurando-lhe as curvas suaves das nádegas. Puxando-a com uma das mãos, ele usou a outra para penetrá-la com um dedo, sendo muito mais cuidadoso desta vez. Ao mesmo tempo, a boca dele se enterrou nas curvas suaves entre suas coxas, estendendo a língua entre as dobras para lamber o clitóris.

Mia se contorceu com a mistura de sensações e o corpo inteiro ficou tenso quando o dedo dele encontrou o ponto sensível dentro dela. Ela sentiu a pressão crescente e os joelhos começaram a tremer, com as pernas subitamente fracas demais para aguentar o peso do corpo. Se não fosse pelo dedo dentro dela e a mão de Korum em seu traseiro, ela teria caído no chão ao lado dele.

— Goze para mim — sussurrou ele, com o hálito quente cobrindo-lhe o sexo. Aquelas palavras a fizeram gozar, oferecendo algo de que ela nem sabia que precisava. Tudo dentro dela se contraiu e soltou-se, em um prazer tão intenso que pareceu uma explosão das terminações nervosas.

Quando as pulsações pararam, ele retirou o dedo e puxou-a para baixo novamente. Desta vez, os dois estavam ajoelhados no chão duro. Olhando para ela, ele ergueu a mão e lentamente lambeu o dedo que acabara de retirar de dentro dela. — Adoro o seu gosto — murmurou ele, com os olhos tão cheios de desejo que ela ficou com a boca seca. — Ele me faz ter vontade de trepar com você uma vez depois da outra só para senti-lo o tempo inteiro.

Mia respirou fundo, trêmula, sentindo o sexo se contrair de desejo.

Antes que pudesse dizer alguma coisa, ele se deitou no chão, erguendo-a e colocando-a sentada sobre seu corpo. O pênis estava duro novamente, levantado. — Cavalgue em mim, Mia — pediu ele, observando-a com um olhar semicerrado.

— Sim — sussurrou ela. E, agarrando-o com a mão direita, Mia o guiou até sua abertura, fechando os olhos quando a cabeça larga começou a penetrá-la. Ela abaixou o corpo lentamente, provocando os dois, e foi recompensada com um gemido grave que escapou da garganta de Korum.

Quando ele a penetrou completamente, Mia abriu os olhos, encontrando o olhar ardente dele. Com o rosto cheio de sangue e terra, ele parecia perigoso, até mesmo cruel. Ela estava quase literalmente cavalgando um tigre, um predador que poderia destroçá-la em um piscar de olhos. Em vez de assustá-la, a emoção só aumentava o desejo que corria por suas veias.

Quando ela começou a se mover, manteve os olhos nos dele, observando quando pequenas gotas de suor surgiram em sua testa e um músculo saltou em sua mandíbula pelo esforço aparente de se conter. As mãos de Korum apertaram os quadris de Mia, com os dedos enterrando-se na carne macia. Em seguida, ele a puxou para cima e para baixo sobre o pênis, indo cada vez mais fundo.

A tensão dentro dela se acumulou novamente e Mia jogou a cabeça para trás, abrindo a boca em um grito sem som. Um orgasmo intenso invadiu seu corpo enquanto Korum continuava a investir cada vez mais depressa, buscando o próprio clímax. Quando ele gozou, os movimentos de sua pélvis intensificaram as convulsões dela, deixando-a completamente exausta. Respirando pesadamente, Mia caiu sobre o peito dele, com os músculos totalmente relaxados e a mente vazia.

Ela estava tão relaxada que nem mesmo reagiu quando ele a puxou mais para cima, deixando seu pescoço mais perto. Foi só quando ela sentiu uma dor estranha que Mia percebeu o que estava acontecendo... e seu mundo se dissolveu em um frenesi de sangue e sexo.

PARTE III

CAPÍTULO 17

Korum acordou com a sensação incomum do solo duro sob as costas. Antes mesmo de abrir os olhos, ele se lembrou de tudo o que acontecera mais cedo, incluindo a participação voluntária de Mia na celebração.

Ele sentiu o peso leve dela sobre o braço, ouviu a respiração suave e percebeu que ela estava profundamente adormecida, esgotada depois da luta e da celebração. Movendo-se com cuidado, Korum soltou o braço, abaixando a cabeça dela gentilmente até o chão. Em seguida, ele se levantou e criou roupas limpas para os dois. Uma bermuda para si mesmo e um roupão para Mia, o suficiente para que conseguissem se cobrir caso ainda houvessem espectadores na Arena.

Ele estava com sede e com fome, mas sentia-se muito bem, com o corpo praticamente latejando com energia. Os cientistas diziam que não havia necessidade fisiológica de sangue humano ou de um lonar, devido à correção genética, mas muitos em Krina achavam que permanecera algum tipo de necessidade psicológica. Korum não sabia se acreditava naquilo, mas sabia que raramente se sentia tão satisfeito quanto nas vezes em que bebera o sangue de Mia.

Segurando o roupão, ele se abaixou ao lado dela e estudou-a por alguns segundos, contente com a visão do corpo nu. Ele raramente tinha a oportunidade de observá-la daquela forma. Normalmente, seu desejo era tão intenso que não conseguiria olhar para a pele nua sem trepar com ela imediatamente logo depois. Mesmo agora, depois da maratona sexual da noite anterior, ele sentiu um desejo quente, mas nada comparado ao que normalmente sentia.

Ela estava deitada de costas, com um dos braços sobre a cabeça e o outro dobrado sobre o peito. Fascinado pelos seios dela, Korum estendeu a mão e acariciou um deles, sorrindo quando o mamilo enrijeceu com seu toque. A pele dela era a coisa mais macia que ele já sentira e a textura sedosa era uma atração constante para seus dedos.

Enrolando-a no roupão felpudo, ele a ergueu. Ela nem mesmo se mexeu, em um sono tão profundo que beirava a inconsciência. Era sempre daquele jeito depois que ele bebia seu sangue. O corpo humano dela precisava se recuperar do excesso de sensações.

O dele também precisava, mas menos do que o dela. Korum percebia como os outros tinham ficado viciados nas respectivas caerles. O sangue de Mia era uma grande tentação para ele, com um efeito mais potente do que qualquer droga. Ele costumava achar que viciados em sangue eram fracos, mas agora Korum se perguntava se havia realmente tanta diferença entre um vício físico e um emocional. Ele certamente não conseguia se imaginar precisando de Mia mais do que já acontecia.

Carregando-a para fora da shatela, Korum andou em direção à área gramada onde deixara a cápsula de transporte. Ele não se preocupara em desmontá-la mais cedo e o veículo agora os aguardava.

Olhando em volta, ele viu que a Arena estava completamente vazia. Era ainda muito cedo e o sol apenas começara a surgir. Sorrindo, Korum notou que devia ter ficado dentro da shatela muito mais tempo do que o comum. Era a primeira vez que ele celebrava com uma humana e fora, de longe, a melhor experiência que tivera.

Eles chegaram à cápsula de transporte e Korum enviou um comando mental rápido para que ela os levasse para casa. Um minuto depois, entraram na casa dele, com Mia ainda adormecida em seus braços.

Assim que entraram, Korum foi diretamente para a sala de limpeza, ou banheiro, em termos humanos. Ele ainda estava coberto de terra, sangue seco e suor, e parte daquela sujeira grudara em Mia, deixando a pele pálida dela cheia de manchas escuras.

Com outro comando mental, a água começou a correr em jatos quentes que massagearam suavemente os dois corpos, lavando todos os traços das atividades do dia anterior. Korum gostou da sensação, era energizante e reconfortante. Alguns minutos depois, ele e Mia estavam limpos e secos. Korum a carregou para a cama, sabendo que ela precisava dormir mais. Ela estava tão exausta que nem acordara durante o banho.

Deitando-a sobre a cama, Korum deixou que o material inteligente fluísse em volta dela. Em seguida, cobriu-a com um lençol macio, pois sabia que ela gostava de se cobrir. Beijando-lhe a testa, ele lançou um último olhar para a garota que amava e saiu para começar o dia.

* * *

— Ele se recusa a falar conosco — disse Alir a Korum enquanto andavam em direção ao outro lado do prédio dos guardiães. — Ele disse que só falará com você.

— Agora ele quer falar comigo? — perguntou Korum, sem esconder o sarcasmo da voz. — E o que deu a ele a impressão de que está em posição de fazer exigências?

Alir deu de ombros. — Não sei. Mas ele parece convencido de que você estará interessado em ouvir o que ele tem a dizer. Disse que tem alguma coisa a ver com Mia.

As mãos de Korum se fecharam ao ouvir o nome da caerle. O fato de Saret ousar falar no nome dela...

— O relatório para os Anciãos está pronto — disse Alir, mudando de assunto. — Quer revisá-lo?

— Sim — disse Korum. — Envie-o para mim. Eu o levarei ao Conselho.

Alir assentiu. — Farei isso.

Eles chegaram ao destino e Alir parou antes de entrar. — Quer que eu o acompanhe?

— Não. — Korum tinha certeza daquilo. — Quero

falar com ele sozinho.

— Então ele é todo seu. — Virando-se, Alir começou a percorrer o caminho de volta, deixando Korum sozinho.

Korum esperou até que o líder dos guardiães tivesse ido embora. Em seguida, deu um passo à frente na direção da parede que escondia o inimigo de suas vistas. A parede se dissolveu, formando uma entrada, e ele avançou.

Saret estava sentado em um banco flutuante com uma coleira de criminoso em volta do pescoço. Korum sorriu com aquela visão. Ele se lembrava de ter uma discussão com Saret sobre os colares algumas centenas de anos antes. O ex-amigo tentara convencê-lo de que os colares eram degradantes e desnecessários. Korum discordara, acreditando que a vergonha do colar de criminoso ajudaria a deter futuros criminosos.

Era bom ver Saret usando um daqueles, particularmente por causa da opinião que tinha sobre eles.

— Vejo que não está mais disfarçado — observou Korum, estudando as feições familiares do inimigo. — Errou um pouco os cálculos, não?

Saret abriu um sorriso frio. — Parece que sim. Subestimei o quanto Loris odiava você. Se eu soubesse que ele tentaria prolongar o processo de matá-lo, teria atirado em você duas vezes.

— Vivendo e aprendendo — retrucou Korum. — Não é isso que os humanos dizem?

— É verdade. — Os olhos de Saret brilharam com algo sombrio.

Korum lhe lançou um olhar zombeteiro e sentou-se em outro banco flutuante, esticando as pernas em um gesto de desrespeito. — Você queria falar comigo — disse ele friamente. — Portanto, fale.

— Muito bem — disse Saret. — Falarei. Como está Mia, por falar nisso? Ela parecia um pouco chateada ontem.

Korum sentiu uma onda de raiva, mas manteve a expressão calma e divertida. — Ela estava. Mas está feliz agora, como tenho certeza de que pode imaginar.

— É claro que sim — respondeu Saret. — E ajustando-se tão bem à vida aqui, não é? É quase como se ela não tivesse perdido totalmente a memória, não acha? É como se ela ainda conhecesse você em algum nível, talvez até o ame. E aceita tudo com tanta facilidade. Nada a afeta por muito tempo. Incrível, não?

Korum congelou por um segundo, sentindo um arrepio na espinha. A única forma de Saret saber daquilo seria...

— Sim — disse Saret. — Vejo que está no caminho certo. Errei os cálculos novamente, veja bem. Mia deveria ter ficado comigo, não com você.

— O que você fez com ela? — perguntou Korum baixinho, sentindo os cabelos se arrepiarem na nuca.

Saret riu. — Nada muito horrível, acredite. Só garanti que ela ficasse receptiva. Ainda é ela mesma...

— O que você fez? — Sem nem perceber o que estava fazendo, Korum se viu fora do banco com a mão em volta do pescoço de Saret.

Saret fez um som como se estivesse engasgando, com a

mão puxando os dedos dele. Korum se forçou a soltá-lo, dando um passo atrás. Ele tremia de raiva e sabia que mataria Saret se não colocasse uma certa distância entre os dois.

— Chama-se suavização — disse Saret, esfregando o pescoço. A voz dele estava rouca porque Korum esmagara parcialmente sua traqueia. — É um novo procedimento que desenvolvi especificamente para os humanos. Uma mente suavizada não sente medo tão intensamente. Também fica mais aberta a novas impressões, a novas ideias. — Saret fez uma pausa dramática. — Novas ligações. Na verdade, tal mente busca alguma coisa, ou, na verdade, alguém a quem se ligar.

Korum olhou para Saret, sentindo o sangue gelar nas veias.

— E esse alguém pode ser qualquer um, veja bem. Deveria ter sido eu, mas foi você.

Você está mentindo. Korum queria gritar, negar o que acabara de ouvir, mas não conseguiu. Tudo fazia sentido. A garota que ele conhecera em Nova Iorque não teria aceitado tudo com tanta facilidade, não o teria convidado para ir para a cama depois de conhecê-lo havia apenas um dia. Ela teria ficado assustada e desconfiada, e ele precisaria ganhar a confiança e a afeição dela novamente. Em vez disso, ela parecera amá-lo praticamente sem qualquer esforço de sua parte.

Exceto que não fora assim, na realidade. Os sentimentos que ela tinha por ele não eram reais. Nada era real. O comportamento dela, a aparente ligação que tinha com ele, era tudo resultado do procedimento de Saret.

— Ela ainda tem as lembranças? — Korum enterrou a agonia bem no fundo, onde ela não conseguiria afetar seus pensamentos racionais. — Ou você as apagou mesmo assim?

Saret sorriu, visivelmente feliz com a pergunta. — Não, as lembranças desapareceram. Só parece que estão lá porque ela está absorvendo tudo como uma esponja, aprendendo com uma velocidade incrível. Logo, ela estará mais acostumada com nosso mundo do que antes, se é que isso já não aconteceu.

— Pode desfazer isso? — Korum sabia que era inútil, mas precisava perguntar.

— O quê? A suavização ou a perda de memória?

— As duas. Uma delas.

O sorriso de Saret aumentou. — Não posso. E, mesmo se pudesse, não faria isso. Talvez você a tenha agora, mas nunca a terá de verdade. Nunca saberá se o que ela sente por você é genuíno ou se sentiria o mesmo por qualquer outro homem que estivesse ao seu lado ao acordar.

Korum olhou para o homem que um dia considerara como amigo. Lembranças da infância, feliz e despreocupada, passaram por sua mente, deixando um gosto amargo. — Por quê? — perguntou ele baixinho.

— Por que eu odeio você? — Saret ergueu as sobrancelhas. — Ou por que fiz isso tudo?

Korum continuou encarando-o.

— A resposta é a mesma para as duas coisas — disse Saret, com o sorriso desaparecendo. — Eu estava cansado de ficar sempre na sua sombra. Não importava o que conseguisse fazer, a altura que chegasse, era sempre apenas o amigo de Korum. Korum, o inventor. Korum, o projetista. Korum que nos trouxe para a Terra. A sua ambição não tinha limites, nem meu ódio por você.

— Ainda assim, você me apoiou — disse Korum. A dor da traição estava um tanto distante, sem atingi-lo completamente ainda. — Você sempre esteve ao meu lado no Conselho. Você me ajudou a nos trazer para cá, para a Terra.

— É verdade — concordou Saret. — Porque eu sabia que era tolice fazer qualquer outra coisa. Até mesmo os Anciãos dançam de acordo com a sua música hoje em dia, não é?

Korum não justificou aquilo com uma resposta. Em vez disso, lançou um olhar rancoroso a Saret. — Então, todos os seus planos grandiosos para os humanos, o seu suposto desejo de paz mundial, foram devido à inveja?

— Não — respondeu Saret, estreitando os olhos. — Eu vi uma forma de moldar a história e aproveitei a oportunidade. Que conquista seria maior do que a paz para um planeta inteiro? Você acha que alguma de suas maquinetas se compararia a isso?

— Uma conquista que envolveria a morte de cinquenta mil krinars.

— Sim — retrucou Saret, tendo a ousadia de parecer arrependido por um momento. — Isso teria sido uma infelicidade. Inevitável, mas uma infelicidade.

— Infelicidade? — Korum mal conseguiu acreditar no que ouviu. — Qual é o problema com você, Saret?

Como você se transformou nisso?

Agora Saret começava a parecer furioso. — Qual é o problema comigo? Você me pergunta isso enquanto está parado aí, com o sangue de Loris ainda fresco em suas mãos? Acha que há alguma coisa errada comigo porque eu queria o bem de bilhões matando alguns milhares? Quantos krinars você matou na Arena, Korum? Vinte, trinta? E humanos? Acha que você não gosta de matar, como todos os outros de nossa raça maldita?

Korum o encarou, tentando entender aquele homem que conhecera a vida inteira. — Você está errado — respondeu ele baixinho. — Não gosto de matar. Eu não queria matar Loris ontem. E não teria matado se você não tivesse interferido. Eu gosto das lutas propriamente ditas, não o resultado final delas. E é assim que a nossa raça maldita é, como você deveria saber, já que é o especialista em mente aqui. Adoramos o perigo e a violência, precisamos deles, mas não precisamos ser assassinos.

— Mas, mesmo assim, nós somos — disse Saret. — Você pode mentir a si mesmo o quanto quiser, mas é o que somos, no fim das contas. Viemos para a Terra e milhares de humanos morreram durante o Grande Pânico como resultado. E o que você quer fazer agora resultará em muitas mortes. Ela não perdoará você por isso, como sabe muito bem.

— O seu procedimento não cuidará disso? — perguntou Korum, com a boca curvando-se em um sorriso amargo. — Ela não me amará, não importa o que aconteça?

Saret balançou a cabeça negativamente. — Não. Com

provocação suficiente, o amor dela se transformará em ódio. Espere e verá.

CAPÍTULO 18

Mia acordou com um grito. O coração batia depressa e a pele estava coberta por um suor frio.

No sonho, o corpo de Korum era um cadáver mutilado, boiando em um rio de sangue. Ela tentara salvá-lo daquele rio, puxá-lo para a beira, mas fora inútil. A corrente era forte demais, arrancando-o de suas mãos e carregando-o para longe, em direção à cachoeira, onde a água era escura como sangue seco.

Sentando-se depressa, Mia tentou controlar a respiração. Fora apenas um pesadelo. Korum vencera a luta. Estava seguro.

Seguro e totalmente recuperado, se fosse considerar a celebração do dia anterior.

Lembrando-se de como ele estivera recuperado, Mia imediatamente se sentiu muito melhor. O vigor do amante era literalmente de outro mundo. O prazer que ele lhe dera fora indescritível, quase mais do que podia aguentar. Ela nunca sentira tanto êxtase como quando ele a mordera. Nunca imaginara que tais sensações sequer existissem.

Sorrindo, ela saiu da cama e foi para o chuveiro. A luta terminara, Saret fora capturado e não havia mais nada a temer.

Finalmente, ela e Korum estavam em segurança.

Cantando baixinho, Mia deixou que a tecnologia de limpeza trabalhasse enquanto ficava parada pensando no amante e como ele se tornara essencial novamente.

Quando estava limpa e seca, ela foi para a cozinha e pediu à casa que preparasse o café da manhã. De acordo com as informações no *tablet*, Adam, o parceiro do laboratório, deveria voltar das férias de uma semana naquele dia, o que significava que Mia poderia começar a reaprender tudo o que esquecera sobre o estágio.

O laboratório não estaria aberto, devido aos acontecimentos recentes, mas ela esperava que houvesse uma forma de continuar a aprender sobre a mente. O assunto a fascinava mais do que nunca.

* * *

Korum andou sem rumo pela praia, deixando que o rugido das ondas abafasse a cacofonia na cabeça. Pela primeira vez na vida, ele se sentia perdido. Perdido, indefeso e furioso.

A fúria era direcionada principalmente a si mesmo, mas uma boa parte dela era reservada a Saret. Korum não se deixara pensar sobre a traição do amigo mais cedo, concentrado demais em Mia e na perda de memória dela. Depois, a luta consumira sua atenção. Agora, no entanto, não havia nada para distraí-lo do fato de que um homem que ele considerara como amigo acabara se tornando seu pior inimigo.

Korum sabia que nem todos gostavam dele. Era um assunto que nunca o incomodara. Ele era respeitado e temido, mas havia apenas alguns poucos indivíduos que jamais considerara como amigos. A maioria deles permanecia em Krina, ocupados com a vida e a carreira. Saret fora o único que o acompanhara até a Terra.

Mesmo quando criança, Korum sempre fora autossuficiente. Ele descobrira o interesse por projetos desde cedo e aquela paixão consumira sua vida... até Mia. Agora, ele tinha duas paixões: seu trabalho e a garota humana que era sua caerle. Ele não era um solitário, mas raramente precisava da companhia de outros. Diferentemente da maioria, Korum era tão feliz quando estava sozinho, ou agora passando tempo com Mia, como quando estava rodeado de pessoas.

A traição de Saret se provara algo agonizante em vários níveis. Korum confiara em Saret, que fora seu confidente por séculos, dividindo os objetivos e os sonhos. Eles brincaram juntos quando eram crianças, discutiram as conquistas sexuais na adolescência e frequentemente trabalharam juntos em direção a um objetivo comum como membros do Conselho. Quando Saret começara a odiá-lo? Ou sempre fora daquela forma e Korum apenas fora cego demais para enxergar? Poderia confiar em algum de seus amigos ou eram todos como Saret, só esperando para atacar quando ele lhes desse as costas?

Aqueles pensamentos eram dolorosos e perturbadores. Duvidar de si mesmo não fazia parte da natureza de Korum, mas ele não podia deixar de imaginar se tudo aquilo fora culpa sua. Ele sabia que era duro e arrogante às vezes, até mesmo implacável em se tratando de atingir seus objetivos. Ele fizera alguma coisa para que Saret o odiasse tanto? Ou era simplesmente inveja, como o próprio Saret dissera?

Chegando ao estuário onde se sentara antes com Mia sobre as rochas, Korum tirou a roupa e entrou na água, deixando que ela o esfriasse. Ele sempre achara o oceano algo terapêutico. O poder das ondas o atraía e ele gostava mais ainda quando a corrente estava forte, como acontecia naquele momento com a maré alta. A corrente o pegou, carregando-o para as águas mais fundas, e Korum não resistiu, boiando até que a praia estivesse a alguns quilômetros de distância. De lá, ele começou a nadar de volta, com a corrente oferecendo resistência suficiente para que fosse um desafio. O exercício mecânico de nadar ajudou a limpar a mente e ele se sentiu um pouco melhor quando finalmente saiu da água.

Sentando-se nas rochas, ele deixou que o sol batesse na pele nua, aquecendo-o novamente. A pior coisa em relação à traição de Saret não era o que ele fizera a Korum, eram as consequências para Mia. Ela não só perdera a memória, como também a liberdade de pensamento. O que ela sentia por Korum agora era involuntário, um efeito colateral daquela "suavização" que Saret causara nela. A bela e doce garota não era mais a mesma pessoa. A mente dela fora adulterada da forma mais imperdoável.

Korum se lembrava de que ela tivera medo disso. Quando chegara em Lenkarda, ela ficara hesitante sobre o implante de idiomas, com medo de ter uma tecnologia alienígena em seu cérebro. Korum achara aquilo divertido na época, mas, como acabara acontecendo, ela estivera certa em ter medo. Saret fora perigoso o tempo inteiro.

E Korum não conseguira protegê-la. A ideia o incomodava, devorando-o por dentro. Ele, que nunca fracassara em nada antes, fora incapaz de proteger a pessoa que mais lhe importava. Mia algum dia o perdoaria por isso? E, se pudesse perdoá-lo, como ele saberia que os sentimentos dela eram reais? Se Saret estivesse falando a verdade, ela aceitaria a maioria das coisas sem discutir, com as reações diferentes do que teriam sido antes.

Levantando-se, Korum vestiu as roupas e começou a caminhar para casa. Seria uma longa caminhada, mas ele não tinha pressa. Mia estava lá e, pela primeira vez, ele não estava muito ansioso em vê-la.

Ele teria que contar a ela o que descobrira naquele dia. Ela ia querer saber, ia querer tomar as próprias decisões sobre o que fazer a seguir.

E, se ela optasse por deixá-lo, ele teria que deixá-la ir embora.

Mesmo que isso o matasse.

* * *

Mia saiu da casa e andou até a cápsula de transporte que a aguardava. Ela enviara uma mensagem a Adam usando a pulseira e o K concordara em encontrá-la, enviando a pequena nave para buscá-la e levá-la até o laboratório.

Entrando na nave, Mia se sentou em um dos bancos flutuantes, sentindo-o se ajustar em volta dela. Ela estava ficando tão acostumada com a tecnologia dos Ks que nem mesmo precisava pensar em como usar nada, tudo começava a parecer perfeitamente natural.

Ela estava curiosa para encontrar o ex-parceiro e mergulhar novamente naquela parte de sua vida em Lenkarda. Ela encontrara algumas gravações em que Adam explicava alguma coisa e ficara impressionada não só com a inteligência dele, como com a capacidade dele de transformar assuntos complexos em termos simples e fáceis de entender.

Dois minutos depois, ela chegou a uma clareira em frente a um prédio de tamanho médio que parecia ter passado por algo extraordinário. As paredes tinham desaparecido parcialmente, como se algo as derretera de cima para baixo, mas o interior parecia perfeitamente intacto.

Adam estava parado lá, esperando a chegada dela. Quando Mia saiu da cápsula, ele sorriu, um sorriso aberto e genuíno que iluminou o rosto bonito. Ele tinha o que Mia começava a considerar como a cor típica dos Ks: cabelos e olhos escuros e aquela pele lindamente bronzeada.

— Ei, olá, parceira — disse ele, com os olhos enrugando-se de forma atraente nos cantos. — Ouvi dizer que nosso chefe virou o doutor Maligno e praticou um pouco de mal em você.

Mia sorriu, gostando imediatamente daquele krinar. — Sim, é verdade. Você partiu por uma semana e olhe só o que aconteceu.

— Então, agora você não se lembra de mim? — perguntou ele, com a expressão ficando mais séria. — O quanto ele apagou?

— Quando acordei aqui há alguns dias, minhas lembranças mais recentes eram de março — explicou ela, observando quando o K cerrou o maxilar.

— Aquele imbecil desgraçado — disse Adam com a voz cheia de fúria. — Lamento muito, Mia. Pena que eu não estava aqui...

Mia fez um gesto indiferente com a mão. — Não seja bobo. Ninguém suspeitava de nada, ele era bom demais. Ele até conseguiu entrar escondido na luta ontem e quase matou Korum.

— É, ouvi falar disso também — disse Adam. — Assisti ao vídeo da luta esta manhã.

— Ah, certo. — Mia tentou não corar. Se Adam vira a luta, talvez também tivesse assistido à celebração que acontecera depois.

— Quer entrar? — perguntou Adam, acenando em direção ao prédio arruinado. — Acho que conseguiremos extrair muitos dos arquivos e dados. Falei com os outros estagiários e eles não se importam.

— Claro — disse Mia rapidamente, grata pela

mudança de assunto.

Andando até o prédio, eles entraram por uma abertura irregular em uma das paredes. O mecanismo normal que dissolvia a parede parecia não estar funcionando, o que não era surpresa, considerando a condição do prédio.

— O que acontecerá com o laboratório? — perguntou Mia quando chegaram ao interior. — Qual é o protocolo normal para algo como isto?

Adam deu de ombros. — Não há protocolo normal. Este laboratório é de Saret e, tecnicamente, estamos invadindo a propriedade dele. Apesar de eu achar que agora talvez seja do governo, considerando os crimes de Saret. Não sei bem ao certo como essas coisas funcionam. Eu diria que a maioria das informações será transferida para os laboratórios nos outros Centros e que, talvez, algum outro especialista em mente queira abrir um novo laboratório aqui em Lenkarda.

— E você? Por que não colocam você como encarregado do laboratório?

— Eu? — Adam ergueu a sobrancelha. — Para eles, sou jovem e inexperiente demais.

— É? — Mia olhou para ele surpresa. Ele parecia um homem na melhor forma, muito similar a Korum. — Que idade você tem?

— Ah, é verdade, esqueci que você não se lembra. — Adam sorriu. — Tenho vinte e oito anos, apenas alguns anos mais velho que você. Também cheguei recentemente no Centro. Fui criado por uma família humana.

— É mesmo? — Mia arregalou os olhos. — Como?

— Fui adotado quando bebê — respondeu Adam. —

Agora, por que não começamos a vasculhar alguns dos arquivos de Saret para ver se há algo útil neles? Talvez seja possível lançar alguma luz sobre a sua condição.

Mia estava louca para fazer mais perguntas sobre a origem de Adam, mas ele não parecia estar disposto a falar sobre o assunto. Portanto, ela se concentrou na tarefa à frente. Adam mostrou a ela como operar alguns dos equipamentos do laboratório e eles começaram a percorrer montanhas de informações, procurando qualquer coisa relacionada à memória.

Seis horas depois, Mia se levantou e esfregou o pescoço. O cérebro parecia prestes a explodir por causa de tudo o que aprendera naquele dia. Adam ainda estava muito concentrado, percorrendo arquivo após arquivo sem qualquer indicação de cansaço.

Ouvindo os movimentos de Mia, ele ergueu os olhos da imagem que estudava e abriu um sorriso. — Você deveria ir para casa, Mia. Está ficando tarde. Trabalharei um pouco mais e depois também irei embora.

Mia hesitou. — Tem certeza? — Ela estava mentalmente exausta e faminta, mas se sentiu mal em deixar Adam sozinho.

— É claro — respondeu Adam. — Pode ir. Chega por hoje.

* * *

Korum andou de um lado para outro na sala de estar, ainda agitado demais para ficar sentado. Quando chegara em casa uma hora antes e encontrara-a vazia, pensara imediatamente que alguma coisa acontecera a Mia, que, afinal de contas, Saret encontrara uma forma de chegar a ela.

Obviamente, não fora isso que acontecera. Uma verificação rápida revelara a localização dela e, em seguida, fora fácil acessar as imagens de satélite e vê-la conversando com Adam do lado de fora do laboratório de Saret várias horas antes. Ainda assim, aqueles poucos segundos antes que Korum verificasse que ela estava em segurança o deixaram gelado.

Agora, ele lutava contra a vontade de ir até o laboratório para buscar Mia. Ele queria segurá-la e sentir o calor do corpo dela em seus braços, talvez pela última vez. Depois que lhe contasse a verdade sobre sua condição, ela teria motivos suficientes para querer deixá-lo. Apesar de a perda de memória ter sido algo terrível, o outro procedimento era muito mais invasivo, alterando o cérebro dela de uma forma que ela acharia imperdoável. Agora, ela nunca saberia se o que sentia por Korum, ou em relação a qualquer outra coisa, era real ou resultado do que Saret fizera.

Uma tentação sombria incomodava Korum. E se ele não contasse a ela? E se ela continuasse ignorante, feliz com a vida como estava? Além de Saret e Korum, ninguém mais sabia da verdade. Ele poderia ficar com ela, que o amaria. E ele seria o único a saber que não era amor de verdade.

Alguns meses antes, Korum não teria hesitado. Ele a quisera e simplesmente a tomara, desconsiderando os desejos dela. Se tivesse enfrentado esse dilema naquela época, teria sido uma decisão fácil de tomar: ele a manteria e mandaria o resto para o inferno. Mas não podia mais fazer isso, não podia tratá-la como uma criança ou um animal de estimação, como ela uma vez o acusara de fazer. Ele queria que ela ficasse, mas ela precisava ter a liberdade de decidir, mesmo que aquela liberdade tivesse sido adulterada de certa forma.

Não, ele precisava contar a ela e teria que fazer isso em breve.

Finalmente, Korum viu uma cápsula pousar no lado de fora. Mia saiu e a nave decolou, voltando para o lugar de onde viera.

Apesar do humor sombrio, Korum não conseguiu evitar um sorriso quando ela entrou na casa. Ela usava um vestido cor de creme que deixava a maior parte das costas nua e os cabelos escuros estavam presos em um coque grosso e desgrenhado. O penteado era surpreendentemente sensual, expondo o colo delicado e atraindo a atenção dele para o pescoço elegante.

— Querido, cheguei — disse ela, abrindo um sorriso de orelha a orelha.

Sem conseguir se conter, Korum riu e pegou-a nos braços, levantando-a para beijá-la.

Quando ele a colocou novamente no chão, quase ficou cego com seu sorriso. Ela olhou para Korum como se ele fosse seu mundo inteiro. E o coração de Korum pareceu explodir em um milhão de pedaços.

— Como foi seu dia, querida? — perguntou ele, ainda segurando a cintura dela.

— Foi ótimo — respondeu ela, ainda sorrindo. — Conheci Adam novamente. Ele é muito simpático. Gostei muito dele.

Korum sentiu uma onda de ciúmes, mas rapidamente a reprimiu, recusando-se a ceder à emoção. Mia sempre gostara do parceiro, mas, até onde Korum sabia, seus sentimentos eram inteiramente platônicos. Além do mais, o jovem K já era obcecado por uma humana. Korum descobrira aquilo durante uma verificação que fizera sobre Adam logo depois que Mia começara a trabalhar com ele.

— Vasculhamos muitos dos arquivos de Saret — continuou Mia, com os olhos brilhando de empolgação. — Adam acha que, assim, conseguiremos descobrir alguma coisa de útil sobre a minha condição.

Naquele momento, a barriga dela roncou e, em resposta, seu rosto ficou vermelho, fazendo com que Korum sorrisse. — Imagino que alguém está com fome — brincou ele.

— Culpada — disse ela, rindo.

Sorrindo, Korum a soltou e foi para a cozinha. Alguns minutos depois, eles estavam comendo sanduíches de legumes grelhados com molho de abacate.

Mia rapidamente devorou tudo o que havia no prato. Korum fez o mesmo, com muito apetite depois do exercício no mar mais cedo. Para sobremesa, Korum comando à casa que fizesse uma torta de kiwi e manga, com uma crosta feita de nozes de macadâmia moídas, e chá para Mia.

Enquanto comiam, Korum estendeu o braço sobre a mesa e pegou a mão dela, acariciando-lhe a palma com o polegar. — Mia — disse ele baixinho —, há uma coisa que preciso contar a você.

Ela parou por um segundo, parecendo reagir ao tom sério da voz dele. — O que é?

— Falei com Saret hoje — disse Korum, apertando os dedos em volta da mão dela. — Ele não só apagou suas lembranças recentes. Ele também fez algo para fazer com que... aceitasse as coisas mais facilmente.

* * *

Mia encarou o amante, sem conseguir acreditar no que ouvira. — O quê? O que isso significa?

— Ele chamou de "suavização" — respondeu Korum. A expressão em seu rosto era sombria. — Parece que foi uma forma de deixá-la mais aberta aos avanços dele. Se ele não mentiu, você não tem mais tanto medo quanto antes... e também está mais aberta a novas impressões.

Mia franziu a testa. — Não estou entendendo. Como isso teria ajudado Saret?

— Porque você não está mais só aberta a novas impressões, o que explica por que está se aclimatando tão bem, mas também mais suscetível a ligações com novas pessoas. — A boca de Korum estava apertada por causa da raiva.

— Ligações com novas pessoas? — Mas logo ela entendeu. — Ele achou que eu me apaixonaria por ele? Isso é loucura! — Ela riu em um convite para que ele dividisse a brincadeira.

Korum não respondeu e o ar divertido dela desapareceu. — Espere um momento — disse ela lentamente. — Está dizendo o que acho que está dizendo?

— Sinto muito, Mia. Eu queria muito que não fosse verdade.

Automaticamente balançando a cabeça, Mia puxou a mão que ele segurava e levantou-se. — Mas isso é ridículo — disse ela. — Você está dizendo que não sou eu mesma? Que tudo o que penso e sinto é produto de um procedimento de um louco? Que o que eu sinto por você não é real?

Korum também se levantou. — É tudo culpa minha — disse ele com a voz cheia de culpa. — Eu devia ter estado lá. Eu devia ter protegido você dele...

— Não. — Mia se recusava a acreditar naquilo. — Como você sabe que ele não estava mentindo? Não seria óbvio que ele mentiria?

— Seria — respondeu Korum. — Faria todo o sentido do mundo. E é por isso que quero que seja examinada pelo laboratório da mente no Arizona. Iremos até lá amanhã.

— Mas você não acha que ele esteja mentindo.

— Não. — Korum lhe lançou um olhar cheio de dor. — Não acho.

— Por que não? — sussurrou Mia, com a voz começando a tremer.

— Porque você não tem sido totalmente você mesma, minha querida — disse ele em tom gentil. — As diferenças são sutis, mas estão aí. Você também notou, não é?

Mia respirou fundo. Ela tinha notado. Claro que tinha. Ela se perguntara por que estava ajustando-se tão bem ao novo mundo, a viver em uma colônia alienígena com um amante que acabara de conhecer. Um amante que, agora, era tão necessário para ela como o ar.

— Não pode existir uma explicação diferente para isso? — Mia sabia que estava tentando se agarrar a fragmentos, mas a alternativa era demais para processar.

— E se as minhas lembranças não tiverem realmente desaparecido? E se ainda estiverem lá, guardadas bem no fundo? Isso explicaria tudo, por que me sinto tão confortável aqui, por que estou aprendendo tão depressa, por que me apaixonei por você...

Korum fechou os olhos por um momento. Quando os abriu novamente, eles estavam sombrios. — Não, Mia. Você não se apaixonou por mim. Mal me conhece.

— Mas ainda me lembro de você em algum nível...

Ele respirou fundo. — Não lembra, querida. Ellet fez alguns testes em você antes que acordasse e havia sinais de danos consistentes com a perda de memória. Eu queria muito que fosse diferente, acredite.

Mia pestanejou, engolindo em seco para tentar conter o nó que crescia na garganta. Ele achava que ela estava danificada. Defeituosa. Incapaz de ter emoções reais. — E agora?

— A decisão é sua — disse Korum, com a voz

estranhamente calma. — Você pode ficar comigo ou voltar para a sua vida antiga.

— Voltar à minha vida antiga? — Ela mal conseguiu dizer aquelas palavras. — Você... você quer que eu vá embora?

— O quê? Não! — Ele pareceu atônito com a ideia. — É claro que não quero que vá embora. Você passou a ser a minha vida inteira, não entende isso?

Mia quase estremeceu de alívio. Ele ainda a queria, apesar dos danos causados pelo procedimento.

— Você também é minha vida inteira — disse ela. — Sei que você acha que o que sinto é resultado do que Saret fez, mas não acredito nisso. Eu amei você antes, apesar de tudo o que aconteceu entre nós. E eu me apaixonei novamente por você nos últimos dias. Você pode achar que não é real, mas conheço minha própria mente. Sim, notei que não estou reagindo às coisas como seria de se esperar, mas e daí? Não é uma coisa boa eu estar aprendendo tão depressa? Que estou me sentindo tão confortável em Lenkarda como eu era em Nova Iorque? Mesmo que seja resultado do procedimento de Saret, não muda o fato de que é assim que sou agora, de que é assim que penso e sinto. Isso não torna minhas emoções mais fracas nem menos reais.

Enquanto ela falava, as pequenas rugas de tensão em volta da boca de Korum começaram a se dissipar. — Tem certeza, Mia? — perguntou ele, com os olhos enchendo-se do calor dourado familiar. — É isso o que realmente quer?

— Ficar com você? Sim! — Mia nunca tivera tanta certeza de alguma coisa na vida. A ideia de deixá-lo, de voltar para casa e nunca mais vê-lo, era insuportável. Quando achara que ele estava morto, também quisera morrer. A vida sem Korum não valia a pena.

— Então você ficará comigo. — A voz dele estava rouca. Rapidamente, ele estendeu as mãos e puxou-a para seus braços.

A boca dele estava faminta, como se quisesse consumi-la, e Mia respondeu à altura. Ela ansiava pelo toque dele, pelo seu abraço. O êxtase chocante do ato sexual depois da luta na Arena a deixara exausta, mas ela ainda assim queria mais. Mais de Korum, mais da magia que existia entre eles.

As mãos dele estavam frenéticas, arrancando-lhe o vestido, que caiu em farrapos no chão. As roupas de Korum tiveram o mesmo destino. Antes que ela conseguisse piscar, viu-se pressionada contra a parede, com as pernas abertas. Ele a ergueu, esfregando o pênis rígido contra seu sexo exposto.

— Puta merda — rosnou ele. A expressão era de um homem sentindo dor, a respiração pesada e irregular. — Preciso ficar dentro de você, Mia. Agora.

— Sim — sussurrou ela, sustentando o olhar ardente dele. — Sim... por favor...

Como se ela tivesse lhe dado permissão, ele a penetrou com o pênis largo, preenchendo-a completamente. Mia gritou, com o prazer e a dor da penetração tão intensos quanto atordoantes. Da forma como ele a segurava, Mia estava completamente vulnerável, incapaz de controlar a profundidade da penetração. Ele a penetrara tão fundo que ela o sentiu quase dentro do ventre, contraindo os músculos em uma tentativa inútil de contê-lo.

Ele fez uma breve pausa, deixando que ela recuperasse o fôlego. Em seguida, começou a investir repetidamente, pressionando-a contra a parede. Mia gemeu, com o corpo invadido pelas sensações. Não houve um acúmulo lento, uma transição gradual entre o desconforto e o prazer. Em vez disso, o orgasmo a atingiu subitamente e os músculos internos se contraírem em volta dele sem aviso.

Ele gemeu, aumentando o ritmo, e ela gozou novamente com um grito, sem conseguir controlar a resposta do corpo. A pele estava quente e ela ofegava, lutando para respirar, mas ele foi implacável, levando-a a um terceiro orgasmo poucos minutos depois do segundo.

E, quando Mia achou que não aguentaria mais, ele gozou com um grito selvagem, jogando a cabeça para trás.

* * *

Na manhã seguinte, Korum esperava impacientemente enquanto Haron, o especialista em mente do Centro do Arizona, examinava Mia com cuidado.

Ela estava deitava em uma maca flutuante, com os olhos fechados e a expressão relaxada. Ela fora sedada de leve para possibilitar um exame mais aprofundado do cérebro. Haron empurrou os cabelos dela para trás, expondo um pouco mais da testa para que pudesse fixar o equipamento nela.

Korum dera ao outro homem permissão para tocá-la naquele caso, mas ainda tinha vontade de destroçá-lo por isso. Ele ficara igualmente furioso ao descobrir que Arus a segurara durante a luta, mesmo sabendo que fora para proteger Mia. O instinto territorial era primitivo e completamente irracional, devido às circunstâncias, mas Korum não conseguia evitá-lo. Em se tratando de Mia, ele não era mais evoluído que uma ameba.

Quando o exame terminou, Korum estava com um humor sombrio. — Então? — perguntou ele assim que Haron guardou o equipamento.

O especialista ergueu os ombros largos em um gesto impessoal. — Não sei — disse ele, lançando um olhar confuso a Korum. — O cérebro dela está saudável, mas mostra sinais de apagamento da memória recente. Há também mais alguma coisa, algo que eu nunca vi.

— O procedimento de suavização — disse Korum. — Acha que pode ser isso? — Ele contava a Haron sobre as alegações de Saret e o especialista ficara muito intrigado.

— Pode ser — respondeu Haron. — Sinceramente, nunca vi nada como isso. Se Saret diz que inventou o procedimento, isso faria sentido. — A voz dele tinha um toque de admiração, o que fez com que Korum quisesse novamente apelar para a violência.

— Pode consertar? — Korum já sabia a resposta, mas teve que perguntar.

Haron balançou a cabeça negativamente. — Acho que não. Não sem arriscar causar danos de verdade no cérebro dela. Sempre que descobrimos algo novo aqui, fazemos primeiro testes extensos em um ambiente simulado antes de experimentar com cobaias vivas. Eu poderia tentar, é claro, se você quiser...

— Não. — Korum nunca correria aquele risco com Mia. — Pode esquecer.

Enquanto a nave voava de volta a Lenkarda, Korum segurava Mia no colo. Ela estava acordada, mas um pouco grogue, e parecia contente apenas sentada lá com a cabeça encostada no ombro dele. Ele acariciou-lhe os cabelos, desfrutando da sensação dos cachos macios sob os dedos.

A conversa deles no dia anterior transcorrera de forma muito diferente do que ele temera. Mia ficara chocada e incrédula com o que Saret fizera, mas o que mais a deixara chateada fora a ideia de deixá-lo. E Korum ficara feliz. Ficara muito feliz e aliviado por ela querer ficar. Ele não sabia, sinceramente, o que faria se ela tivesse dito que queria ir embora. Ele queria achar que teria deixado que se fosse... mas, bem no fundo, sabia que não. Korum não conseguia aguentar a ideia de ficar longe dela por um dia. Como teria sobrevivido a uma vida inteira sem ela?

Não teria sobrevivido. Era simples assim. Teria tentado, se fosse aquilo que ela queria, mas a chance de fracasso seria muito grande. Korum não tinha ilusões sobre si mesmo. O altruísmo não fazia parte da natureza dele. Ele teria sofrido por algum tempo, por culpa de deixar que ela fosse ferida, por desejo de querer corrigir erros passados, mas, depois de algum tempo, procuraria Mia novamente.

Ela se mexeu em seus braços, interrompendo os pensamentos. Erguendo a cabeça, ela abriu um sorriso sonolento. — Para onde estamos indo agora?

— Para casa, querida — respondeu Korum. O que sobrara do humor sombrio desapareceu quando ele olhou para o belo rosto dela. Apesar de querer reverter o procedimento de Saret e desfazer os danos causados àquela criatura exótica, ele estava feliz em tê-la. Mesmo se não o amasse de verdade agora, Korum torcia para que ela desenvolvesse sentimentos genuínos por ele no decorrer do tempo.

E Korum faria de tudo para que o amor dela não se transformasse em ódio quando descobrisse a verdade sobre os planos dele.

CAPÍTULO 19

O mês seguinte passou depressa. Korum estava mais ocupado do que o comum, com os projetistas finalizando os novos escudos para os Centros e o Conselho tentando decidir o destino de Saret.

Depois de várias reuniões, ficou determinado que um julgamento semelhante ao dos Kapas não funcionaria naquele caso. Como Saret fora membro do Conselho por muito tempo, ninguém era completamente imparcial e havia muitas emoções envolvidas. Korum não era o único que considerara Saret um amigo. Por causa da personalidade relaxada e das maneiras amigáveis, muitos gostavam dele. A magnitude do crime que tentara cometer era inacreditável e até mesmo a reabilitação completa parecia uma punição muito leve para o que ele pretendera. Finalmente, o Conselho procurou os Anciãos para obter orientações, uma iniciativa que foi liderada por

Kapas. Afinal de contas, ele tinha outras coisas a discutir com os Anciãos.

Entre aquelas atividades e o trabalho normal, Korum mal tinha tempo para dormir, pois também queria passar o máximo de tempo possível com a caerle. A ligação de Mia com ele parecia crescer a cada dia e Korum não duvidada mais da intensidade dos sentimentos dela. Como Mia dissera, não importava o que Saret lhe fizera, era assim que ela era agora e os dois tinham que aceitar esse fato.

No lado positivo, Korum sempre se surpreendia com a forma como Mia se ajustava tão bem a tudo... e como se tornava independente.

Antes da perda de memória, ela estivera hesitante em andar sozinha por Lenkarda, pois se sentia desconfiada do povo dele e intimidada por algumas de suas tecnologias. Além de ir ao laboratório e a algumas poucas paisagens bonitas que ele lhe mostrara, Mia normalmente ficava em casa. O tempo livre dela também fora mais limitado devido ao cronograma rígido que Saret impusera aos estagiários. Agora, no entanto, como ela e Adam estavam aprendendo por conta própria, Korum descobrira que a caerle tinha uma sede de aventura, que aproveitava em todas as oportunidades.

Uma dia, ela fora nadar no mar, perto do estuário, quando a corrente estava relativamente fraca. Mesmo assim, Korum, que adquirira o hábito de verificar a localização dela a cada hora, sentira o sangue gelar ao perceber que ela estava a quase meio quilômetro de distância da praia. Ele imediatamente fora para lá, descobrindo que ela estava nadando devagar, claramente divertindo-se. Quando ela saiu da água, ele conseguira se acalmar o suficiente para ter uma discussão racional sobre os perigos daquele local em particular. Ela concordara em ser mais cuidadosa dali em diante, mas, ainda assim, Korum ficara abalado com o incidente por vários dias.

As outras excursões dela foram menos perigosas. Ela desenvolvera um gosto por caminhar e gravar imagens da vida selvagem local com o dispositivo do pulso. Macacos, iguanas, até mesmo alguns insetos grandes, ela registrava todos eles e enviava as imagens como fotografias e vídeos para a família, mostrando um pouco mais de seu novo lar.

Ela também ficou mais próxima de Delia, frequentemente encontrando-a para passeios matinais na praia. Korum incentivou a amizade delas, feliz por Mia estar criando outros relacionamentos em Lenkarda. Maria também a visitava às vezes e Korum convidou Arman e a caerle para jantar em duas ocasiões.

O principal desentendimento entre elas envolvia o status de Mia como caerle. — Você não entende como me sinto, sabendo que, legalmente, pertenço a você só porque sou humana? E porque você disse que é assim? — perguntou ela um dia. — Não percebe como isso é bárbaro?

Korum não via as coisas daquela forma. Sim, ela era dele, mas para que ele a protegesse, amasse e cuidasse dela. Ter uma caerle era um compromisso sério para a vida inteira. Sob as leis dos krinars, Korum era responsável pelas ações de Mia. Se ela quebrasse o mandado, por exemplo, ele teria que responder por isso diante dos Anciãos. Mia nunca mais seria uma humana comum, não com os nanócitos em seu corpo. Mesmo que ela o deixasse, Korum sempre teria que vigiá-la, garantir que não revelasse informações confidenciais sobre os krinars. As caerles não eram escravas nem animais de estimação e a maioria dos cherens pensava nelas como parceiras humanas, algo que Mia parecia não entender.

— Como posso ser sua parceira quando não tenho direito algum aqui? — perguntou ela. A teimosia dela fez com que Korum quisesse colocá-la sobre os joelhos e dar uma surra naquele belo traseiro. — Nunca concordei em ser sua parceira, nem sua caerle, para começo de conversa, concordei? Além do mais, nem podemos ter filhos...

Korum não tinha como argumentar contra aquele último ponto e o problema de ser caerle permaneceu sem solução, pairando sobre a cabeça deles e, às vezes, surgindo em conversas mais acirradas. Mas esse tipo de conversa ficava cada vez mais raro à medida que o relacionamento deles evoluía.

Vendo que Mia estava mais confortável com a tecnologia dos krinars, Korum lhe deu um fabricador, uma versão mais avançada do que a que fizera para o aniversário de Maria. Ele era poderoso o suficiente para criar qualquer coisa de que Mia precisasse no decorrer do dia, incluindo uma cápsula de transporte.

A alegria dela com o presente foi imensurável.

— Obrigada! Ai, meu Deus, Korum, muito obrigada! Isto é incrível! — Ela quase o esmagou com beijos, com os olhos brilhando e o corpo inteiro vibrando de empolgação. Nas horas seguintes, ela brincou sem parar com o fabricador, criando e desfazendo uma coisa atrás da outra, enquanto Korum se divertia com a alegria dela.

Logo depois daquilo, Mia decidiu ir a Nova Iorque em uma nave criada por ela mesma. Korum lhe deu o projeto da nave. Era uma máquina mais complicada do que a cápsula de transporte usada no Centro. Ela criou a nave enquanto ele observava com um sorriso, orgulhoso ao ver o quanto ela já aprendera.

Eles foram a Nova Iorque juntos, pois Korum estava relutante em deixar que ela fosse tão longe sozinha. Ele sabia que isso era ilógico. Afinal de contas, ela morara na cidade dos humanos durante anos antes de se conhecerem e nada de mal lhe acontecera. Além disso, as ameaças representadas por Saret e a Resistência tinham sido eliminadas. Ainda assim, ele não conseguia se livrar do medo irracional pela segurança dela. Ele a proibiria de ir ou iria com ela e sabia que Mia não gostaria muito da primeira opção.

Na manhã da viagem, Mia usou o fabricador para criar roupas humanas para eles.

— Hmm, vejamos — disse ela com um sorriso malicioso. — Que tal uma camiseta cor-de-rosa para você?

— Claro. — Korum reprimiu uma risada ao perceber a expressão desanimada dela. — Eu adoraria uma camiseta cor-de-rosa. — O povo dele não associava cores com sexo e, pessoalmente, ele gostava de todas as cores em tom pastel. Korum sabia que ela esperara que o que via como uma roupa feminina o desagradasse, mas ele não se importava nem um pouco. Desde que ela não o obrigasse a usar uma saia. O limite seria uma saia.

— Está bem — resmungou ela —, você não tem a menor graça. — Mas, mesmo assim, ela criou uma camiseta cor-de-rosa, que Korum vestiu sem hesitar. Por sorte, a calça *jeans* que ela lhe entregou era de um azul-escuro comum.

— Sabe de uma coisa? — perguntou ela pensativa, estudando-o depois que os dois estavam vestidos. — Você fica muito bem de cor-de-rosa.

Korum riu. — Ora, obrigado, querida. Estou lisonjeado. — Ela estava muito *sexy*, vestindo uma calça *jeans* justa, botas de salto alto e uma camisa prateada que mostrava os braços e os ombros bronzeados. Com os nanócitos no corpo, Mia tinha muito mais resistência em se tratando de atividade física e o interesse recente em caminhadas e natação fizera maravilhas com o corpo esguio. Korum sempre a achara irresistível, mas agora mal conseguia afastar os olhos e as mãos dela.

— Você contou a Jessie que pousaremos no telhado dela? — perguntou ele ao entrarem na nave.

— Sim. Ela sabe que estamos indo e até mesmo pediu permissão ao administrador do prédio.

Para economizar tempo, eles decidiram ir diretamente à casa de Jessie, em vez de voar até uma das áreas de pouso designadas dos krinars. A ideia daquelas áreas era minimizar o impacto na população humana nas grandes cidades. Mesmo agora, a visão de uma aeronave dos krinars frequentemente resultava em acidentes de trânsito. Pelo jeito, motoristas humanos assustados costumavam ser distraídos. Como membro do Conselho, Korum podia não seguir aquela diretriz de pouso em locais específicos, mas ainda tentava ser circunspecto em cidades grandes como Nova Iorque.

Jessie os recebeu no telhado quando a nave pousou. Ela estava parada ao lado de um jovem humano que só poderia ser Edgar, seu novo namorado. Korum se lembrava de tê-lo visto uma vez antes, no clube em que encontrara Mia dançando com outro homem. Aquele incidente em particular não era uma das lembranças favoritas de Korum.

Mesmo assim, ele sorriu para Jessie e Edgar, determinado a ser simpático. Ele sabia que a antiga companheira de apartamento de Mia se preocupava com ela. Jessie fora testemunha do início tumultuado do relacionamento de Korum e Mia, e ele ainda não era a pessoa favorita dela. Algo que Korum pretendia remediar naquele dia.

Mia também sorriu e Korum percebeu que ela estava genuinamente feliz em ver a amiga. Ela também estava nervosa, a julgar pela forma como seus dedos apertavam a mão dele. Por algum motivo, ela ainda não contara aos amigos nem à família sobre a perda de memória. Quando Korum a confrontara sobre o assunto, ela dera uma resposta vaga sobre não querer preocupar ninguém. Ele tivera que se contentar com isso.

— Mia! — Jessie saltou sobre ela assim que saíram da nave e as duas garotas se abraçaram, rindo e gritando.

Korum sorriu ao ver a reunião exuberante. Em seguida, deu um passo à frente, oferecendo a mão a Edgar em um gesto de cumprimento humano. — Olá. Acho que não fomos formalmente apresentados.

— Não, não fomos — respondeu Edgar secamente, aceitando o aperto de mão. — Na última vez em que eu o vi, sua mão estava em volta do pescoço do meu amigo Peter. Acho que não foi um bom momento para apresentações.

— É verdade — disse Korum, estreitando um pouco os olhos. Aquele humano ousava lembrá-lo daquele dia? Peter tivera sorte de Korum conseguir se controlar tão bem como acontecera. Sempre que Korum lembrava daquele garoto beijando Mia, sua visão ficava vermelha. *Seja simpático*, lembrou ele a si mesmo. Em seguida, recompôs o rosto em uma expressão mais amigável. — Então, você é um ator? — perguntou ele, levando a conversa para um assunto que tinha certeza de que o humano gostaria.

— Sim, sou. — Edgar mordeu a isca. — Estou no programa mais recente da CBS, chamado *O Vórtice*. Talvez tenha ouvido falar dele.

— Vi todos os episódios — disse Korum. — Na verdade, sou um grande fã. Não pude acreditar no que aconteceu com Eva na semana passada. Eu nunca teria imaginado que a irmã dela acabaria daquele jeito.

Os olhos de Edgar se iluminaram. — Ah, não acredito! Você assiste? Ele é popular entre os Ks?

Era popular para um K em particular que precisara assisti-lo como preparação para aquela viagem. — Claro

— respondeu Korum. — Gostamos de entretenimento tanto quanto os humanos.

Mia terminara de abraçar Jessie e aproximou-se de Edgar. — Olá, Edgar — disse ela. — É ótimo ver você novamente.

Korum abriu um sorriso. Que mentirosa. Ela nem se lembrava do rapaz, mas estava fingindo muito bem. Edgar certamente não era o único ator ali.

—Olá, Korum — disse Jessie. Havia um olhar familiar de desconfiança no rosto bonito dela e Korum suspirou mentalmente. De todas as pessoas, aquela amiga de Mia seria a mais difícil de ganhar. Korum percebeu aquilo na inclinação teimosa do queixo ao olhar para ele. Ela se ressentia por ele ter tirado Mia dela e pelas táticas agressivas iniciais dele.

Mas Korum estava sempre disposto a enfrentar um desafio. — Olá, Jessie. — Ele abriu um sorriso caloroso para a garota humana.

Eles entraram no apartamento que Jessie dividira com Mia. Korum sabia que vários estudantes da Universidade de Nova Iorque moravam no prédio devido à proximidade do *campus* e do aluguel razoável para a cidade, mas sempre achara o lugar inadequado como habitação. A tinta nos corredores estava descascada e ele sentia a podridão nas paredes velhas e mofadas. Quando conhecera Mia, mal pudera esperar para tirá-la de lá e levá-la para sua cobertura confortável.

Jessie preparara um prato de legumes, cerveja e batatas fritas para que lanchassem e os quatro se sentaram na sala de estar. Mais tarde, Korum planejava levá-los para jantar em um restaurante, mas, por enquanto, aquele era um bom lugar para conversarem.

Propositadamente, Korum se sentou ao lado da anfitriã. Mia se sentou no outro lado e Edgar se acomodou em uma cadeira em frente a Korum. Algumas cervejas depois, qualquer traço do desconforto inicial se dissipara e a conversa fluía livremente. Para um casal de jovens humanos, os amigos de Mia eram até interessantes e Korum percebeu, de forma inesperada, que estava divertindo-se. Jessie e Edgar tinham uma excelente química entre eles, brincando e implicando um com o outro. Ele viu a tensão inicial de Mia desaparecendo quando ela percebeu que ninguém parecia suspeitar da falta de memória.

Quando todos estavam suficientemente relaxados, Korum começou a campanha de charme para cima de Jessie. Ele começou perguntando sobre como foram suas férias de verão e ouviu atentamente quando ela contou sobre o estágio em uma empresa farmacêutica de grande porte. Korum já sabia daquilo, pois fizera uma pesquisa antes de ir para Nova Iorque. Mas ele também sabia que as pessoas gostavam de falar sobre si mesmas e continuou fazendo perguntas a Jessie. Enquanto isso, Edgar mostrava a Mia pôsteres do programa mais recente no outro lado da sala.

— Essa empresa é sua principal opção para um emprego em tempo integral? — perguntou Korum a Jessie e ela assentiu com um olhar esperançoso no rosto.

— É a primeira opção para qualquer um que não vá diretamente para a faculdade de medicina — explicou ela.

— Como quero primeiro fazer pesquisa, esse seria o lugar perfeito. Mas, é claro, é supercompetitivo. Eles contratam dez vezes mais estagiários do que o número de assistentes de pesquisa em tempo integral que são necessários no ano seguinte. Portanto, nem mesmo um estágio lá garante uma oferta de emprego.

E, naquele instante, Korum soube o que precisava fazer. — Você não deve se preocupar — disse ele em tom gentil. — Vou indicar você para a diretoria.

— Você faria isso? — Jessie o encarou atônita. — Você conhece a diretoria da Biogem?

— Conheço — disse Korum. Não era uma mentira completa, pois pretendia conhecê-los em breve.

— Ah, uau. Você não precisa fazer isso, Korum — protestou ela debilmente, mas Korum percebeu que não estava sendo sincera. Ela queria muito o emprego e ele estava entregando-o em uma bandeja de prata.

— Mas eu quero — disse ele firmemente. — Você obviamente merece essa oportunidade. E eu sei que Mia gostaria que você a tivesse.

Jessie sorriu incerta. — Bem, nesse caso, obrigada. Agradeço qualquer ajuda.

E a Operação Jessie estava completa.

Quando a cerveja e os petiscos não foram mais suficientes, eles saíram para jantar. Korum os levou a um novo restaurante francês muito bem recomendado e que era conhecido por servir pratos tradicionais à base de carne com preços astronômicos. Ele manteve a dieta vegetal, mas Mia e os amigos pediram algo do reino animal. Korum não se importava que comessem carne de vez em quando. Os krinars tinham se preocupado principalmente com o impacto ambiental dos hábitos alimentares dos humanos e comer carne às vezes não era tão desastroso para o planeta como o que os humanos nos países desenvolvidos faziam antes.

Depois do jantar, eles saíram para beber. Sabendo que as garotas queriam um pouco de privacidade, Korum conduziu Edgar para o outro lado do bar, deixando Mia e Jessie sozinhas perto da janela. Ele ainda ficou de olho nelas, só para ter certeza de que não seriam incomodadas por ninguém. Mas, exceto por isso, ele concentrou a maior parte da atenção em Edgar.

— Você pratica algum esporte? — perguntou ele a Edgar quando as cervejas chegaram. Era uma das muitas coisas que os krinars tinham em comum com os humanos: jogos que exigiam habilidade física.

O ator assentiu. — Joguei futebol na universidade e de vez em quando ainda jogo como diversão. Também comecei a praticar boxe recentemente para entrar em forma para meu próximo papel.

— É mesmo? — perguntou Korum. — Fale-me sobre ele.

* * *

Mia sorriu para si mesma ao notar Korum e Edgar no outro lado do bar. Sabia exatamente o que ele estava fazendo e o motivo: o amante queria que ela e Jessie tivessem algum tempo sozinhas.

— Uau, Mia — disse Jessie depois que o garçom lhes

entregou os coquetéis. — Devo dizer que estou começando a ver por que você se apaixonou por ele. É muito mais simpático do que achei inicialmente.

Mia sorriu. — Sim, ele é ótimo. — Ela não tinha ideia de como Korum era quando se conheceram, mas tinha algumas suspeitas com base no que ele lhe dissera e no que observara de suas interações com outras pessoas no mês anterior. O amor da vida dela certamente não era alguém que ela gostaria de ter como inimigo.

— Você também parece diferente — disse Jessie. — Mais forte, mais confiante... e ainda mais bonita. Não sei o que ele está fazendo com você, mas parece estar dando certo.

— Ele me faz feliz — disse Mia. — Ai, Jessie, ele me faz tão feliz. Nunca achei que me apaixonaria deste jeito. É um conto de fadas que virou realidade.

— Completo, com um príncipe encantado extraterrestre?

Mia riu. — Sim. — Korum não era exatamente um príncipe encantado, mas ela não pretendia dizer aquilo a Jessie. Ela gostava da nova dinâmica amigável entre o amante e os amigos e não tinha intenção alguma de estragar isso.

Não, ela sabia que Korum estava longe de ser perfeito. Ela o amava, mas não era cega a seus defeitos. Ele era possessivo ao extremo, paranoico sobre a segurança dela e manipulador quando precisava. Ela percebera a forma como passara deliberadamente algum tempo com Jessie, amaciando-a. E funcionara, pois a amiga agora parecia ter uma opinião muito melhor sobre ele.

— Não incomoda você ele ser muito mais velho? — perguntou Jessie, com os olhos escuros brilhando de curiosidade. — Edgar tem vinte e seis anos e brinca com o fato de eu ser mais nova. Não consigo nem imaginar namorar alguém com a idade de Korum...

— Acredite ou não, ele não é tão velho para um krinar — disse Mia, sorrindo. — Há alguns deles que são muito, muito mais velhos. Mas, sim, algumas vezes a diferença de idade é um desafio. Há muitas vezes em que sinto como se eu o divertisse. Ele nunca faz com que eu me sinta idiota ou algo assim, mas sei que acha que sou muito jovem.

— Ele não trata você como uma criança?

— Não. — Mia balançou a cabeça negativamente. — Ele não faz isso. Ele é ridiculamente superprotetor, mas não passa disso.

Jessie a observou pensativamente. — Acha que isso é algo de longo prazo para você? — perguntou ela, franzindo ligeiramente a testa. — Quero dizer, casamento e essa coisa toda? Como isso funcionaria com um K, já que eles não envelhecem como nós?

Mia tomou um gole grande da bebida e engasgou. — Ahm, não sei se já chegamos a este ponto — disse ela quando finalmente recuperou o fôlego. Korum insistira exaustivamente que ninguém fora de Lenkarda deveria saber sobre a expectativa de vida aumentada dela. Era algo que tinha a ver com um mandado definido pelos Anciãos. Mia odiava aquela restrição, mas sabia que não podia quebrar as regras. Como Korum explicara, humanos que sabiam demais teriam a memória apagada e Mia nunca sujeitaria amigos e familiares àquele processo.

— Mas e se acontecer? — insistiu Jessie. — Já pensou nisso? Se vocês ficarem juntos, o que acontecerá quando você ficar mais velha? E filhos?

Mia deu de ombros. — Cruzaremos esta ponte quando chegarmos a ela. — Ela não queria pensar em filhos naquele momento. Era a única coisa que estragaria seu bom humor. As diferenças entre o DNA dos humanos e dos krinars eram grandes demais para permitir a procriação. Era um fato que fazia sentido, mas ainda era algo que a incomodava.

— Mas conte — perguntou Mia, querendo mudar de assunto —, como estão você e Edgar? Está ficando sério?

O sorriso de Jessie foi tão brilhante como o sol. — Conheci os pais dele na semana passada — confessou ela. — E, na semana que vem, vou levá-lo para conhecer os meus.

— Uau... Jessie, isso é sério! — Até onde Mia sabia, aquela era a primeira vez que a amiga levava um rapaz para conhecer sua família. Apesar de os pais de Jessie morarem nos Estados Unidos havia muito tempo, ainda tinham alguns dos costumes e das atitudes tradicionais dos chineses. Levar um namorado para conhecer os pais era uma questão séria e o rapaz em questão precisava estar pronto para responder a algumas perguntas muito indiscretas sobre a carreira e os planos para o futuro.

— Sim — disse Jessie em tom inseguro. — Eu avisei a Edgar que ele será interrogado. Mas ele disse que não se importa.

Subitamente, Mia sentiu um toque leve no braço nu.

— Posso pagar uma bebida a vocês? — perguntou uma voz masculina desconhecida. Mia virou a cabeça e viu um homem atraente, de cabelos escuros, que parecia ter quase trinta anos.

— Estamos aqui com nossos namorados — respondeu Jessie rapidamente com um toque de ansiedade na voz.

— Está bem, sem problemas — disse o rapaz, desaparecendo na multidão.

Mia olhou para Jessie com as sobrancelhas erguidas. A amiga acabara de ser rude de forma nada característica e ela não entendeu o motivo. Em seguida, ela viu para onde Jessie olhava.

Korum olhava fixamente na direção delas, com o maxilar cerrado e um brilho dourado nos olhos amarelos. Mia sorriu e acenou para ele, querendo desfazer a tensão. Ela sabia que ele não gostava que nenhum homem a tocasse, mas o rapaz não fizera nada de mal.

— Ele não vai surtar de novo, vai? — Jessie soou assustada.

— O quê? Não, claro que não — disse Mia automaticamente. Logo em seguida, ela se lembrou de Korum contando algo sobre um acidente em um clube nos primeiros dias do relacionamento deles. Ele dissera que ela e Jessie tinham saído sozinhas e um rapaz a beijara. Com base na reação de Jessie, Mia supôs que Korum tinha suavizado a própria resposta àquilo.

— Ahã — disse Jessie em tom de dúvida.

— Ele não vai — disse Mia confiante, olhando diretamente para Korum. Ela sabia perfeitamente bem que ele conseguia ouvi-la.

Ele a encarou de volta. Os olhos dele ainda tinham aquele brilho dourado perigoso, mas um dos cantos da boca se ergueu ligeiramente e a sombra de um sorriso cruzou seu rosto. Mia continuou olhando para ele, estreitando um pouco os olhos, e o rosto dele se abriu em um sorriso largo, passando de meramente lindo para algo de outro mundo. Em seguida, ele se virou e continuou conversando com Edgar como se nada tivesse acontecido.

— Puta merda — disse Jessie com os olhos arregalados. — Você conseguiu! Puta merda, Mia, você conseguiu...

— Consegui o quê?

— Você domou um K.

CAPÍTULO 20

Mais duas semanas se passaram depois da viagem para Nova Iorque. Mia percebeu que adorava a nova vida... e contemplou não voltar para terminar o último ano da faculdade.

Lenkarda era o mais próximo de paraíso que conseguia imaginar. O verão era a estação úmida naquela região da Costa Rica, o que significava manhãs ensolaradas e chuvas tropicais à tarde. Como resultado, tudo ficava muito verde e vicejante, além de encher os rios e as cachoeiras. Mia frequentemente passava as manhãs explorando as florestas próximas, tirando fotografias da vida selvagem local, e a segunda metade do dia trabalhando no laboratório com Adam.

Haron, o especialista em mente do Arizona, concordara em assumir o laboratório de Saret como uma solução temporária para manter o lugar aberto. Havia pesquisas importantes demais em andamento para simplesmente fechá-lo. Mia conhecera o K na viagem breve ao Arizona e não sabia se gostava muito dele. Tinha a sensação de que ele a considerava como uma curiosidade médica devido à sua condição. Mesmo assim, ele não se importou que ela continuasse a trabalhar no laboratório. Haron deixava Mia e Adam em paz, o que a agradava bastante.

A cada dia que passava, Mia estava mais e mais envolvida na vida em Lenkarda. A amizade com Delia continuava a se desenvolver e as duas garotas frequentemente iam nadar e mergulhar juntas, algo que deixava os dois cherens mais tranquilos. — Pelo menos, Delia pode pedir ajuda se alguma coisa acontecer e vice-versa — disse Korum uma noite quando estavam deitados na cama. — E ela sabe que áreas evitar.

A superproteção de Korum deixava Mia maluca. Quando reclamou para Delia, a garota mais velha riu. — Ah, você só precisa se acostumar. Arus é exatamente igual, acredite. Era de se imaginar que, depois de séculos juntos, ele teria percebido que sou capaz de cuidar de mim mesma, mas não. Se fosse do jeito dele, eu nunca sairia de casa sem ele.

— Como você aguenta isso? — perguntou Mia, estudando as mãos. Ela sabia sobre os dispositivos de rastreamento que havia nelas e odiava-os profundamente. Quando descobrira que fora brilhada, depois de perguntar a Korum como ele sempre parecia saber sua localização exata, ficara furiosa e insistira para que ele removesse os dispositivos. Ele se recusara, explicando que precisava ter certeza de que ela estava segura. Eles acabaram tendo uma longa discussão que culminou com Korum levando-a para a cama. Os dispositivos ainda estavam lá, mas Mia tinha a intenção de removê-los na primeira oportunidade.

Delia deu de ombros. — Eu não sei — respondeu ela. — Sei que Arus me ama e que tem medo de me perder. Sou tão necessária para a existência dele quanto ele é para a minha e tento fazer concessões por causa disso. Com o tempo, nós dois aprendemos o valor do compromisso. Você e Korum também aprenderão.

Ter Delia como amiga era como ter também uma mentora. Às vezes, ela era sábia e misteriosa como uma esfinge, mas, em outros momentos, era como qualquer outra jovem da idade de Mia, agindo de forma tão despreocupada como uma adolescente. Mia descobriu que aquela mistura incomum da personalidade dela era relativamente comum entre os krinars. Eles viviam por muito tempo, mas nunca se sentiam velhos. O corpo deles era tão saudável com dez mil anos de idade quanto com vinte e todos tinham a mesma longevidade. Portanto, raramente passavam pelo tipo de perda pela qual um humano que vivesse mais do que o normal passaria.

— Sabe, você não se encaixa no estereótipo de uma pessoa imortal — disse Mia a Korum certo dia, depois de uma sessão particularmente divertida na câmara de gravidade zero. — Não deveria ser todo cheio de vontades e detestar a vida, em vez de gostar tanto?

Korum sorrira em resposta, mostrando os dentes brancos. — Como eu poderia odiar a vida se tenho você? — respondera ele, erguendo-a e girando-a pela câmara.

Quando ele finalmente parara, Mia estava sem fôlego de tanto rir.

— A vida é para ser aproveitada, querida — dissera ele, ainda segurando-a e com a expressão do rosto inesperadamente séria. — É por isso que eu amo você tanto, Mia. Você melhora cada momento da minha existência. Seu sorriso, sua risada, até mesmo a sua teimosia, me fazem mais feliz do que jamais fui. Mesmo quando não estamos juntos, pensar em você me deixa contente porque sei que está aqui. Porque sei que, quando eu chegar em casa, poderei abraçá-la, senti-la, trepar com você. — Os olhos dele brilharam mais intensamente.

Mia o encarara, com os mamilos enrijecendo quando a pele se arrepiou de desejo.

— Sim — dissera ele com a voz baixa e rouca —, não podemos esquecer dessa última parte. Gosto muito de trepar com você. Adoro a forma como geme quando estou dentro de você, a cor em seu rosto quando está excitada... Adoro o seu cheiro, o seu gosto. Quero devorar você como se fosse uma sobremesa... — Ele colocara a mão entre suas pernas, com os dedos abrindo-lhe as dobras, acariciando-a e espalhando a umidade em volta da abertura. — Sua boceta é mais doce que qualquer fruta — sussurrara ele, ajoelhando-se e erguendo a saia do vestido dela. — Mais deliciosa do que qualquer chocolate...

E Mia quase gozara com o primeiro toque da língua dele. Gemendo, ela enterrara os dedos nos cabelos de Korum, segurando-se nele enquanto a boca habilidosa lhe dava prazer até que Mia explodira em um milhão de pedaços.

* * *

— Diga isso de novo — exigiu Korum, encarando Ellet.

— Acho que encontrei alguém que pode reverter o procedimento de Saret e desfazer a perda de memória de Mia — repetiu Ellet, cruzando as longas pernas. Eles estavam sentados no laboratório dela, onde Korum levara Mia depois de resgatá-la das garras de Saret.

— Quem?

— Uma aprendiz do laboratório de Baranil. Parece que ela acabou de desenvolver uma forma de desfazer praticamente qualquer procedimento na mente. Ainda não é algo que tenha sido divulgado, por isso não soubemos disso antes. Você consegue imaginar as implicações de algo como isso. Todos que passaram por algum tipo de reabilitação iriam querer.

— O laboratório de Baranil — disse Korum, encarando Ellet. — Em Krina.

— Sim.

— Entendo. — Korum se levantou e começou a andar de um lado para outro.

— Você ainda precisa disso? — perguntou Ellet, encarando-o com os olhos escuros grandes. — Mia parece muito feliz como está... e você também. — Havia um ligeiro tom de inveja na voz dela.

Korum lhe lançou um olhar penetrante. Apesar de terem sido amantes, Korum nunca tivera sentimentos profundos por Ellet e tivera certeza de que ela também não tivera nenhum por ele.

Como que em resposta à pergunta que ele não fez, Ellet sorriu. — Estou feliz por você — disse ela em tom suave. — De verdade. O que eu e você tivemos terminou há muito tempo. Só nunca achei que seria uma humana quem faria você se sentir assim.

Korum suspirou, passando a mão pelos cabelos. — Nem eu, Ellet. Acredite, é um choque para mim também.

— Ah, eu acredito — respondeu Ellet, ainda sorrindo. Ela era linda e, objetivamente, Korum reconhecia isso, mas ele não sentia mais nada por Ellet. Todas as mulheres que via atualmente eram comparadas a Mia e consideradas inadequadas, outro efeito colateral de sua obsessão pela caerle.

— Pode me colocar em contato com essa aprendiz? — perguntou Korum, voltando ao assunto. — Eu gostaria de falar com ela.

Deixando Ellet, Korum voltou para o próprio laboratório, onde seus projetistas trabalhavam. Apesar de todos poderem trabalhar remotamente e reunirem-se apenas em ambientes virtuais, alguma coisa sobre a proximidade física parecia incentivar o processo criativo, resultando em uma maior coesão da equipe e projetos mais inovadores.

Entrando no prédio grande de cor creme, Korum cumprimentou Rezav, um dos projetistas líderes, e foi para o seu escritório, um espaço particular onde normalmente fazia os melhores trabalhos. A semana fora quieta, com os funcionários relaxando depois da pressa no mês anterior para finalizar os projetos dos novos escudos. Normalmente, teria sido o momento perfeito para que Korum trabalhasse nos próprios projetos, mas as duas semanas anteriores não tinham sido nada normais.

Garantindo que ninguém pudesse entrar no escritório, Korum fixou um nó de realidade virtual na têmpora e fechou os olhos. Quando os abriu novamente, estava parado ao lado de um rio largo, rodeado pelos tons verdes, vermelhos e dourados familiares da vegetação de Krina.

O sol brilhava muito, ainda mais quente que no equador na Terra. Korum sentiu os raios na pele nua dos braços e desfrutou da sensação agradável. Respirando fundo, ele encheu os pulmões com o ar puro e limpo e o aroma das plantas florescentes.

— Muito diferente da Terra, não é? — disse uma voz profunda à direita. Korum se virou e viu Lahur parado lá, a pouco menos de dois metros. Ele não ouvira a aproximação do Ancião, mas, por outro lado, ninguém se movia como Lahur. O krinar era o maior predador, com velocidade e força tão lendárias quanto o homem propriamente dito.

— Sim — respondeu Korum. — Muito diferente. — Se havia uma coisa que aprendera durante as interações recentes com os Anciãos, era a importância de dizer o mínimo possível. Lahur, o mais velho de todos eles, gostava do silêncio e parecia se ressentir daqueles que falavam desnecessariamente.

O fato de Lahur estar falando com Korum já era incrível. Korum não era estranho para os Anciãos, pois apelara a eles várias vezes em diversas questões do Conselho. No entanto, todas as comunicações anteriores tinham ocorrido pelos canais oficiais e os Anciãos quase nunca se encontravam pessoalmente com os Conselheiros, fosse virtualmente ou no mundo real. Portanto, quando Korum falara com os Anciãos em nome de Mia várias semanas antes, nunca esperara que a solicitação fosse levada a sério, muito menos que resultasse em uma reunião virtual.

Aquela reunião virtual, de alguma forma, se transformara em uma série de entrevistas nas semanas seguintes.

Lahur o encarou, com os olhos escuros e inescrutáveis. Como Korum, ele fora concebido naturalmente, não em um laboratório, e as feições assimétricas eram mais parecidas com as dos antigos krinars do que com as dos modernos.

— Nós consideramos a sua solicitação — disse o Ancião, com o olhar fixo em Korum.

Korum não disse nada, apenas inclinou ligeiramente a cabeça. A chave ali era a paciência. Paciência e respeito.

— Você deseja que a família de sua caerle seja trazida para a nossa sociedade. Que tenham a mesma expectativa de vida estendida que ela.

Korum se manteve em silêncio, sustentando o olhar de

Lahur.

— Nós não concederemos o que você pediu.

Korum lutou para esconder o desapontamento. — Por quê? — perguntou ele calmamente. — São apenas uns poucos humanos. Que mal seria levá-los a Lenkarda e dar a eles a mesma vida que minha caerle tem?

Os olhos de Lahur escureceram até ficarem totalmente pretos. — Está argumentando por eles?

— Não — respondeu Korum, ignorando a forma como o coração acelerou. — Argumento por ela, por Mia.

Lahur o encarou. — Por quê? Por que uma dessas criaturas é tão importante para você?

— Porque ela é — disse Korum. — Porque ela significa tudo para mim. — Ele sabia que acabara de fazer o equivalente a expor a garganta para Lahur, mas não se importou. Não era segredo que Mia era sua fraqueza e tentar esconder isso de um Ancião de dez milhões de anos era tão inútil quanto bater a cabeça contra a parede.

Para choque de Korum, um sorriso leve tocou os lábios de Lahur, suavizando as linhas duras de seu rosto. — Muito bem — disse o Ancião. — Você me convenceu. E eu lhe darei uma chance de convencer os outros. Traga os humanos aqui e deixem que falem por si mesmos. — Ele fez uma pausa, deixando que o impacto das palavras atingissem Korum. — Eu gostaria de conhecer essa sua Mia.

CAPÍTULO 21

— Qual é o problema? — perguntou Mia depois da segunda vez em que Korum ficou em silêncio, como se estivesse absorto nos próprios pensamentos.

Eles jantavam na praia, um passeio romântico que Korum sugerira no dia anterior. Mia esperava algo incrível... e fora. Por todo lado, centenas de minúsculas luzes flutuavam no ar, parecendo uma combinação de estrelas e vaga-lumes. O sol já se escondera e aquelas luzes, juntamente com a lua nova, eram as únicas fontes de iluminação.

Para a refeição, Korum preparara dezenas de pequenos pratos, na maioria petiscos. Eles variavam de minúsculos sanduíches de uma deliciosa pasta de alcachofra a algumas frutas exóticas que Mia nunca provara. Era um banquete digno de um rei. Ela estava adorando tudo, até notar o comportamento estranhamente distraído de Korum.

— Por que acha que há algum problema? — perguntou ele, com os lábios curvando-se em um sorriso sensual, mas Mia não se deixou enganar. Ele certamente tinha alguma coisa em mente.

— Não acha que consigo perceber quando você está preocupado com alguma coisa? — Mia inclinou a cabeça para o lado, encarando o amante. Ele podia ainda ser um mistério algumas vezes, mas ela começava a conhecê-lo melhor a cada dia que se passava.

Ele a estudou, com um olhar quase calculista. — Você tem razão, minha querida — disse ele finalmente. — Há uma coisa sobre a qual preciso conversar com você.

Mia engoliu em seco. Na última vez em que Korum precisara conversar com ela sobre alguma coisa, ela descobrira que sua mente fora adultera. O que poderia ser desta vez?

— Não é nada ruim — disse Korum, parecendo entender a preocupação dela. — Na verdade, é uma boa notícia.

— O que é? — Mia não conseguiu se livrar de uma sensação de inquietude.

— Encontramos alguém em Krina que pode reverter o procedimento de Saret — respondeu Korum, observando-a cuidadosamente. — Ela pode desfazer tudo o que foi feito com você, incluindo o apagamento da memória.

— Ai, meu Deus... — Mia nem sabia o que dizer. — Korum, isso é incrível!

Ele sorriu. — É, sim. E há mais uma coisa.

— O quê?

— Lembra-se da minha petição aos Anciãos sobre a sua família?

Mia quase parou de respirar. — Sobre torná-los imortais como eu?

— Sim.

— É claro que me lembro — disse Mia, com o coração começando a bater no peito em uma mistura selvagem de esperança e apreensão.

— Há uma chance de isso ser concedido.

Desta vez, Mia não conseguiu conter um grito empolgado. Ficando de pé em um salto e rindo, ela se jogou sobre Korum, que se levantou bem a tempo. — Obrigada! Ai, meu Deus, Korum, obrigada!

— Espere um pouco, querida — disse ele, empurrando-a gentilmente. — Não é tão simples. É preciso algo que talvez você não queira fazer.

Mia o encarou, sentindo parte da empolgação desaparecer. — O quê?

— Teríamos que ir para Krina e levar sua família conosco.

* * *

Naquela noite, Mia não conseguiu dormir. Ela acordou várias vezes, com a mente cheia de um milhão de perguntas e preocupações. Como Korum explicara, a viagem a Krina teria duas finalidades: desfazer o procedimento de Saret e apresentar o caso de Mia para os

Anciãos. — Eles querem conhecer você — dissera ele, deixando Mia em silêncio e chocada.

Um corpo quente pressionou suas costas, sobressaltando-a. — Você está acordada novamente — murmurou Korum, puxando-a para seus braços. — Por que não está dormindo, querida?

— Por que os Anciãos querem isso? — Mia não conseguia parar de pensar no assunto. — Por que eles querem nos ver? Achei que eram seus deuses ou algo assim. O que podem querer comigo e com a minha família?

Korum suspirou e ela sentiu o movimento do peito dele. — Eles não são deuses. São krinars, como eu, só que muito, muito mais velhos. Quanto ao motivo pelo qual querem ver você, não sei. Eles têm um interesse incomum na minha petição. Reuniram-se comigo várias vezes e fizeram muitas perguntas sobre você e seus pais.

— E eles não disseram que concederiam seu pedido, certo? — Mia se virou nos braços dele para que ficasse de frente para Korum.

— Não — respondeu Korum, com o brilho leve do luar que atravessava o teto refletindo em seus olhos. — Não disseram. Mas Lahur disse que nos daria mais uma chance e deu a entender que estaria do nosso lado.

— Lahur é o mais velho?

— Sim. Ele é o que está vivo há mais de dez milhões de anos.

Mia estremeceu, sentindo os braços arrepiarem-se.

— Está com frio? — Korum a puxou para mais perto, colocando um cobertor sobre os dois.

— Não, não estou. — O corpo nu dele parecia uma fornalha, gerando tanto calor que ela nunca sentia frio quando dormia ao seu lado. A temperatura na casa de Korum também era sempre confortável, mais fria à noite, mais quente durante o dia. Era ajustada especificamente para atender às necessidades deles. Quando Mia morara na Flórida, sempre odiara ar-condicionado. O ar frio era sempre um choque depois do calor no exterior e normalmente muito intenso para o gosto dela. Em Lenkarda, as estruturas inteligentes mantinham o interior dos prédios em uma temperatura perfeita, criando microzonas climatizadas em volta de cada pessoa.

— Você sabe que não precisamos ir, não é? — Korum acariciou gentilmente as costas dela. — Podemos ficar aqui. Você se adaptou muito bem a tudo. Se a perda de memória não a incomoda, nada precisa mudar...

— Não — disse Mia, enterrando a cabeça em seu peito. — Se fosse só isso, poderíamos considerar ficar. Mas meus pais, minha irmã... se há uma pequena chance de que possam viver mais tempo, precisamos fazer isso. Eu nunca conseguiria conviver comigo mesma se não o fizesse.

— Eu sei, minha querida — disse Korum. — Eu sei disso.

— Não poderíamos nos reunir com os Anciãos virtualmente? — Mia se afastou para olhar para o rosto dele. — Foi assim que você se reuniu com eles, não foi?

— Sim — respondeu Korum. — Mas eles não consideram isso como uma reunião de verdade. Quando Lahur disse que queria conhecer você, quis dizer pessoalmente.

— Antiquado ele, não? — retrucou Mia em tom seco.

Korum riu. — Não diga.

Mia ficou em silêncio, pensando novamente na viagem que fariam. — Acha que voltaremos em breve? — perguntou ela depois de alguns segundos.

— Não sei — respondeu Korum. — Depende do que os Anciãos querem.

* * *

No dia seguinte, Korum observou quando Mia tocou a campainha na casa dos pais. Ele sabia que ela estava preocupada com aquela parte, a de contar à família sobre a capacidade de extensão da expectativa de vida dos krinars e convencê-los a ir a Krina.

Ela vestia roupas humanas, uma bermuda e uma camiseta. Apesar de Korum gostar de vê-la de vestido, tinha que admitir que estava muito bem de bermuda, mostrando as pernas torneadas. Talvez devesse pedir a ela que se vestisse daquele jeito com mais frequência.

A mãe de Mia abriu a porta com um sorriso largo no rosto redondo. — Mia! Korum! Estou tão feliz por terem aparecido! — Ela abraçou Mia primeiro e, em seguida, Korum se viu apertado em um abraço perfumado.

Sorrindo, ele beijou de leve o rosto de Ella Stalis e entrou na casa, seguindo as duas mulheres. Mocha, a pequena cachorra que Mia dissera ser uma chihuahua, saiu correndo de um dos quartos, latindo alegre e tentando saltar em Korum. Ele se abaixou e fez carinho no animal, que imediatamente rolou de costas e deixou a barriga exposta para que também fosse acariciada.

— Uau, Korum, ela adora você — disse Mia pensativa. — Não consigo acreditar que ela seja assim com você. Normalmente, é muito tímida com estranhos... — E, para provar o que dizia, Mia estendeu a mão para a cachorra, que imediatamente se levantou e fugiu.

Korum sorriu. Parecia que criaturas pequenas e fofas gostavam dele.

A casa dos pais de Mia era adorável, epítome do que ele considerava como típico dos humanos norte-americanos. O local tinha um ar confortável, com sofás mostrando sinais de uso e fotografias de família por toda parte. Korum gostava particularmente de ver as de Mia quando criança. Ela fora uma garotinha bonita, com cachos longos e olhos azuis grandes. Por um segundo, aquelas fotos fizeram com que ele tivesse vontade de segurar uma filha dele mesmo, com as feições de Mia. Foi uma vontade estranha e impossível que nunca sentira.

O pai de Mia entrou na sala de estar no momento em que se sentaram no sofá. Mia se levantou de um salto. — Papai!

— Ah, Mia, querida, estou tão feliz em ver você! — Dan Stalis abraçou a filha, beijando-lhe o rosto.

Korum também se levantou e estendeu a mão em um cumprimento humano. — Olá, Dan.

— Korum, é bom ver você também — disse o pai de Mia, apertando a mão dele. Dan foi mais reservado do que fora com Mia e Korum sabia que o pai dela ainda estava indeciso sobre o que achar do relacionamento deles. Korum não o culpava. Se estivesse no lugar do humano, não teria aceitado tão facilmente alguém que levara a filha embora.

— Onde está Marisa? — perguntou Mia quando todos se sentaram novamente. — Ela vem?

— Sim, estará aqui em alguns minutos — respondeu a mãe, mostrando-se muito feliz por ter a filha em casa. Mia também parecia feliz. Observando-as, Korum estava mais convencido do que nunca de que fizera a coisa certa ao falar com os Anciãos. A caerle sofreria muito se tivesse que ver os pais envelhecerem e murcharem, sabendo o tempo inteiro que Korum tinha o poder de impedir que aquilo acontecesse.

— Você quer um chá? Ou uma fruta? — perguntou Ella, dirigindo-se a Korum. — Estão com fome? Fiz uma salada de rabanetes deliciosa ontem...

— Eu estou bem, obrigado — respondeu Korum, suavizando a resposta com um sorriso. — Comemos antes de vir para cá.

— Eu quero um chá — disse Mia. — Mas não se preocupe, mamãe, eu pego. — Levantando-se, ela foi para a cozinha, deixando Korum sozinho com os dois humanos mais velhos.

Ella e Dan Stalis o observaram com expressão estranha, quase como que em expectativa, e Korum teve uma intuição súbita. Eles achavam que Mia e Korum ficariam noivos e provavelmente esperavam que ele pedisse a mão dela, como era tradição entre os humanos.

Korum teve uma sensação inesperada de pesar por desapontá-los. Não fora por isso que ele e Mia tinham ido lá naquele dia nem a ideia sequer lhe ocorrera antes. Até onde sabia, nenhum krinar jamais se casara com uma humana. As coisas simplesmente não eram feitas assim. Ao tomar Mia como caerle, Korum já fizera um compromisso com ela, mesmo que ela não necessariamente visse a situação da mesma forma.

Para seu alívio, a campainha tocou novamente, interrompendo o momento desconfortável. Os dois humanos se levantaram e correram para a porta. A filha mais velha e o marido entraram. Mia saiu da cozinha com um sorriso largo no rosto.

Korum se levantou para cumprimentá-los quando entraram. Ele beijou Marisa no rosto e apertou a mão de Connor, genuinamente feliz em ver o jovem casal. A gravidez da irmã de Mia começava a aparecer e ela parecia radiante.

Quando os lábios de Korum encostaram no rosto dela, Marisa corou, pois tinha a pele tão sensível quanto a de Mia. Ele reprimiu um sorriso. Sabia que as mulheres humanas o achavam atraente e gostava de ter aquele efeito nelas. Era melhor do que vê-las se encolher de medo, como acontecia algumas vezes por causa do que ele era.

Connor não pareceu se importar com a reação da esposa, sorrindo tão calmamente quanto antes. Korum não conseguia entender a placidez dele. Se Mia corasse com o toque de outro homem, a expectativa de vida daquele homem teria sido reduzida a minutos. Os humanos eram certamente mais relaxados em relação a tais questões. Alguns machos eram tão possessivos em relação às mulheres quanto os krinars, mas a maioria não era.

Mia os cumprimentou e o grupo voltou para a sala de estar.

— Muito bem, maninha — disse Marisa, sentando-se no sofá. O marido dela puxou uma cadeira e sentou-se ao seu lado. — Diga-nos o que está acontecendo.

Mia respirou fundo e Korum apertou sua mão para encorajá-la. — Sou imortal — disse ela em tom direto. — Agora posso viver tanto quanto Korum. E, se forem conosco para Krina, talvez isso também possa acontecer com vocês.

Por um momento, houve um silêncio completo na sala. Em seguida, todos começaram a falar ao mesmo tempo. Na cacofonia de vozes, foi impossível ouvir qualquer pergunta específica. Somente Dan Stalis ficou quieto, encostado em uma mesa e observando a confusão com uma leve curiosidade no rosto.

— Você não está surpreso — disse Korum, olhando para o pai de Mia.

— Não — respondeu Dan —, não estou.

— Por que não? — perguntou Korum.

— Porque isso faz todo o sentido do mundo — retrucou Dan Stalis. — De que outra forma você e Mia estariam juntos? Ela nunca falou sobre um futuro com você, mas nunca pareceu chateada quando tocamos no assunto. Por que não pareceria, quando ama você, quer ficar ao seu lado? Além do mais, você curou minhas enxaquecas apenas com uma pequena cápsula. Não é exagero imaginar que o seu povo consiga curar outras coisas, como câncer ou problemas de coração. — Ele fez uma pausa. — Talvez até mesmo o envelhecimento.

Korum sorriu, involuntariamente impressionado com o humano.

— Dan, você nunca comentou nada comigo. — O tom de Ella era de incredulidade. — Em todas as vezes que conversamos sobre Mia, você nunca mencionou essas suspeitas! — A voz dela ficou mais alta nas últimas palavras e ela estreitou os olhos ao encarar o marido.

— Sempre foi apenas um palpite — disse Dan em tom conciliador. — Ella, querida, eu não queria que tivesse alguma esperança caso eu estivesse errado.

— Então, agora você é uma K? — Marisa olhava para a irmã com uma expressão chocada. — Você também bebe sangue?

— Espere um pouco — disse Connor. — Podemos voltar para a parte em que poderemos ser todos imortais se formos para Krina?

Mia abriu a boca para responder e Korum apertou a mão dela novamente. — Deixe-me tentar explicar, querida — disse ele. — Depois, responderemos às perguntas de sua família.

Todos ficaram em silêncio, olhando para Korum, e ele continuou: — Temos os meios para curar o câncer, bem como envelhecimento lento e outros males que assolam os humanos. A forma como isso é feito é com a inserção de nanócitos, que são nanomáquinas que imitam as funções das células em um corpo humano. Elas removem todos os danos nas células e possibilitam a cura rápida de ferimentos. É só que elas fazem. Não existe transformação de uma espécie em outra.

— Mia tem esses nanócitos no corpo. Eu os dei a ela há uns dois meses. E você tem razão, Dan. É a única forma de podermos ficar juntos em longo prazo.

Korum fez uma pausa e inspecionou a sala. — O motivo pelo qual Mia não contou nada a vocês antes e pelo qual nunca ouviram falar disso é algo chamado de mandado de não interferência. Ele foi instituído pelos nossos Anciãos. Não temos permissão de fazer nada que possa alterar de forma significativa o curso do progresso humano natural. É por isso que não dividimos nossa tecnologia nem nossa ciência com vocês, pois isso é proibido. As únicas exceções a essa regra são humanos que chamamos de caerles. As pessoas como Mia, com as quais temos um relacionamento sério.

— Mas por quê? — perguntou Connor, franzindo a testa. — Por que eles instituíram esse mandado, para começo de conversa?

— Eu não sei — admitiu Korum. — Há muitas teorias. A mais popular é de que os Anciãos ainda estão conduzindo um experimento em relação à evolução dos humanos. Eles estavam lá para ver o começo de sua espécie e querem ver o que acontecerá com interferência mínima de nossa parte...

— O que quer dizer, no início? Que idade têm esses Anciãos de vocês? — interrompeu Dan, olhando para Korum.

— Eles são velhos — respondeu Mia no lugar dele. —

Muito velhos. Tipo, dez milhões de anos.

O pai de Mia ficou visivelmente pálido. — Dez milhões de anos?

— Sim — disse Mia. — Quando Korum disse que eles estavam lá, no início da raça humana, ele não estava brincando. Na verdade, dois dos Anciãos estavam encarregados de supervisionar nossa evolução no começo. Certo? — Ela olhou para Korum.

— Sim, exatamente — confirmou ele.

— Então, se existe esse mandado, por que está nos contando isso agora? — perguntou a mãe de Mia, parecendo confusa. — E o que foi que você disse antes sobre ir para Krina?

— Fiz uma petição para os Anciãos por vocês — explicou Korum. — Para que passem pelo mesmo procedimento que Mia. Eles não concordaram ainda, mas fizeram uma solicitação incomum. Querem conhecer Mia e sua família pessoalmente.

— Os Anciãos querem nos conhecer? — Ella Stalis parecia prestes a desmaiar.

— Sim — respondeu Korum. — Eles querem conhecer vocês e Mia em pessoa.

— Por quê? — perguntou Dan novamente.

— Eu não sei — respondeu Korum com sinceridade. — Eu queria poder responder a essa pergunta.

— Então, deixe-me ver se entendi direito... Eles querem que viajemos para Krina, mas não garantem que nos darão esses nanócitos? — perguntou Connor, franzindo a testa ainda mais. — Estão pedindo para deixarmos nossa vida para trás com uma chance remota de que isso aconteça?

— Sim. — Korum não tentou suavizar a situação.

— O que aconteceria se você desobedecesse os Anciãos? — perguntou Marisa, torcendo as mãos. — Se quebrasse o mandado de não interferência?

— Depende — respondeu Korum. — Se for apenas uma infração pequena, o resultado é uma perda de posição, que é algo semelhante à nossa reputação, além de, frequentemente, outras penalidades, incluindo financeiras. Se for algo mais grave, é tratado como um crime semelhante a assassinato.

— Ah — disse Marisa baixinho.

— Então, vejamos — disse Dan Stalis. — Você está nos dando a possibilidade de ter uma vida infinitamente longa, mas somente se formos com você para outro planeta.

— Sim.

— E o que acontece se nós recusarmos? — perguntou Connor com uma expressão teimosa no rosto. — E se não quisermos esquecer nossa vida inteira para voar para o espaço?

Korum deu de ombros. A bem da verdade, ele não tinha certeza do que aconteceria se alguém da família de Mia decidisse não aceitar o convite dos Anciãos. No curso normal dos eventos, se um humano descobrisse algo que não deveria, teria parte da memória apagada. Mas aquilo era diferente e ele não sabia que orientações se aplicariam àquele caso.

— Não, Connor, você não pode recusar — disse Mia, encarando o cunhado friamente. — Você não entende?

Se os Anciãos concederem nosso pedido, você, Marisa e o bebê poderão viver milhares de anos. Como pode recusar algo assim? Mamãe, papai, vocês serão jovens novamente. Isso não seria incrível? — Ela lançou um olhar implorante a eles. — Por favor, não me façam assistir à sua morte porque estão com medo. Korum está oferecendo a vocês uma chance de serem imortais. Como podem recusar?

CAPÍTULO 22

As duas semanas seguintes se passaram em uma confusão de preparativos para a partida. Os pais de Mia, Marisa e Connor pediram uma licença do trabalho e colocaram as contas em dia. De todos eles, Connor parecia o mais hesitante, apesar de Marisa tê-lo convencido de que precisavam ir, nem que fosse pelo bem do bebê. Depois de muitas discussões, ficou decidido que, se os Anciãos não lhes concedessem a imortalidade, voltariam à vida normal depois de, primeiro, assinar um acordo de não revelar nenhuma informação confidencial sobre os Ks. Se a petição fosse bem-sucedida, no entanto, Lenkarda seria seu novo lar, como era para Mia.

Para aliviar as preocupações sobre a viagem da irmã durante a gravidez, Mia falou com Ellet para que examinasse Marisa uma última vez. — Ela está perfeitamente saudável — assegurou Ellet. — E uma viagem espacial rotineira não deverá apresentar problemas. Se ela fosse explorar novas galáxias, eu ficaria preocupada, mas uma viagem simples entre Krina e a Terra é a coisa mais segura hoje em dia.

Mia telefonou para Jessie e explicou que ficaria algum tempo fora e não voltaria para a faculdade no início do semestre seguinte. Jessie não ficou nem um pouco surpresa, apesar de ter chorado quando Mia disse que não sabia quando voltaria. Como Mia não podia contar a ela o verdadeiro motivo da viagem, teve que inventar uma viagem de negócios de Korum para justificar a ausência.

— Jessie pode ir também? — perguntou Mia a Korum depois daquela conversa triste. — Eu sei que você disse apenas familiares, mas ela é parte da família para mim...

— Não, querida — disse Korum com pesar. — Os Anciãos nem gostaram da ideia de Connor ir. Tive muito trabalho para convencê-los de que um cunhado é o equivalente a um filho de verdade. Se os pais de Connor estivessem vivos, nem acho que isso teria funcionado. Seriam humanos demais para serem encaixados em uma exceção.

Mia engoliu em seco. Ela não percebera como estivera perto de perder a irmã, que provavelmente teria optado por ficar para trás com o marido. Foi a primeira vez que o fato de Connor não ter família fora uma vantagem. Mia sempre tivera pena do cunhado porque a mãe dele, que fora mãe solteira, falecera de câncer de mama sete anos antes. Mas agora aquele fato possibilitara que a família de Mia ficasse reunida.

Adam preparou várias anotações e gravações para que ela levasse ao laboratório da mente em Krina. — Não se esqueça de entregar isso àquela aprendiz — disse ele a Mia. — Tem tudo que consegui encontrar nos arquivos de Saret sobre perda de memória e suavização. Não é muito, pois ele deve ter destruído a maioria dos dados, mas poderá ajudá-los a entender a sua condição.

— Obrigada, Adam. — Mia sorriu para o K. — Foi ótimo ter você como parceiro.

Adam abriu um sorriso largo. — O mesmo vale para você, parceira. Avise-me quando vocês chegarem e estiverem instalados. Adoraria saber como foi a reunião com os Anciãos.

— É claro — respondeu Mia. Ela sabia que Adam tinha um motivo muito bom para querer saber do resultado da petição de Korum. A família adotiva dele era humana... bem como a namorada misteriosa sobre quem ele nunca falava.

* * *

— Saret estará na nave conosco — disse Korum a Mia ao caminharem pela praia na noite antes da partida. — O Conselho quer que ele volte para Krina para que os Anciãos os julguem.

O estômago de Mia se revirou de medo. De vez em quando, ela ainda tinha pesadelos por causa da luta na Arena, sonhos horríveis em que Korum não era vitorioso. Saret chegara muito perto de matar o amante dela e Mia

316

nunca se esqueceria daqueles momentos em que achara que tinha perdido Korum.

Como se tivesse lido a mente dela, Korum disse: — Não há nada com que se preocupar, querida. Ele ficará preso durante toda a viagem.

— Que levará apenas umas duas semanas, certo? — perguntou Mia.

— Sim — confirmou Korum. — Chegar longe o suficiente da Terra é o que demorará mais. Este sistema solar é muito movimentado e precisamos garantir que nada interfira com as capacidades de distorção da nave.

Mia riu, esquecendo Saret por enquanto. — Capacidades de distorção? Como a distorção de nossa ficção científica, aquilo que permite viajar a uma velocidade maior do que a da luz?

— Sim — respondeu Korum. — Muito parecido com isso. Ela dobra o espaço-tempo, permitindo viajar de um ponto a outro do universo de forma quase instantânea.

— Como isso acontece? — perguntou Mia fascinada. Física nunca fora seu assunto preferido, mas até mesmo ela sabia que coisas estranhas aconteciam perto da velocidade da luz e que viagens em velocidades superiores a ela tinham sido consideradas impossíveis até a chegada dos Ks.

Korum sorriu, parecendo contente com o interesse dela. — Não tenho como explicar completamente sem entrar em matemática complicada, mas posso lhe dar uma ideia básica — disse ele. — Essencialmente, nossas naves criam uma enorme bolha de energia que causa uma contração no espaço-tempo em frente a ela e uma expansão no espaço-tempo atrás dela. É isso que nos impulsiona de um local a outro. Não precisamos chegar à velocidade da luz em ponto nenhum, nós a ignoramos inteiramente.

— Uma coisa dessas não exige muita energia? O que vocês usam como combustível?

— Bem, a bolha de energia em volta da nave usa uma combinação de energia positiva e negativa — respondeu Korum. — A energia negativa é algo que seus cientistas acabaram de começar a explorar. E sim, você tem toda razão, a distorção de espaço-tempo exige uma quantidade tremenda de energia. Felizmente, nós a temos em abundância. Também usamos antimatéria como fonte de combustível. É o que alimenta nossas naves quando não estamos em modo de distorção.

Mia arregalou os olhos. — Antimatéria?

— É a fonte de energia mais forte que existe — explicou Korum.

Mia ficou em silêncio, pensando na magnitude do que estava prestes a fazer. No dia seguinte, ela sairia da Terra por um tempo ainda indeterminado, com um amante que nem era humano. Ela estava confiando o destino de sua família inteira nas mãos dele.

Deveria ter sido uma ideia assustadora, mas não era. Em vez disso, ela estava quase pulando de empolgação. Quantas pessoas tinham uma chance como aquela? De conhecer um planeta diferente, de ir a Krina, a origem de toda a vida? E encontrar os Anciãos dos krinars... Ela ainda não conseguia aceitar aquele fato. Ela, uma garota humana comum, encontraria os verdadeiros criadores da raça humana.

Era o suficiente para deixar qualquer um estonteado.

* * *

Na manhã seguinte, eles foram para a Flórida buscar a família de Mia, voando em uma cápsula de transporte maior que Korum criara especificamente para aquela finalidade. Todos já estavam reunidos na casa dos pais de Mia, com as malas prontas. Apesar de Korum ter explicado que não precisavam da maioria das coisas, os humanos insistiram em levar as próprias roupas e outros itens que consideravam necessidades.

Desta vez, Korum pousou a cápsula na rua em frente à casa dos Stalis. Mia explicara que os parentes já tinham contado a todos os vizinhos sobre a viagem, mas não o motivo dela, e ninguém ficaria muito chocado ao ver uma aeronave alienígena pousar no bairro tranquilo.

Saindo da cápsula, Korum e Mia andaram até a porta e tocaram a campainha. À volta deles, as pessoas lentamente saíam de casa, motivados pela curiosidade sobre a conexão dos vizinhos com os extraterrestres. Korum ouviu os sussurros, as risadas e as exclamações de empolgação e medo. Um casal mais velho, a algumas casas de distância, estava no telefone com os filhos, reclamando que os "Ks malignos" tinham ido a Ormond Beach. Provavelmente acharam que ele não conseguiria ouvi-los, sem saber como os sentidos dos krinars eram aguçados.

Nada daquilo incomodou Korum. No passado, ele tentara ter consideração, garantir que a presença dele na pequena cidade não atrairia muita atenção para a família de sua caerle. Agora, entretanto, isso não importava. Se os Anciãos concordassem com o pedido, os parentes de Mia nunca mais poderiam voltar à vida de antes.

Marisa abriu a porta para que entrassem. — Olá, pessoal — exclamou ela animada. — Entrem! Estamos quase prontos.

— Excelente! — Mia tinha um sorriso largo no rosto ao entrarem na casa. — Está animada? Eu sei que estou...

— Ai, meu Deus, se estou animada? Está brincando? Não durmo há duas noites...

Korum sorriu e seguiu as duas irmãs, que continuaram a conversar até chegarem à cozinha. Os pais de Mia e Connor já estavam reunidos lá, tomando café da manhã.

— Korum! — exclamou Ella. O olhar dela se iluminou. — Quer se juntar a nós? Fiz algumas panquecas de batata com geleia fresca de frutas.

— Claro — disse Korum, sentando-se à mesa. — Eu adoraria algumas panquecas. — Mia e ele tinham comido cerca de uma hora antes, mas Korum estava curioso para experimentar o prato que Mia dissera ser a especialidade da mãe.

Naquele momento, Mia se aproximou por trás da cadeira dele e beijou-o no rosto, com os cabelos fazendo cócegas em seu pescoço. — Já está com fome? — brincou ela, com as mãos acariciando-lhe gentilmente os ombros. A exibição de afeição dela fez com que ele tivesse vontade de abraçá-la. Ele não percebera o quanto precisara daquilo até que ela começasse a tocá-lo daquele jeito nas semanas anteriores. Antes, ele quase sempre fora o que iniciava o contato físico, tanto sexual quanto casual.

Claro, sempre que ela estava tão perto, ele tinha uma ereção, mas o desconforto era um pequeno preço a pagar. Korum se mexeu na cadeira, erguendo ligeiramente o joelho caso algum dos humanos resolvesse olhar sob a mesa.

— Mia, querida, e você? — perguntou a mãe. — Quer panquecas também?

— Eu adoraria, mamãe, obrigada. — Mia tirou as mãos dos ombros de Korum e sentou-se na cadeira ao lado dele. Ele estendeu a mão e pegou a dela, pois precisava de seu toque.

— Ai ai, que amorzinho — disse Connor, mastigando um pedaço de panqueca. — Olhe só esses dois, Marisa.

— Cale a boca, Connor — disse a esposa dele, andando até o fogão para colocar água para ferver. — Eles não estão casados há muito tempo, como nós. — Mas havia um sorriso grande no rosto dela ao dizer aquilo e Korum percebeu que estava brincando. Pelo que vira, Marisa e o marido eram muito afeiçoados um ao outro.

Korum não se importou com a brincadeira de Connor. Ele amava Mia e não tinha intenção alguma de esconder seus sentimentos da família dela. Eles que vissem como ele gostava dela. Afinal de contas, estavam confiando nele o suficiente para deixar a vida inteira para trás.

Ele torcia para que os Anciãos não negassem os nanócitos a eles. Odiava a ideia de desapontar a família de Mia. E de desapontar Mia. De alguma forma, quase imperceptível, Korum passara a gostar daquelas pessoas. Nas duas semanas anteriores, ele tivera várias interações com cada um dos parentes de Mia, respondendo às perguntas sobre Krina e o que esperar durante a viagem, e descobrira que realmente gostava deles. Ele via traços de Mia nos pais e na irmã dela e frequentemente achava a companhia de Connor divertida. Se alguém tivesse dito a Korum alguns meses antes que se sentiria assim em relação a alguns humanos, ele teria rido. Mas, desde que conhecera Mia, sua vida previsível fora por água abaixo.

Ella Stalis serviu panquecas para todos. Experimentando a sua porção, Korum imediatamente elogiou a comida dela, adorando a combinação da geleia doce com a batata saborosa. Ela sorriu, obviamente contente. Naquele momento, Korum viu a beleza que ela fora na juventude e que provavelmente voltaria depois do procedimento.

Finalmente, a refeição terminou e as louças foram retiradas. Korum ajudou a lavá-las, colocando tudo na máquina de lavar louças. Os aparelhos humanos sempre o tinham interessado. Eram tão primitivos e sem graça, mas ainda assim conseguiam realizar o trabalho na grande maioria das vezes.

Naquele momento, a cachorrinha saiu correndo de um dos quartos, latindo e saltando novamente sobre Korum. Antes que ele conseguisse fazer alguma coisa, Marisa a tirou do chão. — Mocha! — repreendeu ela. Virando-se para Korum, ela abriu um sorriso de desculpas. — Lamento por isso. Nós a mantivemos no quarto para que não ficasse no caminho enquanto fazíamos as malas, mas ela conseguiu fugir...

— Está tudo bem, não me importo — assegurou Korum. Em seguida, ele lembrou de uma coisa. — O que farão com a cachorra quando partirmos?

Marisa o encarou. — Ela irá conosco, é claro.

Korum pestanejou lentamente. — Entendo.

— Isso não será um problema, será? — perguntou Marisa em tom ansioso. — Sei que meus pais morreriam sem ela...

— Não, não será um problema — respondeu Korum. Era inesperado, mas não um problema. Ele deveria ter sabido que desejariam levar a criatura peluda. Os humanos frequentemente tinham ligações nada naturais com os animais de estimação. Ele teria que fazer alguns ajustes de último minuto na disposição da nave para acomodar a presença da cachorra, mas não seria nada grande.

Vinte minutos depois, todos estavam prontos para ir. Korum levou as cinco malas grandes para fora e carregou-as na nave, ignorando os olhares curiosos dos vizinhos.

— Tenha cuidado, elas são pesadas — recomendou Dan Stalis e Korum reprimiu um sorriso. O pai de Mia claramente não entendia a extensão completa das diferenças entre o corpo de um krinar e de um humano. As malas não pareciam mais pesadas para ele do que a pequena bolsa de Ella era para ela. Ainda assim, a preocupação dele era tocante.

Quando estavam todos dentro da nave, Mia verificou se todos se sentiam confortáveis nos bancos flutuantes. A mãe tinha a cachorra no colo, segurando-a com um desespero que traiu seu nervosismo.

— Adeus, Ormond Beach. Adeus, Terra — sussurrou a irmã de Mia quando a nave decolou, carregando-os para cima, além da atmosfera terrestre, onde a nave grande os aguardava para a jornada interplanetária.

CAPÍTULO 23

Enquanto a nave subia, Mia observou os prédios e as paisagens diminuindo. As paredes e o piso transparentes da cápsula ofereciam uma vista incrível em 360 graus. Em questão de segundos, a nave estava acima das nuvens e o sol radiante os atingiu, fazendo com que Mia estreitasse os olhos até que Korum fez algo que minimizou o brilho.

— Uau — exclamou Marisa, ecoando os sentimentos de Mia. — Isto não tem nada a ver com viajar de avião...

— Estamos nos movendo muito mais depressa que os seus aviões — explicou Korum. — Em mais alguns minutos, chegaremos ao nosso destino fora da atmosfera da Terra.

Mia estendeu a mão e apertou a dele. O coração dela batia com empolgação e ela nem conseguia imaginar como os outros deviam se sentir. O pai parecia um pouco pálido e a mãe segurava Mocha com tanta força que a cachorra se contorcia. Até mesmo Connor estava incomumente quieto com um olhar fascinado no rosto.

— Vai ficar tudo bem, querida — disse Korum, inclinando-se para beijar a testa dela. — Vai ficar tudo bem.

— Eu sei — disse Mia baixinho. — É só que é tudo tão incrível.

Ele sorriu, mostrando aquela covinha sensual na bochecha esquerda. Aquilo fez com que ele parecesse ainda mais bonito e Mia desejou desesperadamente que estivessem sozinhos naquele momento, e não rodeados pela família dela.

Como se tivesse lido a mente dela, Korum sussurrou: — Mais tarde. — Mia sentiu as bochechas quentes. O sorriso dele mudou, tornando-se mais sugestivo, e ela beliscou seu braço em resposta.

Ele ergueu a sobrancelha e Mia franziu a testa. — Não na frente dos meus pais — disse ela baixinho. O sorriso dele se abriu ainda mais.

Determinada a não deixá-lo que a fizesse corar, Mia olhou para baixo, observando com empolgação mal controlada ao se afastarem cada vez mais da Terra. Quando era criança, ela sonhara em ser astronauta, em ir para as estrelas e explorar galáxias distantes. Como a maioria das crianças, deixara o sonho de lado e escolhera uma profissão mais adequada. Agora, no entanto, ela recebera a chance de viver aquele sonho de infância, que era muito mais do que incrível.

Logo, estavam tão longe que ela conseguiu ver a Terra inteiramente, um belo planeta azul que parecia pequeno demais para ser o lar de bilhões de pessoas. Olhando para o planeta, Mia percebeu como a raça humana inteira era vulnerável, presa como estava naquele lugar que parecia tão indefeso na vastidão do espaço.

— No que está pensando? — perguntou Korum, estendendo a mão para acariciar o joelho dela.

— Estava pensando que agora entendo por que os krinars querem diversificar — disse Mia. — Por que não quiseram apostar na sobrevivência em um planeta só. A Terra parece tão frágil...

— Sim, parece, não é? — A mão de Korum apertou o joelho dela. Quando ela olhou para cima, ele a observava com uma expressão estranha no rosto. Mas, antes que pudesse perguntar alguma coisa, ouviu a mãe soltar uma exclamação.

— Uau, Korum! — exclamou Ella Stalis. — Aquela é a sua nave?

Mia olhou para cima. Eles se aproximavam de algo que parecia um projétil gigante. De cor escura, era surpreendentemente simples, completamente diferente de qualquer nave estelar que ela vira nos filmes de ficção científica.

— Aquilo é a nave? — perguntou ela, tentando manter o desapontamento fora da voz. As cápsulas de transporte dos krinars pareciam mais avançadas e futurísticas do aquela nave que, supostamente, conseguia se mover mais depressa do que a velocidade da luz.

— É ela. — Korum sorriu. — Não é bem o que o seu povo imaginava, é?

— Não, não é — disse Connor, falando pela primeira

vez desde que a cápsula de transporte decolara. — Como aqueles milhares de krinars couberam naquilo? Parece meio pequena...

— Ah, não foi essa a nave que nos trouxe aqui — explicou Korum. — Você tem razão. Aquela é muito maior. Essa nave é algo que criei especificamente para nossa viagem. Serão apenas umas setenta pessoas que irão para Krina desta vez. Não era necessário usar a nave maior para um número tão pequeno.

— Vocês conseguem fazer isso? — perguntou o pai de Mia, olhando para Korum incrédulo. — Fácil assim? Vocês conseguem criar uma nave que vai para uma outra galáxia?

— Korum consegue — disse Mia, entendendo a confusão do pai. — Nem todos os krinars conseguem. Foi ele que criou esse projeto. Certo? — Ela olhou para Korum.

— Sim — confirmou o amante. — Esse projeto particular é meu. Tínhamos naves que podiam se mover acima da velocidade da luz antes, claro, mas essas são as mais recentes. São mais seguras e mais fáceis de operar.

— Entendo — disse Dan, olhando para Korum com uma mistura de choque e respeito. As mesmas emoções estavam refletidas no rosto de Ella. Pelo jeito, os pais de Mia não tinham entendido a extensão do conhecimento tecnológico de Korum até aquele momento.

À medida que a cápsula se aproximou da nave, Mia viu um dos lados dela se dissolver para que entrassem. Como todas as casas dos krinars tinham uma tecnologia de entrada semelhante, ela mal piscou ao ver aquilo. A família, no entanto, achou aquilo muito impressionante.

— Como exatamente essas coisas inteligentes funcionam? — perguntou Marisa. — As paredes pensam sozinhas mesmo?

— Não — respondeu Korum. — Não é inteligência artificial no verdadeiro sentido das palavras. Ela não é consciente de forma alguma. Quando digo "tecnologia inteligente", o que realmente quero dizer é que é um objeto capaz de realizar sua função específica de uma forma que imita as capacidades de um ser inteligente. Assim, por exemplo, minha casa pode fazer refeições, manter a temperatura certa para nosso corpo, manter visitantes indesejados do lado de fora e limpar-se. Ela realiza aquelas tarefas tão bem quanto um humano ou um krinar realizaria. Mas não é possível ter uma conversa com ela.

— Isso é tão interessante — disse Connor. — Vocês têm robôs com quem é possível conversar de verdade?

Korum sorriu. — Sim, eles eram populares há alguns milhares de anos e depois ficaram ultrapassados. Agora, são usados principalmente para divertir crianças pequenas, apesar de haver alguns adultos que também gostam deles.

Antes que Connor pudesse perguntar mais alguma coisa, a cápsula tocou no piso da nave, pousando suavemente. Marisa bateu palmas. — Bravo! Esta foi a viagem mais tranquila que já fiz.

Korum riu, levantando-se. — Chegamos — disse ele. — Até chegarmos ao nosso destino, este será seu novo lar.

Quando desembarcaram, Korum mostrou a nave a eles. Apesar da camada externa simples, o interior da nave era decorado de forma tão bela quanto a casa de qualquer krinar. Cores claras, móveis flutuantes, plantas exóticas... a nave tinha tudo com que Mia se acostumara em Lenkarda e ela imediatamente se sentiu em casa.

Os pais de Mia estavam muito impressionados. — Korum, isto é tão maravilhoso — dizia a mãe dela repetidamente. — E a vista! Meu Deus, a vista!

A vista era realmente incrível. As paredes externas da nave eram transparentes do lado de dentro, como a maioria dos prédios dos krinars, e havia várias áreas em que era possível observar o espaço em toda sua glória. Sem a interferência da atmosfera, tudo era mais nítido, mais claro e as estrelas eram mais brilhantes do que Mia jamais vira na superfície.

Korum preparara alojamentos especiais para a família de Mia, reproduzindo fielmente o interior da casa dos pais dela. — Espero que gostem — disse ele. — Caso contrário, posso mudar para alguma outra coisa que preferirem.

— Ah, não, está perfeito — disse o pai de Mia, andando até um sofá e sentando-se. — Todas aquelas coisas flutuantes são um pouco intimidadoras, para ser bem sincero.

— Ótimo, fico feliz por ter gostado. — Korum sorriu e Mia teve vontade de beijá-lo por ser tão atencioso. — Criarei uma área especial para Mocha também, para garantir que ela possa correr e usar o banheiro lá.

Os poucos Ks que conheceram durante o passeio foram simpáticos com a família de Mia, pois já tinham sido avisados da presença dela por Korum. Todos observaram abertamente, mas Mia já estava acostumada com aquilo. Duas tripulantes pareceram particularmente intrigadas pela cachorrinha que a mãe de Mia insistia em levar para todo lado.

— Que linda! — exclamou uma delas, estendendo a mão para acariciar Mocha. — Nunca vi um desses tão de perto!

A cachorra tolerou a atenção, mas Mia viu que ela não estava contente. Parecia que Korum era o único K de quem Mocha gostava de verdade.

Depois do passeio, a família de Mia decidiu descansar. A irmã estava muito cansada depois de toda a empolgação. — É hora de tirar um cochilo — disse Connor, sorrindo para a esposa. Ela assentiu, escondendo um bocejo.

Finalmente, Mia e Korum ficaram sozinhos.

* * *

— Parece que conseguimos finalmente ficar a sós — disse Mia, sorrindo para Korum. Eles tinham acabado de entrar no alojamento particular, completo com uma cama redonda grande, similar à que tinham na casa de Korum.

— É verdade. — Os olhos dele começaram a brilhar com a luz dourada familiar.

Sustentando o olhar dele, Mia, de forma lenta e deliberada, colocou os polegares sob as tiras que seguravam o vestido e puxou-as para baixo. — Ôpa — sussurrou ela. — Acho que não consigo tirar. Quem sabe você pode me ajudar...

As narinas de Korum se dilataram e ela viu a tensão invadindo seus músculos. — Venha cá — exigiu ele.

Mia balançou a cabeça negativamente. — Não. Venha cá você. — Ela sabia exatamente o que queria e não era Korum no controle.

Ele estreitou os olhos. Parecia perigoso agora, como um predador selvagem que não podia ser controlado. O coração dela bateu mais depressa com a emoção do que estava tentando fazer. — Venha — repetiu ela, chamando-o com o dedo.

Ele foi. Na verdade, ele praticamente saltou para o outro lado do quarto. Em um segundo, estava ao lado dela, com o corpo musculoso e intimador pressionando-a contra a parede. — Precisa de ajuda com o vestido, é? — Os dedos dele puxaram as tiras finas, que quase se rasgaram sob as mãos fortes.

— Sim — disse Mia, olhando para ele. — Quero. Mas seja gentil. E, depois de tirar meu vestido, quero que tire a roupa para mim.

Os olhos dele ficaram amarelados. — É mesmo?

— É mesmo — disse Mia. — E quero que se deite na cama. — O coração dela batia com tanta força que parecia prestes a explodir e seu corpo derretia de desejo. Ela o queria muito... mas em seus próprios termos.

Por um segundo, ela achou que ele não obedeceria, mas, em seguida, ele recuou um passo. — Está bem — disse ele com voz rouca. — Vire-se.

Mia reprimiu um sorriso e fez o que ele pediu. O vestido que usava era de estilo humano, com um zíper nas costas, e os dedos quentes dele encostaram na sua pele quando Korum o abriu completamente. Assim que terminou, Mia deu um passo para o lado e deixou o vestido cair no chão. Por baixo, ela vestia uma tanga azul minúscula, algo que colocara naquela manhã especificamente com Korum em mente.

Ele prendeu a respiração. — Mia... você fez isso de propósito...

Ela ergueu as sobrancelhas. — Não gostou? — Ela deu um giro, fingindo não ver o calor explosivo no olhar dele ao observá-la.

Um músculo saltou no maxilar dele. — Você está me torturando?

— Não sei — disse Mia em tom sensual. — Estou? — Virando-se de costas para ele, ela se abaixou e lentamente puxou a tanga para baixo, da forma como vira em filmes. Em seguida, saiu de cima dela. Quando se virou novamente, ele parecia feroz, com os olhos brilhando e as mãos cerradas.

— Sua vez — disse Mia, observando-o fascinada. Ele perderia o controle e atacaria? Ela adorava o fato de conseguir deixá-lo naquele estado, completamente perdido de desejo. A paixão selvagem dele não a assustava. Ao contrário, fazia com que o quisesse ainda mais.

Ele respirou fundo algumas vezes e ela viu suas mãos se abrirem lentamente. Em seguida, ainda encarando-a com um olhar ardente, ele puxou a camiseta pela cabeça e abriu o zíper da calça, puxando-a para baixo. Ele não usava cueca e a ereção saltou agressivamente.

Mia ficou com a boca seca ao vê-lo. O amante era a perfeição masculina personificada. Cada músculo do corpo forte era claramente definido, a maciez da pele dourada era interrompida apenas em poucos lugares por tufos de pelos escuros. Ela quis saltar sobre ele e lambê-lo de cima abaixo.

— Deite-se na cama — ela conseguiu dizer com a voz repleta de desejo.

Ele fez o que foi pedido, mas ela percebeu que o autocontrole dele não duraria muito tempo. Subitamente, ela teve uma ideia. — Meu fabricador, por favor — disse ela em voz alta, sabendo que a nave inteligente entenderia o que queria. Alguns segundos depois, uma das paredes se dissolveu e o presente de Korum flutuou diretamente para as mãos de Mia.

— O que está fazendo? — perguntou Korum, observando-a desconfiado da cama. Ela abriu um sorriso malicioso.

— Você verá.

Segurando o fabricador, ela disse ao dispositivo: — Algemas com uma chave, por favor — e esperou enquanto as nanomáquinas faziam o seu trabalho.

Korum se sentou, encarando-a com uma expressão indecifrável no rosto. — E o que pensa que vai fazer com elas?

Mia largou o fabricador e pegou as algemas. — Colocá-las em você, é claro.

— Ah, é mesmo?

— Sim, é mesmo — disse Mia firmemente, subindo na cama ao lado de Korum. — Agora, dê-me os seus pulsos.

Ele hesitou por um segundo e estendeu as mãos. O desejo no rosto dele se misturou com um olhar divertido. — Você acha que essas coisas vão me segurar?

— Provavelmente não — admitiu Mia, colocando as algemas nele. O pulso dele era mais largo que os dois pulsos dela juntos e os antebraços eram muito musculosos. — Mas a ideia não é essa, é?

— E qual é a ideia, minha querida? — perguntou ele baixinho, observando-a com um olhar semicerrado. — Está tentando provar alguma coisa?

Em vez de responder, Mia o empurrou de leve, fazendo com que se deitasse de costas com as mãos algemadas sobre a cabeça. Em seguida, sentou-se sobre ele, com a entrada da boceta a poucos centímetros do pênis ereto. Inclinando-se para baixo, ela abraçou o peito dele e sussurrou em seu ouvido: — A ideia é que você é meu. E posso fazer o que quiser com você.

Ele respirou fundo e arqueou os quadris, tentando deixar o pênis mais perto. — E isso inclui deixar que eu entre nessa sua boceta apertada? — A voz dele estava rouca, cheia de desejo.

— Ah, sim. — Mia moveu o corpo para baixo até que o pênis estivesse entre suas dobras e o clitóris encostasse nele. A pele que cobria o pênis era macia, quase delicada, e ela fechou os olhos, saboreando a sensação dele contra o próprio sexo.

— Mia... — gemeu ele, movendo-se sob ela. — Dentro. Agora.

Decidindo não torturá-lo, nem a si mesma, por mais tempo, Mia colocou a mão em volta do pênis e guiou-o para dentro. Mordendo o lábio com a sensação, ela lentamente abaixou o corpo até que o pênis a penetrasse quase totalmente. Ela fez uma pausa para que o corpo se acostumasse e deixou que o pênis entrasse mais fundo, sem parar até que estivesse totalmente preenchida por ele.

Ele gemeu novamente, com os músculos dos braços flexionando-se devido ao esforço para não agarrá-la. O pênis se contraiu dentro dela. Mia sabia que ele estava louco para assumir o controle, para fazer com que os dois gozassem, e estranhou que estivesse contendo-se.

Mas não precisou estranhar por muito tempo. Antes que conseguisse se mover novamente, ela se viu jogada de costas com o corpo grande dele pressionando-a contra o colchão. Os olhos de Korum estavam selvagens e desfocados. Ele conseguira arrebentar a corrente de metal que prendia as algemas e colocou as mãos nas coxas de Mia, segurando-as bem abertas para que pudesse penetrá-la repetidamente.

Gritando, Mia passou os braços em volta do pescoço dele, mal conseguindo se segurar enquanto ele investia, motivado unicamente pelo instinto primitivo de copular.

O corpo dela deslizava para cima e para baixo no colchão com cada movimento dos quadris fortes e a cama inteligente se suavizou em volta deles, adquirindo uma textura de travesseiro para protegê-la.

O primeiro orgasmo a atingiu subitamente e Mia gritou, mas ele continuou a investir sem misericórdia. O segundo, alguns momentos depois, fez com que ela visse estrelas. Ele continuou a se mover com um desejo feroz.

Foi demais. Mia achou que se despedaçaria com a intensidade das sensações. O corpo e a mente não eram mais dela. Havia apenas o calor, o suor e o corpo dele sobre ela, dentro dela, envolvendo-a. Eles estavam reunidos, fundidos pelo êxtase.

Quando ele estremeceu sobre ela, Mia não pensava mais, a voz estava rouca por causa dos gritos e o corpo tremia com as ondas intermináveis de prazer. E, quando achou que terminara, sentiu os dentes dele na veia do pescoço... o que a lançou ainda mais além.

CAPÍTULO 24

Se alguém tivesse dito a Mia que uma viagem intergaláctica seria tão fácil quanto um cruzeiro, ela teria rido alto. Mas foi o que aconteceu. Eles passaram quase uma semana voando para longe da Terra em velocidades inferiores à da luz para não causar perturbações na distorção do espaço-tempo. Em seguida, o comando de distorção foi ativado e a nave chegou alguns dias depois em Krina. Tudo foi feito de forma tão suave que Mia não sentiu nada. Só quando Korum lhe disse que estavam em outra galáxia que ela percebeu que a nave fizera o salto.

— Vamos encontrar os Anciãos logo? — perguntou Mia enquanto estavam deitados na cama na noite antes da chegada. Como os dois estavam menos ocupados com outras questões, ela e Korum passaram muito tempo juntos durante a viagem. Mia tirara uma folga dos estudos sobre a mente e Korum não tinha nenhum assunto urgente do Conselho com o qual se preocupar. Mia dormia até tarde, ficava com a família durante a manhã e passava a maior parte do dia com Korum, uma atividade que invariavelmente culminava em várias horas de paraíso sexual.

— Não — respondeu Korum. — Encontraremos primeiro a especialista em mente para restaurar a sua memória. — E para desfazer a suavização, mas aquela parte não foi dita. Mia sabia que os dois estavam ansiosos e um pouco receosos com a reversão do procedimento, sem saber o que mudaria entre eles como resultado, se é que mudaria.

Olhando para a parede transparente do quarto, Mia viu as estrelas e as constelações desconhecidas no céu. Eles já estavam no sistema solar dos krinars, um local belo e estranho com dez planetas que circulavam uma estrela com aproximadamente 1,2 vez o tamanho do sol da Terra. Krina era o quarto planeta a contar do sol e era muito similar à Terra em tamanho, massa e composição geoquímica. — É por isso que a Terra é tão importante para nós — explicara Korum. — É mais parecida com Krina do que qualquer outro planeta que encontramos em todos os anos em que exploramos o universo.

A principal diferença entre os dois planetas estava nas luas. A Terra tinha apenas uma, enquanto que Krina tinha três, uma quase do tamanho da Terra e as outras duas menores. — Temos algumas marés espetaculares — disse Korum. — Elas são mais como pequenos tsunamis. A Terra é melhor nesse sentido. Na maioria dos lugares, é possível morar perto do oceano e não ter que se preocupar com nada além de um furacão ou outro. Em Krina, o mar é mais perigoso e não temos nenhuma cidade a menos de trinta quilômetros da praia.

Para a surpresa de Mia, ela descobriu que, quando Korum falava do oceano em Krina, queria dizer O Oceano, ou seja, um imenso corpo d'água. Diferentemente da Terra, em que o supercontinente original de Pangeia se dividira em vários continentes, Krina tinha uma massa de terra gigante que servia como lar para todos os krinars. Korum a chamara de Tinara.

Aquilo também explicava algo que deixara Mia confusa antes: a relativa falta de variedade na aparência dos krinars. Todas as pessoas tinham cabelos escuros e pele bronzeada e, apesar de haver variações na cor, havia muito menos diferenças entre os Ks do que entre humanos das diversas raças. Os krinars eram mais homogêneos, o que fazia sentido, já que tinham evoluído juntos naquele supercontinente.

— Então, por que a sua prima Leeta tem cabelos ruivos? — perguntou Mia. Ela encontrara a bela krinar algumas vezes desde que perdera a memória. — Há algum gene para isso na população dos Ks?

Korum balançou a cabeça negativamente. — Na verdade, não. Alguns de nós têm cabelos com um ligeiro tom castanho, mas nada como o tom que Leeta usa agora. Ela alterou a estrutura das moléculas dos cabelos desde que foi para a Terra, provavelmente porque gosta da aparência.

— E não existem krinars loiros de olhos azuis?

— Não — respondeu Korum. — Nem krinars com os

cabelos cacheados como o seu. Com os seus cachos e olhos azuis, você se destacará muito em Krina.

— Ah, que ótimo — resmungou Mia. — As pessoas ficarão me encarando ainda mais.

Korum sorriu. — Sim, vão. Mas isso não é uma coisa ruim.

Mia deu de ombros. Ela sabia que os krinars não viam aquilo como uma atitude rude, mas ainda se sentia desconfortável com aquela diferença cultural específica.

— Então, quando encontraremos a sua família? — perguntou ela, mudando de assunto. — Eles estarão lá para nos receber quando chegarmos?

— Não. Eu disse a eles que faremos uma visita assim que você recuperar a memória. Você já conheceu meus pais antes e provavelmente se sentirá melhor se conseguir se lembrar daquele encontro original.

Mia bocejou e virou o corpo, encostando as costas no peito de Korum para que ele a abraçasse. Ele a puxou para mais perto e disse: — Durma, querida — murmurou ele em seu ouvido. Mia adormeceu, sentindo-se acolhida e segura no abraço dele.

* * *

— Ai, meu Deus, chegamos? Ali é Krina? — Marisa se levantou do banco, apontando para o planeta cujo tamanho aumentava diante de seus olhos. Mia também observava, com o coração batendo forte de ansiedade e empolgação.

— Sim — confirmou Korum, sorrindo para eles. —

Ali é Krina.

Estavam todos sentados em volta de uma mesa flutuante, tomando o café da manhã. Era a última refeição na nave antes da chegada. Connor estava novamente quieto e Mia percebeu que os pais estavam apenas brincando com a comida, parecendo nervosos demais para comer normalmente.

Eles estavam sentados em um dos aposentos que tinha uma parede virada para a parte externa da nave, uma parede feita do mesmo material transparente que as casas dos krinars. Korum o escolhera de propósito, para deixar que observassem ao se aproximarem de Krina pela primeira vez.

A nave se movia a uma velocidade incrível e logo o planeta ficou visível em mais detalhes. — Estamos nos aproximando pelo lado de Tinara, o supercontinente — explicou Korum. — É por isso que não estão vendo muita água, como acontece na Terra.

E era verdade. A visão diante deles era bem diferente das imagens da Terra vista do espaço feitas pela NASA. Mia só conseguia ver um minúsculo círculo azul. O restante era dominado por uma massa de terra marrom imensa no centro, o supercontinente. Ao chegarem mais perto, ela percebeu que o que achara ser um tom marrom era, na verdade, uma combinação de verde, amarelo e vermelho.

Logo, entraram na atmosfera e Mia notou um leve brilho vermelho em volta da nave. — São nossos escudos de força protegendo-nos do calor e do atrito — explicou

Korum. — Ainda estamos em alta velocidade e, se não fosse pelos escudos, viraríamos uma bola de fogo.

Gradualmente, o brilho desapareceu e a nave reduziu a velocidade. Ao passarem pelas nuvens, Mia viu uma grande floresta espalhada logo abaixo, muito colorida... e estranhamente intocada. Onde se esperaria haver cidades e arranha-céus, havia apenas árvores e mais árvores.

— Iremos para uma área de pouso especial para naves intergalácticas — disse Korum, parecendo prever as perguntas deles. — Fica a uma boa distância de nossos Centros.

— Por que não usamos uma cápsula de transporte para descer, como fizemos para ir até a nave? — perguntou o pai de Mia. — Por que pousar esta nave inteira?

— É uma boa pergunta, Dan — disse Korum. — Quando estávamos na Terra, usamos a cápsula de transporte para subir porque não há boas áreas de pouso para naves como esta. Talvez isso mude no futuro, mas, por enquanto, é mais fácil manter as naves grandes em órbita em volta da Terra. Aqui em Krina, estamos equipados para isso e não há motivo para não pousar.

Mia viu uma grande clareira à frente, com algumas estruturas que pareciam cogumelos gigantes. Devia ser o campo de pouso. E, logo em seguida, a nave foi diretamente para lá. Alguns minutos depois, eles tocaram no solo.

Estavam oficialmente em Krina.

Ao saírem da nave, Mia sentiu uma onda de calor que lembrava a Flórida nos momentos mais quentes. Também era difícil respirar e ela sentiu a cabeça leve enquanto tentava puxar mais ar. Segurando a mão de Korum, ela esperou que a onda de tontura passasse.

— Você está bem? — perguntou ele, passando o braço pelas costas dela para segurá-la.

— Sim — respondeu Mia. — O ar aqui é mais fino, acho. — Ele tinha também um aroma agradável e estranho, que lembrava flores e frutos doces.

— Ele é mais fino — confirmou Korum. — Nossa atmosfera em geral contém um pouco menos de oxigênio do que está acostumada. E esta região em particular é mais alta. Mas, com os nanócitos, você se ajustará em breve.

Mia já estava começando a se sentir melhor, mas tinha uma nova preocupação. — E os meus pais? E Marisa e Connor? Como eles se ajustarão? — A família dela estava saindo da nave, a cerca de dez metros atrás deles.

— A maioria dos humanos tolera bem nossa atmosfera depois de um período de aclimatação inicial — respondeu Korum. — Mas não se preocupe. Sei que seus pais têm problemas de saúde e deixei nossos especialistas em medicina à mão. — Ele apontou para uma pequena cápsula que acabara de pousar ao lado da nave. — Eles ajudarão sua família com quaisquer problemas que possam surgir.

Naquele momento, duas krinars saíram da cápsula. Altas, com cabelos escuros e graciosas, elas se aproximaram de Korum e sorriram. — Sou Rialit e esta é minha colega, Mita — disse a mulher mais baixa à direita. — Bem-vindos a Krina.

Korum inclinou a cabeça. — Obrigado, Rialit. E Mita. Eu gostaria que ajudassem meus companheiros humanos. Minha caerle está bem, mas os parentes dela podem precisar da ajuda de vocês.

— É claro — respondeu Rialit, virando-se para Ella e Dan. Marisa e eles pareciam um pouco pálidos e Connor parecia estar tentando sugar o máximo de ar possível.

As especialistas correram até eles, carregando pequenos dispositivos, e, um minuto depois, todos pareciam estar de volta ao normal. Korum agradeceu às duas mulheres e elas foram embora, com a cápsula decolando alguns minutos depois.

— Uau — disse a mãe de Mia, olhando para a nave que partia. — Não consigo acreditar que passaram aquelas coisas em nós e agora conseguimos respirar novamente. O que fizeram conosco?

— Acho que elas criaram um pequeno campo de oxigênio em volta de vocês — disse Korum. — Assim, vocês terão um ajuste mais gradual. O campo se dissipará nos próximos dias, mas isso acontecerá lentamente. Assim, o corpo de vocês se acostumará a respirar o nosso ar.

— Incrível — comentou Dan. — Simplesmente incrível.

Mia sorriu. — Não é?

Enquanto conversavam, Korum iniciou o processo de criar uma cápsula de transporte para levá-los ao destino final: a casa dele. A irmã de Mia soltou uma exclamação quando a nave começou a tomar forma. Connor e os pais dela simplesmente observaram em choque. Mia sorriu com a reação deles. Não fazia muito tempo desde que tudo que Korum lhe mostrara parecera um milagre. Agora, ela conseguia fazer muitas das mesmas coisas, mesmo que não entendesse a tecnologia por trás daquilo. Por outro lado, a maioria das pessoas não entendia como o telefone e a televisão funcionavam, mas ainda conseguiam usá-los, da mesma forma como Mia conseguia usar o fabricador.

Quando a cápsula ficou pronta, todos entraram nela e sentaram-se nos bancos flutuantes. — Eu adoro estas coisas — disse Marisa com um olhar maravilhado no rosto quando o banco se ajustou a ela. Mia imaginou que a irmã já começava a sentir algumas das dores relacionadas à gravidez e pretendia conversar com os especialistas em medicina sobre o assunto. Marisa provavelmente estava retraída demais para dizer alguma coisa.

Quando a cápsula decolou, Mia olhou para o chão transparente e prendeu a respiração ao perceber que estava realmente lá. Em Krina.

No planeta que fora a origem de toda a vida na Terra.

CAPÍTULO 25

O voo até a casa de Korum levou apenas dois minutos. A nave voou rápido demais para que Mia visse qualquer coisa além de um borrão de vegetações exóticas abaixo. Assim que pousaram, ela se levantou, ansiosa para ver Krina de perto.

— Espere, meu anjo — disse o pai, segurando seu braço quando ela estava prestes a correr para fora da nave. — Estamos em um planeta alienígena. Você não sabe o que há lá fora.

— Ele tem razão, querida — disse Korum. — Preciso primeiro mostrar a vocês algumas coisas para evitar possíveis problemas. Fiquem perto de mim por enquanto e não toquem em nada.

Saindo da cápsula, ele os levou até uma estrutura cor de marfim que era visível entre as árvores.

Ao andarem, Mia ficou maravilhada com a bela vegetação que os rodeava. Apesar de os tons de verde serem predominantes, havia muito mais plantas vermelhas e amarelas do que se via na Terra. Em alguns lugares, ela viu até mesmo folhas roxas brilhantes que se sobressaíam entre a vegetação que cobria o solo da floresta. Aqui e ali, flores de todos os tons do arco-íris acrescentavam um toque festivo a tudo. Aquelas flores pareciam ser as responsáveis pelo perfume agradável que Mia notara ao chegarem.

Os troncos das árvores também tinham cores variadas. O marrom era comum, assim como o preto e o branco. Uma árvore que agradou Mia particularmente tinha galhos brancos e folhas vermelhas com o centro amarelo.

— Que lindo! — exclamou ela. Korum riu, balançando a cabeça.

— Aquela beleza em particular é venenosa — disse ele. — Não importa o que aconteça, não deixe que a seiva daquela árvore encoste na sua pele. Ela age como ácido.

— É mesmo? — Mia observou os arredores com cuidado. Os pais dela pareciam assustados e Connor colocou um braço protetor em volta de Marisa, puxando-a para mais perto.

— Não precisam ter medo — disse Korum. — Vocês só precisam saber que não podem encostar na árvore *alfabra*. A mesma coisa vale para aquela planta ali... — Ele apontou para um arbusto verde bonito, coberto de brotos brancos e cor-de-rosa. — Ela gosta de devorar tudo o que pousa nela e sabe-se que já consumiu animais maiores.

Alguma coisa voou perto da orelha de Mia e, por reflexo, ela levantou a mão para espantá-la, soltando uma exclamação ao sentir uma pontada leve. Abaixando a mão, ela olhou incrédula. — Ai, meu Deus, Korum, o que é isto?

Uma criatura verde e azul estava no meio da palma da mão dela, com olhos grandes, quase metade do corpo de dez centímetros. Ela tinha apenas quatro patas, mas parecia haver centenas de dedos minúsculos em cada uma delas, todos enterrando-se na pele de Mia. Havia também minúsculas asas que não pareciam grandes o suficiente para sustentar a criatura no ar.

— É uma *virta* — respondeu Korum, tirando gentilmente a criatura da mão de Mia e jogando-a longe. — Ela é inofensiva. Você só a assustou e ela se agarrou na sua mão. Elas comem folhas e, às vezes, *mirat*.

— Mirat? — perguntou Connor.

— Sim, mirat — respondeu Korum, apontando para um dos troncos marrons.

Quando Mia olhou mais de perto, viu que o que achara que era madeira sólida era, na verdade, uma substância gelatinosa que estremecia e movia-se, expandindo e contraindo de forma assustadora.

— Mirats são semelhantes às suas abelhas, apesar de não picarem — explicou Korum. — São insetos sociais e constroem essas estruturas complexas em volta de árvores. Nossos cientistas adoram estudá-los. Eles discutem muito se a mente coletiva de uma colmeia de mirats exibe sinais de uma inteligência maior. Nunca os incomodamos e eles geralmente ficam longe de nós e de nossas casas. Se você tocar na colmeia, ficará tonto por causa dos gases que eles emitem. Portanto, é melhor manter distância.

— Isso é uma loucura — disse Marisa, parecendo preocupada. — Há mais alguma coisa parecida com isso que deveríamos saber? — Ela colocou a mão de forma protetora sobre a barriga.

— Sim — respondeu Korum. — Ali, aquilo — ele apontou para uma pequena criatura vermelha parecida com um inseto no chão — é algo com que precisa ter cuidado. Ele morde e gosta de se enterrar sob a pele. Não é venenoso nem nada, mas tirá-lo é algo muito desagradável. Há também alguns animais predadores grandes, mas é improvável que os veja por aqui. Eles têm medo dos krinars e geralmente evitam nossos territórios.

Connor estava com a testa franzida. — Sem querer ofender, Korum, é muita coisa com que se preocupar aqui. Acho que não tínhamos percebido que moraríamos no meio de uma selva alienígena.

Korum não pareceu nada ofendido. — Nossas selvas são muito menos perigosas que as suas cidades, desde que você não ande por aí cegamente — respondeu ele calmamente. — E a minha casa é completamente segura, sem criatura alguma. Em alguns dias, você saberá exatamente com o que deve tomar cuidado e poderá sair sem mim. Até lá, acompanharei vocês a todos os lugares e não terão problema algum.

Connor abriu a boca para dizer alguma coisa, mas a mãe de Mia o interrompeu ao exclamar: — Uau, Korum, aquela é a sua casa?

Enquanto conversavam, tinham chegado à estrutura oblonga de cor de marfim. Para os olhos de Mia, ela parecia muito com a casa de Korum em Lenkarda, um lugar que agora considerava seu lar. Mas, para os outros, parecia estranha.

— Sim — disse Korum, sorrindo para eles. — É a minha casa.

— Não tem portas nem janelas? — perguntou o pai de Mia, examinando a estrutura com curiosidade visível.

— Não, papai — disse Mia. — Ela tem paredes inteligentes, como a nave que nos trouxe até aqui. Provavelmente dá para ver de dentro para fora. Certo, Korum?

— Isso mesmo — confirmou o amante e Mia sorriu, sentindo-se prestes a explodir de empolgação. Ela estava mesmo em Krina!

Korum deu uma volta rápida pela casa, mostrando à família de Mia como usar tudo. Os pais dela pareceram um pouco assustados e ele criou um conjunto de aposentos "humanizados" separados para eles, como fizera na nave. A irmã e o cunhado, no entanto, decidiram permanecer na parte principal da casa, preferindo o conforto da tecnologia dos Ks às mobílias mais familiares no estilo humano.

— Adoro esta coisa. — Marisa estava deitada na cama inteligente de seu quarto com uma expressão maravilhada no rosto por causa da massagem que recebia. — Nunca mais quero sair daqui.

— E eu não sei? — Mia se sentou ao lado da irmã. — Todas as coisas deles são maravilhosas. Na primeira vez em que dormi em uma cama como essa, achei que tinha morrido e ido para o céu.

— Com certeza. — Marisa fechou os olhos, gemendo de prazer. — É tão gostoso...

— Vou deixar que aproveite — disse Mia, sorrindo. — Descanse um pouco, está bem?

Marisa não respondeu e Mia notou que a irmã já estava quase adormecida. Por causa da gravidez, o corpo dela precisava de mais descanso do que o normal.

Connor estava tomando um banho e os pais dela estavam descansando, portanto, Mia foi procurar Korum.

— Estou pronta — disse ela. — Agora é um momento tão bom quanto qualquer outro.

Ele se levantou do banco em que estava sentado na sala de estar. O corpo alto e musculoso era gracioso como o de uma pantera. — Tem certeza? — perguntou ele. Mia percebeu a preocupação patente no belo rosto.

— Sim — respondeu Mia, erguendo a mão para acariciar os cabelos escuros dele. — Tenho certeza.

Ele pegou a mão dela e levou-a aos lábios, beijando as juntas carinhosamente. — Então vamos — disse Korum em tom suave. — Vamos recuperar a sua memória e levá-la de volta ao que era antes.

* * *

Uma krinar magra, de cabelos castanhos, andou em volta de Mia, prendendo pequenos pontos brancos em sua testa, nas têmporas e na nuca. Mia imaginara que seria anestesiada para a reversão do procedimento de Saret, mas a aprendiz, Laira, dissera que precisava estar consciente.

— Pronto — disse Laira com um toque de satisfação. — Está tudo pronto. Agora, por favor, sente-se. Pode ser no colo de Korum, se preferir. — Ela piscou e Mia riu, gostando daquela K. De acordo com Korum, Laira era jovem, tinha menos de duzentos anos, e já era considerada uma estrela em ascensão no campo de estudos da mente.

Korum sorriu e puxou Mia para o colo. — Claro, ficarei feliz em segurá-la.

— Aposto que sim. — Laira sorriu. — Essa sua caerle é muito bonita.

— Desculpe. — disse Mia, colocando um braço possessivo em volta do pescoço de Korum. — O meu cheren que é maravilhoso.

— É verdade — comentou Laira, rindo. Em seguida, a expressão dela ficou mais séria. — Muito bem, Mia, eis o que pode esperar agora: você sentirá como se a mente tivesse ficado em branco. Em seguida, sentirá uma onda de imagens e impressões à medida que a memória voltar e o procedimento for revertido. Quando as lembranças surgirem, quero que se concentre nelas, uma de cada vez, para que as absorva lentamente. É por isso que precisa estar acordada, apesar de eu saber que será algo desconfortável.

— Ela sentirá alguma dor? — perguntou Korum, apertando os braços em volta de Mia.

— Não, apenas desconforto, como eu disse — respondeu Laira. — Está pronta, Mia?

— Sim. — Mia se preparou.

— Então aqui vamos nós.

No começo, Mia sentiu uma fraqueza agradável invadi-la e fechou os olhos. A mente pareceu flutuar, como se estivesse prestes a adormecer. Houve uma estranha sensação de nada, de vazio.

Subitamente, pareceu que uma bomba explodira no cérebro. Houve uma explosão de cores, sensações e formas, todas aparecendo ao mesmo tempo. Mia soltou uma exclamação e os dedos se enterraram no braço de Korum. Era demais, como um filme tridimensional com efeitos especiais em excesso, transmitido diretamente ao cérebro.

Em algum lugar muito longe, ela conseguia ouvir a voz de Korum, que soava furiosa e exigente. — Pare! Pare agora mesmo! Não percebe que ela está sentindo dor?

— Ela ficará bem... — Era a voz de Laira, calma e reconfortante. Mia se prendeu a ela, precisando de algo seguro no turbilhão que engolfava a mente.

No começo, foi insuportável e ela tentou gritar, confusa demais para emitir algum som. Laira não mentira. Não havia dor, apenas agonia. Era como se o cérebro de Mia estivesse enchendo até o limite, com o crânio estendendo-se e lutando para conter tudo.

E, quando ela achou que a cabeça literalmente explodiria, a agonia começou a ceder. As cores e as formas se separaram em imagens que, juntamente com as emoções, se transformaram em eventos específicos. As lembranças começaram a se juntar, tomando forma, uma a uma, até que ela conseguiu entendê-las e integrá-las no que já sabia e lembrava.

Lá estava a festa no fim de março, logo antes de conhecer Korum. Jessie a arrastara para lá e Mia acabara divertindo-se depois de algumas bebidas. Ela dançara com alguns rapazes, até mesmo trocara números de telefone com um deles, mas nada saiu disso. Se pelo menos ela soubesse como sua vida se transformaria logo depois...

A lembrança do primeiro encontro com Korum piscou na mente e Mia reviveu o sentimento agudo de medo misturado com as primeiras manifestações de desejo. O homem que a segurava agora com tanto amor a deixara aterrorizada no início. A arrogância e a desconsideração casual pelo que ela queria fez com que imaginasse o pior sobre a espécie dele.

Mais lembranças... A primeira vez em que fora para a cama de Korum, John explicando a ela o que era uma caerle, o incidente no clube em que Korum quase matara Peter... Korum segurando-a enquanto ela gritava, Mia levando-o para conhecer os pais... O bom, o mau, o feio — ela se lembrou de tudo e foi como se um vazio dentro dela desaparecesse. O antes e o depois colidiram, fazendo com que ela se sentisse inteira pela primeira vez desde o ataque de Saret.

Saret! Mia também se lembrou dele. Ela gostara de Saret, considerara-o chefe e mentor. Fora ele que lhe dera o implante de idiomas, o estágio no laboratório por solicitação de Korum. Mia reviveu a empolgação que sentira quando Korum lhe contara sobre a oportunidade, a emoção de aprender algo com que milhares de cientistas humanos apenas sonhavam.

E a última lembrança de antes: Saret encurralando-a no laboratório. Mia se lembrou do terror, do choque de descobrir as intenções dele para a raça humana... O desgosto quando ele admitiu que a queria, a sensação de náusea quando contou a ela os planos para os krinars... E aquela escuridão terrível que a envolvera quando ele apagara um pedaço grande de sua vida e adulterara seu cérebro.

Agora, o presente e o passado eram um novamente. Mia percebeu que Korum acariciava seus cabelos e beijava seu rosto de leve. Ainda de olhos fechados, Mia reviveu os eventos mais recentes, desde que acordara na cama de Korum até a viagem para Krina. Ela tentou comparar as emoções de antes com o que sentia agora e com o que sempre fora.

Saret não mentira. Quando Mia acordara sem a memória, não fora completamente ela mesma. Realmente, ela fora mais aberta a novas experiências. Conseguia ver isso agora. No entanto, aquilo fora uma coisa boa. Na missão de suavizar Mia na direção dele, Saret inadvertidamente criara as condições perfeitas para que ela superasse a dor e a confusão por causa da perda de memória. Em vez de agonizar, Mia fora receptiva. Em vez de se preocupar, ela aprendera.

E, em vez de sentir medo de Korum novamente, ela se apaixonara por ele. Ela realmente se apaixonara pelo krinar belo e gentil que a recebera ao acordar. O Korum dos meses recentes não era a mesma pessoa que ela conhecera no parque naquele dia de abril. A arrogância dele fora temperada com amor, a indiferença pelo que ela queria transformando-se em um desejo de fazê-la feliz. Ele a amava, Mia não tinha dúvidas disso agora. Ele a amava com a mesma intensidade, o mesmo desespero com que ela o amava.

Quando o presente e o passado de reuniram, os sentimentos e as emoções de Mia também se juntaram. Tudo o que ela sentira antes aumentara, fora fortalecido pelas provações e tribulações dos dois meses anteriores.

Abrindo os olhos, Mia sorriu para o amante.

CAPÍTULO 26

Vendo o sorriso dela, Korum estremeceu de alívio. — Mia, minha querida, você está bem? — Nos dez minutos anteriores, ela estivera rígida como uma tábua, com o rosto pálido e os lábios sem cor. Ela não reagira a nada, como se estivesse em coma.

— Ela está bem. Certo, Mia? — Laira se aproximou, inclinando-se para olhar o rosto de Mia, e Korum lutou contra a vontade de estrangular a aprendiz. A caerle obviamente sentira dor e ele sabia que nunca perdoaria Laira por isso.

— Estou bem agora — disse Mia em tom suave, como se entendesse os sentimentos dele. Erguendo a mão, ela acariciou-lhe o rosto e o gesto gentil diminuiu a raiva dele.

— Você se lembra de alguma coisa? — A voz de Laira os interrompeu novamente.

— Sim — respondeu Mia, olhando para ela. — Eu me lembro de tudo. Obrigada por isso.

Ela se lembrou. Ela se lembrou de tudo. Korum sentiu como se pudesse respirar novamente. A culpa terrível que sentia diminuiu pela primeira vez desde que descobrira a traição de Saret.

— E o procedimento de suavização? — perguntou ele a Laira, com os braços inconscientemente apertando-se em volta da garota em seu colo.

— Também deve ter sido revertido — disse Laira. — Mia, você sente alguma diferença em relação a isso?

— Não sei — disse Mia, franzindo ligeiramente a testa. — Sei que as minhas reações estavam um pouco alteradas antes, quando acordei em Lenkarda, mas não sinto nada de diferente agora.

— Não? — perguntou Korum. Mia sorriu para ele.

— Não — respondeu ela com olhar suave e acolhedor. — Não sinto.

Outro peso saiu dos ombros de Korum, fazendo com que ele se sentisse mais leve que o ar. Até aquele momento, ele não percebera como temera a resposta àquela pergunta. Mia o amara antes de perder a memória, ele sabia disso. Mas uma parte dele ainda tinha medo de que os sentimentos dela depois do procedimento de Saret não fossem reais e que desfazê-lo destruiria o amor que ela achava que sentia por ele.

Mia se mexeu para levantar e ele se forçou a deixá-la ir, apesar da vontade de segurá-la para sempre.

Ele também se levantou, virou-se para Laira e fez um aceno frio de agradecimento. Apesar de o procedimento ter funcionado, Korum ainda não conseguira esquecer a expressão torturada no rosto de Mia durante aqueles terríveis dez minutos. Ele se sentira impotente, incapaz de fazer qualquer coisa para aliviar seu sofrimento e demoraria muito para se esquecer daquilo.

Nem um pouco incomodada com o óbvio desprazer dele, Laira sorriu. — Parece que você conseguiu sua caerle de volta, sã e salva.

— Sim — respondeu Korum, colocando um braço protetor em volta de Mia, que ainda parecia pálida demais. — Parece mesmo.

O voo de volta para a casa de Korum levou vinte minutos, pois o laboratório de Laira ficava localizado a alguns milhares de quilômetros da região de Rolert, onde ele morava. Korum viu que Mia estava fascinada pela vista do lado de fora da cápsula de transporte e direcionou a nave para que voasse em uma altitude mais baixa e mais devagar para que ela pudesse observar mais.

Ele tentou ver Krina como ela estaria vendo e teve que admitir que seu planeta era lindo. A massa de terra gigante de Tinara tinha uma variedade incrível de flora e fauna e, do ar, a vegetação parecia um carpete colorido, com o verde predominante e pontos vermelhos e dourados por toda parte. Havia grandes lagos e rios, alguns tão azuis e transparentes quanto o Caribe, e outros de um tom azul esverdeado rico.

Os assentamentos dos krinars eram esparsos, em sua maioria agrupados em volta da água. Não havia cidades propriamente ditas, apenas Centros que serviam como pontos focais de comércio e negócios. A maior parte dos krinars morava nos arredores daqueles Centros, indo para eles para trabalhar e realizar outras atividades.

A casa de Korum ficava perto de Banir, um Centro de tamanho médio na região de Rolert, perto do centro do supercontinente e do equador. Quando Korum levara Mia e a família dela para lá mais cedo, todos tinham comentado sobre o clima quente, ainda mais quente que a Flórida no verão. O calor não incomodava Korum, mas ele sabia que os humanos eram mais sensíveis e levara-os para o interior rapidamente. Naquela noite, quando a temperatura baixasse, ele planejava levá-los para o lago próximo para nadar e observar a vida selvagem local.

— Ali é Viarad — disse Korum a Mia quando voaram sobre um Centro particularmente grande. — É o mais próximo que temos de uma capital planetária. Grande parte da pesquisa e do desenvolvimento acontece ali. É nele também que ocorrem as lutas da Arena e outras reuniões importantes.

Mia olhou para ele com os olhos brilhantes e curiosos.

— As suas cidades são muito diferentes das nossas — observou ela. — Não vejo muitos prédios, muito menos arranha-céus e coisas assim.

— Eles estão lá — garantiu Korum. — Não arranha-céus, mas há muitos prédios grandes para várias finalidades comerciais. Você não os vê do ar por causa das árvores. A floresta ao redor de Viarad tem algumas das árvores mais altas de Krina e muitas excedem a altura de um prédio de vinte andares.

Ela arregalou os olhos. — Vinte andares?

— Pelo menos — respondeu Korum. — Talvez mais. Aquelas árvores são muito antigas. Algumas delas estão lá há mais de cem milhões de anos.

— Isso é incrível. — A voz dela soou maravilhada. — Korum, o seu planeta é maravilhoso.

Ele sorriu feliz com o entusiasmo dela. — É mesmo.

Mesmo voando em velocidade mais baixa, eles chegaram à casa dele apenas alguns minutos depois. Korum levou Mia para dentro, onde a família dela descansava da viagem. — Vou preparar o jantar — disse ele. — Descanse um pouco, se quiser. Você teve um dia difícil.

— Estou bem — disse Mia e ele viu que ela não estava mentindo. O rosto estava corado novamente e ela parecia totalmente recuperada. — Vou ficar um pouco com os meus pais, se não se importa.

— Não, claro que não — disse Korum. — Vejo você daqui a pouco.

* * *

O jantar que Korum preparou, apesar de incomum, foi delicioso, consistindo em várias sementes, frutas e legumes locais preparados de formas criativas. Mia e a família dela descobriram algo novo de que gostaram muito.

Um dos pratos consistia em um legume em formato de lágrima com pele roxa, cujo gosto era uma mistura de tomate e abobrinha. Ele estava recheado com um grão com gosto de nozes que tinha uma textura parecida com a de uma bolha. O pai de Mia adorou o prato, servindo-se mais de uma vez. Enquanto isso, Mia e Marisa adoraram o cozido de kalfani, de gosto rico. A mãe dela e Connor repetiram várias vezes a fruta exótica servida como sobremesa. — Toda esta comida é segura para consumo pelos humanos — disse Korum. — Nem tudo em Krina é seguro, mas o sistema digestório de vocês aceitará bem estas comidas específicas.

Depois do jantar, Korum os levou ao lago que ficava perto da casa. O sol se punha e Mia viu as três luas surgirem no céu, apesar de ainda haver bastante luz.

Enquanto caminhavam, ele mostrou várias plantas e insetos, explicando um pouco sobre eles. — Aquela é uma *nooki* — disse ele, apontando para uma criatura amarela semelhante a uma aranha e que parecia ter centenas de patas. — Elas extraem nutrientes do solo, quase como as plantas. Nossas crianças gostam de brincar com elas, pois fazem coisas engraçadas quando se assustam. — Ele bateu palmas perto da criatura, que inchou. As patas quase triplicaram de tamanho e o corpo ficou vermelho. — Ela é completamente inofensiva, não precisam ter medo.

Mia sorriu e estendeu a mão para a criatura, curiosa para ver se deixaria tocá-la, mas ela fugiu, parecendo uma bola colorida desajeitada.

Korum sorriu para ela e Mia riu, sentindo-se incrivelmente feliz. Ficando na ponta dos pés, ela segurou o rosto dele, puxando-o para perto e beijando-lhe de leve nos lábios. — Eu amo você — disse ela, sustentando o olhar dele. Seu coração ficou apertado ao notar o olhar de puro amor que viu no rosto dele.

— Ei, pombinhos, olhem isso! — gritou Connor. Mia teve vontade de lhe dar um soco por interromper o momento.

Korum abriu um sorriso malicioso e foi ver o que Connor indicava. Mia o seguiu, ainda irritada com o cunhado. Mas, ao chegar lá, toda a irritação foi esquecida.

— Uau! — exclamou ela. — O que é isto?

Em um tronco, a poucos metros de altura do chão da floresta, parcialmente escondida pelas folhas, havia uma minúscula criatura peluda que parecia uma mistura de lêmure e gato. De cor marrom, ela tinha olhos azuis enormes e uma cauda curta e fofa.

— É um filhote de *fregu* — respondeu Korum. — Eles são muito fofos, mas, às vezes, mordem. Portanto, não tente fazer carinho nele.

— Fregu? — A palavra soou familiar por algum motivo. Logo depois, Mia se lembrou. — Ei, você me disse que eu lembrava um desses! — disse ela a Korum em tom acusador. Em seguida, caiu na gargalhada, vendo a semelhança.

O fregu foi apenas o primeiro encontro com a vida selvagem de Krina. Eles viram pássaros com quatro asas, insetos do tamanho de uma pequena ave e plantas que agiam como animais. Em um momento, Connor quase pisou em uma criatura parecida com uma cobra que gritou para ele e rolou para longe, com o corpo longo e fino movendo-se como um pino giratório.

Finalmente, eles chegaram ao lago, que tinha um tamanho razoável, provavelmente três ou quatro quilômetros de largura e muitos de comprimento. A praia era coberta de uma areia cinza fina e pequenas rochas pretas, fazendo com que a água parecesse escura e misteriosa.

— É seguro nadar aqui? — perguntou Marisa, tirando as sandálias e mergulhando o pé para testar a temperatura.

— Sim — respondeu Korum. — Há alguns predadores perigosos lá, mas nada que chegue tão perto da praia. Este lago é muito fundo e há muitos seres vivos nele, mas que geralmente não vêm para águas rasas. Mas, como garantia, use isso. — Ele entregou uma pulseira fina e transparente que criara um segundo antes. — Ela repele animais aquáticos emitindo um som que eles acham muito desagradável.

Mia e os outros receberam uma pulseira igual e foram nadar, aproveitando a água refrescante depois do calor intenso.

CAPÍTULO 27

Mia acordou na manhã seguinte com uma sensação inquietante no peito. Por algum motivo, continuava sonhando com Saret e aquele dia no laboratório. No sonho, Saret a tocava, fazendo com que ela se arrepiasse de desgosto. E não havia nada que Mia pudesse fazer além de gritar silenciosamente na mente, pois estava paralisada e incapaz de se mover.

Agitada demais para dormir novamente, Mia se levantou e foi tomar um banho. Korum não estava lá e Mia não sabia se a família ainda estava dormindo. Pela posição do sol no lado de fora, devia ser muito cedo.

Parada sob a água, ela bocejou, sentindo-se incomumente cansada. Talvez devesse ter tentado dormir novamente. O sonho ainda estava em sua mente e ela esfregou a pele cuidadosamente, tentando se livrar dele.

Na verdade, Saret mal a tocara e ela não sabia por que aquela imagem surgira em seu subconsciente.

Para se livrar das impressões do sonho, ela reviveu os eventos reais daquele dia, começando do momento em que encontrara Saret quando estava prestes a ir embora. Ele parecera tão feliz em falar com ela sobre seus planos, em contar tudo que pretendia fazer com os humanos e os outros krinars. Mia imaginou que não devia ter sido fácil para ele, não poder confiar em ninguém, sempre tentando fingir, esconder sua verdadeira natureza. Com ela, como achou que Mia nunca se lembraria da conversa, ele se sentira seguro em deixar cair a máscara.

Em retrospectiva, fora quase engraçado ouvir as coisas malucas que ele dissera sobre levar a paz à Terra e agir como salvador da raça humana. Ele até mesmo tentara convencê-la de que Korum tinha alguns planos malignos de assumir o controle do planeta. Era tão ridículo que Mia riu sozinha. Ele realmente achara que ela apoiaria aquela causa? Que, como estivera disposta a acreditar no pior sobre Korum uma vez, cometeria o mesmo erro novamente?

Saindo do chuveiro, Mia deixou que a tecnologia de secagem cuidasse dela. Em seguida, sentindo-se ligeiramente melhor, voltou para o quarto para procurar o fabricador e vestir-se.

Para sua surpresa, Korum estava lá, sentado na cama. Ele vestia uma roupa típica dos krinars, bermuda e camiseta sem mangas de cor clara. Por algum motivo, os cabelos dele estavam úmidos.

— Você está acordada — disse ele, observando o

corpo nu de Mia com um brilho sensual familiar nos olhos. — Fui nadar no lago porque achei que você dormiria mais. Por que se levantou tão cedo?

— Tive um pesadelo. — Mia se sentou ao lado dele. As mãos de Korum imediatamente foram para os seios dela e apertaram-nos de leve, como se não conseguisse resistir a tocá-la.

— Por quê, minha querida? Que sonho? — Havia um olhar preocupado no belo rosto enquanto as mãos continuavam a brincar com os seios dela. Os polegares acariciaram os mamilos de uma forma que lançou uma onda de calor por todo o corpo de Mia.

Ela mal conseguia pensar enquanto ele fazia aquilo. — Ahm... só aquela coisa com Saret... — Ela jogou a cabeça para trás, arqueando o pescoço enquanto ele abaixava para morder o ponto sensível perto do ombro.

— Que coisa? — murmurou ele, colocando uma das mãos entre as coxas dela e acariciando o sexo ardente.

— Só aquela... conversa... — Mia gemeu quando o dedo dele a penetrou. O polegar pressionou o clitóris enquanto a outra mão continuava a acariciar o mamilo.

— O que tem ela? — sussurrou ele. O hálito quente cobriu o pescoço dela, fazendo com que sentisse arrepios pelo corpo todo.

— Eu não... eu não sei... — Mia conseguiu dizer. Os músculos internos se contraíram em volta do dedo dele quando uma onda de calor a invadiu. Ela estava tão perto... tão perto...

Korum tirou o dedo e empurrou-a para baixo, para que ficasse deitada de costas com as pernas para fora da cama. Ajoelhando-se no chão, ele puxou as pernas dela sobre os ombros e puxou-a para perto da boca.

No primeiro toque da língua quente e úmida no clitóris, Mia explodiu em um milhão de pedaços. O clímax foi tão intenso que ela arqueou as costas para fora da cama, fechando os olhos enquanto as ondas de prazer percorriam cada parte do corpo.

Antes que aquelas ondas desaparecessem, ele a penetrou profundamente. Soltando uma exclamação com a penetração abrupta, Mia agarrou os ombros dele, segurando-se com força quando ele começou a investir repetidamente, estimulando as terminações nervosas que ainda estavam sensíveis depois do orgasmo. Ofegante, ela abriu os olhos e encontrou o olhar dourado dele.

Ele a encarava com um olhar intenso de desejo. Inclinando a cabeça, ele a beijou de forma selvagem, invadindo-a com a língua enquanto o pênis continuava a penetrá-la. Com uma das mãos, ele segurou os cabelos de Mia, mantendo sua cabeça imóvel. A outra mão deslizou pelo lado do corpo dela e posicionou-se sob os quadris, tocando-lhe as dobras onde estavam reunidos. Ele esfregou o dedo em volta da entrada da boceta para molhá-lo e, em seguida, enterrou-o entre as nádegas, empurrando-o no ânus.

Tomada pelas sensações, Mia gemeu impotente. Da forma como ele a segurava, não podia fazer nada além de sentir. Ele estava sobre ela, dentro dela, e Mia não conseguia recuperar o fôlego. O coração disparou quando a tensão dentro dela aumentou cada vez mais. O dedo no ânus parecia incrivelmente grande, invasivo, mas causava um prazer sombrio, uma sensação desconhecida de preenchimento que aumentava a sensualidade do momento.

Sem qualquer aviso, tudo dentro dela se contraiu e Mia gozou, com o corpo estremecendo nos braços dele. Korum gemeu, esfregando-se contra ela, e Mia sentiu o pênis pulsando dentro de si quando ele também gozou.

Depois de alguns minutos, ele lentamente se afastou.

— Tudo bem? — perguntou ele em tom suave. Mia assentiu, exausta e relaxada demais para se mexer.

Ele sorriu e pegou-a nos braços, carregando-a para o chuveiro. Depois disso, eles se vestiram para tomar café da manhã com a família dela.

Durante a refeição, Mia percebeu que sua atenção se desviou, voltando novamente para o sonho e para a conversa com Saret. Depois de alguns minutos, ela percebeu o que a incomodava.

Por que Saret tentara alegar que Korum era o vilão? Ele estava delirando ou achava que Mia seria tão suscetível às mentiras dele? E por que ele se preocuparia em mentir para ela se planejava apagar sua memória logo depois? Ela tentou se lembrar das palavras exatas dele, algo sobre Korum querer tomar o planeta. O que diabos aquilo queria dizer? Os krinars já estavam lá, na Terra, dividindo-a com os humanos. Korum lhe dissera que era essa a intenção deles.

Ainda assim, Mia não conseguiu se livrar de uma sensação de inquietação. Ela sabia que o amante era implacável e que era leal ao seu povo. Aquela lealdade poderia chegar a ponto de querer se livrar de toda uma espécie rival para ganhar um recurso precioso? Korum lhe dissera que a Terra era única, que, de todos os planetas que os krinars exploraram, era o que mais se aproximava de Krina. E, agora que Mia estava lá, via que realmente era assim. Se alguma coisa acontecesse à Terra, os humanos ficariam felizes em viver em Krina. E, provavelmente, o inverso seria verdadeiro com os krinars.

Largando o utensílio parecido com uma pinça que usava para comer, Mia estudou o amante enquanto ele conversava e brincava com sua família. Parecia impossível que pudesse haver algo de sinistro sob o exterior belo e o sorriso amigável. Ele seria capaz de amá-la e, ao mesmo tempo, querer destruir seu povo? Até onde iria a ambição dele?

Mordendo um pedaço da comida, Mia tentou pensar sobre o assunto de forma racional. Claro que saberia se tivesse se apaixonado por um monstro. Ninguém conseguia esconder tal escuridão por tanto tempo. Korum não era um anjo, e não necessariamente tinha uma grande consideração pelo povo dela, mas nunca iria tão longe a ponto de tirar o planeta deles.

Ou será que iria?

A comida que acabara de engolir pesou no estômago de Mia. Pedindo licença, ela se levantou e foi até o banheiro. Jogando água no rosto, ela olhou para o espelho, vendo o olhar de pânico mal escondido.

Ela precisava conversar com Korum e tinha que ser imediatamente, antes que antigas dúvidas e suspeitas conseguissem envenenar o relacionamento deles novamente. Se havia uma coisa que Mia aprendera depois do fiasco da Resistência, era a inutilidade de tirar conclusões precipitadas e supor o pior. Ela não era mais a garota assustada demais para conversar com o amante K por medo de trair seu povo. Korum agora era dela tanto quanto ela era dele. E, de uma forma ou de outra, precisava saber a verdade.

O café da manhã pareceu se arrastar indefinidamente. Mia sorriu e conversou com a família, mas extremamente impaciente. Ela viu que Korum lhe lançou alguns olhares interrogativos, vendo que ele percebera que havia algo de errado, que os sorrisos dela não eram sinceros.

Finalmente, a refeição terminou. Marisa voltou para o quarto para tirar um cochilo, algo que começara a fazer recentemente para combater o cansaço relacionado à gravidez, e Connor se juntou a ela, pois não queria ficar longe da esposa. Os pais de Mia também foram para o quarto para ler e assistir a alguns programas sobre Krina que Korum preparara para eles.

— Quer dar um passeio? — perguntou Mia a Korum assim que os pais dela saíram.

Ele ergueu as sobrancelhas. — Não está quente demais para você agora?

— Vou ficar bem. — Mia não fazia ideia se ficaria bem ou não, mas queria sair da casa e ficar longe dos ouvidos da família.

— Claro. — Korum se levantou da forma silenciosa

que somente os krinars tinham. — Vamos.

A onda de calor atingiu Mia assim que saíram da casa. Era cerca de onze horas da manhã e o sol estava incrivelmente brilhante no céu sem nuvens. Por toda volta, Mia ouvia os ruídos de insetos, pássaros e outras criaturas, alguns deles familiares, outros estranhos e exóticos.

Eles andaram por alguns minutos em direção ao lago, seguindo o mesmo caminho que usaram no dia anterior. À luz do dia, os arredores eram ainda mais bonitos do que ao crepúsculo, mas Mia não conseguiu se concentrar neles. Ela sentiu um nó no estômago e um início de náusea, como se tivesse comido algo que não lhe fizera bem.

— Muito bem, Mia. — Korum parou sob uma sombra quando chegaram ao lago e puxou-a para que sentasse a seu lado sobre a vegetação. — Qual é o problema, querida? O que está acontecendo com você hoje?

Mia olhou para o homem que amava mais do que a si mesma. — Quero saber se há alguma verdade no que Saret disse.

O olhar dele permaneceu estável. — Que parte?

— A parte... — A voz dela faltou no meio da frase. — A parte sobre você querer tirar a Terra de nós.

Por um momento, houve apenas silêncio, durante o qual os dois se encararam. Em seguida, ele disse em tom suave: — Queremos dividir o planeta com vocês. Eu lhe disse isso.

— Então, por que Saret disse que você queria tirá-lo

de nós? — Alguma coisa não parecia certa. — Ele está completamente iludido ou há algo que eu deveria saber? Quais são as suas verdadeiras intenções, Korum? Como exatamente vocês vão dividir nosso planeta quando o seu sol finalmente morrer?

Ele ficou novamente em silêncio por alguns segundos, com o rosto duro e inescrutável. — Você ainda não confia em mim, não é? — perguntou ele finalmente. — Depois de tudo, ainda acha que eu sou o bandido.

Mia respirou fundo e a sensação desagradável ficou mais forte. — Não, Korum. Não acho isso. Não quero achar isso. Só quero saber a verdade. Toda ela. — Ele ainda parecia implacável e ela acrescentou: — Por favor, Korum... se realmente gosta de mim, por favor, conte-me tudo.

CAPÍTULO 28

—— Muito bem. — A voz dele estava mais fria do que ela ouvira em muito tempo. — Mas tenha em mente, querida, que ninguém fora do Conselho e dos Anciãos sabe do que estou prestes a lhe dizer. Não pode contar isso para ninguém, está entendendo?

Mia assentiu, prendendo a respiração.

— Não vamos tomar a Terra de vocês — disse ele. — Vamos tomar Marte. E, depois, daremos aos humanos a opção de se mudarem para lá, depois de criarmos as condições adequadas para a vida.

Mia o encarou em choque. — O quê? Marte? Mas... mas ele não é habitável.

— Não é habitável agora — disse Korum. — Depois que terminarmos o trabalho lá, ele será como o paraíso. O planeta já tem água na forma de gelo. Nós a aqueceremos, criaremos uma atmosfera e daremos a Marte um campo magnético para diminuir a radiação solar e impedir que a atmosfera escape para o espaço. Até mesmo a diferença de gravidade pode ser corrigida. Nossos cientistas recentemente descobriram uma forma de modificar a gravidade da superfície e torná-la similar à da Terra e à de Krina.

— Mas... — Mia se viu sem palavras. — Espere, então, vocês querem Marte, não a Terra?

Korum suspirou. — Não, Mia. Queremos um lugar para que nossa espécie continue a florescer quando nosso sol começar a morrer. É uma pena, mas não podemos impedir que nossa estrela morra. Talvez um dia consigamos descobrir uma forma de corrigir isso também. Mas, por enquanto, temos que fazer planos para o pior. A Terra seria nossa segunda opção, depois de Krina, e Marte, a terceira.

— Então, vocês querem a Terra? — Mia teve a impressão de que não estava entendendo alguma coisa.

— Sim. — O olhar âmbar dele estava sério. — É claro que queremos. Pelo menos, as partes mais quentes dela. Mas não vamos matar os humanos por causa disso ou seja lá o que for que Saret deu a entender. Daremos ao seu povo a opção de permanecer na Terra ou mudar para o planeta Marte transformado em troca de riqueza e outras vantagens.

— Vocês subornarão os humanos para que saiam da Terra? — Mia o encarou com incredulidade.

— Sim. — Um sorriso leve surgiu nos lábios dele. — Pode-se dizer que sim. Há muitas regiões da Terra que são pobres, em que a existência diária é uma luta.

Oferecemos a essas pessoas a opção de se mudar para um lugar muito parecido com o paraíso, em que todas as necessidades básicas serão atendidas e onde poderão viver como reis. Não acha que isso seria atraente para alguém na zona rural da Índia ou do Zimbábue?

Mia pestanejou. Ela conseguia ver a lógica, mas também um problema grande no que ele dizia. — Se Marte será tão incrível — perguntou ela lentamente —, por que os krinars não moram lá eles mesmos e deixam nosso planeta em paz?

— Alguns de nós provavelmente desejarão viver em Marte — respondeu Korum. — Não está fora de questão eu e você nos mudarmos para lá em algum momento. Mas sempre haverá aqueles que se sentirão desconfortável com o que veem como natureza artificial, aqueles que preferirão viver em um planeta que passou por bilhões de anos de evolução natural, mesmo que aquele planeta tenha sido poluído e danificado pelos humanos.

— Então eles irão para viver conosco, quero dizer, com os humanos na Terra?

— Sim — respondeu Korum —, exatamente. Construiremos mais Centros na Terra para que alguns krinars possam morar lá. E, em troca de os humanos nos cederem esse espaço, daremos a eles um ambiente muito mais luxuoso em Marte. Será uma situação vencedora para as duas espécies.

— E se os humanos não quiserem ceder esse espaço?

Ele estreitou os olhos. — Por que não cederiam? Acha mesmo que um fazendeiro de subsistência em Ruanda teria objeções a nunca mais ter que trabalhar de sol a sol?

A ser capaz de alimentar a família todos os dias com comidas gostosas e saudáveis? Quem for para Marte terá acesso a assistência médica, educação, casa, o que precisar, tudo de graça. Não vamos fazer com o seu povo o que os europeus fizeram com os norte-americanos nativos. Não é assim que somos.

— Você não respondeu à minha pergunta — disse Mia lentamente. — Se as pessoas não quiserem ir, serão transportadas à força para Marte? Vocês tirarão a propriedade delas mesmo assim?

— Faremos o que for necessário para garantir a sobrevivência e a prosperidade de nossa espécie, Mia — respondeu ele com os olhos frios sob os cílios escuros. — Como a sua espécie faria.

Um arrepio desceu pela espinha de Mia. — Entendo.

— O que esperava ouvir, querida? — O tom dele era levemente zombeteiro. — Queria que eu mentisse para você, que lhe dissesse que nunca tomaríamos o que precisamos se não conseguíssemos de outra forma?

— Não — retrucou Mia. — Eu não queria que mentisse para mim. Nunca quis que mentisse para mim. — Levantando-se, ela andou até a água, olhando fixamente para a superfície azul escura sem enxergá-la. Ela não sabia o que pensar, como começar a abordar aquela situação.

O que Korum acabara de descrever soara relativamente inofensivo, até mesmo generoso em comparação ao que os conquistadores humanos tinham feito no passado. Ainda assim, Mia sabia que não seria tão simples. A chegada dos krinars vários anos antes causara um grande pânico que dera origem ao movimento da Resistência e resultara em milhares de mortes. Era tolice achar que o mesmo não aconteceria quando as pessoas descobrissem as intenções dos Ks para Marte. Mesmo se os krinars realocassem somente os que estivessem dispostos, a população geral ficaria profundamente desconfiada, provavelmente com bons motivos. Quando os krinars tivessem um lugar para onde mover os humanos com a consciência limpa, o que os impediria de fazer isso?

Korum se aproximou e passou os braços em volta do peito de Mia, puxando-a contra o corpo para que o topo de sua cabeça ficasse sob o queixo. — Lamento, Mia — disse ele baixinho. — Eu não queria ser duro com você. É claro que você tem o direito de saber e eu não deveria culpá-la por não confiar em mim depois da forma como nos conhecemos. Não quero prejudicar a sua raça. Realmente não quero, especialmente agora que me apaixonei por você e conheci sua família. Faremos o possível para garantir que tudo transcorra de forma tranquila, que todos os seus governos estejam totalmente integrados e informados do que está acontecendo. Ninguém precisa se ferir. Faremos tudo para garantir que isso não aconteça.

Mia sentiu vontade de se derreter nos braços dele, deixá-lo assegurar que tudo ficaria bem, mas não podia agir como um avestruz escondendo a cabeça no chão. — Quando isso acontecerá? — A voz dela soou vazia. — Quando vocês transformarão Marte?

— Em breve — respondeu Korum, apertando os

braços em volta dela. — Acabei de receber a aprovação final dos Anciãos para prosseguir.

— Mas por que Marte? — Mia não conseguia entender aquela parte. — Por que os krinars não tomam algum planeta em outro sistema solar? Se conseguem fazer isso, esse tipo de coisa...

— Terraformação — respondeu Korum. — Chama-se terraformação.

— Certo — retrucou Mia. — Se conseguem fazer isso em Marte, por que não simplesmente fazer isso em um planeta em outro lugar? Por que tem que ser tão perto da Terra?

— Porque a proximidade com a Terra deixará o projeto mais fácil — explicou ele baixinho. — Nunca fizemos algo dessa magnitude antes e precisaremos de uma base de onde nossos cientistas e outros especialistas possam operar. A Terra pode ser como base por enquanto. Não será uma tarefa fácil. Levará anos, talvez décadas, para deixar Marte habitável e será bom ter nossos Centros na Terra no caso de alguma emergência. Quando ajustarmos todos os pontos do processo, poderemos fazer o mesmo em outros planetas localizados nas zonas habitáveis nas diversas galáxias.

— Outros planetas além da Terra e de Marte? — Mia se virou nos braços dele, encontrando seu olhar. Pela primeira vez, ela percebeu a profundidade completa da ambição dele, o que a deixou extremamente abalada. — Você está construindo um império, não está? — Ela respirou fundo. — Um império intergaláctico de verdade... Terra, Marte, esses outros planetas no futuro...

Os krinars conquistarão todos eles, não é?

— Sim. — Os olhos dele brilharam. — Conquistaremos.

* * *

Korum percebeu o choque no rosto dela e suavizou o tom. — Isso seria algo tão ruim, querida? O seu povo também se beneficiará. Se alguma coisa acontecesse à Terra, os humanos sobreviveriam e prosperariam ao nosso lado.

Ele sentiu a tensão no corpo delicado de Mia e amaldiçoou Saret por plantar dúvidas na mente dela naquele dia. Korum planejara contar tudo a ela no momento certo, explicar suas intenções da forma mais reconfortante possível. Ele soubera que haveria a possibilidade de que ela o questionasse depois de recuperar a memória, mas não imaginara a própria reação às perguntas dela. A desconfiança, a propensão a pensar o pior dele, era tudo muito parecido com o início, quando ela o espionara e o traíra para a Resistência. As cicatrizes daquela época ainda estavam muito sensíveis para que ele conseguisse permanecer tão calmo como esperara.

— Ao seu lado e sob o seu controle, certo? — Ela fez um movimento para se soltar e Korum deixou os braços caírem, recuando um passo para lhe dar um pouco de espaço. Ele não se deu ao trabalho de responder àquela pergunta, pois a resposta era muito óbvia.

Um império intergaláctico... Ele normalmente não pensava no assunto em tais termos, mas não era uma descrição ruim para o que esperava realizar antes de morrer. Desde que conseguia se lembrar, desde a infância, Korum sonhara em explorar e colonizar outros planetas. Via isso como o destino deles. Apesar de belo, Krina também era apenas um planeta minúsculo dentre trilhões, um pedaço de rocha que dependia da estrela e era vulnerável a vários desastres cósmicos.

A Terra sempre o fascinara, com as características semelhantes às de Krina e uma espécie notavelmente similar aos krinars. Quando jovem, Korum, como muitos outros, considerara os humanos como inferiores, com o corpo frágil e fraco e a forma primitiva de viver. Só nos séculos recentes ele começara a entender que aqueles seres eram tão inteligentes quanto os próprios krinars. No passado, o que Mia receava teria sido uma preocupação legítima. O Korum de um milhão de anos antes não teria hesitado em simplesmente tirar a Terra do povo dela. Mas, agora, não queria tirar o planeta dos humanos. Só queria garantir que os krinars também tivessem um lugar nela.

Ele nunca achara que sua ambição era particularmente chocante. Mas sabia que outras pessoas pensavam assim. Até mesmo seu pai parecia, às vezes, intimidado pela motivação de Korum, sem entender que o filho só queria o que fosse melhor para a espécie. Um grupo de planetas habitado e controlado pelos krinars era o próximo passo lógico na evolução e Korum não via nada de errado em trabalhar em direção àquele objetivo.

Agora, ele só precisava fazer com que a caerle visse as coisas da perspectiva dele. — Mia, ouça bem — disse

Korum, observando atentamente. — Eu sei que está com medo, mas não estou mentindo para você. Não contei nada disso antes porque é o equivalente a uma informação confidencial, não porque eu estivesse tentando esconder algo maligno. Acabei de receber a aprovação final dos Anciãos para Marte e o próximo passo é falar com os seus governos, informá-los de nossas intenções. Assim, eles poderão preparar adequadamente a população e impedir quaisquer rumores possivelmente perigosos. Ninguém precisa se ferir e faremos o possível para garantir que isso aconteça.

Ela passou a língua pelos lábios e ele não conseguiu evitar de olhar para a boca de Mia, imaginando aquela língua lambendo outra coisa. *Mas que merda, concentre-se.* Com esforço, Korum ergueu o olhar para encontrar o dela, ignorando a ereção que começara. Não era o momento de pensar em sexo. Ele precisava convencê-la de que não estava prestes a exterminar a raça dela nem roubar o planeta deles.

— Jura? — A voz dela era suave, trêmula e ele viu a esperança lutando contra a dúvida no rosto de Mia. Ela queria confiar nele, mas precisava ser convencida. — Jura que não pretende ferir o meu povo? Que, quando construir o seu império, não será às custas do bem-estar da minha espécie?

— Sim, querida — respondeu Korum. — Eu juro. A não ser que os humanos nos ataquem, não faremos nada para feri-los. Aqueles que desejarem sair da Terra serão bem recompensados pela escolha. Nós viveremos ao lado do seu povo na Terra, em Marte e em outros planetas que encontrarmos. Não será tão ruim, querida. Eu prometo.

E, dando um passo em direção a ela, ele a tomou novamente nos braços, suspirando aliviado ao sentir os braços dela em volta de sua cintura.

CAPÍTULO 29

Mia colocou o colar de pedras brilhantes que Korum lhe dera e estudou a própria imagem de forma crítica no espelho tridimensional do quarto. Ela vestia roupas formais dos krinars, um vestido branco brilhante parecido com o que usava para a luta. Os cabelos estavam presos e cobertos com uma rede prateada que combinava com as sandálias. Ela estava elegante e pronta para enfrentar os Anciãos.

Ela tinha todos os motivos para se sentir nervosa. Afinal de contas, estava prestes a conhecer os krinars mais velhos de todos, cujos nomes eram lendas entre os Ks e cujos mandados determinavam o destino da humanidade. Os krinars estavam prestes a decidir sobre a vida de sua família. Ainda assim, ela estava estranhamente calma, como se nada pudesse tocá-la naquele momento.

A mente dela voltava repetidamente para a conversa daquela manhã com Korum. Marte, Terra, um império intergaláctico inteiro... Realmente, não havia limites para a ambição do amante. Mia não tinha dúvidas de que Korum atingiria seu objetivo e que estaria no comando daquele império que estava prestes a construir.

E ela estaria ao lado dele. Mia sentiu a cabeça tonta ao pensar nisso. Ela, que nunca quisera nada além de uma vida quieta e comum, estaria lá para ver o império dos krinars tomar forma, ao lado — e na cama — do homem que faria aquilo acontecer.

Aquilo a transformava em uma traidora de seu povo? Ou era como Delia dissera, que, quando Korum se apaixonara por ela, já fizera mais para ajudar a humanidade do que quaisquer esforços da Resistência?

Ela acreditou nele quando Korum prometeu que os krinars não machucariam os humanos de propósito. Ele sempre mantivera as promessas. Ela só não tinha certeza de como as coisas aconteceriam quando as pessoas descobrissem as intenções dos Ks para Marte. Surgiriam movimentos renovados contrários aos Ks? A população humana entraria em pânico e tentaria atacar os invasores, resultando em retaliações por parte dos krinars? Mia ficaria arrasada se aquilo acontecesse.

Mas a ideia de deixar Korum era insuportável. Ela não conseguiria viver sem ele, simples assim. Ela o amava com cada célula do corpo e sabia que ele a amava da mesma forma. Talvez aquilo a transformasse em uma traidora... ou talvez apenas na mulher mais sortuda de todas. Só o tempo diria.

Por enquanto, ela tinha que se encontrar com os Anciãos.

— Será melhor se eu falar a maior parte do tempo — disse Korum ao se aproximarem de uma clareira no meio da floresta. — Eles não gostam de conversas desnecessárias.

— É claro — respondeu Mia. — Não diremos uma palavra.

— Não. Talvez vocês precisem falar — retrucou ele. — Eles provavelmente desejarão falar diretamente com você e sua família. Nesse caso, recomendo responder às perguntas deles da forma mais honesta e concisa possível.

Mia assentiu. Pelo canto do olho, ela viu os pais de mãos dadas enquanto andavam. A mãe estava pálida e o pai parecia sombrio, como se estivesse indo para uma execução. Marisa e Connor estavam logo atrás, parecendo nervosos e animados ao mesmo tempo.

Diferentemente de Mia, os outros vestiam roupas humanas. Fora opção deles. — Acha que vou conseguir me enfiar em uma roupa apertada como essa na minha idade? — perguntara a mãe, indicando o vestido justo e de costas nuas de Mia. Korum não objetara. Como não eram caerles, não eram considerados como parte da sociedade dos krinars e, portanto, podiam vestir o que quisessem. O pai dela vestira um terno com gravata, bem como o marido de Marisa. A mãe dela e Marisa usavam vestidos semiformais e salto alto. Mia esperava que não estivessem desconfortáveis demais, andando pela floresta com aqueles trajes no calor que fazia.

O fato de os Anciãos quererem encontrá-los em uma área aberta, em vez de em um prédio fechado, não deixou Mia nem um pouco surpresa. Os Ks eram notavelmente ligados à natureza e Korum lhe dissera que alguns dos Anciãos condenavam inteiramente prédios artificiais, optando por viver como os ancestrais primitivos, em troncos ocos de árvores gigantes ou em formações rochosas parecidas com cavernas nas montanhas. Eles também protegiam seu território ferozmente, sem permitir que ninguém chegasse a menos de vinte quilômetros das áreas escolhidas. Aquele local na floresta era considerado território neutro, um local onde os Anciãos frequentemente se reuniam para discutir várias questões e socializar uns com os outros.

— Muitos poucos krinars já tiveram o privilégio de ver os Anciãos pessoalmente, como vocês estão prestes a fazer — disse Korum quando pararam em frente à clareira. — É a maior honra que existe.

Mia respirou fundo, tentando controlar o tremor dos dedos. Agora que estavam lá, a calma anterior a abandonara e o coração batia freneticamente dentro do peito. E se acidentalmente ela dissesse ou fizesse algo que enfurecesse os Anciãos? Naquele caso, poderiam negar a petição de Korum ou algo ainda pior. Ela não tinha ideia do que aqueles krinars antigos eram capazes de fazer.

— Está pronta, querida? — perguntou Korum. Ela assentiu, colocando a mão na dele. Eles caminharam juntos para a clareira e a família de Mia os seguiu.

Havia nove Ks parados lá, três mulheres e seis homens. Todos olhavam para Mia e a família dela, sem expressão alguma no rosto. Fisicamente, pareciam estar em excelente forma, sem aparentar serem mais velhos que Korum ou qualquer outro krinar que Mia conhecera. Os homens eram altos e musculosos e as mulheres pareciam mais fortes do que o comum. A Anciã mais baixa provavelmente tinha pouco mais de um metro e oitenta de altura, com músculos bem definidos cobrindo o corpo inteiro. Para surpresa de Mia, todos usavam roupas modernas de cor clara que contrastavam com o tom bronzeado da pele.

Todas as mulheres tinham uma beleza no estilo princesa guerreira, de certa forma, enquanto que os homens tinham aparência mais diversa. Um K em particular lembrava as gravações dos antigos muito mais do que os outros. Apesar das feições sérias terem um certo apelo, eram duras demais para que fosse considerado bonito. Mia se perguntou se algum dos Anciãos tinha um companheiro ou se tinham sobrevivido por milhões de anos sem criar ligações profundas.

Korum soltou a mão de Mia e inclinou a cabeça em sinal de respeito, sem dizer nada. Mia seguiu o exemplo dele, mantendo o olhar nos Anciãos o tempo inteiro. Na cultura dos krinars, era considerado rude abaixar os olhos ou desviar o olhar ao encontrar uma autoridade. Encarar abertamente era o certo.

Uma das mulheres deu um passo à frente, com movimentos suaves e fluidos. Aproximando-se de Mia, ela encostou as juntas dos dedos em seu rosto no cumprimento tradicional entre mulheres. Mia sorriu e fez o mesmo, torcendo para não estar fazendo nada de errado. A julgar pelo olhar aprovador no rosto de Korum, ela fizera exatamente a coisa certa.

Depois de cumprimentar Mia, a mulher circundou os outros humanos, estudando-os com curiosidade visível. Ela não disse uma palavra nem fez qualquer gesto em direção a eles, mas Mia percebeu as gotas de suor na testa do pai. Ele devia estar muito ansioso, pois normalmente não transpirava tanto por causa do calor.

Ainda em silêncio, a mulher voltou para perto dos outros Anciãos e retomou sua posição original perto das outras duas mulheres. Em seguida, nove pares de olhos escuros simplesmente os encararam, observando-os com uma inteligência fria e profunda que parecia distintamente alienígena.

Mia os encarou de volta, tentando descobrir quais eram os dois envolvidos em orientar a evolução dos humanos. De certa forma, estava encontrando deuses da vida real, os criadores da raça humana. A ideia era tão assustadora que ela preferiu deixá-la de lado. Era menos provável que desabasse no chão trêmula se pensasse naqueles Anciãos como nada além de uma versão mais velha de Korum. E, na verdade, para uma garota de vinte e um anos, não havia uma diferença tão grande entre alguém que tinha dois mil anos e alguém que tinha dois milhões de anos. Os dois eram incrivelmente velhos, repetiu ela a si mesma.

Finalmente, depois do que pareceu uma hora, o homem de feições duras deu um passo à frente, aproximando-se de Mia e Korum. — Então esta é sua caerle — disse ele com voz baixa e excepcionalmente profunda. Mia achou que o andar dele se assemelhava ao de um leão, com músculos definidos e intensidade predatória.

Korum inclinou a cabeça. — Sim.

— Incomum — disse o Ancião, inclinando a cabeça para o lado ao estudar Mia. — Muito incomum.

Mia lutou contra a vontade de se encolher sob aquele olhar penetrante. Ela se sentiu como se o K estivesse despindo sua alma, vendo todos os seus medos e vulnerabilidades.

— Por que acha que deveríamos fazer uma exceção para a sua família, Mia? — perguntou o Ancião subitamente, falando diretamente com ela.

Mia engoliu em seco para se livrar do nó na garganta. Ela se preparara mentalmente para uma espécie de entrevista, mas ainda se sentiu pega desprevenida. Mesmo assim, quando falou, a voz estava surpreendentemente estável, sem trair o turbilhão interno. A adrenalina corria por suas veias, aguçando o foco, e as palavras que saíram de sua boca foram incomumente claras.

— Não acho que devam fazer uma exceção para a minha família — disse ela, olhando para o Ancião. — Acho que deveriam compartilhar sua tecnologia com toda a raça humana. Se não fizerem isso, seja lá qual for o motivo, então pense nisto: por estar com Korum, eu agora tenho a mesma expectativa de vida dele. Como isso é algo com que você e seus colegas concordaram, devem ver alguma lógica nisso. Sem os nanócitos no meu corpo, eu envelheceria e morreria em algumas décadas, enquanto Korum permaneceria o mesmo. E isso seria insuportável para nós dois porque nós nos amamos. — Ela fez uma pausa e respirou fundo. — E seria igualmente insuportável para mim ver as pessoas que eu amo — ela acenou na direção da família — ficarem doentes e morrerem.

O K ainda a encarava e ela percebeu um brilho de diversão no olhar dele. Aquilo suavizou ligeiramente as feições dele, fazendo com que parecesse apenas um pouco menos intimidador. Mia queria dizer mais, mas ela se lembrou da recomendação de Korum de ser concisa ao responder às perguntas e decidiu ficar em silêncio. Ela dissera tudo o que havia para dizer. A não ser que fosse repetir os argumentos e apelar para o senso de ética e moralidade deles.

O Ancião a encarou por mais alguns segundos e, em seguida, virou-se. Mia sentiu uma comunicação sem palavras acontecendo entre ele e os outros. Logo depois, ele se virou novamente para Mia e Korum.

— Tomaremos nossa decisão em breve — disse ele, desta vez falando com Korum.

Ele voltou para o grupo dos Anciãos e todos desapareceram na floresta, deixando Mia, Korum e a família dela sozinhos na clareira.

* * *

— Aquele era Lahur — disse Korum à caerle durante o percurso de volta para casa. — Foi ele que eu lhe disse que é o krinar mais velho de todos. A mulher que se aproximou de você e de seus parentes é Sheura. Ela é bióloga evolucionista e esteve envolvida no projeto dos humanos desde o início.

— Ah, não é surpresa que ela parecesse tão curiosa sobre nós. Acha que eles farão isso? Acha que eles concordarão? — Mia estava sentada em um banco flutuante ao lado dele com os olhos brilhando de animação. Korum Sabia que ela provavelmente ainda estava agitada por causa da reunião e sorriu, orgulhoso da forma como se conduzira diante dos Anciãos. Ele sabia que ela estava nervosa, claro, mas mantivera a compostura o tempo inteiro, melhor do que muitos krinars teriam feito no lugar dela.

— Não sei, querida — disse ele com sinceridade. — Ninguém pode prever o que os Anciãos farão. Espero que tenham visto o que queriam ver hoje. Só o que podemos fazer agora é esperar.

— Precisamos permanecer em Krina enquanto eles decidem? — perguntou a mãe de Mia. Korum percebeu que ela parecia muito mais calma agora, aliviada pelo fim da provação.

— Sim — respondeu Korum —, provavelmente é o melhor a fazer. Eles disseram em breve e não deverá demorar muito. Além do mais, vocês ainda não conheceram os meus pais. Sei que eles estão ansiosos para conhecer vocês. — Korum também tinha outro motivo para querer que a família de Mia ficasse em Krina, mas aquele não era o momento certo de discutir o assunto.

— Ah, nós adoraríamos conhecê-los também! — exclamou Ella. — Não seria ótimo, Dan?

— Claro — respondeu o pai de Mia. — Queremos muito conhecê-los.

— Ótimo — disse Korum. — Então vou providenciar.

CAPÍTULO 30

Cantarolando baixinho, Mia se vestiu e ficou pronta para ir à casa dos pais de Korum. Ela se lembrava de como gostara de Riani e Chiaren durante o encontro virtual e estava ansiosa para vê-los novamente. Mia desconfiava que os pais dela também gostariam deles, apesar de provavelmente ficarem impressionados pela juventude e pela beleza do casal.

Se os Anciãos dessem permissão, os pais de Mia também recuperariam a juventude. Ela queria muito que aquilo acontecesse. Vira fotografias dos pais quando tinham a sua idade e eles eram um casal bonito, o pai alto e bonito, a mão linda e despreocupada. Ela queria vê-los daquele jeito na vida real, saudáveis e cheios de vigor, sem as diversas dores que acompanhavam a idade.

Quando terminava de colocar o vestido, Korum entrou no quarto. Ele parecia ainda mais maravilhoso do que o normal, com o rosto brilhando com uma emoção desconhecida. Aproximando-se de Mia, ele abaixou a cabeça para beijá-la de leve. — Você está linda, querida — disse ele baixinho, prendendo um dos cachos escuros atrás da orelha dela.

— Obrigada. — Mia sorriu para ele. — Você também.

— Tenho uma coisa aqui para você usar — disse ele, encarando-a com um sorriso misterioso. — Outra joia.

— Ah, claro. — Mia já colocara o colar de pedras brilhantes para o encontro com os pais dele, mas não se importava de usar outra coisa, fosse em substituição a ele ou em conjunto. Ela nunca se importara muito com acessórios, apesar de ter a intenção de aprender a usá-los. Já aprendera a se vestir de forma elegante e as joias seriam o próximo passo.

Ela ficou absolutamente chocada quando Korum recuou um passo e ajoelhou-se. Na mão dele, havia uma pequena caixa preta. Ao olhar para a caixa, ela se abriu, revelando o anel mais lindo que já vira. Pequeno e delicado, parecia ser feito do mesmo material iridescente que o colar, com uma pedra brilhante redonda maior no meio.

— Mia — disse Korum baixinho, olhando para ela com aqueles belos olhos cor de âmbar —, sei que as coisas entre nós nem sempre foram fáceis e não posso prometer que não haverá dificuldades à frente. Mas sei de uma coisa. Eu quero você, agora e para sempre, mais do que já quis alguém em todos os meus anos de existência. Quero você na minha vida, na minha cama e ao meu lado enquanto nós dois estivermos vivos. Quero cuidar de você e protegê-la. Quero colocar o mundo a seus pés. Quero que seu rosto seja a primeira coisa que eu veja ao acordar e a última antes de dormir. Quero fazê-la tão feliz quanto você me faz. Mia, minha querida, estou profundamente apaixonado por você. Quer me dar a honra de ser a minha esposa?

Mia abriu a boca, mas nenhuma palavra saiu. Ela sentiu uma estranha sensação de ardência nos olhos. — Você... você quer que eu me case com você? — conseguiu sussurrar finalmente, com receio de que tivesse ouvido errado. — Mas... — ela engoliu em seco — você é um krinar! Não pode se casar com uma humana! — A voz dela aumentou em tom incrédulo no final.

— Posso fazer o que eu quiser — disse Korum e ela não conseguiu evitar um sorriso interno ao ouvir o tom arrogante na voz dela. Mesmo de joelhos, ele soava como se fosse o rei do mundo. — Só porque ninguém fez isso antes, não significa que eu não possa fazer. Quero que seja minha em todos os sentidos da palavra, pelas leis dos krinars e dos humanos. Mia, querida, quer se casar comigo?

A ardência nos olhos aumentou e uma lágrima escorreu pelo rosto dela. — Sim — disse ela quase de forma inaudível. A visão estava borrada por causa das lágrimas. Ela sentiu um aperto no peito e não conseguiu respirar. — Sim, meu amor, quero me casar com você.

O sorriso dele em resposta foi tão brilhante quanto o sol dos krinars. Erguendo-se, ele pegou a mão esquerda dela e colocou o anel em seu dedo anelar. A joia serviu perfeitamente, brilhando com todas as cores do espectro visível.

— Ai, Korum... Ele é... — Mia chorava abertamente, com lágrimas de felicidade escorrendo pelo rosto. — Ele é tão lindo...

— Não tão lindo quanto você — disse ele em tom suave, puxando-a para seus braços. — Nada nunca será tão belo quanto você. — E, segurando-lhe o rosto nas mãos grandes, ele beijou as lágrimas de seu rosto, com os lábios macios e reverentes sobre a pele dela.

* * *

Eles concordaram em dar a notícia aos pais de Mia quando as duas famílias estivessem juntas. Korum observava divertido enquanto Mia fazia o possível para esconder a mão esquerda nas dobras do vestido durante o percurso até a casa de seus pais. Ele dissera a ela que poderia tirar o anel por enquanto, mas Mia se recusara veementemente. — E se eu perdê-lo? — perguntara ela em tom horrorizado e Korum não argumentara. Ele gostava de ver a joia no dedo dela, de saber que havia um símbolo visível do compromisso entre eles.

Ele não lembrava quando se tornara tão enamorado com a ideia de casar com ela da forma dos humanos. Durante aquela visita à casa dos pais de Mia, a ideia fora plantada em sua mente e lá permanecera pelo mês anterior. Ele sabia que Mia ainda se sentia desconfortável em ser caerle dele. Da forma como via a situação, ele tinha todo o poder no relacionamento. Era uma fonte constante de discussão entre eles e Korum sabia que ela nunca ficaria completamente feliz enquanto achasse que não tinha direitos entre o povo dele.

Quanto mais Korum pensara no assunto, mais lhe parecia que o casamento poderia ser a solução. Casando publicamente com Mia em Krina, ele elevaria a posição dela na sociedade deles. Ela não seria mais uma mera caerle, uma humana que pertencia a ele. Seria o equivalente a uma companheira muito antes da Celebração dos Quarenta e Sete.

Ela também pertenceria oficialmente a ele aos olhos de seu próprio povo. Korum gostava muito daquela ideia. Se algum humano ousasse olhar para ela, veria o anel em seu dedo e saberia que aquela mulher era comprometida. Aqueles anéis eram um costume inteligente, percebera Korum recentemente. Eles permitiam que um homem marcasse seu território de forma muito civilizada. Mia agora era noiva dele, logo seria sua esposa e ninguém teria qualquer dúvida sobre aquele fato.

Claro, o casamento deles também daria tranquilidade aos pais de Mia. Apesar de a família Stalis ter aceitado o relacionamento deles, Korum sabia que ficariam muito mais felizes se pudessem chamá-lo de algo que não fosse apenas o namorado da filha. Agora ele seria o genro deles, uma ligação muito mais forte aos olhos deles, e eles se sentiriam muito mais seguros sobre seu compromisso com Mia.

A cápsula de transporte pousou em frente à casa dos pais dele e ele conduziu Mia ao interior, com os pais dela, a irmã e o cunhado logo atrás. A família humana dele, pensou Korum. Era tão improvável que ele mal conseguia acreditar, mas aquelas pessoas eram importantes para Mia e tornavam-se cada vez mais importantes também para Korum.

Riani e Chiaren os aguardavam. Quando Korum entrou na casa, ele viu primeiro a mãe, parada com um sorriso largo no rosto, e a presença mais austera do pai logo atrás. Eles tinham ficado chocados quando ele lhes contara sobre Mia na primeira vez, mas também felizes. Korum algumas vezes se perguntava se os pais achavam que ele continuaria a viver sem nunca encontrar alguém para amar.

Dando um passo à frente, ele deu um abraço em Riani e cumprimentou o pai com o toque mais formal no ombro. Em seguida, virando-se para a família de Mia, ele a apresentou para os pais.

Para sua surpresa, os pais dele e os de Mia se deram muito bem quase imediatamente. Em questão de minutos, estavam conversando animados e trocando histórias sobre as aventuras de infância dos filhos. — Ai, meu Deus, isso é constrangedor — sussurrou Mia no ouvido dele, corando quando Ella, rindo, revelou o hábito da filha, quando bebê, de tirar as fraldas e engatinhar pelo quintal perseguindo esquilos.

— O que são esquilos? — perguntou Riani curiosa. O pai de Mia explicou tudo sobre o pequeno mamífero de cauda grossa.

Marisa e Connor, que assistiam a tudo divertidos, se sentaram perto de Korum e Mia no outro lado da sala. — Uau, eles realmente se deram bem, não foi? — disse

Marisa à irmã. Mia riu, com os olhos brilhando de felicidade.

Parecia o momento perfeito para fazer o anúncio.

Levantando-se, Korum puxou Mia para que ficasse de pé. Todos os olhos imediatamente se voltaram para eles. — Temos uma coisa que gostaríamos de contar a vocês — disse Korum, olhando em volta da sala. Os pais dele pareciam confusos, enquanto que os humanos o encaravam com alegria mal contida. — Pedi a Mia que se casasse comigo e ela aceitou.

Mia sorriu e ergueu a mão esquerda, exibindo o anel que tinha no dedo.

A sala explodiu. Risadas, gritos e parabéns encheram o ar. Todos pareciam estar abraçando todo mundo e os pais dele participaram da animação, apesar de Chiaren continuar lançando olhares interrogativos na direção dele. Como Mia dissera, nenhum krinar jamais se casara com uma humana e o próprio conceito de casamento era estranho para seu povo. Uma união de companheiros marcada pela Celebração dos Quarenta e Sete era o equivalente mais próximo dos krinars. Korum pretendia explicar seus argumentos para os pais mais tarde. Por enquanto, era suficiente que soubessem o quanto amava sua caerle.

Depois que a animação inicial diminuiu, Korum disse para os pais de Mia: — Eu não sabia se precisava primeiro pedir a permissão de vocês. Pelo que entendi desse costume, isso raramente é feito nos tempos modernos. Espero que não se importem...

— Importar? — exclamou Ella. — É claro que não nos importamos! — Os olhos dela brilhavam por causa das lágrimas e Korum se perguntou o que havia em relação ao casamento que deixava as humanas tão emotivas.

O restante do tempo juntos foi gasto discutindo possíveis datas para o casamento, que Korum insistiu que não deveria passar da semana seguinte, o local, que Mia queria que fosse no lago perto da casa dele, e a logística de uma cerimônia de casamento humana em um planeta tão longe da Terra.

— Não precisamos de alguém para casar vocês? — perguntou Connor. — Um padre, um rabino, um juiz, alguém? E, se é para ser legalmente reconhecido na Terra, não precisam registrar o casamento lá?

Korum já pensara naqueles obstáculos. — Uma das caerles que mora em Krina era juíza no Missouri — disse ele. — Já enviei um pedido de ajuda para ela. Em relação ao registro, transmitiremos nossa assinatura eletronicamente para o cartório de Daytona Beach. Tenho certeza de que farão uma exceção para nós, dadas as circunstâncias.

* * *

Para Mia, os cinco dias seguintes se passaram em um piscar de olhos. Assim que a notícia do noivado se espalhou, houve uma procissão interminável de visitantes à casa de Korum, todos querendo conhecer Mia e sua família.

402

Os amigos, conhecidos, funcionários e contatos comerciais de Korum, até mesmo membros do Conselho... Mia conheceu tantos Ks durante o curto noivado que não conseguiu se lembrar de todos os nomes e rostos. Para sua surpresa, Mia sentiu, na atitude deles com ela, traços do mesmo respeito que mostravam a Korum. Era sutil, mas estava lá. A opinião dela foi pedida mais vezes e falavam com ela diretamente, com frequência ignorando Korum totalmente. Depois de pensar no assunto por alguns dias, Mia percebeu que agora era tratada mais como companheira de Korum do que caerle. Aos olhos deles, ela não era mais simplesmente uma humana que pertencia a um deles. Ela seria uma verdadeira parte da sociedade dos krinars.

Mia gostou particularmente de Jalet e Huar, amigos de Korum de longa data. Como os pais de Korum, Jalet fazia de tudo um pouco. Inteligente e divertido, ele parecia conhecer tudo sob o sol e Mia adorou ouvir suas histórias sobre a vida em Krina. Huar, por outro lado, era quieto e sério. Era considerado um especialista em estudos sobre o oceano. Huar e Jalet também tinham sido amigos de Saret e ficaram horrorizados ao descobrir sobre a verdadeira natureza dele.

— Nós quatro éramos como os seus Mosqueteiros — disse Jalet a ela, referindo-se ao romance clássico de Dumas. — Participamos de muitas aventuras juntos em nossa juventude. Eu pensei em acompanhar Saret e Korum à Terra, mas estava preso a um projeto e não pude ir.

— Provavelmente, foi melhor assim. — Korum sorriu

para o amigo. — Até onde sabemos, talvez ele tivesse tentado matar você também.

— Sabe de uma coisa? — disse Huar pensativo. — Agora que pensei no assunto, não é tão surpreendente assim que Saret tenha ido atrás de você, Korum. Ele era muito ambicioso, mas guardava segredo disso. Você sempre soube o que queria e buscou isso abertamente, mas Saret gostava de arquitetar e manipular por trás dos bastidores para que ninguém soubesse que tinha sido ele. Eu suspeitava que ele tivesse ciúmes de você, mas nunca percebi como esse ciúmes era profundo.

— Nenhum de nós sabia como ele realmente era — comentou Korum. — Saret conseguiu enganar todo mundo, especialmente eu. — Mia percebeu o tom amargo na voz dele e sentiu o coração apertado. Ele nunca falara muito sobre o assunto, mas ela sabia que Korum ainda se culpava por tê-la deixado correr perigo.

— Meu amor, você sabe que ele provavelmente era um psicopata, não sabe? — Colocando uma mão reconfortante no joelho de Korum, ela o encarou com um olhar sério. — Ele foi esperto o suficiente para esconder isso, mas era o que ele realmente era. Todo o charme na superfície e uma falta completa de remorso por baixo dela. Ele era inteligente também, inteligente o suficiente para usar uma máscara por séculos. — Mia se lembrou de ter lido sobre psicopatas em uma das aulas da faculdade, um assunto extremamente fascinante. Ela não sabia se Saret se encaixava na definição do livro nem se os Ks podiam ser verdadeiros psicopatas no sentido médico, mas ele certamente exibia alguns dos traços, incluindo um senso grandioso de autoestima.

Korum sorriu em resposta, abraçando-a, mas ela notou que levaria muito tempo para que as feridas causadas pela traição de Saret curassem totalmente.

Além de todos os visitantes, havia muito a fazer para preparar o casamento propriamente dito. Com a ajuda virtual de Leeta, prima de Korum, Mia criou um belo vestido branco que incorporava elementos das duas culturas. Ela também criou trajes para os familiares cujo estilo era, em grande parte, krinar, mas levando em conta as preferências pessoais de cada um.

Enquanto isso, Korum fabricou um salão cerimonial imenso que flutuava acima do lago perto da casa dele. Do tamanho de um estádio olímpico, fora projetado para acomodar mais de cem mil convidados, um número que deixava Mia tonta sempre que pensava nisso.

— Que tamanho será este casamento? — exclamou ela ao ver a estrutura gigantesca.

— Do tamanho que for necessário — respondeu Korum, encarando-a com seriedade. Mia percebeu que ele queria deixar algo muito claro. Ao casar com ela diante de todo o planeta Krina, ele proclamava que os humanos tinham chegado oficialmente, que não eram mais uma espécie inferior que só poderia existir nos limites da sociedade dos krinars.

Korum estava resolvendo as preocupações dela sobre seu lugar no mundo dele.

CAPÍTULO 31

No dia anterior ao dia que o casamento deveria acontecer, os Anciãos finalmente chegaram a uma decisão sobre Saret. Assim que Korum ouviu a notícia, foi visitar o ex-amigo, sentindo uma estranha necessidade de vê-lo uma última vez.

Saret estava confinado em Viarad, em um prédio bem protegido onde criminosos perigosos aguardavam julgamento. Os dois meses anteriores não tinham sido gentis com ele. Se Korum não soubesse que não era possível, teria achado que, de alguma forma, Saret envelhecera. O olhar dele era vazio e a pele parecia estranhamente cinzenta. Era como se ele tivesse perdido toda a esperança e, por um breve momento, Korum sentiu pena do inimigo ao se lembrar da infância que passaram juntos.

Mas depois ele se lembrou do que Saret fizera com Mia e do que pretendia fazer com todos, e a sensação de pena desapareceu. Korum nunca conhecera o verdadeiro Saret. Os bons tempos que passaram juntos eram tão falsos quanto a amizade de Saret.

— Veio se gabar, foi? — A voz de Saret quebrou o silêncio. — Suponho que tenha ouvido falar da minha sentença. — Os lábios dele se contorceram de forma amarga e os dedos puxaram por reflexo o colar de criminoso que tinha em volta do pescoço.

— Não — respondeu Korum com sinceridade —, não vim me gabar.

— Então por que está aqui?

— Não sei — admitiu Korum. — Acho que eu precisava de um encerramento.

— Encerramento? — Saret riu, um som rouco que feriu os ouvidos de Korum. — Que tipo de encerramento?

Korum deu de ombros, sem saber ao certo como responder àquilo.

— Jalet e Huar vieram me visitar ontem — disse Saret com os olhos presos ao rosto de Korum. — Eles me contaram sobre sua noivinha humana e como seu casamento será o maior evento do milênio. Parabéns. Acho que você fez uma lavagem cerebral nela melhor do que eu poderia ter feito. Mesmo depois que aquela vadia da Laira desfez o meu procedimento, Mia ainda quer você. Contou a ela o que está planejando fazer com o povo dela?

— Sim — respondeu Korum. — Expliquei tudo. Ela

entendeu. Nunca pretendi machucar o povo dela, apenas abrir espaço para nós no planeta deles.

— É, sei. — Saret lhe lançou um olhar sarcástico. — Acha que não me lembro de como você considerava os humanos no passado? Como disse que a Terra era nossa por direito?

Korum encarou o ex-amigo incrédulo. — Você realmente acha que ainda penso assim? Saret, isso foi há mais de mil anos! Tudo mudou desde então. Eu mudei desde então...

— Ah, é mesmo? E o que fez você mudar? Uma bocetinha apertada e um par de olhos azuis?

Korum sentiu uma vontade grande de usar violência contra Saret, mas se conteve no último momento. — Não — respondeu ele, mantendo a voz calma. — Eu vi como eles progrediam rapidamente e tornavam-se mais como nós. Percebi séculos atrás que estava errado sobre eles, que muitos de nós estávamos errados. É claro que você sabia disso.

— Não, eu não sabia — retrucou Saret. — Ou talvez soubesse e não tivesse acreditado. Não importa agora, importa? Afinal de contas, depois de hoje, não estarei mais aqui. Foi por isso que veio me ver agora, não foi? Para assistir à minha morte?

— Você não morrerá — disse Korum calmamente. — Eles sentenciaram você a uma nova versão da reabilitação completa, uma que Laira criou recentemente. Diferentemente da anterior, essa pode ser revertida.

Saret soltou uma risada amarga. — Certo. Como eu disse, depois desse procedimento, não estarei mais aqui.

— Adeus, Saret. — Korum lançou um último olhar para o ex-amigo e saiu, colocando um fim naquele capítulo de sua vida.

Quando chegou em casa, Mia o aguardava com um olhar ansioso no rosto. — Como foi? — perguntou ela, levantando-se do banco em que estivera sentada, lendo no *tablet*. — Conseguiu falar com ele?

— Sim. — Korum a puxou para abraçá-la. A sensação familiar de tê-la nos braços era reconfortante e eliminou o estresse e a tensão. Apesar de Korum odiar admitir aquilo para si mesmo, ver Saret naquele dia fora doloroso. Apesar da traição dele, apesar de tudo, Korum pensara nele como amigo durante a vida inteira e não conseguia evitar sentir pesar pela perda daquela ilusão.

Ela passou os braços em volta da cintura dele e as mãos pequenas acariciaram-lhe as costas. De alguma forma, ela sabia que ele precisava de conforto naquele momento. Ela sempre sabia do que ele precisava ultimamente.

Depois de alguns minutos, ela recuou ligeiramente e olhou para ele com os olhos azuis cheios de empatia. — Quando vão fazer aquilo? — perguntou ela baixinho. — Quando o procedimento acontecerá?

— Esta tarde — respondeu Korum, erguendo a mão para tirar um cacho de cabelos do rosto dela. — Daqui a umas duas horas.

— E depois? O que acontece com aqueles que são reabilitados dessa forma?

— Ele será levado a uma instalação especial de reeducação, onde os reabilitados aprendem a se tornarem novamente membros produtivos da sociedade. Ele saberá sobre a antiga identidade, claro, mas receberá uma chance de começar de novo, de construir uma nova vida para si mesmo.

— E estará completamente mudado? Não desejará fazer aquelas coisas de novo?

— Provavelmente não — disse Korum. — Além do mais, ele ficará sob vigilância por séculos. Ao menor sinal de tendências criminais renovadas, ele passará novamente pelo mesmo procedimento.

Ela umedeceu os lábios e Korum se viu observando sua boca, com os pensamentos subitamente tomando um rumo sexual. — Acha que nós o encontraremos em algum momento? — perguntou ela. — Se ele entrar novamente para a sociedade depois da reabilitação, acha que nós o veremos novamente?

Korum tentou afastar a mente da imagem dos lábios dela em volta do pênis. — Provavelmente — ele conseguiu responder. — Mas não se preocupe, ele será um homem diferente. — Apesar da seriedade da conversa, ele sentiu o início da ereção, reagindo pela proximidade dela, como sempre.

Sem dúvida sentindo o volume contra o corpo, Mia abriu um sorriso malicioso e chegou mais perto, encostando os seios no peito dele. Korum respirou fundo, sentindo os mamilos rígidos através das duas camadas de tecido que os separavam. Os olhos dela ficaram mais escuros, as pupilas se dilataram e um tom rosado cobriu as bochechas pálidas. Ela estava ficando excitada. Ele conseguia ver... sentir e cheirar. O aroma quente e sensual dela era como um afrodisíaco, fazendo com que o sangue esquentasse nas veias e o pênis latejasse de desejo.

Ainda encarando-o com um sorriso sedutor, ela lambeu os lábios novamente, bem devagar. O som que escapou da garganta dele foi parecido com um rosnar. Ela sabia exatamente o que fazer, como deixá-lo louco no menor tempo possível.

Desesperado para sentir o gosto dela, Korum abaixou a cabeça e beijou-a, adorando a forma como a língua dela se enroscou na sua, acariciando o interior da boca. Ela beijava muito bem agora, muito diferente da virgem tímida que ele levara quase à força para a cama em Nova Iorque. Os dedos dela se enterraram em seus cabelos, com as unhas arranhando delicadamente o couro cabeludo, e ele quase gemeu, movendo os quadris para a frente e para trás, pressionando o pênis ereto contra ela.

A pele dele estava quente e, subitamente, as roupas ficaram apertadas demais, atrapalhando demais. Korum puxou para baixo a parte de cima do vestido de Mia, prendendo seus braços no tecido e deixando os seios nus. Eles eram brancos, firmes e perfeitamente redondos. Os mamilos tinham um belo tom de rosa. Incapaz de resistir à tentação, ele ficou de joelhos e puxou os mamilos rígidos em direção à boca, chupando primeiro um e depois o outro. Ela gemeu, inclinando o corpo na direção dele e segurando-lhe a cabeça com as mãos. Korum colocou uma mão sob a saia do vestido, sentindo a maciez dos pelos entre as coxas.

— Korum, por favor — sussurrou ela. Korum percebeu que ela queria mais, como ele também queria. Ainda lambendo os mamilos, ele colocou um dedo dentro dela, sentindo os testículos se contraírem com a sensação quente e escorregadia. Ele queria que ela gozasse, mas, ao mesmo tempo, queria continuar a torturá-la, fazê-la gritar de prazer em seus braços. O polegar se enterrou entre as dobras, encontrando o clitóris, e ele o pressionou de leve, mantendo o toque leve demais para que ela gozasse. Ela se inclinou na direção dele e Korum repetiu o gesto, adorando os sons que arrancava dela. O pênis parecia prestes a explodir, mas ele continuou a empurrar o dedo para dentro dela, sentindo-a cada vez mais molhada.

Ela era incrivelmente doce. Rasgando o vestido, ele deixou nus o abdômen e o triângulo escuro entre as coxas de Mia. A boca se afastou dos seios para beijar cada centímetro da pele exposta. Havia tanta coisa que ele queria fazer com ela, tantas formas de possuí-la. Ele faria tudo aquilo com o tempo, mas, por enquanto, precisava ir devagar, gradualmente apresentando a ela todos os prazeres da carne. Ela tremia em seus braços, contraindo-se em volta do dedo dele. Korum colocou um segundo dedo enquanto continuava a usar o polegar para brincar de leve com o clitóris.

— Korum... — O gemido torturado foi como música para os ouvidos dele. Korum abriu um sorriso triunfal, passando os dentes de leve sobre a pele delicada do abdômen dela. Ele não rasgou a pele, mas ainda assim ela gemeu com a dor. Ele sentiu a boceta se contrair em volta dos dedos.

— Sim — murmurou ele —, sim, você pode gozar para mim agora... — E ela gozou, jogando a cabeça para trás com um grito. As pulsações dos músculos internos dela aumentaram o calor ardente dentro dele.

Retirando os dedos, Korum os lambeu, saboreando o gosto dela. Em seguida, puxou-a para o chão ao seu lado. O material inteligente era macio em volta deles, massageando os joelhos com minúsculos apêndices parecidos com dedos, mas Korum mal notou a sensação agradável, concentrando-se apenas na mulher em seus braços.

Mia ainda tremia, com a respiração rápida e irregular depois do orgasmo. Korum a posicionou de quatro, com o rosto para longe dele. A curva das nádegas perfeitas era uma tentação irresistível. Ele viu as dobras molhadas e inchadas da boceta e o ânus rosado. Ele queria estar nos dois locais ao mesmo tempo, trepar com ela de todas as formas possíveis.

Inserindo o polegar dentro da boceta, ele o molhou e pressionou o mesmo dedo no ânus. Ela gritou, com os músculos contraindo-se contra a intrusão, e ele fez uma pausa, deixando-a se acostumar com a sensação antes de continuar a pressionar na passagem apertada. Quando terminou de colocar o dedo, ele segurou o quadril dela com a outra mão e introduziu totalmente o pênis na boceta.

Ela arqueou o corpo, gemendo, e Korum prendeu a respiração. O polegar sentiu o movimento do pênis dentro dela pela parede fina que separava os dois orifícios. *Como ela é gostosa.* O prazer era indescritível, quase intolerável. Sem conseguir esperar mais, Korum começou a investir sem se conter, sentindo os músculos internos dela contraindo-se em volta do pênis com tanta força que ele estava prestes a explodir.

Um segundo depois, ele gozou, jogando a cabeça para trás com um gemido alto. Mia também gritou, pressionando o corpo contra ele, e Korum sentiu quando ela se contraiu internamente.

Ofegante, ele caiu no chão, ainda dentro dela. Depois de alguns momentos, ele retirou o polegar e puxou o corpo nu e trêmulo dela contra o seu. Ela respirava tão pesadamente quanto ele. Korum beijou a orelha delicada, sabendo que ela precisava do carinho depois de possuí-la como um selvagem. — Eu amo você — sussurrou ele. Mia se virou para ele com um sorriso, o sorriso de uma mulher que acabara de ser totalmente satisfeita.

— E eu amo você — respondeu ela baixinho, acariciando o rosto dele.

Eles ficaram deitados naquela posição por mais algum tempo, apenas abraçados e desfrutando da sensação de pele contra pele, até que Korum ouviu o estômago de Mia roncar.

Ela corou de leve e ele sorriu. — Banho e almoço?

— Sim, por favor — respondeu ela, rindo quando ele a pegou no colo e carregou-a para o banheiro.

* * *

Os guardiães buscaram Saret às duas horas da tarde. Alir estava entre eles, com os olhos pretos frios e sem expressão.

Quando tentaram segurá-lo, Saret se afastou das mãos deles e saiu andando da sala por conta própria, seguindo-os em direção à câmara de execução.

Laira já estava lá, com aparência sombria como era adequado para a ocasião. Saret a encontrara uma vez e imediatamente a detestara. Ela lhe lembrava Korum. A mesma inteligência aguçada, a mesma ambição implacável. Ela se candidatara para trabalhar no laboratório dele havia algumas décadas, antes de ser conhecida como estrela em ascensão na área. Depois de uma breve entrevista, Saret a recusara, adorando a expressão triste no rosto dela quando ele lhe disse que não era qualificada o suficiente.

Era uma estranha ironia o fato de ela ser a carrasca dele naquele dia.

Eles o amarraram em um banco flutuante, garantindo que estivesse seguramente preso para o que viria a seguir. Saret não lutou. De que adiantaria? Os guardiães estavam armados até os dentes e, mesmo se não estivessem, eram excelentes lutadores. Ele não teria a menor chance. Àquelas alturas, a única coisa que importava era que morresse com dignidade.

E aquilo seria a morte. Mesmo que o corpo permanecesse, a mente, que era o que fazia com que fosse Saret, seria completamente apagada. Saret nunca mais seria ele mesmo. As lembranças, a personalidade, a essência, tudo seria apagado.

Laira se aproximou dele, segurando um pequeno dispositivo branco nas mãos. Saret o reconheceu. Ele usara uma versão semelhante em Mia poucos meses antes.

— Lamento — disse Laira, pressionando o dispositivo na testa dele. — Lamento de verdade.

O rosto dela foi a última coisa que Saret viu antes de mergulhar na escuridão.

CAPÍTULO 32

A manhã do dia do casamento estava clara e fresca.

— Mia, querida, você está... — A mãe limpou as lágrimas. — Você está tão linda...

— Obrigada, mamãe — disse Mia em tom suave. — Você e Marisa também estão lindas. — Ela não estava mentindo. A irmã estava estonteante em um vestido creme com pregas suaves que escondiam o início da gravidez, enquanto que a mãe parecia notavelmente jovem em um vestido cor de pêssego que disfarçava o corpo arredondado. O pai e Connor também usavam roupas dos krinars, parecendo surpreendentemente bonitos com calças brancas, botas e camisetas sem mangas.

— Não consigo acreditar que a minha maninha vai se casar — disse Marisa, fungando e com os olhos cheios de lágrimas. Mas aquilo não era incomum. A irmã de Mia chorava por qualquer motivo.

— E com um K, veja só — comentou Connor com um sorriso largo no rosto. — Dan, alguma vez pensou que uma coisa dessas aconteceria com a sua caçula?

— Não — respondeu o pai de Mia secamente. — Certamente não.

A família de Mia estava sentada em uma sala particular na estrutura gigantesca, observando Mia fazer os retoques finais nos cabelos. Como presente de casamento, Leeta lhe enviara o desenho de um belo acessório para os cabelos e Mia agora o colocava na cabeça. Feito de metais brilhantes e pedras brancas, ele cobria cada cacho, fazendo com que Mia parecesse uma princesa de contos de fada.

O vestido só acentuava essa impressão. Era longo e cobria os pés, com uma saia ampla e um decote tomara-que-caia em formato de coração que empurrava os seios para cima e destacava o corpo esguio. Seria um vestido de noiva clássico, se não fosse pelo fato de que as costas de Mia estavam totalmente expostas, no estilo das roupas normais dos krinars que ela usava. Como o vestido era longo, Mia decidiu usar saltos altos, ganhando alguns centímetros, o que a deixava quase com a altura das mulheres krinars mais baixas.

— Korum ainda não viu você, viu? — perguntou a mãe ansiosa. Mia balançou a cabeça negativamente, sorrindo por causa da superstição.

— Ele não me viu, mamãe, relaxe.

Mia sabia que deveria estar sentindo-se nervosa. Afinal de contas, todas as noivas ficavam, nem que fosse um pouco. E Mia tinha mais motivos para ficar nervosa do que a maioria delas, considerando o tamanho da cerimônia e o fato de que toda a raça dos krinars estaria assistindo ao evento sem precedentes, fosse virtual ou pessoalmente.

No entanto, ela não tinha nem um traço do nervosismo característico das noivas. Só o que sentia era um brilho quente de alegria. Korum cuidara de toda a logística, providenciando os preparativos do casamento com a mesma segurança calma com que fazia tudo o mais, portanto, não havia nada com o que se preocupar. Quanto ao futuro deles juntos, ela sabia que nem sempre seria um mar de rosas, mas o amor dos dois era forte e real o suficiente para sobreviver a quaisquer obstáculos que surgissem à frente.

Uma parte dela ainda não conseguia acreditar que aquilo estava acontecendo, que estava prestes a se casar com um K que, no passado, temera e considerara como inimigo. Apesar de terem decorrido apenas poucos meses, muito mudara em sua vida e na de Korum. Eles tinham aprendido o valor do compromisso, de ver o ponto de vista da outra pessoa. Mia ficara mais forte, mais confiante, enquanto Korum começara a temperar a arrogância natural e as tendências controladoras. Ele ainda era ridiculamente superprotetor, claro, mas Mia esperava que aquilo diminuísse com o tempo, à medida que as lembranças do ataque de Saret gradualmente desaparecessem. A possessividade de Korum era um problema diferente. Ela suspeitava que aquela parte da personalidade dele nunca mudaria.

— Você sabe que será uma celebridade na Terra, não é? — perguntou Marisa pensativa, observando Mia. — Minha irmãzinha, a primeira humana a se casar com um K! Se a imprensa descobrir, você estará em todas as manchetes...

— Eu sei. — Mia estremeceu com a ideia. Ela e Korum já tinham discutido a possibilidade perturbadora. — Quando voltarmos para a Terra, provavelmente moraremos em Lenkarda. Por isso, não será tão ruim para nós. Mas, para vocês... Talvez devam considerar a mudança para Lenkarda também, independentemente do que aconteça com a petição. — Não foi preciso dizer que a família de Mia teria que morar em um dos Centros se lhes fosse concedida a imortalidade, como acontecia com as caerles.

Olhando-se pela última vez no espelho, Mia se virou e sorriu. — Estou pronta.

* * *

Vestido com um terno branco, Korum esperava de pé no altar. Quando as primeiras notas da marcha nupcial humana tradicional começaram a soar, o coração dele saltou de ansiedade. Em questão de minutos, Mia andaria pelo corredor e ele finalmente veria sua noiva humana.

Duas horas antes, os pais dela a tinham levado e avisado a ele com muita seriedade que não poderia colocar os olhos nela até que a cerimônia começasse. Azar ou algo ridículo assim. Korum não ficara feliz, pois queria ajudar Mia a se vestir, e talvez dar uma trepada rapidinha antes da celebração demorada. Mas Ella Stalis fora enfática e Korum tivera que ceder. Discutir com a futura sogra não era uma de suas prioridades naquele dia.

Enquanto a música continuava, ele lançou um olhar rápido pelo salão imenso. Decorado em tons de branco e prata, estava repleto de pessoas. Além da família, dos amigos e de vários conhecidos de Korum, muitos membros da elite dos krinars comparecera pessoalmente. O restante de Krina e os krinars que moravam na Terra assistiam virtualmente. Todos o observavam com curiosidade aberta e Korum sabia que estavam perguntando-se por que ele estava fazendo aquilo, por que estava casando-se com a caerle. Até mesmo Arus ficara confuso. — Isso não é redundante? — perguntara ele depois de uma reunião do Conselho da qual Korum participara remotamente. — Você e Mia já são praticamente casados. Ela é sua caerle.

Korum simplesmente sorrira, sem se preocupar em explicar seus motivos. Mia era realmente sua caerle e agora também seria sua esposa.

À distância, ele ouviu os passos dela. O pai de Mia a conduzia, seguindo o antigo costume de entregar a noiva. Korum sorriu para si mesmo. Ele a tiraria com prazer das mãos dele.

Quando ela apareceu na outra extremidade do corredor ao lado do pai, ele prendeu a respiração. Mia estava radiante, muito mais linda do que qualquer mulher que Korum se lembrava de ter visto. Os olhos azuis brilhavam de alegria e os lábios estavam curvados em um sorriso largo. O vestido enfatizava a cintura fina e empurrava para cima os seios redondos deliciosos, chamando a atenção dele para o decote. Só de vê-la daquele jeito fez com que ele tivesse vontade de pegá-la no colo e carregá-la para a cama... e mantê-la lá por várias horas.

Logo, prometeu Korum a si mesmo, e fez o possível para tirar da mente todos os pensamentos sobre sexo. Mas era impossível porque ele simplesmente não conseguia afastar os olhos dela. Enquanto ela andava pelo corredor, ele se viu observando faminto cada passo, absorvendo a delicadeza de suas feições, as linhas elegantes do pescoço e dos ombros. A pele dela parecia tão macia que os dedos de Korum coçavam com a vontade de tocá-la.

Logo depois, ela chegou perto dele e a música aumentou o ritmo, desaparecendo logo em seguida. Korum pegou a mão de Mia e virou-se para a humana loira que realizaria a cerimônia. Lana Walters fora juíza no Missouri e agora era uma caerle que vivia em Krina. Ela se sentira honrada em ser parte de uma ocasião tão histórica.

— Caros amigos, familiares e todos os que estão presentes ou assistindo-nos hoje — disse Lana com voz rouca. — Estamos reunidos aqui hoje para testemunhar o casamento de Nathrandokorum e Mia Stalis, a primeira vez que ocorre tal união. — Ela fez uma pausa dramática. — Korum, você aceita Mia para ser sua esposa, para amá-la e protegê-la, na saúde e na doença, até que a morte os separe?

— Sim — disse Korum, olhando para Mia. Com as palavras dele, o sorriso dela ficou incrivelmente radiante, deixando-o tonto com sua beleza.

— E você, Mia? Aceita Korum como seu esposo, para amá-lo e protegê-lo, na saúde e na doença, até que a morte os separe?

— Sim. — A voz dela foi forte e clara, sem qualquer traço de hesitação.

—Então eu os declaro marido e mulher. Você pode beijar a noiva.

Korum não precisou de mais incentivo. Puxando Mia para perto, ele abaixou a cabeça e beijou-a. O gosto delicioso lançou uma onda de sangue diretamente para sua virilha. Ele precisou de toda a força de vontade para interromper o beijo depois de um minuto. Quando ele se afastou, ela o encarava com a boca ligeiramente inchada e os olhos azuis cheios de desejo.

Em uníssono, a multidão se levantou e começou a bater os pés no chão, na versão krinar de bater palmas. O chão sacudiu quando cem mil convidados bateram os pés e gritaram de alegria. Pegando a mão de Mia, Korum ergueu as palmas reunidas no ar, deixando a multidão ainda mais delirante.

Era hora de celebrar.

* * *

Mia não conseguia parar de rir enquanto o marido a girava pela pista de dança com tanta facilidade como se ela fosse uma boneca. Em volta deles, outros casais de krinars também dançavam, com os movimentos tão complexos e fluidos que Mia nunca conseguiria imitá-los. A família observava, parecendo tão maravilhada como Mia com a graça e o atletismo inumanos dos dançarinos.

Apesar da cerimônia de casamento tradicionalmente humana, a festa depois foi certamente alienígena. Mia se lembrou da celebração de união de Leeta em Lenkarda. Tudo, da música exótica ao local separado das pistas de dança, era puramente krinar. Havia bancos flutuantes, paredes refletivas e decorações brilhantes por toda parte.

Mia viu que os pais estavam encantados com todo o brilho e a bela multidão que os rodeavam. Marisa e Connor pareciam adorar tudo. O cunhado de Mia até mesmo provou uma das bebidas alcoólicas locais. — Coisa forte — disse ele em tom aprovador quando as lágrimas pararam de escorrer dos olhos. Mia e os outros beberam apenas o coquetel de suco cor-de-rosa refrescante, sem querer beber nada que fosse forte o suficiente para deixar os Ks bêbados. Depois de algum tempo, os pais de Korum se juntaram à família de Mia. O grupo ficou conversando enquanto Korum levava Mia para a pista de dança.

Depois de uma hora dançando, Mia teve que pedir misericórdia. — Você percebe que sou humana, não é? — disse ela a Korum com uma risada, parando para recuperar o fôlego.

Naquele momento, um krinar alto se aproximou. — Parabéns — disse ele, sorrindo para o casal. — Sou Kellon, primo de Ellet.

Korum sorriu de volta e eles trocaram o cumprimento krinar tradicional, tocando no ombro um do outro com a palma da mão.

— Tenho um presente de casamento para vocês — disse Kellon. — É de Ellet.

— Ah, é? — Korum ergueu as sobrancelhas e Mia olhou para o K. O que a especialista em biologia humana queria dar a eles?

— Nos últimos anos, Ellet trabalhou em um projeto muito ambicioso — disse Kellon — e finalmente conseguiu um grande avanço na noite passada. É algo que será de interesse particular para vocês dois. E foi por isso que ela me pediu que falasse com vocês hoje, durante o casamento.

— O que é? — perguntou Mia muito curiosa.

— Ela vem tentando descobrir como os humanos e os krinars podem ter filhos biológicos juntos... e acha que finalmente tem uma solução.

— Uma solução? — sussurrou Mia, mal ousando acreditar no que ouvira. — Está falando sobre bebês humanos/krinars? — O marido parecia congelado no lugar, olhando para o outro K em choque.

— Sim — confirmou Kellon. — O processo está longe de ser perfeito e Ellet tem muitos ajustes a fazer, mas conseguiu descobrir como combinar o DNA das duas espécies de forma a produzir filhos viáveis. Daqui a mais alguns anos, talvez vocês dois possam ter um filho... se quiserem, é claro.

— Ela tem certeza? — A voz de Korum era calma, mas os olhos estavam quase amarelos por causa da emoção. — Ellet tem certeza absoluta disso? Se for só alguma simulação que ela fez...

— Não — respondeu Kellon —, ela tem certeza. Fez pelo menos cem simulações e cada uma delas produziu os mesmos resultados. Pela primeira vez, será possível que caerles e cherens tenham filhos.

— Obrigada, Kellon — disse Mia devagar —, e agradeça a Ellet por nós. Este... este foi o melhor presente de casamento que poderíamos ganhar. — Ela estava prestes a explodir em lágrimas e afastou o olhar, piscando furiosamente para conter a emoção. Um filho com Korum! Era algo muito além de seus sonhos mais loucos.

— Sim — disse Korum baixinho —, transmita nossos sinceros agradecimentos a Ellet. Ela tem toda nossa gratidão.

Kellon inclinou a cabeça respeitosamente e afastou-se, misturando-se com a multidão.

Assim que ele saiu, Mia se virou para o marido. — Um bebê! Ai, meu Deus, Korum, um bebê! — Mia segurou a mão dele, apertando-a entre as próprias mãos.

— Um bebê — repetiu ele. Havia uma expressão estranha em seu rosto. — Nosso bebê.

Parte da animação de Mia desapareceu. — Você... você quer um filho, certo? — perguntou ela cautelosa. — Quero dizer, eu sei que seria parcialmente humano...

— Se eu quero um? — Ele a encarou como se ela tivesse duas cabeças. Quando falou novamente, a voz era baixa e intensa. — Mia, minha querida, eu amo você. Um filho que seria parte você, parte eu? Como eu poderia não querer? — Cobrindo as mãos dela com a outra mão, ele a puxou em sua direção com os olhos brilhando. — Eu quero muito, muito um filho.

Mia sorriu para ele, sentindo o coração inchar de felicidade. — Se tivermos uma filha, podemos chamá-la de Ivy. Sempre adorei esse nome. O que acha?

— Acho que gosto muito — murmurou ele, abaixando a cabeça e beijando-a de forma profunda e apaixonada.

Eles decidiram contar a novidade às famílias depois do casamento. Havia pessoas demais em volta naquele momento para um anúncio tão importante e particular. Ainda assim, Mia não conseguia deixar de pensar no presente de Ellet.

— Acha que o procedimento já estará aperfeiçoado quando eu tiver trinta anos? — perguntou ela a Korum enquanto ele a levava de volta para a pista de dança. — Sempre quis ter um bebê antes dos trinta...

— Trinta? — O marido riu. — Mia querida, a sua idade é irrelevante agora. Nosso filho poderá nascer quando você tiver trinta ou quando tiver quinhentos e trinta anos. Não importa muito...

— Importa para os meus pais — disse Mia baixinho. — Quero que eles vejam o neto, que o conheçam enquanto estão vivos. — Era a única coisa que a preocupava, o fato de ainda não terem recebido uma resposta dos Anciãos.

Korum abriu a boca para falar quando a música subitamente parou. Todos os barulhos sumiram e um silêncio mortal surgiu. Todos pareceram congelar no lugar, olhando para a entrada.

— O que está acontecendo? — sussurrou Mia, chegando mais perto de Korum.

— Shh, querida — disse ele baixinho, colocando um braço protetor nas costas dela. — Parece que Lahur está aqui.

Mia mal suprimiu uma exclamação. Pelo que Korum lhe dissera, os Anciãos nunca socializavam com os outros krinars nem participavam de eventos públicos. Eles eram essencialmente solitários, mantendo-se longe da população geral. E agora Lahur, o mais velho de todos, estava ali, na festa deles?

A multidão lentamente se abriu e Mia viu um homem alto e forte abrindo caminho na direção deles. Ao se aproximar, ela reconheceu as feições duras do Ancião com quem falara na floresta. Ele usava roupas formais dos krinars, como todos os outros convidados, mas o traje elegante pouco fazia para esconder a natureza predatória dele. Mesmo entre os outros krinars, ele parecia mais selvagem, como uma pantera andando entre gatos domésticos.

— Seja bem-vindo, Lahur — disse Korum calmamente, inclinando a cabeça em direção ao recém-chegado. — Estamos felizes por ter se juntado a nós.

— Obrigado. — A voz profunda de Lahur tinha um toque de diversão. — Não vou ficar muito tempo. Vim aqui para lhe dar um presente de casamento. É um costume de vocês, não é, Mia?

Mia olhou para o Ancião chocada. — Sim — ela conseguiu dizer. — É um costume de casamento dos humanos. — Ela ficou surpresa por conseguir dizer alguma coisa, considerando como o coração batia forte naquele momento.

— Muito bem — disse Lahur, com os olhos escuros presos nos dela —, eu gostaria de lhe dizer que concedemos sua petição. Sua família receberá todos os direitos e privilégios daqueles que chamamos de caerles.

Um burburinho chocado percorreu a multidão com aquelas palavras e Mia prendeu a respiração, sentindo os olhos se encherem de lágrimas de alegria. — Obrigada — sussurrou ela, olhando para o alienígena de dez milhões de anos à sua frente. — Muito obrigada...

— Sim — disse Korum, apertando o braço em volta das costas de Mia. — Obrigado por um presente de casamento maravilhoso. Minha esposa e eu estamos verdadeiramente agradecidos.

Lahur inclinou a cabeça, aceitando o agradecimento deles. Em seguida, virou-se e afastou-se, com a multidão abrindo espaço para que ele passasse.

A música começou novamente e a festa recomeçou. Marisa se aproximou correndo e abraçou Mia e Korum, chorando de felicidade. Os pais se abraçaram, com lágrimas escorrendo pelo rosto. Connor apertou a mão de Korum e Mia viu que os olhos do cunhado também estavam cheios d'água.

Pela primeira vez na história, uma família humana inteira receberia a imortalidade, um presente mais precioso do que jamais teriam imaginado.

Olhando para o marido, o belo amante K, Mia sorriu por entre as lágrimas. — Eu amo você — disse ela baixinho. — Eu amo você demais.

— E eu amo você — disse ele, encarando-a com o olhar cor de âmbar.

A felicidade deles estava completa.

EPÍLOGO

Lahur estava parado na clareira da floresta, sentindo a brisa quente no rosto. Os outros estavam reunidos à sua volta, com rostos tão familiares quanto o seu próprio. Aquelas pessoas, conhecidas como Anciãos, estavam entre as poucas companhias que Lahur conseguia tolerar por mais de dez minutos de cada vez.

— E agora? — perguntou Sheura, observando-o com um olhar calmo.

Lahur olhou para ela. — O que acha?

— Acho que está na hora — disse ela baixinho. — Acho que precisamos fazer isso.

— Concordo. — Quem falou foi Pioren, o parceiro de Sheura no experimento. — Não podemos mais ficar parados observando. O projeto foi muito bem-sucedido. Eles são como nós. Nossos melhores e mais inteligentes agora estão unindo-se a eles.

— Sim — disse Lahur —, estão. — Ver a garota de cabelos cacheados ao lado de Korum fora uma revelação. Ela não era a primeira humana que ele conhecera, mas algo sobre ela o tocara, penetrando a camada de gelo que o envolvia. Por um momento, Lahur conseguira sentir a ligação poderosa que existia entre ela e seu cheren, absorver o amor que sentiam um pelo outro.

De todos os jovens krinars, Lahur achava que Korum era um dos mais interessantes, provavelmente porque o relembrava de si mesmo na juventude. A mesma motivação, a mesma disposição de fazer o que era necessário para atingir seus objetivos. Lahur não tinha dúvidas de que Korum teria sucesso em criar um império krinar, levando-os todos em uma jornada sem precedentes.

Uma jornada que Korum planejava fazer com uma garota humana a seu lado.

Não podia haver sinal mais claro de que precisavam encerrar o experimento.

— Vamos fazer isso — disse Lahur. — Você tem razão. Chegou a hora. Precisamos dividir nossa tecnologia com eles, dar a eles tudo o que demos apenas para uns poucos selecionados. A evolução deles está completa.

E, ao olhar em volta da clareira, vendo a concordância no rosto dos outros, Lahur teve apenas um pensamento:

Nada mais seria o mesmo.

AGRADECIMENTOS

Obrigada por ler *Lembrança Íntima,* o terceiro livro da série Crônicas dos Krinar! Espero que tenha gostado. Se gostou, diga aos seus amigos e contatos das mídias sociais. Eu também ficaria muito grata se você ajudasse outros leitores a descobrir o livro deixando uma avaliação na Amazon, no Goodreads ou outros sites.

Acesse meu site, http://annazaires.com/series/portugues/, e registre-se para receber meu boletim informativo e notificações quando os livros estiverem disponíveis.

SOBRE A AUTORA

Anna Zaires é autora *best-seller* do *New York Times* e do *USA Today* de livros de ficção científica e de romances eróticos contemporâneos. Ela se apaixonou por livros aos cinco anos de idade, quando a avó a ensinou a ler. Desde então, sempre viveu parcialmente em um mundo de fantasia, onde os únicos limites são os impostos pela imaginação. Ela mora na Flórida e é casada com Dima Zales, autor de ficção científica e fantasia. Eles trabalham juntos em todos os livros.

Para saber mais, acesse
http://annazaires.com/series/portugues/.